AMIE SCHAUMBERG

HarperCollins

Editado por HarperCollins Ibérica, S. A.
Avenida de Burgos, 8B - Planta 18
28036 Madrid
www.harpercollinsiberica.com

Título original: *Murder by the Book*
© 2025 by Amie Schaumberg
© De la traducción del inglés, Victoria León Varela
© 2026, para esta edición HarperCollins Ibérica, S. A.
Publicado originalmente por Mira, 22 Adelaide St. West, 41st Floor
Toronto, Ontario M5H 4E3, Canadá

Diseño de cubierta: Deborah Peterson
Imágenes de cubierta: IStock
Maquetación: MT Color & Diseño, S. L.
Adaptación de cubierta: equipo HarperCollins Ibérica

ISBN: 978-84-1064-548-6
Depósito Legal: M-22339-2025
Impreso en España por: Black Print

A mi hermana, Landy,
mi primera lectora y mi mayor apoyo

Un trozo de la cinta amarilla que señalizaba la escena del crimen se había desprendido y aleteaba al viento mientras Ian Carter bajaba trabajosamente el cerro hasta un viejo granero que esperaba en medio de la maleza. La granja abandonada estaba ocupada por el personal de las fuerzas del orden que se movía como en un *ballet* perfectamente ensayado, cada uno concentrado en su papel. La lluvia ininterrumpida de la noche anterior estaba remitiendo y dejaba unas nubes bajas como manchadas de carbón suspendidas en el cielo, además de unos charcos en los que se formaban ondas que reflejaban aquella luz fría y gris del paisaje. La fachada del granero mostraba los estragos de la erosión; los restos de pintura roja, solo visibles en los tablones descoloridos, convertían la edificación en una reliquia de otro tiempo. Ian se sintió un intruso al dirigirse hacia allí.

En el centro de la escena, su compañero, Mike Kellogg, se esforzaba por seguir el cauteloso avance de Ian cerro abajo entre la luz neblinosa de la mañana. A sus cuarenta y cinco años, Mike era casi una década mayor que Ian, pero el cuerpo pesado de este, castigado por el estrés y el cansancio, lo hacía aparentar el doble. Su pelo lacio y castaño raleaba sobre un rostro redondo incongruentemente salpicado de pecas.

—Buenos días, cariño. —La profunda voz de barítono de Mike resonó, estentórea, por encima del ruido de la escena del crimen.

—¿Qué tenemos? —preguntó Ian.

—Bueno, Carter, ya veo que vamos al grano esta mañana. —Mike captó la mirada que le dirigió Ian y suspiró—: Mujer caucásica, veintipocos. Sin identificación. Unos chicos del instituto encontraron el cuerpo cuando buscaban un sitio alejado para beber cerveza y fumar hierba. Tenemos a varios agentes uniformados rastreando, pero no es probable que tengamos suerte ahí. —Señaló con la mano el descampado que los rodeaba.

—¿La causa de la muerte? —Ian se sacó un par de guantes de látex del bolsillo del abrigo.

—Estamos esperando a la forense, pero…

—Pero ¿qué?

—Será mejor que lo veas tú mismo —respondió Mike de un modo enigmático mientras se alejaba a grandes zancadas de Ian—. No hay palabras para esto.

—¿Tan malo es? —preguntó Ian y se apresuró a seguir a su compañero.

—No tan malo como… Bueno… —Mike fue aminorando el paso hasta detenerse mientras buscaba una descripción—. Quienquiera que haya hecho esto es un tipo de pirado muy particular. —Movió la cabeza, luego siguió avanzando hacia el perímetro de la escena del crimen con Ian pegado a sus talones.

Ian se detuvo en el umbral del granero y dejó que los ojos se le acostumbraran a la tenue luz del interior. Examinó la gran estructura con detenimiento: tablones retorcidos que tiraban de tornillos herrumbrosos, heno desperdigado, demasiado viejo como para ser de utilidad, una maltrecha escalera de madera apoyada contra una de las paredes, trozos de bramante y de cuero aquí y allá, trozos petrificados de estiércol y algunas herramientas abandonadas oxidadas por el desuso. Olía a polvo, a moho y al blando y dulzón aroma de la decadencia. Un enjambre de técnicos forenses se agrupaba en el extremo más alejado. Otros avanzaban por el granero en líneas paralelas con pasos lentos, deteniéndose periódicamente a marcar y documentar cualquier cosa que consideraran importante. La incesante actividad creaba un zumbido de fondo que sonaba por debajo de los pensamientos de Ian como el ronquido de una gaita. Conforme se acercaba, iba aminorando el ritmo al tiempo que intentaba descifrar la escena que tenía ante él. Haciendo un recorrido cuidadoso, Mike se dirigió al fondo del granero y dejó que Ian lo siguiera.

Aquella parte de la estructura era diferente. La zona estaba meticulosamente limpia, los residuos de una gran sección rectangular junto a la puerta trasera habían sido barridos. En la propia puerta habían pintado un colorido mural con una escena idílica que contrastaba de manera chocante con el lóbrego interior de la construcción. Representaba la imagen de un árbol de hojas anchas que se extendía desde el suelo hasta el techo; la textura de los tableros le aportaba un desasosegante realismo. Un arroyo espumoso caracoleaba alrededor de las raíces del árbol y desaparecía a lo lejos, y una vibrante envoltura de flores —una maraña de púrpura, amarillo, blanco y verde— animaba sus orillas. Una de las largas ramas del árbol pintado llegaba casi hasta el agua, y de ella colgaba, trenzada y atada, lo que parecía una guirnalda hecha de las mismas flores que coloreaban el suelo. Salía de la mitad del tronco y terminaba en un extremo cortado a unos treinta centímetros por encima del agua. En el centro, delante de la puerta pintada, había un antiguo abrevadero metálico. Parecía haberse limpiado a conciencia, aunque mostraba algunas zonas mate donde el óxido debía de haber carcomido el revestimiento. Unos cabellos dorados caían sobre el borde, e Ian solo distinguió la piel de un blanco azulado de las rodillas de la víctima, que asomaban por encima del metal abollado.

Se acercó más y observó el cuerpo inmóvil de una mujer joven. El abrevadero se hallaba parcialmente lleno de agua que le cubría el vientre y los hombros. Su rostro sobresalía de la superficie como si estuviera tomando aire por última vez. Su belleza se había vuelto cerosa y marchita bajo las duras luces de la escena del crimen. Unos ojos de párpados pesados miraban al vacío desde un rostro redondo, casi infantil aun a pesar de las curvas que revelaban las zonas donde el agua le había pegado la ropa al cuerpo. Tenía la boca ligeramente entreabierta, como si suspirara.

Ian había aprendido a prepararse siempre para lo peor en sus casos y esperaba —temía— encontrarse a la chica desnuda; sin embargo, llevaba un vestido largo y plateado recamado de cuentas o de algún tipo de hilo metálico que brillaba a través del agua turbia. Al tener las rodillas levantadas, la pesada tela de la falda se le acumulaba a la altura de la pelvis y se le enroscaba alrededor de los pálidos muslos. Sus brazos estilizados tenían los codos doblados de manera que las manos flotaban cerca de los hombros, con las palmas y los dedos sobresaliendo de la superficie del agua. El pelo le flotaba formando una corona a su alrededor, caía por sus clavículas y alcanzaba sus dedos vueltos hacia arriba. Una guirnalda le rodeaba el cuello. Ian se inclinó para verla más de cerca: había flores púrpura, amarillas y blancas enmarañadas contra su piel.

Ian permaneció mirándola en silencio durante un instante antes de ponerse los guantes y agacharse para examinar el suelo junto al abrevadero. Había varias velas apagadas colocadas a intervalos irregulares alrededor de la base. Habían ardido el tiempo suficiente como para que la cera hubiera caído derretida por los lados. El asesino no se había limitado a encenderlas y marcharse; se había quedado a verlas arder alrededor de la víctima antes de apagarlas. Un libro abierto con encuadernación rústica yacía ante ellos mostrando sus páginas oscurecidas, algunas arrancadas sin miramientos. A su lado había también un tintero antiguo cuyo contenido derramado había dejado una mancha de color rojo intenso sobre el suelo gris.

Ian miró por encima de su hombro.

—¿Han fotografiado ya todo esto? —se dirigió al técnico forense más cercano.

—Sí. Tenemos fotografías generales y primeros planos, también se ha documentado todo. Adelante.

Ian se agachó para inclinarse sobre la mancha. La viscosidad y el color sugerían que el líquido derramado era sangre. También las páginas estaban cubiertas, lo que impedía identificar ninguna palabra. Empleando la punta de un bolígrafo que sacó del bolsillo de su chaqueta, Ian cerró el libro con cuidado para poder ver la cubierta, pero el grueso papel estaba empapado e ilegible. La imagen de lo que podría haber sido una calavera fue lo único que pudo distinguir. Ian se levantó al oír que alguien se acercaba por detrás.

—¿Qué te había dicho? —retumbó la voz de Mike—. Un tipo de pirado muy particular.

Ian volvió la vista un instante, se encogió de hombros de un modo evasivo y se centró de nuevo en lo que tenía delante. Se acordó grotescamente del pasaje de una novela de Raymond Chandler en la que el narrador ve una vidriera que representa a un caballero rescatando a una mujer atada —de manera bastante ineficaz, según el narrador— y desea poder rescatarla aun sabiendo que es imposible.

Por un momento, en la mirada vacía de la chica, Ian vio otro rostro. Extendió la mano y le apartó de la mejilla un mechón de cabello seco.

—¿Has visto algo? —le preguntó Mike, que malinterpretó el gesto de ternura.

—Yo, eh… —Ian se inclinó sobre el cuerpo para disimular su lapsus sentimental y se puso a estudiar las flores—. Las flores parecen trenzadas a mano —narró en voz alta su proceso mental—, no un adorno comprado en una tienda. Qué específico. Coinciden con las de la pintura. —Cogió entonces con cuidado las guirnaldas y las apartó de la piel de la chica para descubrir una roncha amoratada rodeando el cuello—. Marcas de ligadura. Parece que fue estrangulada.

—Muy bien, detective —se oyó una voz ronca tras él—. ¿También vas a decirme la hora de la muerte?

—Eso es cosa tuya, Ivy —respondió Ian sin levantar la vista.

Una sombra oscureció el torso de la mujer. Él volvió la cabeza y se encontró a la forense, que se puso un guante de látex con más energía de la necesaria. Ian se levantó y la miró. La doctora Ivy Wollard tenía cuarenta y tantos y medía poco más de metro y medio, llevaba el cabello oscuro rapado y su aspecto era sorprendentemente ágil. Su manera de vestir y su actitud parecían trabajar de manera activa en contra de la potencial belleza de su rostro. Era brusca, irritable y ferozmente territorial con respecto a su trabajo.

—¿Has acabado ya?

—Casi. —Ian sabía que tendría material fotográfico de sobra al que acudir, pero se acercó una vez más y estudió detenidamente el rostro de la chica. Entonces reparó en algo extraño en la posición de sus labios—. Creo que tiene algo en la boca —dijo y se inclinó hacia delante.

Ivy le dio un golpe en la mano como si fuera un niño travieso.

—No —le dijo secamente, y lo empujó para aproximarse más al abrevadero de agua.

Cogió los fórceps que le ofreció un ayudante sin necesidad de que se los pidiera y, con sumo cuidado, sacó un objeto que la chica tenía debajo de la lengua.

—Papel.

Mike hizo un gesto a uno de los técnicos.

—Necesitamos una bolsa de pruebas. —Y dirigiéndose a Ian preguntó—: ¿Qué piensas?

—Faltan páginas del libro —dijo Ian simplemente.

—Ajá. —Mike movió la cabeza—. Bolsa y etiqueta, chicos. Luego dejad que la doctora se ponga a trabajar.

Los técnicos forenses recogieron todas las pruebas que podían sufrir alguna alteración y las pusieron a buen recaudo. Ivy examinó a conciencia el cuerpo *in situ* antes de llamar con un gesto a su personal, que había estado esperando hasta entonces. Los ayudantes, con las manos enguantadas, levantaron el cadáver y lo depositaron sobre una camilla. La chica conservó su posición rígida al ser trasladada.

Ian vio crecer los charcos alrededor de la camilla a medida que el agua chorreaba de los pliegues del vestido de la joven sin prestar atención a los eficaces movimientos de Ivy. Estaba acostumbrado a la muerte y rara vez le afectaba lo que veía, pero había algo en la precisión científica del trabajo de Ivy que siempre le causaba desasosiego.

—¿Puedes decirnos algo? —preguntó Mike impaciente.

Ella se quedó mirándolo un largo instante y luego se encogió de hombros.

—El agua interfiere en la temperatura del cuerpo, pero diría que lleva muerta entre ocho y diez horas, en torno a la hora de la cena de anoche. Comprobaré el contenido del estómago para ver si hay algo identificable. El rigor ha comenzado, aunque no se ha desarrollado por completo. La lividez ya se ha fijado, no obstante; la despigmentación en las piernas sugiere que la mataron primero, que permaneció bocabajo durante un par de horas y que la metieron en el abrevadero antes de que el rigor empezara. Con una pose cuidada. Quienquiera que lo haya hecho la colocó en la posición en que la encontraron.

Mike asintió.

—Si se deja caer un cadáver en un abrevadero, no queda en esa postura.

Ivy captó una mirada incisiva y apretó los labios.

—No. No queda de esa manera.

—¿El agua fue un intento de ocultar la hora de la muerte? —preguntó Ian.

—Es posible. Aunque hay métodos más eficaces. —Ivy examinó la escena—. ¿Mi hipótesis? Quien lo hizo no tenía ningún interés en esconder lo que había hecho. Quería exhibirlo. El agua tiene un significado.

—¿Cuál? —preguntó Mike.

—Ese es tu trabajo, detective —respondió con sequedad al tiempo que hacía un gesto a su equipo para que empezara a recoger. Dirigió una mirada rápida a Ian—: Sabré más una vez que haya hecho la autopsia. Te mantendré informado.

—Gracias.

Ian vio cómo sacaban despacio el cadáver del granero, los asistentes sanitarios maniobraban hábilmente entre los residuos esparcidos por el suelo. Entonces centró su atención de nuevo en el mural y en el abrevadero ya vacío.

—Ella tiene razón —dijo Mike acercándose—. Ese tío no está intentando ocultarse.

—No —respondió Ian mientras estudiaba, pensativo, el mural—. Quiere que todo el mundo sepa lo que ha hecho.

2

Las reverberaciones de la campana hacían temblar los escalones mientras Emma Reilly los subía corriendo. Ignorando el golpeteo de su bolso lleno de libros contra su cadera, aumentó la velocidad. Llegaba tarde a clase por segunda vez aquel trimestre. Emma odiaba la facilidad con que incurría en el cliché de la profesora despistada, pero, a pesar de su elaborado sistema de calendarios, pósits y alarmas en el móvil, su cerebro había vuelto a sumirse en las arenas movedizas de unas ideas interesantes y no había conseguido salir de ellas a tiempo.

Entró abriendo de golpe la puerta de aquella pequeña dependencia en el ático con un gesto de saludo y una disculpa jadeante:

—Perdón, perdón.

—¿Ha vuelto a perderse en algún pasaje de Shakespeare? —preguntó una chica morena llamada Olivia en tono cordial.

Era inteligente y guapa, con ese toque de crueldad que siempre lleva aparejada la popularidad. Había impresionado a Emma el trimestre anterior con una brillante deconstrucción del personaje protagonista de *El molino del Floss*. Olivia ya se había matriculado en varias asignaturas de Emma durante sus dos primeros años en el Carlisle College y todo apuntaba a que había acabado encontrando adorable su existencia dispersa.

Emma le sonrió.

—De Poe. —Sacó su manual del bolso y lo agitó—. Así que, al menos, no me he salido del tema.

Tras rodear las filas de pupitres, Emma se dirigió a su asiento en la parte delantera de la sala. Se detuvo solo un momento a mirar por una pequeña ventana redonda que salpicaba el suelo de luz. Una amplia extensión verde a sus pies, un tentador atisbo del final del verano. Suspiró y se dio la vuelta. Se sirvió de la excusa de sacar las cosas del bolso para esconder su rostro ante la clase expectante y coger aire lentamente. Puso una expresión de grato interés en el semblante, levantó la vista y abrió su libro.

—«¡Cierto!» —exclamó Emma y sobresaltó a varios estudiantes que se apresuraron a buscar sus textos. Emma dejó escapar una leve risa—. Página treinta y tres para quienes quieran seguirme. —Bajó la voz de forma teatral hasta casi el susurro—: «¡Cierto! Ansiedad, una terrible ansiedad he sentido y siento todavía. Pero ¿me llamaríais demente?».

Veintitrés pares de ojos cayeron sobre la página para seguir sus palabras. Emma, que la había leído tantas veces que ya no necesitaba mirar el texto, observaba a los estudiantes que tenía delante. La sala no era, en sentido estricto, una clase. Sin embargo, un *boom* de matriculaciones había obligado al centro a redistribuir de forma creativa sus espacios, y la clase de literatura de Emma se había trasladado desde el edificio de Humanidades hasta aquella sala situada en la planta alta del rectorado que, desde los años sesenta, solo se había utilizado como almacén. Ella había apoyado a la facultad cuando se quejó de que la administración hubiera remodelado el edificio de Económicas mientras que los de Humanidades tenían que pelearse por las salas en las que los relojes funcionaban, pero, secretamente, adoraba estar allí. Los viejos suelos de madera y los tejados con gabletes la hacían sentirse la institutriz de una novela gótica más que la profesora de literatura de la universidad de una ciudad mediana en el Oregón rural.

Acabó el pasaje y luego esperó en silencio a que los alumnos procesaran las palabras que quedaron flotando entre ellos. Emma se fijó

18

entonces en un chico que estaba dibujando lo que parecía un sistema muscular humano en un cuaderno abierto. Era nuevo aquel trimestre, pero se había revelado como un audaz polemista.

—¿Por qué creéis que Poe empieza con esta declaración por parte del narrador? —Emma se devanó los sesos para recordar su nombre—. ¿Qué opinas, Ethan?

El alumno levantó, sobresaltado, la cabeza de cabello oscuro. Emma le sonrió amablemente y alzó las cejas.

—Eh... ¿Porque el tipo está como un cencerro?

—Yo creo que podría estar fingiéndolo. No parece precisamente de fiar —respondió Olivia.

—¿Y por qué iba a fingirlo? —protestó el chico del cabello oscuro.

«Ethan», se recordó Emma.

—Porque no quiere decir: «Oye, me he cargado a alguien porque sí». Quiere que pensemos que está loco, pero insistir en que lo que estás diciendo es verdad supone poner de manifiesto que mientes. «Tengo para mí que la dama insiste demasiado» —respondió Olivia en un tono algo pedante citando a Shakespeare.

Miró a los ojos a Ethan desafiante.

—Mató a un tipo porque le pareció que tenía una mirada rara. Eso es una locura. —La sonrisa de Ethan bordeó el flirteo.

Olivia levantó una ceja.

Emma sonrió:

—Bueno, yo no emplearía la palabra «loco», pero la enfermedad mental es una sólida teoría para el asesinato, Ethan. Veamos si el texto te respalda. Recuerda que no hay...

—... respuestas acertadas ni erróneas —acabó la frase un chico pelirrojo al fondo de la sala con una sonrisa. Era otro alumno que repetía con ella.

—Punto para Aiden. Mientras puedas justificar tu interpretación con ejemplos del texto, esta será válida. Así que veamos lo que el texto nos dice.

Emma los llevó hasta línea a la que Ethan había hecho referencia y luego, poco a poco, los guio por el resto de la historia. Continuaron hasta que los comentarios fueron agotándose y entonces miró el reloj. Quedaban quince minutos.

—Bien, ¿qué pensáis ahora? ¿Podemos, como lectores, confiar en lo que se nos ha contado?

—Yo creo que no —respondió una voz suave en la tercera fila.

«Blake», pensó Emma, pero no estaba lo bastante segura como para decir el nombre en voz alta. Aquel alumno raramente hablaba, pero miraba con atención y tomaba apuntes de cada palabra. Entraba y salía de la clase detrás de Ethan y siempre elegía un asiento tras él y no a su lado.

—Olivia tenía razón —continuó sin perder de vista a Ethan, quien levantó una ceja, pero asintió levemente—. Está tratando de convencernos de que tiene un motivo para hacer lo que hizo y que no pensemos que fue por pura maldad. Quiero decir, que hay muchos asesinos que simplemente… matan. Porque quieren. Porque pueden.

—Eso es —añadió Olivia—. El narrador nos interpela directamente como si fuésemos un jurado. Quiere que lo creamos loc…, quiero decir, enfermo mental porque eso lo hace menos culpable. Sin embargo, no hay un verdadero motivo. Él quería matar a aquel hombre y lo mató.

Ethan sonrió con suficiencia, pero, antes de que pudiera hablar, una nueva voz se unió al debate.

—O quizá el viejo se lo ganó.

Todos los alumnos se volvieron hacia la puerta. Un hombre desgarbado con una maraña de pelo de un color rubio arena se apoyaba en el marco de la puerta.

Emma movió la cabeza en un gesto desaprobatorio de broma, aunque no pudo evitar una sonrisa reflexiva.

—Por favor, dad todos la bienvenida a este distinguido invitado, nuestro decano de Artes y Comunicación. Una lectura provocadora, doctor Tamblyn. ¿Le importaría explicárnosla?

—¿Y si todo lo que Poe nos dice fuera al cien por cien verdad? —Miró la sala a su alrededor y su voz se tiñó de un toque de teatralidad—: ¿Y si el viejo era sinceramente malvado y el corazón latía de verdad bajo la tarima del suelo? Quizá las cortinas azules son simplemente azules.

—¿Qué cortinas? —susurró una chica esbelta junto a Olivia.

—No hay ninguna cortina, Hallie. —Emma intentó ocultar su diversión—. El doctor Tamblyn está siendo irónico al emplear una metáfora para defender una interpretación literalista.

—*Touché*. —Rory sonrió sin rubor—. Y las cortinas azules se refieren a lo que creo que vosotros llamáis meme.

—¿Qué pasa, coleguis? —dijo Olivia *sotto voce* ganándose unas cuantas risas discretas.

Cierta incomodidad atravesó el rostro de Rory por un instante antes de que volviera a sonreír.

—Bueno, compensaré el haberme adueñado de vuestra conversación dejándoos salir de clase unos minutos antes.

Los alumnos miraron a Emma, algunos ya recogían sus cosas.

—Está bien. Podéis iros. Seguiremos donde lo dejamos el próximo día. Y no olvidéis que ya está publicada vuestra primera asignación de trabajos. Haced las preguntas a tiempo, todas las que sean necesarias.

Los alumnos guardaron los libros sin ceremonia en las mochilas, salieron de la clase y fueron en busca del siguiente capítulo de su experiencia educativa.

—Siento la interrupción —dijo Rory al entrar.

—No lo sientes —respondió Emma con calidez en la voz—. Te encanta dar espectáculo.

—Es verdad. —Rory rezumaba algo malicioso que le daba un aire infantil a pesar de su cargo de director del departamento. Sobrepasaba casi en una década los treinta y tres años de Emma, pero la cuidada elección de su indumentaria disfrazaba cualquier señal de envejecimiento.

—Quizá tendrías que haberte dedicado a las tablas y no a las humildes labores académicas —lo pinchó Emma.

—Aún conservo la esperanza de que mi arte me dé algún día fama y riqueza. Preferiblemente, mientras yo aún esté por aquí para disfrutarlas y sin haber perdido una oreja todavía. Además, tú eres la verdadera actriz aquí.

—Una producción escolar de *El sueño de una noche de verano* no me convierte en actriz.

—Tus actuaciones diarias eclipsan a las grandes damas de la escena. Solo que la mayoría de la gente no repara en ello.

Emma frunció el ceño.

—No es una actuación, Rory. Yo solo… —Movió la cabeza sin saber muy bien cómo explicar la segunda piel que había aprendido a llevar.

Rory enseguida pareció arrepentido.

—Lo siento, Em. Mi intención era hacerte un cumplido.

—Está bien. No pasa nada. —Emma respiró hondo y luego acomodó una sonrisa en su rostro—. ¿Me necesitabas para algo? —preguntó, todo cortesía en su voz.

—Siempre te necesito. Pero en este momento solo quería saber si estabas libre para almorzar. Empiezo a sentirme olvidado. —Le mostró una sonrisa que habría cautivado a Da Vinci.

—Oh, imposible hoy. Yo… —Emma se detuvo cuando un movimiento atrajo su atención al fondo de la sala—. ¿Puedo ayudarte, Ethan?

El chico estaba parado en el centro de la puerta observando su intercambio. Su amigo permanecía justo detrás, en la sombra.

—Lo siento —dijo Ethan con una sonrisa—. Odio interrumpir. Pero ¿se le ha caído esto? —Su voz se elevó al tiempo que ladeaba la cabeza al hacer la pregunta. Atravesó la distancia que los separaba para tenderle un papel doblado a Emma.

Rory se adelantó para cogerlo.

—No es mío —le dijo Rory tirando de él.

Emma se lo quitó suavemente y entornó los ojos con expresión desaprobatoria. El papel de color pálido le resultó inesperadamente grueso entre los dedos. En un lado solo se leía, en un remolino de letras, «¡Invitación!». Emma le dio la vuelta. «"Luz y oscuridad en la Hermandad Prerrafaelita". Exposición especial. Viernes, 17 de agosto, 6:00 p. m.».

—Creo que tampoco es mío, Ethan. —Ella tenía uno igual, no obstante, sobre su mesa. Pero entonces Emma recordó que había salido con frenética prisa de su despacho mientras metía libros y papeles de forma apresurada en su bolso—. O quizá sí. Gracias por devolvérmelo.

—De nada. He oído que va a ser muy interesante.

—¿Ah, sí? —El tono seco de Rory fue un claro desafío para el chico.

—Sí —dijo Ethan levantando la barbilla—. Me lo ha dicho mi novia, que está muy interesada en el arte.

—Por supuesto, estoy seguro de que es toda una experta en movimientos reformistas victorianos —respondió Rory.

—Bueno —interrumpió Emma—, los prerrafaelitas se inspiraron mucho en la literatura de la época. Podrías disfrutarlo desde ese punto de vista, Ethan. La hermandad se formó casi al mismo tiempo que Poe empezaba a publicar su obra. Y tú también, Blake —le dijo al otro chico, que seguía en el pasillo, con la esperanza de que ese fuese en realidad su nombre.

Ethan observó a Emma por un momento.

—De modo que si asistiera y tal vez… escribiera algo al respecto, ¿podría conseguir algún crédito extra?

—Tú céntrate en los créditos ordinarios —le dijo Emma amablemente—. Gracias, Ethan. —Levantó la invitación en un claro gesto de despedida.

El chico se fue encogiéndose de hombros e indicándole al paso a Blake que lo siguiera.

—Entonces, ¿vas a ir a la exposición? —preguntó Rory cuando estuvieron solos—. Yo no tengo acompañante —dijo con cierta torpeza tratando de no darle importancia.

Emma hizo una mueca sin querer.

—La verdad es que esperaba pasar la noche tranquila en casa.

—¿Otra vez haciendo de Emily Dickinson? Yo también la admiro, por supuesto, pero su agorafobia no es lo que trataría de emular de ella. —La voz de Rory sonó bienhumorada, pero Emma percibió una soterrada preocupación—. No tienes que esconderte, Em.

—Yo no… Simplemente, no me gustan las multitudes.

—Vamos —insistió Rory—. Es solo una noche. Incluso los misántropos más redomados necesitan salir de vez en cuando. No me hagas ir solo.

—Es que creo que no lo disfrutaría, Rory.

—¿Cómo no? Champán, música, obras de arte, gente atractiva y bien vestida…

—Me paso el día rodeada de gente. —Emma se masajeó distraídamente un músculo bajo la oreja—. La gente me agota.

—Puedes renunciar a una noche leyéndote a ti misma antes de dormir para pasar un rato con la Hermandad Prerrafaelita. Hay un original de Rossetti, un boceto de su *Marina*. *Marina*, Em. Pintores muertos que se inspiran en dramaturgos muertos. Todo lo que tú adoras.

—Me lo pensaré.

—¿De verdad? —Él sonrió, dubitativo entre la oferta de paz y la súplica.

Emma le correspondió con un pequeño suspiro.

—De verdad. Me lo pensaré.

—Es todo lo que te pido. —Rory extendió la mano y suavemente le apretó la suya—. Ya sabes que yo no necesito la actuación. La Emma de detrás del escenario me parece lo bastante extraordinaria. —Se aclaró la garganta y apartó la vista—. Pero ahora tengo que salir corriendo para asistir a otra reunión desesperadamente aburrida que me proporciona una huida del todo oportuna de mi sensiblería.

Emma se echó a reír, dejando que las emociones encontradas se disiparan.

—¿Estás disfrutando de ser decano, entonces?

—Decano temporal. Me están reteniendo contra mi voluntad.

—Se lo notificaré a la ONU. —Emma dejó desvanecerse su sonrisa cuando él se fue.

A pesar de las frecuentes invitaciones de Rory, Emma rara vez asistía a eventos formales y prefería ver las colecciones de los museos en la relativa intimidad que ofrecían las horas de visita para el público común. En honor a la verdad, rara vez asistía a ningún tipo de evento. Nunca había sido especialmente sociable —los grupos numerosos la hacían querer meterse bajo los tablones del suelo—, incluso ya de niña prefería la soledad de la lectura. Un amor que había seguido cultivando de mayor al estudiar Literatura, obtener su doctorado y, finalmente, convertir su escapatoria en una carrera profesional.

Sin embargo, al verse a sí misma a través de los ojos de Rory, se daba cuenta de lo pequeño que se había hecho su mundo. Se había mudado allí un año después de graduarse —el Carlisle College había sido su primer trabajo a tiempo completo— y había trabajado duro hasta obtener su plaza y encontrar su lugar en el mundo en aquella universidad. Se trataba de una institución pública, aunque lo bastante provinciana como para poder venderse como «íntima» en los folletos promocionales. El presupuesto limitado derivaba en clases de primer año impartidas en salas de conferencias por profesores asistentes y en una oferta de cursos con muchos profesores adjuntos. Sin embargo, el profesorado que trabajaba a tiempo completo era feroz en la dedicación a sus disciplinas. Los alumnos de Emma a menudo la seguían de semestre en semestre y a ella le encantaba ver crecer sus conocimientos y su pensamiento con cada nuevo texto al que se enfrentaban. Se sentía arraigada allí, valorada, pero —la voz de Rory volvió a susurrárselo— nunca se alejaba demasiado de los límites del campus. Su casa estaba a apenas unas manzanas de distancia. La tienda de comestibles, la cafetería y la librería a las que iba regularmente quedaban en medio.

Carlisle no era exactamente la proverbial torre de marfil, aunque en gran medida se mantenía al margen del entorno de la ciudad de

Colchester, que se había sumido en una crisis de identidad a lo largo de las últimas décadas. Su papel como ciudad dedicada a la explotación forestal se había desvanecido y una población envejecida y más diversa fue sustituyendo aquellas raíces históricas a medida que la universidad crecía más allá de sus comienzos agrarios. Escondida en un valle y rodeada de bosques, la comunidad —aún demasiado pequeña como para ser considerada una ciudad fuera del oeste rural— se sostenía ahora, en gran parte, gracias al dinero que aportaba la población estudiantil. Y la universidad, poco a poco, se había ido convirtiendo en fuente de controversia entre los residentes de varias generaciones, ya que su éxito supuso nuevas posibilidades económicas y nuevas perspectivas para la población en expansión.

Emma frunció el ceño al salir del aula y cerrar con llave la puerta tras ella. Le habían dicho que era algo torpe socialmente, pero nunca se había considerado a sí misma una solitaria. Sin embargo, estaba claro que Rory la veía de esa forma, y la idea la incomodaba. Los dos se habían conocido poco tiempo después de que Emma se mudara a Colchester y habían intentado un fugaz romance durante su primer año, el cual había acabado en una fluida amistad más que en una relación apasionada. Rory era una de las pocas personas con las que Emma podía contar. Uno entre un puñado de amigos, en su mayoría, del trabajo. También tenía una estrecha relación con su familia, a pesar de que residían en el este. Y luego estaban… ¿sus alumnos? Quizá Rory tenía razón.

Bajó corriendo las escaleras hasta la planta baja y salió a la suave luz del final del verano. En el campus, resonaban las risas y parloteos habituales cuando cruzó el patio interior hasta su despacho. Los alumnos estaban esparcidos por el césped aún verde, solos o en grupos, como si fueran los restos de una tormenta. Se apoyaban y holgazaneaban en cualquier parte. Los que iban de camino a clase se arremolinaban alrededor de otros que disfrutaban de los últimos coletazos del buen tiempo. La implacable luz había dispersado las nubes de la mañana y moteaba el suelo con las tenues sombras de las hojas que aún resistían en los árboles. Era la tercera semana del trimestre y los alumnos sabían que el buen tiempo no duraría demasiado; la tormenta de la noche anterior ya había impregnado el aire del penetrante olor del otoño. Algunos reían, otros permanecían concentrados, pero todos estaban llenos de vida y potencial. A Emma la embargó una súbita nostalgia de aquella sensación, de aquellos días templados en los que todo estaba coloreado por la confianza en las posibilidades del mundo, en los que quería asomarse a un precipicio y prepararse para el siguiente paso.

La campana del reloj de la torre inició su sonora llamada y los impulsó a todos a la acción. Con un suspiro, Emma cambió la luz del sol por los fríos rincones de su despacho.

3

Ian estaba examinando pruebas y tomando notas de las descripciones y declaraciones que empezarían a dar forma a su investigación. Ni él ni Mike habían dormido más que unas horas, pues habían permanecido en el granero hasta que la oscuridad los había obligado a irse a casa y habían vuelto con las primeras luces de la mañana siguiente, después de que una urgencia silenciosa los sacara a ambos de sus camas. La joven del granero estaba lejos de ser uno de sus casos domésticos habituales, e Ian sentía incluso cierta culpa por el vago entusiasmo que despertaba en él. Cuando le preguntaban, siempre decía que era policía porque creía que todo el mundo merecía justicia. Él se había unido al cuerpo para hablar por aquellos que no podían hacerlo por sí mismos. Sin embargo, en su fuero interno admitía que aquella honrada dedicación se había astillado y desgastado un tanto bajo el tedio perpetuo de tantos pequeños crímenes absurdos que cometían pequeños individuos absurdos. La justicia por sí sola no bastaba para motivar a nadie fuera de las películas. Algunos policías seguían haciendo su trabajo por el poder, otros por la pensión de jubilación y otros por falta de un plan mejor. Ian se había quedado porque quería ganar. Le gustaba anticiparse al otro, ya fuera un criminal, un testigo, un abogado defensor u otro policía. Acudía a aquel trabajo a diario, con toda su oscuridad, suciedad y banal crueldad humana, solo por ese momento en que los otros comprendían que él no era lo que habían pensado.

Pero aquel caso era diferente. El asesino estaba jugando, mostraba las piezas de un puzle y lanzaba su desafío. Aquello, por sí solo, era suficiente para mantener despierto a Ian.

Y luego estaba la chica.

No llevaba documento de identidad ni permiso de conducción, y sus huellas tampoco estaban registradas en el sistema. Dependería de la suerte —y de la habilidad de Ian— resolver el puzle. Necesitarían que se presentara un testigo o una denuncia por alguien en paradero desconocido, cosa bastante posible al tratarse de una estudiante. Con suerte —pensó Ian—, mientras la familia de luto aún pudiera identificar su plácido rostro. En caso contrario, tendrían que acudir a los registros dentales, una perspectiva, aunque sombría, demasiado factible para aquella chica que aún seguía llevando una pequeña etiqueta blanca donde se leía: «Mujer sin identificar». Levantó la vista del archivo que estaba creando cuando Mike tamborileó con un lápiz para llamar su atención. La segunda planta de la comisaría de policía en la que se hallaban estaba diseñada de manera más funcional que estética, con recias mesas de escritorio y sillas desparejadas que llenaban el espacio. El lugar estaba inusualmente tranquilo mientras Ian y Mike trabajaban. Sus mesas, situadas una frente a la otra, estaban cubiertas de documentos y archivos rigurosamente etiquetados; los monitores de unos ordenadores de sobremesa algo anticuados formaban una barrera entre ambos. Mike hubiese sido feliz confiando en los archivos digitales, pero a Ian le gustaba el proceso tangible de clasificar y organizar los archivos físicos. Encontraba satisfactoria aquella lenta acumulación.

—Han llegado los primeros resultados toxicológicos —dijo Mike—. Tendremos que esperar al informe completo, aunque parece que nuestra desconocida del granero se tomó la pastilla roja y la azul. Aunque nada ilegal si tenía prescripción médica.

—Qué rápidos. —Ian dirigió una mirada desaprobatoria a su compañero. Lo incomodaba que Mike se saltara las reglas y traspasara la línea.

Mike se encogió de hombros.

—Soy persuasivo.

Ian movió la cabeza de lado a lado.

—¿Qué han averiguado?

—Nada recreativo. Un analgésico y un sedante, suficientes para hacerla perder el conocimiento. La cantidad sugiere que la drogaron unos días antes de la muerte.

—¿Rastreables?

Mike negó con la cabeza.

—Ambos se pueden conseguir con facilidad. Yo tengo los mismos analgésicos en el armario del cuarto de baño desde que los niños convencieron a Brian para hacer *snowboard* y se lesionó la rodilla.

—Te añadiré a la lista de sospechosos —dijo Ian secamente.

—A mí y al resto de tíos de mediana edad. —Mike levantó la vista—. Tú prepárate.

Ian se volvió. Ivy Wollard atravesaba la comisaria en dirección hacia ellos con pasos rápidos y decididos.

—¿Persuasivo?

Mike sonrió abiertamente.

La diminuta mujer llegó hasta la mesa de Mike y soltó un sobre de papel manila delante de él.

—El informe de la autopsia y el informe del escenario del crimen. Deja de atosigar a mi gente. —Ivy se dio la vuelta y empezó a alejarse.

—¿No podrías resumirnos lo básico? —preguntó Mike en un tono indolente con intención de provocarla—. Nosotros los policías en realidad no entendemos nada de toda esa… ciencia.

Ivy inhaló y exhaló aire enérgicamente antes de responder. Se quedó mirando a Mike largo rato antes de dirigirse a propósito a Ian. Mike puso una sonrisa de suficiencia.

—Tenía roto el hueso hioides, lo que indica estrangulación. Las marcas de ligadura sugieren que fue estrangulada con un objeto pequeño y delgado, cordel de embalar, a juzgar por las fibras halladas en la herida. Probablemente, se encontraba en la escena.

—¿Estrangulada y no ahorcada? —preguntó Mike.

Ivy se tensó.

—La estrangularon… con las manos.

—¿Alguna herida defensiva? —preguntó Ian.

—No. Probablemente estuviera sedada en el momento de la muerte.

—¿Podría haber sido una sobredosis accidental? —continuó Ian.

—Es posible, pero improbable. —Ivy hizo una pausa—. No se trata de drogas recreativas.

—Sí —se apresuró a decir Mike—. Lo mismo he dicho yo.

—Es obvio —respondió Ivy.

—¿Qué han encontrado los técnicos? —preguntó Mike con excesiva relajación.

—Está en el informe. —Ivy le lanzó una mirada despectiva y se volvió hacia Ian—: Algo interesante: la drogaron, pero cuidaron de ella antes de matarla. No hay señales de agresión física ni sexual. Estaba bien hidratada, le habían cepillado el pelo y había comido el día anterior. Cualesquiera que fuesen las razones para retenerla durante tanto tiempo no tenían que ver con la tortura. Ni con la violación.

—Prácticamente un santo, entonces —añadió Mike *sotto voce*.

Ivy lo ignoró.

—Si tenéis preguntas, escribid un correo.

—Gracias, Ivy —dijo Ian en tono de disculpa.

Ella asintió como respuesta; luego se dio la vuelta y se marchó con la cabeza erguida.

Mike sonrió a Ian.

—Siempre un placer.

—Sabes que hay otros detectives cuyos casos se ven afectados cuando presionas así.

—¿Sabes que el alcalde ya ha llamado dos veces a la teniente para pedir que lo pongan al día? Una chica guapa y rubia asesinada, y en una pose de Barbie… Va a ser portada en los periódicos de todo el país mañana y nosotros vamos a ser parte del ciclo de veinticuatro horas de noticias hasta que se resuelva. Por no hablar de las putas redes sociales. Saldrán locos por todas partes.

—¿Crees que debemos recibir un trato especial porque nuestra víctima es guapa y rubia? —Ian sabía que la acusación era injusta, aunque no pudo dejar de hacerla.

Mike no mordió el anzuelo.

—Enviaré a los otros detectives una tarjeta con mis más sinceras disculpas. Bien, *boy scout* —lo despachó Mike—, veamos qué nos ha traído la pequeña Mary Sunshine. —Abrió el informe de la escena del crimen—. Los indicios sugieren que la mataron en el granero; había demasiados desechos como para encontrar nada de utilidad. Las flores que llevaba al cuello no tenían nada de especial, eran de las que pueden comprarse en cualquier tienda de manualidades. No hay huellas identificables en el vestido. —Mike levantó la vista—. Haré que Jones lo compruebe en las tiendas de disfraces locales, en los teatros comunitarios y similares, pero te apuesto lo que sea a que se hizo con todo en internet.

—Es difícil comprobar eso sin tener antes un sospechoso.

—No me digas.

—¿Algo sobre los chicos que la encontraron?

—Porreros adolescentes. Parece que el granero no es un sitio que suelan frecuentar, pero un tío les había dicho que habría una fiesta allí aquella noche.

—¿Un tío? ¿No lo conocían?

—No. Dijeron que lo habían visto por los alrededores y que les había comprado alguna vez, aunque no pudieron darnos un nombre.

—¿Descripción? —preguntó Ian.

—Estatura mediana, complexión mediana, pelo castaño o tirando a rubio, y blanco.

—O sea, uno de cada tres tíos que se ven por ahí. ¿Crees que fue a propósito? ¿Que quería que el cuerpo fuera encontrado?

—Eso parece. Y necesitaba que lo encontraran con relativa premura; esa escena no habría durado.

—No es probable que obtengamos nada de esa descripción, pero que hagan un retrato robot y que lo divulguen. —Ian tamborileó con el lápiz, pensativo—. ¿Algo sobre el papel que tenía bajo la lengua?

—El tamaño y el tipo de papel encajaban con el del libro que se encontró en la escena, aunque la página estaba doblada y degradada después de permanecer tanto tiempo en su boca. Aún no pueden decir qué había en ella, si es que había algo…

—¿Saben qué libro es?

—No ha habido tanta suerte. Las páginas están cubiertas de sangre coagulada hasta tal punto que resultan ilegibles. Podrían escanearlo para ver si así es posible descubrir lo que hay debajo.

—Sugiéreselo a Ivy. Apuesto a que agradecerá la ayuda.

Mike le dirigió una mirada burlona a Ian y volvió al informe.

—La sangre es animal, no humana. De cerdo, probablemente.

—¿Huellas? —recordó Ian.

—Dos parciales en el borde del abrevadero. El sistema no las ha reconocido.

—No podía ser tan fácil.

—No. Pero han encontrado una coincidencia con una huella registrada en un caso de asalto en… —Mike comprobó sus notas—. Northport. En junio.

—Llamaré a la comisaría y veré si tienen algo útil. El tipo podría haber empezado a actuar allí antes de venir —sugirió Ian.

—Bueno, no es probable que este sea su primer asesinato. Nadie empieza haciendo algo tan bonito.

Ian levantó la vista para comprobar si su compañero estaba haciendo una broma de mal gusto, pero el rostro de Mike no se inmutó y siguió leyendo el informe.

—Hablando de algo bonito, ¿tú no tendrías que estar de camino al baile, Cenicienta? —preguntó Mike sin apartar la mirada.

—Mierda.

Ian miró el reloj. No llegaría a tiempo. Calculó mentalmente cuánto le llevaría llegar a casa, cambiarse, afeitarse e ir hasta el museo.

Definitivamente, iba a llegar tarde. Cogió su chaqueta del respaldo de la silla.

—¿Estás seguro de que no me necesitas?… —preguntó Ian mientras se la ponía.

—Esta noche ya no podemos hacer mucho más. Disfruta del champán, *boy scout*.

4

Con la cabeza agachada bajo la lluvia, Emma subió corriendo los escalones que llevaban al museo. Se sujetaba la falda con una mano mientras los charcos que se iban expandiendo le empapaban las puntas de los zapatos de raso. La temperatura tibia del final del verano se había desvanecido en cuanto una nueva tormenta se apoderó de Carlisle. El mango de su paraguas golpeaba el estampado multicolor de su impermeable lanzándole salpicaduras de agua contra la espalda. Franqueó las anchas puertas de cristal para entrar en la sala bien iluminada mientras sentía pinchazos en la piel por el frío del aire acondicionado de la galería. Sacudió el paraguas para soltar toda el agua posible, lo metió en una bolsa de plástico que le proporcionó una recepcionista y lo dejó junto con su abrigo en el mostrador.

—¿Bolso? —le dijo extendiendo la mano.

—No, gracias. Me lo quedaré.

La mujer se encogió de hombros y Emma se colgó el bolso riéndose para sus adentros de la falta de bolsillos y de pragmatismo de la vestimenta formal femenina. Se esforzó por no juguetear nerviosamente con la delgada correa.

—Lo pasarás bien —se dijo y respiró hondo—. Lo pasarás bien.

Desplazándose con la multitud hacia el punto de partida establecido, se detuvo automáticamente para observar a su alrededor y para centrarse cuando la presión de la gente le formó un nudo de desasosiego en el pecho. Los nítidos detalles de las imágenes de colores intensos destacaban contra las paredes de un blanco mate. Una música gratamente discreta flotaba en la habitación mientras los invitados, con sus caros atuendos, iban de un cuadro a otro conversando en susurros. El tenue aroma de perfume de diseño y tela húmeda envolvía a Emma mientras avanzaba por la galería. Cada pared estaba decorada con estética y eficacia a la vez.

Emma se salió de la multitud, haciendo lo posible por encontrar espacio en la sala, y cogió un programa diseñado con exquisitez que anunciaba: «Luz y oscuridad: los artistas prerrafaelitas de la Inglaterra victoriana». Lo hojeó brevemente y dobló las esquinas de los cuadros que más le interesaba ver, luego aceptó una copa de champán que le ofreció un camarero con chaleco negro que no tendría más de veinte años. Mentalmente, repasó sus listas de clase para comprobar si había sido alumno suyo. No logró ubicarlo, pero le sonrió cortésmente, por si acaso. Emma siempre había tenido facilidad para memorizar textos y pasajes, para recordar ilustraciones con detalle. Sin embargo, no le sucedía lo mismo con la gente.

La multitud avanzó hacia el cuadro de una joven hermosa con la mirada baja y el cabello dorado cayéndole sobre un vestido de estilo renacentista. Emma se acercó para estudiar la precisión de las perlas pintadas que la muchacha sostenía en la mano. Un celoso guía del museo se acercó furtivamente a ella y Emma envolvió con los dedos de ambas manos su copa de flauta llena de champán para mostrarle que podía confiar en que no derramaría su contenido sobre la obra de arte centenaria. Entonces sintió una presión firme en el brazo y adoptó una expresión de cortesía amistosa para anticiparse al inevitable encuentro con alguien que quería saludarla. Rory la miraba con una amplia sonrisa. Emma se relajó, sintiéndose agradecida por poder posponer durante unos minutos más el ritual de la conversación banal con un extraño.

—Has venido —dijo él entusiasmado elevando excesivamente la voz.

—He venido. —Emma levantó la vista hacia él e intentó que su propio entusiasmo fuera convincente—. Simplemente, he decidido que tenías razón. No me viene mal salir una noche.

Rory cogió una copa de champán de una bandeja al paso de un camarero —no era la primera de la noche, adivinó Emma—. Le deslizó la mano por la espalda baja e inmediatamente la apartó al notar que se tensaba. Ella detectó una ligera amalgama almizclada de sudor, alcohol y el denso olor especiado de su colonia.

—Me alegro de que hayas venido —dijo Rory, que estudió el rostro de Emma por un momento y entonces dio un paso atrás—. ¿Qué has visto hasta ahora?

—No mucho. Acabo de llegar.

—Bueno, no es la Tate, pero estoy satisfecho con lo que hemos reunido. Las obras más grandes son todas de artistas menos conocidos, también hay algunas de «la escuela de», pero tenemos un pequeño boceto de Burne-Jones y un Hunt prestado por un coleccionista privado. Y se ha hecho un gran trabajo con la exposición de fotografía; el material de Cameron es excelente.

—Es extraordinaria, Rory. De verdad. Podéis estar orgullosos en el consejo.

Él sonrió ante el elogio, pero su atención se desvió al otro lado de la sala antes de poder contestar.

—Maldita sea. Quería acompañarte, pero técnicamente estoy aquí en mi papel oficial, y parece que algunos de mis subordinados necesitan atención.

Emma se volvió y vio a un grupo de alumnos que parecían algo más alegres de lo conveniente.

—Ve. Se me da bien volar sola.

—Pero no huyas al jardín de esculturas; no podemos permitirnos perderte en la oscuridad.

—No te preocupes. Tengo ahorrada suficiente conversación banal como para sobrevivir una noche. ¿Almorzamos la semana que viene?

—Haré que Caro bloquee mi agenda. —Depositó un leve beso en su mejilla y se volvió hacia la multitud—. Ve directamente al tercer cuadro; es uno con el que te gustará pasar un rato.

Emma siguió su consejo y se abrió camino entre la multitud atravesando los grupos de gente que había detenida junto a los dos siguientes cuadros —un retrato bastante sobrio de una muchacha vestida de blanco y una naturaleza muerta de empuñaduras de espadas— sin dedicarles más que una mirada fugaz. Cuando llegó al tercero, sintió una cálida oleada en el pecho. Sobre el lienzo, una mujer hermosa con los cabellos de color miel se levantaba del asiento de un telar. Hilos de colores le caían de los dedos y se le enredaban alrededor de la cintura, atrapando su falda al incorporarse para dejar su trabajo. A su lado se veía el tapiz incompleto, que representaba una población medieval. Ella estaba de perfil, miraba melancólicamente por una ventana. Su cuerpo se inclinaba levemente hacia delante y tenía una mano extendida como si con ella buscara el mundo exterior. A través de otra ventana, justo encima de su hombro, se veía un pequeño barco amarrado, a la espera. Tras la joven, un espejo agrietado y ennegrecido reflejaba la imagen irregular de lo que tanto la había cautivado: al otro lado de la ventana, se distinguía a duras penas un caballero con armadura y palafrén entre los fragmentos de cristal. Emma se sintió extrañamente voyerista al examinar el cuadro.

—Tengo la sensación de que no debería estar mirando —dijo alguien en voz baja como si fuera un eco de sus pensamientos.

Emma levantó la vista y salió de su ensoñación, demasiado sobresaltada como para componer la expresión de su rostro. Un hombre alto y enjuto miraba con atención el lienzo, con los ojos fijos en el barco que se veía a lo lejos.

—La dama de Shalott —respondió Emma. Luego, tras una pausa para considerar a su acompañante, añadió—: ¿Conoce la historia?

El hombre la miró directamente y Emma se vio sorprendida durante un momento. Su mirada, penetrante e impertérrita, era de un azul tan pálido, casi del color de la escarcha, que transmitía la perturbadora impresión de una total ceguera.

—De Tennyson, ¿verdad? —preguntó—. Una maldición la condenó a vivir en la torre de un castillo tejiendo imágenes del mundo que la rodeaba, pero sin poder ver la vida real más que a través de un espejo. Entonces decide que ya es suficiente y se marcha. El espejo se rompe, la maldición se desata y ella muere. —La mirada del hombre regresó al cuadro.

—«La maldición ha caído sobre mí» —citó Emma con el ceño fruncido—. Ve a sir Lancelot y cae rendida ante el amor. La devora. Hace pedazos el mundo. Pero no es solo él, sino lo que representa. Él es la libertad, la alegría, la esperanza y la vida. Ella no puede soportar seguir en su torre después de saber lo que el mundo exterior puede ofrecerle. Escoge el conocimiento por encima de la seguridad. Lo único que puede hacer entonces es escribir su nombre en el barco con la esperanza de que, cuando este lleve su cuerpo a Camelot, alguien lo entienda. —Emma también se volvió hacia el cuadro.

—Igual que Eva con la manzana.

—¿Cómo dice?

—Ha dicho usted que escogió el conocimiento por encima de la seguridad. Como Eva.

—Algo muy parecido. —Emma le dirigió una mirada evaluadora. Algo oscuro transitó bajo aquellos ojos de color azul hielo que desató el nerviosismo en Emma—. Los prerrafaelitas sentían fascinación por las historias de amor trágico como las de Tennyson, Shakespeare y… —La mente de Emma se quedó en blanco al levantar la vista de nuevo para ver aquellos ojos fijos en ella.

Tenía la piel clara, con el leve rastro de una barba incipiente en una mandíbula delicada pero firme. La respiración se le aceleró ligeramente como resultado de la atracción o de los nervios; Emma no estaba segura. Pasó los dedos por la correa del bolso y sin querer se lo descolgó del hombro.

—¿Y? —El hombre torció el gesto cuando ella dejó caer el bolso y torpemente se agachó para cogerlo.

Emma se ruborizó.

—Siglos de historias nos dicen que el amor siempre acaba en sufrimiento. Pero no dejamos de intentarlo. Quizá ella pensó que merecía la pena. —Emma volvió a mirar a la mujer de la maldición en el lienzo.

—Quizá la mereció. —La voz del hombre sonó dulce y levemente triste mientras estudiaba las texturas y el color de la pintura, absorto en la maraña que esta creaba.

Emma levantó la vista, luego la apartó mordiéndose el labio inferior. Avanzó rápidamente hacia el siguiente cuadro e intentó eludir la sensación de torpeza que se apoderaba de ella. El hombre la acompañó, manteniéndose cerca, mientras el resto de invitados se arremolinaba a su alrededor. Juntos miraron un cuadro que plasmaba a la Ofelia de Shakespeare. La mayoría de los artistas habían representado a la muchacha desconsolada bajo las aguas turbias, perdida en su dolor. Aquella Ofelia, en cambio, se hallaba al final del arroyo, con la falda llena de flores, y se volvía para mirar directamente a aquellos que la observaban. Tenía el pelo suelto en completo desorden y los pies descalzos, aunque algo en su pose sugería que no todo estaba perdido. Emma imaginó que en sus ojos había una súplica. ¿De ayuda? ¿De perdón? Se inclinó para estudiar la expresión de la mujer condenada a la fatalidad. El hombre se acercó y la siguió de nuevo, dejando atrás a la multitud. Emma podía oler el aroma a limpio del detergente de su lavandería mezclado con algo más intenso, cálido y especiado. Emma captó un brillo familiar en sus ojos mientras el hombre examinaba el cuadro en silencio.

—¿También ella murió por amor? —preguntó al fin.

—En cierto modo —respondió Emma en voz baja—. Era la amada de Hamlet, pero él la rechazó cuando eligió el camino de la venganza. Podría decirse que lo hizo para protegerla…, que la apartó para mantenerla a salvo.

—¿La alejó por su propio bien?

—Sí. Pero luego mató a su padre, y eso le hace perder puntos de caballerosidad.

—Eso haría incómoda cualquier cena de Nochebuena.

Emma sonrió, sorprendida por cuánto estaba disfrutando la conversación.

—Bueno, fue un accidente, pero ella no lo sabía. —Emma extendió una mano hacia las flores pintadas y sus dedos se acercaron a los de la muchacha moribunda.

—Es… cautivadora —dijo el hombre con desasosiego en la voz—. ¿Qué le pasó?

—La venció el dolor. Para el público de Shakespeare, y para los victorianos, esas flores podían contar toda la historia. Los ranúnculos representan el duelo; las ortigas, el dolor; las margaritas, la inocencia. La historia de Ofelia recogida por sus propias manos. «Un sauce crece oblicuo sobre el río reflejando en el agua cristalina su hojarasca. Y allí se dirigió coronada por guirnaldas caprichosas de ranúnculos, ortigas, margaritas y otras flores moradas. Y, queriendo colgar de sus ramas suspendidas su corona de hierbas, una pérfida rama se rompió. Sus vestiduras, con el peso del agua, arrastraron a la pobre desdichada en medio de su canto melodioso… a una muerte en el barro». Emma citó los versos de *Hamlet* dulcemente, ensimismada en las palabras.

—Parece conocer la obra muy bien —dijo él.

—Lo siento. —El rostro de Emma se ruborizó—. Tengo esa mala costumbre.

—No era una queja.

El silencio los envolvió. Emma empezó a juguetear de nuevo con la correa de su bolso, luego bajó bruscamente la mano.

El hombre sonrió al advertir el gesto y avanzó hacia el siguiente cuadro, un retrato bastante anodino de una mujer vestida de rojo y naranja que sostenía un pequeño cofre. Emma lo siguió un paso por detrás.

—Esa es Pandora. Liberó todos los males del mundo —dijo Emma.

—Otra mujer que eligió el conocimiento por encima de la seguridad.

—Hesíodo interpretó la historia como una advertencia contra el mal de las mujeres.

El hombre se encogió de hombros.

—Si le dices a cualquiera que no toque algo, seguro que querrá tocarlo.

El hombre había hablado mientras miraba hacia la pintura, pero Emma percibió su calidez. Con la amable preocupación de Rory aún fresca en su mente, había cuidado su apariencia aquella noche. Llevaba el pelo de color cobrizo ondulado y peinado hacia atrás, recogido con un pasador enjoyado. Había escogido una piedra brillante a juego con el azul intenso de su vestido largo para lucir en el cuello y complementar su tonalidad inglesa. El hombre se volvió hacia ella y el tejido de repente se hizo rígido, pesado e incómodo.

—Ian Carter —dijo inclinándose para que su voz no se perdiera en medio del ruido.

—¿Cómo dice? —Emma habló en una inhalación de aire interrumpida por el sobresalto de sentir su aliento en la mejilla.

Él se apartó ligeramente y elevó la voz:

—Me llamo Ian Carter.

—Emma. Emma Reilly.

—¿Es usted profesora, Emma? —Ante su gesto inexpresivo, añadió—: Parece saber mucho de todo esto.

—Sí, yo… De Literatura, en la universidad. —Él la miró, claramente expectante, pero a ella no se le ocurría nada que añadir—. ¿A qué se dedica usted? —preguntó al fin bruscamente.

—Soy detective —vaciló—. De homicidios.

—Oh. —Emma lo miró repasando mentalmente los últimos diez minutos—. Lo siento mucho. —Él se quedó desconcertado por un instante—. ¡No! No lo siento por usted. Ni por lo que hace. Siento haber estado hablando de… gente muerta.

La postura de Ian se relajó.

—No lo sienta. Ha sido interesante. Y he obtenido mucha más información que si me hubiera limitado a leer los carteles.

—Bueno, impartí un seminario que incluía un viaje a Londres el verano pasado. Uno de nuestros profesores se ocupaba de…, bueno, el arte y yo cubría los aspectos literarios. Lo cierto es que fue una aproximación interdisciplinar fascinante… —El torrente de palabras de Emma se interrumpió cuando vio que el centro de atención de Ian se desplazaba.

—Estoy seguro…

La mirada de Ian estaba puesta en ella mientras hablaba, pero ella sabía que en realidad no la estaba escuchando. Estaba observando algo, o a alguien, al otro lado de la sala.

Emma contuvo una confusa sensación de decepción.

—Esto va a parecer extremadamente descortés, pero… —Su mirada volvió a desviarse tras ella. Su rostro se ocultó tras una máscara fría y dura, y el cuerpo se le tensó como si se estuviera preparando para la confrontación. Señaló con la barbilla hacia el otro lado de la sala—. Algo está pasando allí. Una chica… —Emma siguió su mirada, pero no consiguió ver lo que captaba su atención—. Tengo que ver si puedo… hacer algo. Intentaré buscarla en cuanto pueda.

—De acuerdo —respondió débilmente Emma—. Hasta luego… Supongo.

Ian se alejó caminando rápidamente, sin rastro de la torpeza que pudiera sugerir su constitución desgarbada. Emma examinó la sala, pero no vio nada de particular interés, solo el habitual grupo de donantes adinerados vestidos de noche manteniéndose al margen de los menos sofisticados académicos, cuya combinación de donaciones y pasión había bastado para conseguirles invitaciones. Mientras Ian se perdía entre la multitud, el cerebro de Emma empezó a catalogar todos los momentos incómodos de su interacción: cada jugueteo, cada comentario gratuito y cada explicación excesivamente entusiasta. Enseguida se interrumpió a sí misma, acalló las voces críticas que tan bien conocía, aunque los colores de la velada se habían enturbiado. Se volvió de nuevo hacia los cuadros y se contó de nuevo a sí misma cada historia, sin ganas de explorar la sombra de arrepentimiento que se había apoderado de ella.

5

Ian se internó en el laberinto de gente. Cada persona le parecía un obstáculo que superar: dobladillos de vestidos de seda, zapatos relucientes, manos que se agitaban con copas de champán deseosas de ser derramadas. Se movió tan rápido como pudo, con una energía familiar que le recorrió la piel mientras se abría camino hasta la escena que había captado su atención. Había sido solo un instante, una mirada aterrorizada en el rostro de una mujer joven y rubia; no tendría más de veinte años, según los cálculos de Ian. Un hombre un poco mayor la había cogido del brazo en un gesto aparentemente inofensivo, pero la reacción de la mujer había sido clara, incluso desde el otro extremo de la habitación. El traslado del peso del cuerpo, la tensión en los músculos, las cejas levantadas, la boca apretada, los brazos cruzados; la imagen de una víctima frente a su depredador. Ian no logró ver el rostro del hombre, aunque su cuerpo se irguió y se expandió al moverse hacia ella en una respuesta igualmente inequívoca. Pretendía intimidarla.

A continuación, en un instante, las posturas se invirtieron. El rostro de la mujer se relajó en una mirada altiva, sus hombros se echaron hacia atrás y sus ojos recorrieron al hombre de manera desafiante. Apartó bruscamente el brazo. El hombre retrocedió tan rápido que estuvo a punto de caerse. Ian se detuvo, preguntándose la causa de aquel repentino cambio, y entonces reparó en cinco personas que se acercaban a ella. Eran tres chicas y dos chicos, todos de edad similar. Ninguno parecía haber visto el momento en que la chica rubia había reaccionado, pero su presencia creó un palpable muro de apoyo para ella. Uno de los muchachos, por su complexión, un atleta, a juicio de Ian, se acercó y la apretó contra su costado. La expresión de la mujer rubia era triunfal. El atleta se inclinó y dijo algo que Ian no consiguió oír desde donde los donantes de movimientos parsimoniosos lo tenían encerrado.

La chica respondió a su nuevo acompañante; sin embargo, sus ojos seguían fijos en el hombre que había intentado agarrarla. Este se quedó petrificado ante ellos y su bravuconería desapareció hasta parecer casi encorvado. El grupo se reía sin parar. La chica rubia lanzó un comentario y las risas aumentaron. Ian siguió avanzando instintivamente, pero una anciana con bastón le propinó un certero codazo al pasar junto a él al tiempo que musitaba algo sobre la gente joven que no tenía modales. La chica regresó a la seguridad de sus amigos y el hombre desapareció entre la multitud. Ian se dio cuenta con desasosiego de que no había conseguido hacerse una imagen clara de él. Llevaba un traje un poco arrugado, anodino y oscuro, el pelo más bien largo y de un color castaño sin brillo. Tenía una complexión y una estatura medias. Ian sintió una súbita empatía hacia todos los testigos que habían descrito alguna vez a un asaltante como «alguien corriente».

—Mierda —dijo en voz alta, lo que sobresaltó a una mujer envuelta en sedas que tenía al lado y que lo miró hecha una furia.

Él musitó una excusa y se dio la vuelta. Desanduvo sus pasos tratando de deshacerse de los restos de adrenalina que aún vibraban en su piel. Intentó convencerse de que había percibido algo, de que su instinto, fruto de sus muchos años en el cuerpo, le había dicho que la chica rubia necesitaba ayuda. Pero se estaba mintiendo a sí mismo, y lo sabía. Había reaccionado exageradamente. Aquella chica estaba bien y él había... Ian respiró hondo para disipar aquella polvareda, mezcla de emociones y recuerdos. Aquella chica no era Zoey, se reprendió a sí mismo. Hacerse el héroe ahora no iba a cambiar las decisiones que tomó entonces, la ayuda que no le había prestado cuando ella sí la necesitaba.

No había sido su culpa, lo tranquilizó una voz en su cabeza. Sin embargo, aquella era la voz de Mike, no la suya, y a él le costaba creer lo que decía. Volvió la vista por encima del hombro hacia la chica rubia. Ya no estaba.

Tampoco Emma —se dio cuenta entonces con una emoción diferente— estaba allí. Recorrió toda la sala en busca de un brillante remolino azul que anunciara su presencia, pero no vio nada. Ian estuvo mirando los cuadros sistemáticamente, tratando de invocarla en cada uno. Al fin, dio con ella cerca de la puerta principal. La alegría se desató como una descarga eléctrica. Emma parecía aislada, por mucho que otras personas se revolvieran a su alrededor. Ian la siguió manteniendo la distancia por un momento, cautivado. Se detenía poco tiempo en cada cuadro, sin mirar en ningún momento los carteles y con las manos cuidadosamente juntas. Había algo de cautela —que no era exactamente miedo, pensó Ian— en todos sus movimientos. No se sentía cómoda allí. Sin embargo, Ian podía ver en aquella estudiada posición del cuerpo y en su apacible sonrisa permanente que intentaba mezclarse con los demás. Emma se dirigió hacia la entrada e Ian avivó el paso. Mientras se abría camino entre la multitud, planeaba su aproximación y su frase inicial calculando las posibles respuestas… Entonces se paró en seco.

Ella se volvió con una sonrisa que no iba dirigida a él. Un hombre se le acercó, alguien a quien obviamente Emma conocía. Se podía catalogar como atractivo, con un cabello ensortijado de color rubio arena en intencionado desorden alrededor de su rostro bronceado. Tenía unos ojos verdes penetrantes y un mentón firme. Ella lo conocía, e Ian se dio cuenta de que, claramente, también le gustaba. Su cuerpo se había relajado levemente y su sonrisa había pasado de ser una máscara pintada a ser de genuina satisfacción. El lenguaje corporal de ambos era de familiaridad, aunque —Ian quiso convencerse a sí mismo de ello— no de intimidad. Emma bajó la cabeza. ¿Por coquetería? No. Ian reconoció un gesto de alivio.

Se dio la vuelta decidido, apartando el agudo aguijonazo de la decepción. Se abrió camino de nuevo entre el río de gente para regresar al cuadro de Ofelia y continuó el recorrido desde donde lo había dejado, tratando de no comparar las notas del programa del museo con las explicaciones mucho más interesantes que le había dado Emma. Él conocía la historia, por supuesto —rey asesinado, príncipe presa de la angustia, tío malvado, muertes trágicas—, pero había olvidado a la pobre Ofelia en medio de todo aquel baño de sangre. Recordaba la escena del cementerio y la famosa conversación de Hamlet con la calavera. Pero Ofelia y sus flores… Se acercó más. Tenía un rostro suavemente redondeado y el pelo largo de color cobrizo le bailaba sobre los hombros. Su mirada se encontró con los ojos verdes de Ofelia. Vio a Emma reflejada en aquellos dulces rasgos y recordó el leve aroma a rosas que desprendía su piel. Se volvió repentinamente angustiado por haberse olvidado del destino de Ofelia.

6

Emma había seguido recorriendo la exposición después de que
Ian desapareciera en la multitud, y trató de evitar la conversación banal con el resto de invitados hasta que la velada empezó a decaer. Recogió su abrigo y su paraguas —aún ligeramente húmedo al sacarlo
de su envoltura de plástico— y se unió a los demás asistentes en el
pórtico del museo. Mientras metía el programa ya arrugado en el bolso, escudriñó entre la multitud esperando ver a Ian. En cambio, en
lugar de eso, fue Rory quien apareció a su lado. Ella se volvió, sonriente.

—¿Lo estás pasando bien, Em?

—Lo estaba… Lo estoy pasando bien.

—Eso parece. —Rory desplegó una sonrisa con hoyuelos.

Emma sintió calor en su piel.

—Quiero decir que no estaba…

—No te preocupes, cariño. Yo ya tuve mi oportunidad. No pasa
nada por ver que te diviertes con otros.

—No soy ninguna niña, Rory. —La turbación de Emma hizo que
su voz sonara más dura de lo que había pretendido.

—No, claro que no lo eres. No pretendía infantilizarte. Simplemente, me pareció que de verdad lo estabas pasando bien, y como fui
yo quien te animó a venir… —La frase se fue apagando y su expresión
se volvió interrogativa. Sonrió entonces ante la mirada avergonzada de

48

Emma y se arriesgó a hacer una pequeña broma—: ¿Le diste una conferencia?

—Oh, Dios mío. —Dejó caer la cabeza hacia delante—. Sí que se la di. Vaya si se la di.

—Bien. Esa es tu mejor tú.

—Que tú encuentres mi torpeza social enternecedora no significa que lo sea para el resto del mundo.

Rory se acercó más a ella.

—Entonces, que le den al mundo. No te merece. —Le cogió la mano y se la apretó—. Almorzamos esta semana; no lo olvides.

Emma lo vio bajar corriendo las escaleras para perderse en la oscura noche y sintió algo de nostalgia. Su breve relación romántica se había apagado rápido, y Emma se preguntó, no por primera vez, si había cometido un error al ponerle fin. Tal vez hubiera funcionado solo con que ella hubiera sido capaz de… ser distinta. Suspiró. Un chico con el pelo revuelto pasó rozándola, corría como si tratara de alcanzar a alguien. Rory lo miró por encima del hombro, pero él no aminoró el ritmo de sus pasos.

Emma se subió el cuello del abrigo, abrió su paraguas para protegerse de la lluvia que seguía cayendo y empezó a bajar sin ganas hacia la reluciente acera. Se apartó de la multitud de invitados que salían y se dirigían hacia la estructura del aparcamiento adyacente, en dirección opuesta a la acera arbolada en la que las farolas luchaban por abrirse paso entre la lluvia y la melancolía. Ella había aparcado a unas manzanas para evitar las tarifas desorbitadas que siempre se aplicaban las noches de inauguraciones, pero se arrepentía a cada paso que daban sus pies, ya doloridos por los suelos de mármol, sobre los tacones. Llevaba recorridas dos manzanas a un paso renqueante cuando uno de sus tacones quedó atrapado en una grieta de la acera. El zapato le capturó el pie y ella dejó caer el paraguas y el bolso al tambalearse hacia un lado. Se agarró a un árbol y sintió que la piel de la palma de su mano se desollaba al contacto con la áspera corteza. Dejó escapar un siseo de dolor y se llevó al estómago la mano herida. Luego localizó el paraguas justo a su izquierda y el bolso algo más lejos, en la acera, rodeado del halo de luz de una farola. Dejó su zapato intacto junto al otro y se alejó del árbol caminando con cautela para ir en busca de sus pertenencias mientras trataba en vano de subirse el vestido para que no tocara el suelo lleno de barro.

Al inclinarse para coger el paraguas, un golpe en su espalda la hizo resbalar hacia delante. Sus piernas se enredaron con la pesada falda y cayó sobre las manos, golpeándose luego los codos cuando sus músculos, instintivamente, la hicieron apartar la mano que tenía en carne viva por el impacto previo. Emma rodó hacia un lado apartándose el pelo húmedo y preparándose para un nuevo asalto. Percibió la fugaz sombra de un brazo que se apoderaba de su bolso en el suelo y después el salpicar y golpetear de unos pasos que se dirigían rápidamente hacia la acera encharcada.

Al ver que la silueta a la fuga se volvía cada vez más abstracta bajo la lluvia oblicua, Emma se esforzó por levantarse de la empapada hierba. Su respiración sonaba con violencia en el silencio y un temblor frío recorría sus brazos y sus piernas. Cerró los ojos tratando de alejarse del mundo lo bastante como para calmar su respiración y los latidos de su corazón. Ya sentía que el pánico se apaciguaba y que su pulso volvía a ser regular cuando oyó unos pasos que se acercaban rápido por detrás. El miedo volvió a la carga y Emma empezó a retroceder con las manos a oscuras. Una figura apareció entonces bajo la luz irregular de la farola.

—Emma —dijo Ian algo sin aliento—. ¿Estás bien? ¿Qué ha pasado? —Se acercó y se agachó para verla mejor. Con un gesto cuidadoso y lento, le apartó suavemente un mechón de pelo de los ojos. A ella se le puso la piel de gallina—. Respira hondo. Dime qué ha pasado.

Emma hundió los dedos en la hierba húmeda, sirviéndose de la áspera textura para buscar un apoyo.

—Alguien… —La frase de Emma se fue desvaneciendo al tiempo que ella se giraba y señalaba a la calle ya vacía. Las tenues luces iluminaban la intensa lluvia convirtiendo la oscura calle en una acuarela

impresionista—. Alguien me ha abordado por detrás, me ha empujado y se ha llevado mi bolso.

—¿Estás herida?

Emma movió la cabeza.

—En realidad, no me han hecho daño. Solo me empujaron.

—Bien. Eso está bien.

Ian extendió las manos y cogió con sumo cuidado sus palmas ensangrentadas para ayudarla a ponerse en pie. Permaneció callado por
un instante, observando su desvalimiento, y luego miró alrededor.
Tras localizar el paraguas abandonado, lo cogió, lo abrió y amablemente puso a Emma bajo su amparo.

—Querrás presentar una denuncia.

—Mi teléfono estaba en el bolso y... ¡Maldita sea! Mis llaves.
—Emma cerró los ojos—. Maldita sea —repitió en voz baja.

Sin decir nada, Ian se sacó el móvil del bolsillo interior de la chaqueta. Llamó a la comisaría, explicó escuetamente que tenía delante a
la víctima de un atraco y que necesitaba a un agente que le tomara declaración. Echó un vistazo rápido a su alrededor y entonces dio la dirección de un café abierto toda la noche que había calle arriba.

—Vamos —dijo tomando a Emma del codo—. Resguardémonos
de la lluvia.

Los agentes de policía —una mujer mayor que acusaba en el rostro
las erosiones del paso del tiempo y un hombre con la cara redonda lo
bastante joven como para no desentonar en una de las clases de Emma—
llegaron justo cuando Ian dejaba dos tazas de café caliente en una de las
mesas de formica del café. Las luces de neón del cartel del escaparate se
reflejaban en ellas coloreando las tazas de porcelana con tonos apagados
que oscilaban con su parpadeo. Ian saludó con un gesto, se dejó caer en
el asiento de vinilo frente a Emma y se llevó cuidadosamente la taza a
los labios. Emma no tocó la suya. Había entrado en el aseo para lavarse
en la medida de lo posible, se había quitado el maquillaje corrido de la

cara con unas ásperas toallas de papel y se había acomodado el pelo con los dedos, pero estaba segura de que bajo las luces fluorescentes parecía Viola después de naufragar en *Noche de reyes*.

—Bien, señorita —empezó a decir el agente más joven—. Soy el agente Gonzales. Por favor, cuéntenos lo que pasó con el mayor detalle posible.

Emma suspiró.

—Me dirigía a mi coche después de salir del museo. Había aparcado a unas cuatro manzanas y...

—¿Por qué? —interrumpió el agente.

—¿Cómo dice?

—¿Por qué aparcó tan lejos?

—Es más barato. —Emma lo miró, pero él no dijo nada más, así que continuó—: Yo iba caminando hacia mi coche. Tropecé en una grieta en la acera y dejé caer mis cosas: el bolso y el paraguas. Cuando me agaché para recogerlos, alguien llegó por detrás, me tiró al suelo de un empujón y se llevó mi bolso.

Los dos agentes se quedaron mirándola atentamente como si esperasen que continuara.

—Eso es todo.

Emma cogió el café que tenía delante por necesidad de hacer algo con las manos y le dio un sorbo con calma, concentrada en el calor de la taza que pasaba a sus dedos.

—¿Pudo ver al agresor?

—En realidad, no. Estoy bastante segura de que era un hombre y creo que llevaba una chaqueta. Oscura... Azul o negra. Tal vez gris. Estatura y peso medianos. No sabría decir más.

—¿Joven o viejo? —preguntó la agente.

—Diría que joven. Salió corriendo enseguida, con facilidad. Moderadamente atlético, diría. No lo sé. Lo siento.

—¿Y usted no lo vio, detective?

Ian movió la cabeza.

—Llegué demasiado tarde.

La mujer volvió a mirar a Emma.

—¿El agresor le dijo algo?

Emma movió la cabeza.

—Nada.

—¿Llevaba algún tipo de arma?

—No, simplemente me apartó de un empujón, cogió el bolso y salió corriendo.

La agente de mayor edad bajó los ojos para una evaluación rápida.

—Parece bastante magullada. ¿Está segura de que eso fue todo lo que pasó?

Emma cerró los dedos sobre sus manos desolladas.

—Como he dicho, me caí. Antes de que él me empujara.

—Muy conveniente que él estuviera allí justo en ese momento —dijo la mujer sin ocultar su escepticismo.

—Las coincidencias a veces se producen —intervino Ian con firmeza.

—Por supuesto, detective. —Tras un breve contacto visual, la mujer volvió su atención de nuevo a Emma—: ¿Hacia dónde huyó el agresor?

—Hacia la calle Carry, pero estaba lloviendo con fuerza. Solo pude verlo recorrer aproximadamente una manzana.

—¿Hay algo de particular en el bolso o en su contenido?

—Nada. Solo es un bolso de terciopelo azul oscuro con un broche de plata. Dentro estaba mi cartera, barata y negra, con mi tarjeta de crédito, mi carnet de conducir, varias tarjetas de descuento y tal vez veinte dólares en efectivo… —Emma se quedó pensando un momento—. Mi teléfono también estaba dentro, un Android rojo, y un libro de bolsillo, además de mi llavero con la llave de casa, la del coche y una calavera que canta.

El agente Gonzales, que había estado tomando notas diligentemente, se detuvo al oír esto.

—Una calavera que…

—Que canta. En el llavero —repitió Emma—. «I ain't got nobody», y se le encienden luces rojas en los ojos.

Emma captó una leve sonrisa por parte de Ian, pero la agente de mayor edad asintió impertérrita.

—Bueno, señorita Reilly, presentaremos una denuncia, pero... —La agente se vio interrumpida por una voz mecánica que salió del cinturón de Gonzales. Movió la cabeza en un claro gesto imperativo y el hombre se alejó de ellos al tiempo que cogía la radio—. Pero, por desgracia, las posibilidades de encontrar su bolso son escasas. Supongo que alguien la vio tropezar y, simplemente, aprovechó la oportunidad. Cancele todas las tarjetas de crédito que tenga y contacte con su banco. Y cambie las contraseñas, por si acaso. Quizá quiera considerar un servicio de vigilancia también.

—¿Eso es todo? —preguntó Emma.

La agente dirigió una mirada a Ian y de nuevo a ella.

—¿Necesita que la llevemos a casa?

El agente Gonzales volvió a tiempo de oír el ofrecimiento de su compañera.

—Lo cierto es que, bueno, eh…, acabamos de recibir el aviso de una venta de drogas una manzana más arriba.

—¿Ese muñeco Ken pijo otra vez?

—Eh… Sí. —La frente del agente Gonzales se arrugó—. De modo que...

—Oh. No pasa nada. Estoy bien. Estoy bien. Gracias, en cualquier caso. Puedo...

La voz de Emma se desvaneció al darse cuenta de que sin teléfono, sin llaves y sin dinero no podía hacer nada. Podía pedir prestado un teléfono y llamar... a alguien.

—Yo me aseguraré de que llega a casa —se ofreció Ian.

La mujer la miró y Emma respondió con una sonrisa efímera.

—De acuerdo entonces. Detective. Señorita. —Los dos agentes se despidieron con un gesto de cabeza y se marcharon de la cafetería haciendo sonar la campanilla al salir.

Emma echó la cabeza hacia atrás, exhausta tanto por el ataque como por la noche de interacción social. Ian se aclaró la garganta torpemente.

—¿Quieres que te lleve a casa o... que llame a un taxi? —se apresuró a añadir.

Emma mantuvo oculto el rostro al sentir que se le encendían las mejillas.

—Puedo llamar a alguien —dijo en voz baja.

—¿Al hombre de la inauguración? Te he visto antes con él… Rubio… Alto… —La voz de Ian se fue apagando al percibir el evidente asombro de ella.

—¿Te refieres a Rory? No, él habrá… —Emma se detuvo.

«Probablemente esté con alguien», pensó. A Rory no le gustaba estar solo. El estómago le dio un vuelco ante la idea de interrumpirlo; imaginó su mirada de compasión y la irritación de quienquiera que fuera la mujer con la que estuviera… Movió la cabeza.

—No. A Rory, no.

—¿Quieres que te lleve entonces? Lo haré encantado.

—No hace falta que…

Emma notó un remolino en su pecho y bajó la vista, repentinamente consciente de su apariencia desastrosa. La invadió una oleada de vergüenza al darse cuenta de que por detrás estaría llena de manchas de hierba y de barro.

—Entonces, ¿puedo…? —Ian sonó inseguro—. ¿Te apetece un poco de tarta?

Emma levantó la vista, sorprendida por el inesperado ofrecimiento.

—¿Cómo dices?

—No, claro que no te apetece. Acaban de asaltarte. Estás empapada, probablemente tengas frío y…

—La verdad es que me muero de hambre —dijo Emma sin pretenderlo, en realidad.

Empezaba a arrepentirse de lo que acababa de decir cuando captó el resplandor de alivio en el rostro de Ian.

—Un poco de tarta estaría bien.

Él sonrió.

—¿Manzana o merengue de limón?

—Manzana, con nata montada.

Cuando Ian volvió a la mesa sosteniendo en cada mano un plato con tarta de manzana, Emma tenía el pie sobre la silla que estaba junto a ella y se miraba las medias rotas y las rodillas ensangrentadas.

—¿Te has hecho mucho daño? —preguntó él.

Rápidamente, ella se tapó la pierna con el vestido para ocultar las heridas a su mirada evaluadora y se giró hacia la mesa.

—No es para tanto.

Él se sentó rígido y Emma permaneció en silencio, temiendo hacer el momento aún más incómodo con un estallido de palabras sin control.

—¿Qué libro era? —preguntó él al fin—. El que llevabas en el bolso.

La sonrisa de Emma fue casi imperceptible pero sincera, pues él le estaba ofreciendo un terreno seguro. Se preguntó si habría sacado el tema por perspicacia o por azar.

—*Jane Eyre*. Brontë. ¿Lo has leído?

Él asintió mientras tragaba un trozo de tarta.

—En la universidad. Recuerdo que me gustó.

—Es uno de mis favoritos. Tenía ese ejemplar desde los trece años. Fue el primer libro que me apasionó de verdad.

—¿Por qué te apasionó?

—La mansión gótica, la misteriosa mujer enloquecida, el héroe taciturno con un pasado oscuro que se hace pasar por adivino y se enamora de… —Emma se calló, no sabía muy bien cómo explicar lo que había sentido al descubrir que aquella brillante y marginada figura de la poco atractiva institutriz tenía un final feliz en la historia. Se encogió de hombros—: Tenía trece años. Y me sentía muy identificada con Jane a esa edad.

Ian asintió, comprendiendo.

—Yo crecí con un libro siempre en las manos. Normalmente, un *Tarzán*.

—¿*Tarzán*? Yo habría imaginado un *Sherlock Holmes*.

—*Tarzán* era el favorito de mi abuelo. Me regaló toda la serie cuando era niño. Ahora soy más de Philip Marlowe.

—«No había un símil que le desagradara» —bromeó Emma

levantando el tenedor y liberando algo de la tensión acumulada en sus músculos—. «Y no podía resistirse a una damisela en apuros, especialmente cuando era mala idea».

—«Merecía la pena fijarse en ella. Ella era un problema». —Ian cogió ufano un trozo de tarta mientras los ojos de Emma se abrían como platos—. No eres la única que sabe citar a los clásicos.

—*El sueño eterno* es, definitivamente, un clásico. —Emma le devolvió la sonrisa a Ian y los dos se acabaron su tarta en un cómodo silencio con el grato rumor de la cafetería de fondo.

Emma deslizó el dedo por el borde para capturar el último trozo del relleno de manzana e hizo a un lado el plato. Ian se levantó y la ayudó cuando sus rodillas en carne viva protestaron. Sacó unos dólares de su cartera y los dejó sobre la mesa bajo un vaso de agua.

—Te llevo a casa. He aparcado en esta calle, un poco más arriba.

Emma se quedó pensando durante un segundo.

—De acuerdo.

Esperó en la puerta de la cafetería a que Ian fuera a buscar su coche. Vio encenderse los faros delanteros, y su cautelosa simpatía creció cuando él le indicó con un gesto que se alejara del bordillo para aparcar en un espacio vacío justo delante. Ella salió a la lluvia sin esperar a Ian; aun así, él llegó a la puerta del pasajero a tiempo de ayudarla amablemente a subir al coche. La lluvia continuaba cayendo con fuerza mientras un chirriante limpiaparabrisas la apartaba. Emma lo guio por las calles oscurecidas con la tormenta silenciando su voz. E Ian la llevó bajo el chaparrón hasta su modesta casa de dos dormitorios cuya estructura de un color azul grisáceo se desvanecía en la oscuridad y la lluvia. Emma se detuvo con la mano en la puerta a mirar la fachada familiar. Respiró hondo y trató de acallar en su cabeza la narración que iba rápidamente identificando todos aquellos lugares donde alguien podía haberse escondido.

—¿Quieres que compruebe que todo está en orden?

—Estoy segura de que lo estará. —Su voz sonó dubitativa incluso para sí misma.

—Estaré encantando de asegurarme de que…

Emma vio que un debate se estaba desenvolviendo en el rostro de Ian al mismo tiempo que él estudiaba el suyo hasta llegar a una certeza tranquilizadora.

—Seguro que todo está en orden. No es probable que un atracador se arriesgue a cometer un allanamiento. Vio una oportunidad y la aprovechó; eso es todo. Aunque quizá sería buena idea que cambiaras las cerraduras, por si acaso —dijo Ian, y ella asintió—. Me pasaré mañana a preguntar si los agentes han encontrado algo.

—Gracias —respondió Emma, que abría la puerta.

Ian se volvió hacia el volante.

—Espera aquí. Solo un momento —dijo ella por impulso.

Emma se bajó del coche y recorrió a toda prisa la corta distancia hasta el porche sin molestarse en abrir el paraguas. Encontró la llave de repuesto que tenía guardada bajo la estatua de un gato presumido. Abrió la puerta, encendió la luz y se apresuró a ir hasta la cocina con su decisión espontánea ahuyentando de su mente cualquier pensamiento sobre alguna posible amenaza. Abrió un cajón en busca de una libreta. Vio una tarjeta de visita extraviada, la cogió y garabateó su número al dorso. Corrió de nuevo por la acera oscurecida por la lluvia sin molestarse en cerrar la puerta de casa —sin permitirse detenerse siquiera a pensar— y abrió la puerta del pasajero del coche. Se inclinó con la mano extendida. Ian tomó la tarjeta y miró el nombre impreso en relieve y la información de contacto.

—Te debo una tarta. —Emma se sorprendió del tono de flirteo en su voz e iluminó su sonrisa para subrayarlo. Sintió pánico al instante.

Sin esperar a que él respondiera, cerró la puerta y corrió de nuevo bajo la tormenta hacia el halo de luz de su casa. Había deseado un precipicio; ahora, confiaba en estar lista para la caída.

7

—Sabía que algo iba mal —le dijo Lily Ellis, la compañera de habitación de Sarah, por segunda vez a Ian—. Cuando denuncié su desaparición la semana pasada, la policía me dijo que estaba exagerando.

Mike y él al fin habían identificado a la chica del granero aquella mañana: Sarah Weston, de veintiún años, era estudiante de tercer curso en el Carlisle College. Sus padres vivían en Milwaukee. El padre se había mostrado estoico cuando Mike los había visitado; la madre no había dejado de llorar.

Lily continuó:

—Dijeron que solo era una universitaria que se había marchado unos días, probablemente con un chico, y que volvería por su cuenta cuando acabara la diversión. Pero eso no era propio de ella. Sarah habría podido pasar fuera una noche o dos, pero nunca tres días. —Lily apretó un pañuelo de papel, su nariz enrojecida y sus ojos hinchados daban testimonio de su abatimiento.

—¿Cuándo la vio por última vez?

—El viernes pasado. Me fui al cine con unos amigos. Y no estaba aquí cuando regresé.

Ian tomaba nota de todo lo que la joven les decía mientras Mike le preguntaba amablemente. Mike sabía hacer que la gente se sintiera cómoda, algo que resultaba útil en cualquier entrevista. Ian encontraba más dificultades en aquella parte del trabajo.

—Entonces —continuó Mike—, ¿ella nunca había hecho nada similar en otras ocasiones? ¿Nunca había desaparecido ni se había ido con nadie?

—No. Nunca. Era muy responsable. Jamás habría querido preocupar a su familia o a mí. Oh, Dios mío. —Lily se llevó los dedos a los labios—. ¿Sus padres lo saben?

—Ya se lo han comunicado.

Lily asintió en silencio.

—¿Había tenido algún problema? —preguntó Mike.

—Ella… Ella lo pasó mal el año pasado. Sarah era una atleta extraordinaria; sóftbol, atletismo, golf… En todo lo que probaba, triunfaba. Tenía una beca deportiva completa. Pero el año pasado se le desgarró algo en la rodilla y los médicos le dijeron que no podía seguir compitiendo. Quedó devastada. Se deprimió mucho y, a causa del dolor de la rodilla… —Lily se detuvo para pasarse el pañuelo por la nariz—, empezó a tomar un montón de analgésicos. Eso solo hizo que todo empeorase.

Hubo una larga pausa. Ian y Mike vieron en silencio cómo una lágrima resbalaba por la mejilla de la chica.

Lily respiró hondo dos veces y se secó rápidamente la lágrima.

—Pero últimamente lo estaba haciendo muy bien. Se había puesto en tratamiento, había dejado de consumir y acudía regularmente a un terapeuta. Lo estaba haciendo realmente bien.

—De acuerdo —dijo Mike con delicadeza—. ¿Se le ocurre alguien que pudiera querer hacerle daño?

—No. Sarah era increíble y no salía con nadie sospechoso. Tenía receta médica, e incluso cuando estaba lidiando con todo aquello, tampoco es que anduviera por ahí comprando meta en un aparcamiento.

—¿Tenía novio o alguien con quien pudiera haber contactado? ¿Alguien que pueda saber a dónde iba la noche que desapareció?

—Hay un chico, alguien con quien estuvo saliendo la primavera pasada, pero no sé quién era.

—¿Nunca mencionó un nombre?

—No. Decía que no quería gafarlo. Y luego rompieron a comienzos del verano y ya no volvió a hablar de él.

—¿Lo dejó ella? ¿O fue él?

—Creo que fue ella. No parecía demasiado afectada.

—¿Alguna vez lo conoció? ¿Lo vio venir a recogerla? ¿Vio una foto?

—No. Nunca. Pero creo que era mayor.

—¿Qué le hace decir eso? —Ian habló por primera vez después de presentarse.

—Solía hablar de los buenos sitios a los que la llevaba: *ballets*, sinfonías, museos, restaurantes lujosos. Los chicos de nuestra edad son más de cerveza que de Beethoven, ¿sabe? Decía que siempre pedía buenos vinos cuando iban a cenar y que le hacía regalos: joyas y lencería cara. —Lily esbozó una débil sonrisa—. No es el tipo de cosas que los universitarios pueden permitirse.

—¿Algo más que pueda decirnos sobre él? —preguntó Mike.

Lily movió la cabeza.

—Como he dicho, Sarah no hablaba mucho de él. Quizá si le hubiera preguntado…

Ian interrumpió el pensamiento:

—¿Sabe si conservó los regalos que le hizo?

—Es posible. No creo que se deshiciera de ellos.

—¿Hay alguien más que fuera importante en la vida de Sarah?

—No. Cuando dejó el deporte, perdió el contacto con la mayoría de sus compañeros de equipo. Había algunas personas con las que solía quedar para estudiar, pero no era íntima de ninguna. En realidad, solo estaba yo. —El rostro de Lily empezó a arrugarse de nuevo.

—¿Sabe si Sarah llevaba puesto algo en particular cuando se fue? ¿Alguna joya, ropa especial…? —Mike hizo la pregunta con tacto.

—Bueno, a veces se ponía pendientes o un collar. No creo que su ropa tuviera nada de especial: vaqueros y una camiseta. Pero llevaba las uñas pintadas.

—¿Las uñas de las manos?

Lily negó con la cabeza.

—Las uñas de los pies. Nos hicimos la pedicura viendo una película. Ella utilizó un esmalte de color verde lima. Yo le dije que era feo, pero ella… Esa fue la última noche que la vi. —La voz de la muchacha se rompió en una risa amarga que se deshizo en un suave sollozo.

—Gracias, Lily. Nos ha sido de gran utilidad. ¿Puede enseñarnos su habitación? Sus padres nos han dado permiso para mirar entre sus cosas por si hay algo… algo que pueda ayudar.

Lily se levantó asintiendo y los condujo a una pequeña habitación junto al salón donde habían estado hablando. La habitación de Sarah Weston estaba decorada en tonos pastel, con una colcha de color verde pálido y unas cortinas con un estampado de flores. Había un escritorio muy usado y una silla de madera en un rincón, un colchón individual sobre un somier de metal y un puf azul apoyado contra la pared opuesta. Junto al escritorio, había una estantería repleta de manuales y novelas que mostraban el desgaste de años de uso. Los restos del naufragio de su vida cubrían un gigantesco corcho colgado sobre el escritorio: resguardos de entradas, recortes de periódicos, certificados de notas y fotos de Sarah sonriendo. Un conejo de peluche se había caído de la cama y yacía en medio de una alfombra de lunares.

—Si guardó alguno de sus regalos, estarán en su armario —les dijo Lily sin entrar. Señaló con los ojos hacia la puerta del mueble, luego se dio la vuelta y regresó a su habitación.

—Bueno —dijo Mike cuando la chica ya no podía oírlos—, ¿qué piensas de nuestro hombre misterioso?

Ian cogió una caja de cartón que había encontrado debajo de un montón de sudaderas perfectamente dobladas.

—No llevaba las uñas de los pies pintadas.

—No. ¿Crees que nuestro sospechoso le quitó el esmalte?

—Tal vez. Pudo querer ocultar cualquier rasgo identificador. O quizá, simplemente, no encajaba con la escena que estaba creando.

—Así que, o es muy cuidadoso, o tiene problemas de control. —Mike señaló con la cabeza hacia la caja que Ian estaba abriendo—. Busca su teléfono. No lo encontramos en la escena.

—Sí, he pedido su registro de llamadas, pero parece que van a obligarnos a conseguir una orden judicial.

—Jodidos puntillosos —musitó Mike.

Ian levantó la tapa y se topó con un revoltijo de joyeros, carteles, más resguardos de entradas, menús de comida para llevar, una tortuga de peluche, una camiseta donde se leía «Carlisle» en grandes letras, un puñado de corchos de vino y un par de zapatos rojos de tacón alto. Mike sacó un joyero y lo abrió para descubrir una pulsera con *charms* de plata. Pasó el dedo por un pequeño corazón, una nota musical y una zapatilla de tenis que colgaban de ella.

—Mi Sabina tiene una de esas. Brian le compra un nuevo *charm* cada vez que saca buenas notas —dijo Mike en voz baja.

Ian vio cómo el rostro de su compañero se dulcificaba al mencionar a su marido y a su hija, y apartó la vista para seguir buscando en la caja y sacar más joyas. Encontró un colgante de oro en forma de corazón, un brazalete de granate y un anillo de plata.

—Su compañera tenía razón; estos no son los regalos de un chico de la fraternidad.

—O tiene padres ricos…

—O es lo bastante mayor como para contar con un trabajo bien remunerado —concluyó Ian—. ¿Entonces, qué? ¿Novio mayor es abandonado por novia adolescente y se venga?

—Demasiado esfuerzo para una venganza. Probablemente, un novio la habría golpeado y habría dejado el cuerpo en un contenedor. Ya sabes, como si fuera basura. Pero la colocación en el granero… Parece más bien adoración…

—O dominación —replicó Ian—. De ese modo pudo convertirla en lo que él quiso.

—Bueno, eso tiene más sentido que un camello cabreado, a menos que solo esté vendiendo drogas mientras espera a que su carrera artística despegue. Pero aún sigo apostando por el loco que actúa al azar.

—Nunca es un loco que actúa al azar —protestó Ian—. Siempre hay un motivo.

—El hijo de Sam, el asesino de las colegialas, Bundy, el acosador nocturno…

—Todos tuvieron motivos.

—Motivos fortuitos de locos.

—De acuerdo, entonces es un novio desconocido, un camello desconocido o un lo que sea desconocido.

—Nos espera un buen día de trabajo, en ese caso —dijo Mike volviendo a meter las cosas en la caja—. A ver si podemos reducir esa lista de todo-jodido-bicho-viviente del condado. Yo me ocuparé del armario y tú del escritorio.

Los dos se pasaron la hora siguiente revisando las pertenencias de Sarah Weston, embolsando y catalogando cuanto pudiera ser de utilidad. De vez en cuando, podían oír a Lily Ellis acercarse a la puerta, titubear y marcharse de nuevo. Cuando acabaron, volvieron al salón llevando consigo la caja de cartón, varios diarios y cuadernos, un álbum de fotos, el ordenador de la chica, un bote de esmalte de uñas verde y un sobre con el contenido del corcho de Sarah. La habitación había quedado extrañamente apagada sin su presencia desordenada.

Lily levantó la vista cuando entraron.

—¿Han encontrado algo?

—Tal vez —respondió Mike—. Vamos a llevarnos algunas de sus notas y fotografías para intentar averiguar quién era su novio.

Ian maniobró con la caja en brazos para sacar una tarjeta del bolsillo de la chaqueta.

—Si recuerda cualquier cosa…

—Les llamaré sin falta.

—Bien. Gracias, Lily. Sé que no es fácil.

—Haré todo lo que pueda. —Lily extendió el brazo para coger la tarjeta y sorprendió a Ian agarrándole la mano.

Lo miró directamente a los ojos por primera vez desde que Mike y él llegaron.

—Sarah era especial. Inteligente, y fuerte, y generosa, y... —La voz de Lily se rompió, pero no apartó la mirada—. Y querida. Tienen que encontrar al tío que hizo esto. Tienen que encontrarlo.

—Haremos todo lo posible —respondió Mike al ver que Ian permanecía en silencio—. Lo prometo.

Ian asintió sin interrumpir el contacto visual con Lily.

—Todo —dijo suavemente.

Entonces, como si la necesidad de decir aquello fuera lo único que la hacía mantener la entereza, se dejó caer sobre un futón gastado. Dobló el cuerpo y empezó a llorar en silencio. Ian y Mike cerraron la puerta con cuidado al salir, no querían seguir siendo intrusos en aquel dolor que envolvía el pequeño apartamento, ahora demasiado silencioso.

8

Emma sintió que la observaba, pero no se atrevió a mirar en su dirección. Había llegado en mitad de la clase y se había apoyado en el marco de la puerta. Observaba en silencio cómo ella guiaba a sus estudiantes a través del texto y una sonrisa casi imperceptible se insinuaba en su rostro cada vez que ella hacía un comentario especialmente entusiasta. Casi imperceptible, aunque Emma la captó en cada ocasión. Titubeó cuando la sonrisa apareció de nuevo y luego, respirando, volvió a centrar su atención en la clase haciendo lo que pareció un esfuerzo físico. Ian permaneció inmóvil en su sitio.

—Bien, entonces… Los narradores de Poe. Vimos un gran ejemplo de narrador no fiable en *El corazón delator*. La mayoría de vosotros, espíritus suspicaces, decidió que estaba mintiendo, pero algunos argumentasteis sólidamente que no era fiable por su desconexión de la realidad. Ambas cosas son posibles, y recordad que, cuando hablamos de literatura, solo tenéis que decidir si vuestra lectura del texto es justificable…

Sus ojos aterrizaron en Ian accidentalmente y no tuvo más remedio que apartar la mirada, nerviosa.

—O, eh…, no justificable. —Tomó aire—. A Poe le encantaba el narrador no fiable y se le atribuye, de hecho, la creación de un nuevo tipo que conocemos como Watson.

—¿Como el Watson de Sherlock? —preguntó Olivia.

La chica del pelo castaño parecía al mismo tiempo entusiasmada e insegura al exponer su hipótesis.

—Exacto. Pero Poe empleó su técnica en los misterios de C. Auguste Dupin, más de cuarenta años antes que Doyle. El narrador no miente a los lectores, pero siempre pasa indicios por alto o se centra en cosas equivocadas. No posee la suficiente objetividad para resolver el crimen, así que no ve lo obvio.

Emma recorrió con la vista las filas de estudiantes para comprobar si estaban atentos. Varios cogían apuntes; uno observaba los campos de béisbol a través de una estrecha ventana; una chica sentada al fondo se miraba el regazo intentando escribir un mensaje en su teléfono mal escondido mientras su pelo con los colores del arcoíris le enmarcaba el rostro como una cortina en una tienda de incienso; otro solo estaba pendiente de Ian. También había dos alumnos de primer año en la fila del centro absortos en la pantalla de una *tablet*. Mientras Emma los miraba, la chica que estaba a su derecha acercó su silla a ellos. Emma frunció el ceño. Era una de sus alumnas más brillantes y normalmente permanecía atenta a las discusiones de clase.

Emma elevó un tanto la voz:

—Ethan, Lacy, Hallie... ¿Alguna idea?

—¿Cómo? Perdón. —Hallie levantó la vista sintiéndose culpable.

—Lo que quiera que estéis leyendo puede esperar hasta el final de la clase...

—Pero, profesora Reilly —interrumpió Ethan con los ojos muy abiertos de excitación—, el cuerpo que encontraron el jueves... Están diciendo que era una estudiante del Carlisle College.

—Y que fue asesinada —añadió en voz baja Blake.

Los murmullos se propagaron por la clase. Emma miró a Ian. Este frunció el ceño y movió sutilmente la cabeza.

—De acuerdo, Ethan..., Blake. Estoy segura de que no hay nada de lo que preocuparse. Si ha habido un asesinato, la policía lo investigará. Intentad concentraros —Emma echó un vistazo al reloj— durante otros cinco minutos. ¿Alguna pregunta sobre los narradores no fiables?

Como esperaba, nadie levantó la mano.

—Bien, entonces vuestros deberes serán fáciles. Quiero vuestras reflexiones sobre *La carta robada* a final de semana.

Ian se apartó de la puerta mientras los alumnos recogían sus libros y mochilas. Emma empezó a ordenar papeles con innecesaria concentración.

—Interesante —dijo Ian deteniéndose mientras la chica del pelo arcoíris, que seguía escribiendo en el teléfono, pasaba junto a él.

Cerró la puerta tras el último alumno y se acercó a Emma. Llevaba una pequeña bolsa de papel en la mano.

—Eh… Gracias. ¿Cómo me has encontrado aquí?

Sus labios hicieron un movimiento peculiar.

—Soy detective.

Emma sintió una presión en el pecho e inmediatamente apartó la mirada.

—¿Querías… algo? ¿Hablar? Podemos ir a mi despacho. O quizá tomar un café.

—No, tengo que volver a la comisaría. Solo será un minuto.

—Oh —respondió Emma tragándose su decepción.

—El agente Gonzales encontró tu bolso en un callejón a unas manzanas del museo. Faltaban la cartera, el teléfono y las llaves, por desgracia. —Sacó su *clutch*, inservible, de la bolsa.

Ella suspiró al cogerlo.

—Sí, era lo que esperaba. He cancelado las tarjetas y no llevaba mucho dinero en efectivo. Me he comprado un teléfono estupendo esta mañana.

Emma no mencionó que el cerrajero seguía en su lista de cosas pendientes. No quería tener que explicar lo nerviosa que se ponía cuando tenía que llamar por teléfono a desconocidos, estaba intentando parecer medianamente normal.

—Tenía copia de todas mis fotos y contactos. Todo lo demás es sustituible.

—Excepto tu libro. —Ian le tendió la bolsa de papel—. Los primeros amores son insustituibles.

Emma lo miró perpleja. Ian se encogió de hombros y ella abrió la bolsa de papel para volver a mirarlo entusiasmada al descubrir una gastada edición de bolsillo de *Jane Eyre*.

—¿Es mi ejemplar o…?

—Es el tuyo. Lo encontraron con el bolso. Dijiste que era especial, así que pensé en venir a dártelo.

—Gracias. —Emma pasó los dedos por los bordes de la cubierta antes de mirar de nuevo a Ian—. ¿Por qué te llamó el agente?

—Oh, yo lo llamé a él.

—¿No hay caso poco importante?

—Tenía un interés personal.

—Podrías haberme llamado sin más. —Emma luchó por reprimir una sonrisa mordiéndose el labio inferior y bajó los ojos hacia la cubierta del libro.

—Habías perdido tu teléfono.

—Tengo teléfono en el despacho; está en mi tarjeta.

—Pasaba por aquí.

Emma levantó la vista; su rostro repentinamente serio.

—Entonces, ¿esa chica de verdad era una de nuestras alumnas?

—¿Cómo dices? —preguntó Ian desconcertado por su cambio de tono—. No. Quiero decir que no he venido por… Yo solo estaba…

—Ya. Comprendo. Solo era curiosidad, imagino que como todo el mundo.

—Por supuesto. Es solo que no puedo hablar del tema ahora mismo. Pero yo… —Se pasó los dedos por el pelo—. Oye, sé que la otra noche no fue la mejor…

—No todo fue malo. —Emma intentó el tono de flirteo, pero no estaba segura de haberlo conseguido.

—¿De verdad? —Ian sonó escéptico.

—Bueno, a nadie le gusta que le atraquen, pero también hubo arte… y tarta.

—Sí que hubo tarta. —Ian claramente supo detectar el flirteo, su sonrisa fue una señal—. ¿Qué te parecería una cena?

—¿Me estás pidiendo una cita? —Emma necesitaba asegurarse, pues no confiaba del todo en su lectura de la conversación.

—Así es. ¿Mañana por la noche a las siete? ¿Te apetece cenar en Valentino?

Emma vaciló. Aparte de algunas citas aburridas, no había salido con nadie desde… Rory. Hacía cuatro años. Frunció el ceño recordando sus pullas sobre Emily Dickinson.

—O en cualquier otro sitio si ese no te gusta —corrigió Ian rápidamente al malinterpretar su silencio—. También puedo cocinar, si no te gusta cenar fuera.

La sorpresa la distrajo.

—¿Sabes cocinar?

—¿Te sorprende?

—¿Hay alguna manera de admitirlo que no sea insultante?

—Me temo que no. Pero déjame demostrarte que te equivocas.

Emma levantó la vista sorprendida de pronto por la mirada de Ian y sintió un bullir de entusiasmo. Sonrió levemente.

—Solo es una cena —le aseguró Ian—. Pero podemos ir a cualquier sitio…

—No —respondió Emma bruscamente. Se imaginó en Valentino, con ropa elegante y el tintineo de los cubiertos bajo la tenue luz… Sintió una presión que le oprimía el pecho.

—¿No a la cena o…?

Emma respiró hondo. Le sostuvo la mirada por un momento y vio la confusión que atravesaba el rostro de Ian. Tenía que aceptar —o declinar—, hacer algo que no fuera quedarse mirándolo.

—Emma, si no te apetece, no pasa nada. No tienes que darme una razón. Un no es suficiente.

—No quiero decir que no. —Bajó la mirada y se centró en sus dedos, que jugueteaban con su suéter.

—Entonces…

—Esto… no se me da bien. —Se arriesgó a levantar la vista.

Ian movió la cabeza sin comprender.

—Las citas. No se me dan bien las citas.

—¿A alguien se le dan bien?

La risa de Emma sonó algo estridente.

—Sí. Aunque no lo creas, hay gente capaz de aceptar una invitación a cenar sin hacerlo todo tan incómodo.

Ian se rio en voz baja.

—Emma, yo solo quiero pasar tiempo contigo. Como tú quieras hacerlo. Si es que quieres.

Quería. Quería de verdad. Y no quería dar pasos seguros ni cautelosos.

—De acuerdo. Cena entonces. Tú cocinas.

—¿Qué te parece paella?

—Bien. Perfecto.

—Perfecto —repitió Ian, y su sonrisa amable le iluminó los ojos—. ¿Te recojo?

—Gracias, pero prefiero ir en mi propio coche… Por si necesito escapar rápidamente. —La broma de Emma fue torpe y quizá demasiado sincera, pero Ian volvió a sonreír.

—Me parece bien. —Él sacó una tarjeta de su bolsillo y cogió un bolígrafo de la mesa de Emma—. Aquí tienes mi dirección —dijo mientras garabateaba—. Ven a eso de las siete.

—Es una cita —dijo Emma aceptando la tarjeta.

—Sí —respondió Ian y le sostuvo la mirada sin dejar que ella la apartara—. Eso es.

Emma volvió a leer la dirección escrita con la pulcra caligrafía de Ian. Volvió a mirar hacia la casa. Con el mismo número claramente visible, había una pintoresca casita blanca y verde con un impoluto camino de piedra y unas rosas clásicas que crecían en grandes ramos junto a la puerta principal. Era extrañamente encantadora, no se parecía en nada a la casa que ella había imaginado.

Aquella tarde pensaba que sabía exactamente qué esperar mientras se probaba y descartaba distintos atuendos. Se había decidido al final por una sencilla blusa de encaje y unos vaqueros con bailarinas, y había añadido alguna bisutería moderna para compensar la imagen victoriana. No quería que la prejuzgaran como la romántica con mirada de cervatillo que había pasado demasiado tiempo leyendo a Jane Austen. Había planeado cómo llegaría, sus primeras palabras y cómo respondería a su saludo al entrar en la fría, austera y minimalista casa de soltero. Lo había reproducido todo en su cabeza una docena de veces y estaba lista para cualquier contingencia. Excepto para aquella. No estaba preparada para un hombre que cultivaba rosas.

Emma respiró hondo para centrarse, cogió una botella de vino tinto del asiento del copiloto y bajó del coche. Se acercó a la puerta con pasos decididos y se detuvo en el pequeño porche de madera a alisarse la blusa antes de llamar. Ian abrió casi inmediatamente. Llevaba un pantalón de traje y una camisa blanca almidonada remangada hasta el codo. Cuando Emma entró en el salón, vio la chaqueta que hacía juego y una corbata colgadas del respaldo de un sillón. Los ojos de Ian la recorrieron en un rápido examen y la boca se le tensó levemente al notar los rasguños en la palma de su mano. Ella apretó los dedos, tapando las magulladuras, y volvió a levantar la vista.

—¿Cómo estás? —La pregunta de él era algo más que simple cortesía.

—Todavía un poco dolorida, pero bien.

Ian cogió su chaqueta y su bolso y los dejó cuidadosamente sobre la mesa de la entrada. Emma se dio la vuelta lentamente y examinó el resto de la estancia. El mobiliario era escaso, pero resultaba acogedora y colorida; filas de libros usados cubrían las estanterías y una desgastada alfombra oriental se extendía sobre el suelo de madera oscura. El sofá de piel que ocupaba una de las paredes también parecía usado. Emma se imaginó a Ian tumbado allí con un libro y una taza de té. La habitación parecía más una recreación de un cuarto de estar dickensiano hecha por la BBC que el salón de un pragmático policía. Emma sonrió, disfrutando del desafío al cliché.

Ian levantó las cejas haciendo una pregunta silenciosa.

—Me gusta —respondió Emma—. Mucho.

Emma vio que la postura de Ian se relajaba y se dio cuenta de que había estado nervioso. Mostró la botella que aún llevaba en la mano.

—He traído vino —dijo innecesariamente—. Espero que vaya bien con la paella.

Un suave aroma a especias caldeaba el aire.

—En realidad —dijo Ian al coger la botella—, he terminado de trabajar más tarde de lo que esperaba, así que estoy preparando pasta primavera. Espero que no te importe.

—Genial. —La voz le salió demasiado aguda—. Perfecto.

—Te traeré una copa. —Ian volvió a la cocina y cogió un delantal que estaba sobre la encimera—. Solo serán unos minutos. Estás en tu casa.

Ian regresó a los fogones, donde había algo hirviendo, y Emma se acercó a la estantería. Ian tenía una amplia biblioteca que incluía libros de historia, clásicos y de arte. Todo estaba perfectamente ordenado por género y autor. Emma se fijó en varios títulos sobre la Hermandad Prerrafaelita; también había un estante dedicado a autores clásicos de novelas de misterio —incluido Raymond Chandler— y otro lleno de textos sobre criminología y ciencia forense. Ian le llevó una copa mientras ella seguía mirando, la invitó a servirse ella misma y regresó a la cocina. Emma oía el sonido de platos y cubiertos al ser colocados sobre la mesa.

Sacó un manoseado ejemplar de *El sueño eterno* de la estantería y se dirigió hacia un mullido sillón que había bajo una amplia ventana. Extendió la mano para apartar un montón de papeles de la mesa de centro y apoyar la copa de vino, pero titubeó y finalmente la curiosidad venció a las buenas maneras. Eran fotografías de un cuadro, un primer plano de flores moradas, amarillas, blancas y verdes. Emma sonrió ante la variedad de flores.

—Has estado haciendo tus deberes —dijo hacia la cocina mientras pasaba a la siguiente imagen, que mostraba un remolino de un río alrededor de las raíces de un árbol.

—¿Cómo dices? —respondió Ian sorprendido.

—Ofelia. Las fotos que tienes del cuadro de Ofelia.

Emma miró la siguiente fotografía, un primer plano de lo que parecía una cuerda que colgaba de un árbol de hojas anchas. Intentó identificar al artista, pero no recordaba haberlo visto en ninguno de los lienzos que había estudiado. En busca de más pistas, pasó a la última imagen del montón y le dio la vuelta. Por un momento, Emma quedó cautivada por la foto que tenía en la mano. Unos ojos en blanco y con los párpados bajos en el rostro de una muchacha. Gotas de agua se aferraban a su piel demasiado pálida y el cabello húmedo la envolvía. Emma se pasó los dedos por la mejilla, repentinamente abrumada por el recuerdo de verse empapada y aterrada en la oscuridad a la salida del museo. Entonces las fotos resbalaron de sus dedos y cayeron desordenadas al suelo.

—Mierda —dijo entre dientes, recuperándose enseguida.

Había preparado cuidadosamente una pulida y sofisticada versión de sí misma para aquella noche y ya estaba estropeándola. La torpe ingenua solo era atractiva en la ficción. Emma se agachó rápidamente para recoger las fotos y devolverlo todo a su sitio.

Claramente, aquel no era un proyecto de investigación en el que Ian estuviera trabajando en su tiempo libre. Aquella era la chica —Emma volvió su mirada perdida hacia el suelo mientras recogía las imágenes—, la chica de la que estaban hablando en clase sus alumnos, la que había sido asesinada. Sin embargo —el cerebro de Emma insistía—, también era Ofelia. Notó una sacudida familiar cuando su mente percibió la paradoja. Empezó a anotar mentalmente las imágenes. ¿Por qué aquel personaje y aquella obra? ¿Qué significaba la pose? ¿Y el arroyo? ¿Y él árbol? ¿Y por qué al desdichado amor de Hamlet le faltaba su corona de flores?

Miró por encima del hombro a Ian, que seguía cocinando, y hojeó rápidamente el montón de fotos. Separó aquellas que realmente mostraban a Ofelia —su cerebro ignoró lo que sabía que estaba mirando— y las dejó bocabajo junto a ella. Echó un vistazo a las demás, convencida de que podía arriesgarse unos minutos más para satisfacer aquel cosquilleo en la nuca. Luego podría centrarse en Ian, en la cena y en ser normal al menos durante una noche.

Solo necesitaba concentrarse un momento: árbol, arroyo, flores, una cuerda en el lugar donde debía estar la pequeña corona. Y había algo… algo más…

—«Guirnaldas caprichosas» —murmuró en voz alta.

—¿Qué estás haciendo? —La voz de Ian sonó brusca tras ella. Emma se sobresaltó.

—Lo siento. Yo… —Intentó volver a la realidad, encontrar en su voz los marcadores emocionales que le indicaran cómo debía reaccionar, aunque su mente estaba sumida por completo en el texto—. Las flores —se apresuró a explicar, esperando que su perspicacia le valiese la absolución—. Las flores de la fotografía son las que describe Gertrudis en *Hamlet* cuando está informando a la corte de la muerte de Ofelia. Los ranúnculos, las ortigas, las margaritas de la inocencia…

Emma miró a Ian y su lúcido y brillante conocimiento se dispersó.

—Las fotos de esa… chica… Las guirnaldas de flores…

El rostro de Ian se ensombreció por la sorpresa, tal vez por la irritación. A Emma le pareció reconocer un destello de miedo, entre otras emociones, cuando pasó junto a ella para recoger las fotografías. Sus movimientos eran controlados, pero Emma pudo percibir la tensión cuando la rozó. Ella retrocedió.

—Lo siento. Estaban sobre la mesa y reconocí…

—Es trabajo. No deberías… Yo no debería haber… —Movió la cabeza y respiró hondo—. Lo siento. No era mi intención que vieras nada de eso.

—Está bien —dijo Emma en voz baja—. Quiero decir que es… terrible. —Lo era, Emma lo percibía, o lo percibiría—. Pero… Pero no pasa nada. E Ian… La escena… Es Ofelia. Estoy segura de ello. —Intentó que su tono fuera neutro, no sonar demasiado entusiasmada mientras en su mente danzaban las teorías—. Es la chica que han encontrado, ¿verdad? De la que estaban hablando mis alumnos.

—No puedo hablar de eso.

—No puedes…

El tono de gélida profesionalidad de Ian le arañó la mente. Era el mismo tono que empleaban todos los profesores que alguna vez le habían dicho que se calmara, todos los profesores que le habían dicho que tenía que centrarse, todos los hombres con coderas en la chaqueta que habían despachado sus ideas con un condescendiente «jovencita», incluso después de haberles mostrado sus pruebas y su trabajo. Levantó la barbilla.

—Ian, sé de lo que estoy hablando. Me dedico a esto.

—No te dedicas a las investigaciones de homicidios —dijo dándole la espalda.

—No me refería a eso. Si quisieras…

—No —la cortó—. No voy a permitir que te involucres.

—¿Que no vas a permitírmelo? ¡¿Que no vas a permitírmelo?! Muy bien. —Emma oyó su voz elevarse, pero no se molestó en modularla—. Dime qué significa eso entonces. Dime qué quiere decir…

—Emma, no puedo hablar de una investigación en curso. No debería haber dejado esas fotografías sobre la mesa; ha sido un error. Pero no podemos hablar del tema. —Se dirigió hacia la zona del comedor dejando que Emma lo siguiera—. La cena casi está lista.

Emma movió la cabeza, nerviosa por la reacción de Ian. Sabía que ella tenía razón, que podría serle de ayuda si él…

—Escucha. Puedo resolver esto. Lo sé. Solo necesito algo más de tiempo para estudiar las imágenes. El simbolismo en la escena de la muerte de Ofelia es…

—Emma, por favor, déjalo. Sea lo que sea lo que creas haber visto en las fotos, no sabes nada. Nosotros no sabemos nada aún. —Dejó escapar un resoplido de exasperación—. Esto es la investigación de un homicidio. Estás hablando de un homicidio. ¿Lo entiendes?

—Técnicamente, yo estoy hablando de la fotografía de un homicidio. No estoy sugiriendo que vaya a salir en busca del asesino.

Ian volvió la cabeza hacia ella con la irritación y —Emma estuvo segura esta vez— el miedo apoderándose de nuevo de su expresión.

—Para. Para ya, Emma. Por favor. No voy a seguir el juego. Yo veo a personas, a mujeres como tú, brutalmente asesinadas todos los días. Golpeadas. Apuñaladas. Tiroteadas. —Su respiración era rápida e irregular cuando acabó.

—Lo entiendo, y no estoy diciendo…

—No, no lo entiendes, esa es la cuestión. Tal vez sepas cómo es la muerte en las novelas, pero esto es la vida real. Son asesinatos reales, víctimas reales, asesinos reales. Y eso significa que cualquiera que se implique podría ponerse en peligro. —Ahora casi le suplicaba.

—No soy ninguna doncella indefensa en mi torre de marfil —protestó Emma—. Y no soy tan estúpida como para meterme…

—Emma, tú eres profesora de literatura. Yo… me dedico a esto… —Ian soltó de golpe el montón de fotos sobre la mesa ya puesta— a diario. Este es mi trabajo. Tratar de averiguar lo que le ocurrió a esta pobre chica. Por qué alguien se la llevó. La drogó. La estranguló…

—Y la hizo posar como si fuera Ofelia —terminó Emma. Cerró los ojos un momento e intentó colocar su creciente frustración tras la barricada de una clara línea de razonamiento—. No necesito que me protejan del mundo real, Ian. Y si ese asesino es tan peligroso, deberías estar haciendo todo lo que estuviera en tu mano por atraparlo, emplear todos los recursos a tu alcance. Yo…

—No. —Ian apretó la mandíbula—. Llevo días dejándome la piel y haciendo todo lo que puedo por averiguar quién hizo esto. Igual que mi compañero y el resto de policías y técnicos forenses. ¿Y tú crees que puedes descubrirlo? Eres inteligente. Muy bien, lo sé. Pero hay una diferencia entre hacer una interpretación brillante de una escena de muerte shakespeareana y el verdadero trabajo de un detective.

Emma retrocedió ante su burla.

—Tienes razón. No soy detective. Y tal vez no entiendo tu mundo. Pero es evidente que tú tampoco entiendes el mío. Quizá mi «interpretación brillante» me permita ver en esas fotos cosas que tú no.

Atravesó la habitación en dirección a la puerta para coger su bolso y su chaqueta por el camino. Se detuvo con la mano en el pomo y se giró.

—Puede que no tenga tus años de experiencia en investigación, detective —pronunció la palabra con la misma condescendencia con la que se había sentido tratada por él—, pero conozco a mi Shakespeare. Y el asesino también.

Emma abrió la puerta y salió a la oscuridad, la adrenalina de la discusión aceleraba sus pasos y le hacía temblar los dedos mientras buscaba las llaves. La silueta de Ian seguía ante la puerta abierta cuando se alejó con el coche.

9

Ian volcó la pasta en la basura.

Se pasó las manos por el rostro, sacó una botella de *whisky* y se sirvió un vaso. Tras el primer sorbo, fue a buscar pan y mantequilla de cacahuete. Beber alcohol con el estómago vacío no iba a ser de gran ayuda.

Había llevado todo aquello de la peor manera posible, lo sabía. Había cometido la estupidez de llevar las fotografías a su casa. Había cometido otra aún mayor al dejárselas olvidadas en la mesa de centro. Se había traído el trabajo a casa para repasar de nuevo el expediente, no podía quitarse a Sarah Weston de la cabeza. Y había pasado demasiado tiempo concentrado en las fotos buscando pruebas, buscando cualquier cosa que lo llevara en la dirección correcta.

Buscando justamente lo que Emma había visto.

Recogió las fotos de la mesa cuidadosamente puesta. Se llevó su sándwich y el vaso al sofá, cogió su portátil y empezó a buscar imágenes de Ofelia. Sabía —estaba seguro de ello— que Emma no se equivocaba, pero necesitaba pruebas para demostrárselo a sí mismo. No fue difícil encontrarlas. La imagen del rostro de Sarah Weston en el agua se repetía en incontables representaciones de la amada muerta de Hamlet. Las flores, el arroyo, el rostro delicado y frágil, todo estaba allí. Durante siglos, los hombres habían intentado captar a Ofelia con pinceladas y pigmentos. El asesino lo había hecho con drogas, una cuerda y un cadáver.

79

Cogió una fotografía en primer plano del rostro de Sarah y volvió a tener aquella incómoda sensación de familiaridad. Intentó convencerse de que no le afectaba. Las similitudes eran, en el mejor de los casos, superficiales: pelo rubio, piel clara, constitución similar. Si fuera al campus al día siguiente, encontraría a una docena de dobles de ella. Una semana antes, habría podido ver a la propia Sarah Weston entre ellos. Seis meses antes, habría podido ver a Zoey Turner.

A sabiendas de que solo estaba torturándose a sí mismo —demonios, se lo merecía, después de aquella noche—, buscó la noticia que casi se sabía de memoria: «Alumna brillante de Carlisle muere durante una venta de drogas frustrada». El breve artículo exponía los detalles oficiales. Zoey Turner había muerto a manos de un traficante después de intentar comprar algo de MDMA y unos gramos de cocaína, algo que su desconsolada familia describía como «impropio de ella». Lo que el artículo no decía era que ella estaba allí como parte de una operación organizada por la unidad de narcóticos de la policía. Un detective llamado Bruce Devlin la había detenido con una bolsa de pastillas y la había amenazado con la cárcel si no colaboraba para atrapar a su camello. Ian había trabajado con Devlin en Narcóticos antes de ser transferido a Homicidios, y era el tipo de policía que ocultaba muchas cosas que nunca llegaban a conocerse públicamente. Había hecho las cosas a medias, no había enviado suficientes hombres para apoyar a Zoey y había perdido su rastro cuando el sistema de comunicación falló.

Hallaron el cuerpo de la chica tres días después, con disparos de un arma no registrada.

El artículo tampoco mencionaba que Ian había sido el primero en reclutar a Zoey como confidente cuando era poco más que una niña. Había conseguido sacarle varios nombres a cambio de ayudarla a entrar en un programa de rehabilitación en lugar de presentar cargos contra ella. El programa no funcionó. Ella se pasó a consumir drogas más duras y empezó a vender —cosas de poca monta—; acabó presentándose en la mesa de Ian para pedirle ayuda, ofreciéndose a ser confidente de nuevo si la sacaba de aquel nuevo lío. Él no había aceptado.

Ella se fue entonces en busca de Devlin.

Ian se dijo que lo ocurrido no era culpa suya y se repitió la frase consabida una y otra vez: había hecho lo que estaba en su mano. Le había dado una oportunidad para volver al buen camino; no le debía una segunda. Estaba en la universidad, era adulta. Había accedido a trabajar con Devlin. Él estaba a cargo de la operación. Quien apretó el gatillo en realidad fue un neonazi que vendía meta a adolescentes. Todo el mundo decía que no era responsabilidad suya, pero Ian no era capaz de librarse de la culpa.

Y tampoco podía soportar la idea de que otra persona inocente se involucrara, se cruzara en su camino... y acabara muerta.

Ian pensó en Emma delante de sus alumnos y apuró lo que quedaba de *whisky* en el vaso. Apartó la foto de Sarah Weston.

Sentado en la comisaría a la mañana siguiente, con un café rancio que le agriaba la boca, Ian no podía dejar de repasar los momentos que lo habían atormentado esa noche: el rostro de Zoey destrozado por una bala, la mirada perdida de Sarah fija en el árbol pintado y Emma, vestida de Ofelia, siendo arrastrada bajo el agua por el peso de sus guirnaldas.

Su subconsciente no estaba siendo sutil.

Tenía la horrible sensación de que sus advertencias no iban a servir para mantenerla alejada. Y, lo peor de todo, se dijo, era que ella tenía razón. Aquel asesino tenía más en común con el mundo de Emma de lo que él imaginaba; lo que implicaba que Ian estaba compitiendo en un campo que no le era familiar y jugando con reglas que desconocía.

Algo en la imagen de Ofelia había atraído al asesino y lo había llevado a recrear la escena detrás de aquel destartalado granero. ¿Había alguna conexión con la víctima, algo que la relacionara con Ofelia? Ian había encontrado tanto asignaturas de arte como de literatura en su expediente académico en Carlisle. ¿Había hecho o dicho algo en alguna de aquellas clases? ¿La había llevado el misterioso hombre mayor a ver *Hamlet* y había intentado recrear el recuerdo? ¿Era una víctima al azar atrapada por la oscuridad de alguien? El informe que un técnico de laboratorio silencioso había dejado sobre su mesa revelaba que el asesino había arrancado el pasaje donde se anunciaba la muerte de Ofelia del libro empapado en sangre que había dejado junto a Sarah Weston y se lo había metido a la chica en la boca. Había introducido aquellas palabras, aquellas imágenes, en su cuerpo aún caliente para taparle la boca después de que hubiera dejado de respirar. La había convertido en un objeto, en un adorno colocado y expuesto que trasladaba el mensaje de su propia degradación.

Ian navegaba por una lista de resultados de una búsqueda de imágenes de «Ofelia» cuando Mike se dejó caer en la silla que tenía delante. Tras un momento de indecisión, añadió «prerrafaelita». La potencial conexión con la inauguración de la exposición le inquietaba.

—Ya tenemos la primera hornada de correos de admiradores. —Mike interrumpió su ensimismamiento—. Dos confesiones de raritos, un par de fanáticos con Dios de su parte y una propuesta de matrimonio para ti. Al parecer, una mujer te ha visto en las noticias esta mañana y te ha reconocido de una vida anterior. Tengo a algunos agentes haciendo el seguimiento.

—¿Tú no tienes propuestas?

—Al parecer, soy un alma reciente. ¿Con qué estás tú? —Mike alargó el cuello para ver la pantalla de Ian.

Ian la giró hacia él.

—Ha llegado el informe del laboratorio. Las páginas encontradas en la boca de la chica eran del cuarto acto de *Hamlet*, que habla de la muerte de una muchacha. He pensado que eso podría haber inspirado la escena del crimen. —Ian no quería decirle a Mike que había sido Emma la que había hecho la conexión—. Resulta que la muerte de Ofelia es un tema popular entre los pintores.

—Qué grima —dijo Mike.

—Sí, bueno, hay similitudes con media docena de obras famosas, pero ninguna de ellas coincide exactamente. Le ha dado su propio toque.

—¿Necesitaría el asesino un conocimiento especializado sobre el tema?

—Para conocer la historia, no. Mucha gente estudia *Hamlet* en la universidad, incluso en la secundaria. En cuanto a la obra de arte —vaciló Ian, indeciso de nuevo—, había un retrato de Ofelia en la exposición del museo.

—¿La inauguración a la que fuiste?

—No se parecía a nuestra escena. El artista había pintado a la joven antes de ahogarse, pero se hacía referencia a otras imágenes. —Encontró la guía del museo entre los montones de papeles de su mesa y se la lanzó a su compañero.

Mike le echó un vistazo y luego se la devolvió señalando con el dedo un cuadro de Millais.

—¿Esto no te pareció interesante el viernes? —El tono de Mike fue neutro, pero Ian se crispó.

—No me leí la guía, ¿de acuerdo? Yo solo… miré los cuadros. Además, la exposición se inauguró después de que asesinaran a la chica.

—Pero el asesino podría estar relacionado con el museo o con la universidad. Donde estudiaba la chica.

Ian se salvó de responder gracias a un gesto del sargento de guardia. Mike se levantó y fue a encontrarse con él a medio camino e inclinó la cabeza en un breve intercambio de palabras antes de volver junto a Ian.

—¿Alguna otra averiguación que me hubiera sido de ayuda mientras yo trabajaba todo el fin de semana? —preguntó Mike.

Ian negó con la cabeza. Si hubiera hojeado aquel folleto en lugar de flirtear con Emma, podrían haber obtenido aquella pista cuatro días antes. Literalmente, la había tenido en sus manos sin reparar en ella. Mike tenía razón.

—No tiene por qué estar relacionado.

—Por supuesto. Tenemos un invitado en la sala tres. Vamos. —Le lanzó una carpeta a Ian y echó a andar dejando que este lo alcanzara mientras caminaban.

El muchacho sentado a la mesa no tenía miedo. Llevaba el pelo teñido de rubio cuidadosamente despeinado, unas gafas de marca enmarcaban sus ojos color avellana y sus vaqueros rotos sin duda lucían la etiqueta de algún diseñador. La petulante seguridad de poder llamar a un abogado caro le mantenía los hombros relajados y la barbilla levantada.

—Bueno, Alex —empezó a decir Mike, que tomó asiento en la sala de interrogatorios. Ian se quedó de pie, apoyado contra la pared, mientras leía el historial de Alex Carmichael—. Según la gente de Narcóticos, eres el tipo al que hay que acudir si alguien necesita animarse un poco.

—¿Qué puedo decir? A la gente le gusta mi personalidad efervescente —sonrió Alex.

—Y tus pastillas ilegales.

—No tengo ni idea de a qué se refiere.

Ian sabía que el chico seguiría parloteando hasta que se aburriera. Luego cerraría la boca por completo. Normalmente, lo habría pinchado para sacarle toda la información posible. Habría intentado atraparlo en su propia arrogancia. Pero, en lugar de eso, Ian se vio inclinándose hacia delante de una forma intencionalmente amenazadora. Luego se levantó ligeramente, ensanchando su postura.

—Mira, chaval —le espetó. Mike lo miraba de reojo—. A nosotros no nos interesan lo más mínimo los negocios que te traigas yendo y viniendo del centro comercial. Solo queremos saber lo que hiciste con la chica.

Ian deslizó sobre la mesa una fotografía en primer plano del rostro de Sarah Weston tomada en la morgue el día anterior. Alex retrocedió de inmediato.

—Mierda. Está muerta.

—Sí, lo está. ¿La conoces?

—Yo… Yo… Quiero decir… Quizá le vendiera algo. Pero nada como para… Si es una sobredosis, ha sido cosa suya.

Ian se tensó.

—¿Qué le vendiste?

Alex vaciló visiblemente inquieto mientras sus ojos volvían a la fotografía. Los cadáveres nunca fallan para reconducir una situación, pensó Ian con siniestra satisfacción.

—Cosas que se compran con receta, nada duro —admitió Alex echándose hacia atrás y cruzando los brazos sobre el pecho en un gesto defensivo.

—¿Qué tipo de cosas que se compran con receta? —preguntó Mike secamente.

—Oxicodona, sobre todo, aunque alguna vez le conseguí algo de Adderall. Pero todo el mundo lo hace. Incluso algunos de vuestros amigos de azul me compran. Nada de lo que le di pudo matarla, a no ser que se tomara el bote entero.

—Si tus pastillas no la mataron, quizá lo hicieras tú —presionó Ian con ganas de quitarle la sonrisa de suficiencia de la cara.

Alex giró rápidamente la cabeza hacia Mike en busca de un aliado.

—Ni de coña.

—¿Cuándo la viste por última vez? —preguntó Mike en un tono plano.

—Hará uno o dos meses. No recientemente.

Mike dirigió una mirada a su compañero.

—¿Sabes algo de una fiesta en una granja al sur de la ciudad el fin de semana pasado?

—No. ¿Por qué iba a saberlo?

—Nos han dicho que es un sitio muy popular.

La confianza de Alex volvió de pronto.

—No sabéis una mierda. Además, yo no ando por ahí con pueblerinos borrachos. Soy Studio 54, no Levi's 501.

Mike resopló.

—¿Qué sabes tú de Studio 54? ¿Qué edad tienes? ¿Doce años?

La sonrisa de Alex se desvaneció.

—Soy lo bastante mayor como para conocer mis derechos. No podéis retenerme. No llevaba nada encima cuando habéis violado la Cuarta Enmienda y me habéis arrastrado hasta aquí.

—¿Ah, no? —preguntó Ian.

La alarma se encendió en sus ojos.

Mike le acercó la fotografía de Sarah.

—Alguien ha matado a esta chica. Necesitamos saber quién. Tú solo piensa un minuto a ver si se te ocurre alguien.

Ian y Mike se levantaron y dejaron al chico con la mirada fija en la mesa. Cuando la puerta se cerró tras ellos, Mike levantó una ceja hacia su compañero.

—Bueno, ha sido una actuación interesante, *boy scout*. ¿Hubo un maratón de James Cagney anoche en TCM?

Ian se encogió de hombros.

—Solo estoy harto de esos gilipollas creídos.

Mike miró a Ian dubitativo y luego se dirigió por el pasillo hasta una mesa llena de tazas desportilladas y una vieja máquina de café. Se sirvió una taza, bebió e hizo un gesto de desagrado.

—Bueno, ese gilipollas se quedó sinceramente sorprendido al ver la foto. No fue repugnancia, ni orgullo… Solo…

—Horror. Sí. —Ian suspiró—. Pero el informe toxicológico decía que la víctima tenía Percocet en la sangre; es el ingrediente principal de la oxicodona.

—Lo que significa que podría haberlo hecho el Trainspotting de ahí dentro. Pero las drogas podrían haber sido de ella también. —Mike apoyó la cadera en el borde de la mesa—. Oye, sé que no eres el fan número uno de Devlin, pero…

La mandíbula de Ian se tensó; Mike, sin saberlo, estaba echando sal en una herida recién abierta.

—Debió perder su placa. Asuntos Internos ignoró mi informe.

—Lo investigaron —respondió Mike en un susurro. Ya habían

hablado de eso antes—. La operación salió mal. Esas cosas pasan. No fue culpa suya.

Ian no respondió.

—Tampoco fue tuya.

—Esta víc… —Ian cambió de tema sin hacer caso a la absolución de su compañero—: La chica se parece mucho a Zoey Turner.

Las cejas de Mike se levantaron.

—¿En serio crees que un tiroteo relacionado con un asunto de drogas y este puto proyecto artístico… son obra del mismo individuo?

—En realidad, no sabemos lo que le ocurrió a Zoey —protestó Ian sin una verdadera razón.

—Sabemos que no fue esto.

—Quizá fue una primera tentativa. Quizá Devlin…

—Ian. Estás a punto de decir algo verdaderamente inapropiado.

—No. Tienes razón. —Ian negó con la cabeza—. Tienes razón. Lo siento.

—No llegaste a aceptar la sugerencia que te hizo la teniente de hablar con alguien para… —empezó a decir Mike como de pasada.

—Estoy bien. No estaba pensando lo que decía, simplemente. —Ian esquivó la mirada de su compañero.

—Hablaré con Narcóticos, entonces —dijo Mike sin inflexión en la voz. Luego se aclaró la garganta—: Di con la psicóloga de la víctima ayer después de que te fueras. Me confirmó que era su paciente, pero alegó confidencialidad.

—¿Te dijo por qué se estaba tratando Weston? —Ian aceptó de buen grado el cambio de tema.

—No. Pero me preguntó si había sido un suicidio. Le impresionó cuando le dije que había sido un homicidio. Así que tenemos a un traficante de poca monta y a un novio misterioso.

—Da esa impresión. ¿Algo en el registro de llamadas de su móvil? —preguntó Ian.

—No. Hay varias llamadas no identificadas del periodo que nos interesa, pero todas se han rastreado hasta un teléfono desechable.

Se compró con dinero en efectivo y, probablemente, lo tiraron después de colgar. Las joyas y las entradas que le compró a Sarah tampoco nos sirven. Todo se pagó en efectivo, sin facturas. Si hubo grabaciones de las cámaras de vigilancia, hace mucho que se habrán borrado.

—Eso parece —dijo lacónicamente Ian.

Mike recorrió el pasillo y se asomó a la ventana de la sala donde estaba Alex.

—Sigue revolviéndose —anunció Mike volviendo a donde Ian esperaba—. ¿Has averiguado algo más sobre lo que pasó en el norte?

—Sin identificación. El detective no estaba en su oficina cuando lo llamé, pero me dijo que se pondría en contacto conmigo en cuanto pudiera. Parece que hay más de un caso relacionado.

—Entonces —dijo Mike sopesando las implicaciones—, si ese es nuestro hombre, o se instaló aquí después de esos ataques, o…

—Hemos encontrado su campo de prácticas en el norte.

—Tiene sentido. Esta es una producción ambiciosa para un principiante. ¿Hubo algo sexual en aquellos casos?

—Ninguna prueba de violación, pero todas las víctimas eran mujeres.

—Tal vez con esas mujeres solo estuviera ensayando o haciendo una simulación. Cuando ganó confianza, volvió a casa, se encontró con una chica vulnerable drogada y… decidió aprovechar la oportunidad. —Mike subrayó la aseveración con un leve encogimiento de hombros.

—No sería la primera vez. —Ian levantó una mano ante la expresión de Mike—. No lo estoy comparando con Devlin. Solo estoy de acuerdo en que ella podría haber sido vulnerable. Pero si se drogó por propia voluntad, se trata de alguien a quien conocía y en quien confiaba. No te drogas delante de cualquiera.

—A menos que seas un adicto —objetó Mike.

—Aun así, parece un increíble golpe de suerte tropezarte con la chica perfecta. —Ian se frotó la nunca—. A no ser que ya estuviera acechando en el campus. Entonces la ve, la sigue, espera a que esté sola y vulnerable...

—Así que alguien, no sabemos quién, ha matado a una estudiante, no sabemos por qué, y dejó su cadáver para que lo encontráramos. Joder, siento que no hacemos más que dar vueltas en círculo. —Mike señaló con la cabeza hacia la puerta de la sala de interrogatorios—. ¿Crees que merece la pena seguir reteniéndolo?

Ian se acercó para mirar por la ventana. Alex había dado la vuelta a las fotos que estaban sobre la mesa y se hallaba en el rincón más alejado de ella.

—Probablemente, no.

Mike asintió y abrió la puerta. Alex se volvió para mirarlos.

—Quiero hablar con mi abogado —protestó en cuanto vio al detective.

Mike abrió la puerta y le hizo un gesto para que saliera.

—Dale recuerdos de nuestra parte.

Alex se sorprendió y luego salió de la habitación recuperando su aire jactancioso.

—Vaya una pérdida de tiempo —musitó al pasar.

—Estoy de acuerdo —dijo Mike en tono amable.

Alex atravesó la sala sin prisa, deteniéndose para establecer contacto visual con un joven agente de pelo oscuro al que Ian reconoció vagamente. Solo veía su espalda, pero Ian percibió cómo la sorpresa le recorría la espina dorsal cuando Alex levantó la barbilla para saludarlo.

—Hay que admirar su esfuerzo por ser coherente —dijo Mike siguiendo la mirada de Ian—. Si dices que le vendes a la policía, actúas como si tuvieras un amigo en el cuerpo... —Movió la cabeza—. Bueno, ¿y ahora qué?

—Tenemos la conexión con Ofelia —respondió Ian.

—Sea lo que sea lo que signifique eso.

—Significa algo, algo importante para quien lo hizo. Dejó a la chica en un abrevadero con velas y flores y la página de un libro metida en la boca. Pintó un maldito mural. No haces eso a no ser que estés tratando de enviar un mensaje. —Ian defendió de una manera exageradamente vehemente aquella teoría, sobre todo teniendo en cuenta que no era suya.

—Lo malo es que no hablamos su idioma —dijo Mike arrastrando las palabras.

Ian pensó en el rostro de Emma al desafiarlo la noche anterior.

—Quizá no seamos nosotros los destinatarios de su mensaje.

10

Emma llegó a trabajar con el rostro demacrado y ojeroso por la falta de sueño. El otoño estaba asentándose y el frío creciente había vaciado el césped, dejando que las fachadas de ladrillo y el pavimento gris contrastaran nítidamente contra el verde moribundo. El reloj de la torre en el centro del campus reverberó con su imponente llamada y ella avivó el paso. La noche anterior no se había preparado la clase como de costumbre. Conocía bien los textos; aun así, necesitaba tiempo para organizar sus ideas y reconstruir su armadura antes de saludar a sus alumnos.

Nunca había sido tímida en las aulas, pero la figura brillante y cautivadora que mostraba a sus estudiantes era un personaje que había fabricado con años de práctica. Se lo ponía como una máscara cada mañana, como un disfraz y una protección a la vez. Al entrar en su despacho, colgó el bolso, empezó su rutina y sintió que su máscara resbalaba. Extendió las manos para tocar el escritorio, encontrando el equilibrio en los familiares nudos de la madera. Aquel día se suponía que iban a empezar con la poesía de Poe, que solía ser lo más importante para Emma. Se había enamorado del romanticismo gótico incluso antes de conocer el término, cuando lo único que sabía era que los castillos en ruinas, los romances imposibles y los héroes torturados la entusiasmaban, y que los páramos azotados por la lluvia y las mansiones oscuras eran lugares donde podía quedarse a salvo entre las sombras hasta encontrar de nuevo el camino al mundo real. Sin embargo, aquel día las sombras le ofrecían poco consuelo.

Se había pasado la noche navegando por internet en busca de información sobre muerte y descomposición, cayendo en espirales de asesinos y clicando en enlaces oscuros con macabra desesperación, con la esperanza de que, de algún modo, un mayor conocimiento pudiera dar sentido a las imágenes que había visto. La reacción instintiva de Emma fue centrarse en el enigma —los hilos llevaban toda la noche entretejiéndose en su cerebro—, pero las palabras de Ian la habían desestabilizado. Sabía que él tenía razón. Aquella chica había sido asesinada y Emma no conocía aquel territorio oscuro del mundo. Solo se había encontrado con la muerte en los espacios controlados de las funerarias o en mundos de ficción. No sabía cómo procesar aquella clase de dolor y de violencia. Se había obligado a recordar las imágenes: un rostro demasiado inmóvil, unos ojos en blanco y fríos, agua que resbalaba por una piel enfermizamente gris, guirnaldas de flores en mechones rubios… Pero, en lugar de aterrorizar a su imaginación y provocarle una repulsión obediente, la mente de Emma seguía dando vueltas a nuevas preguntas.

Porque tenía la certeza de que había visto antes aquel rostro.

Emma no creía que la chica hubiera sido su alumna, aunque estaba bastante segura de que era una estudiante del Carlisle o, al menos, de que había estado en el campus. Se había devanado los sesos tratando de recordar el momento, la escena por la que la había reconocido… ¿Caminando por el patio interior o tirada en el césped bajo su ventana? ¿Tal vez en algún acto social? ¿O recorriendo alguno de los laberínticos pasillos con libros en los brazos? Quienquiera que hubiese sido aquella chica ahora solo era una impresión, una sombra de un recuerdo que se le había escapado. Se había convertido en una mera imagen que estudiar, en una foto sobre la mesa de centro del salón de Ian.

Su mente se apartó bruscamente al pensar en Ian como un niño que toca una estufa encendida. Aquella rápida transición de la ilusión al rechazo le había dejado una vaga sensación de náusea. Ella había deseado aquello —esa oleada de posibilidad y promesa— más de lo que quería admitir. No era solo el romance; necesitaba estar en el comienzo de algo, sentir esa esperanza y esa emoción. Pero de nuevo el pasado había vuelto a reescribirse, y un palimpsesto de recuerdos con la negativa furiosa de Ian borraba el dulce optimismo que la había precedido.

Atravesó el campus hasta la entrada principal y subió por las escaleras hasta la última planta; llevaba sus libros como un escudo contra su pecho y volvía a coserse la máscara en cada escalón. Abrió la puerta del aula con una sonrisa segura, apartando de golpe las preocupaciones de la noche anterior. Casi todos los alumnos se habían sentado ya cuando se dirigió al frente del aula y saludó. Todos la miraron con la misma mezcla de cafeína, resaca y confianza juvenil.

—Muy bien, escuchadme todos —empezó Emma para captar su atención—. *Annabel Lee*, como tantas otras obras de Poe, se centra en…

Una chica guapa muerta, pensó Emma. Tantas historias sobre chicas guapas muertas… Se aclaró la garganta:

—… alguien que llora la muerte de su amada. ¿Primeras impresiones?

—Me recuerda a *Romeo y Julieta* —contestó una chica menuda con un corte de pelo *pixie* en la última fila.

Emma sonrió de manera alentadora.

—Bien, Madison. ¿Qué te hace pensar en esa obra de teatro? ¿Puedes señalar algo específico en el texto?

—Bueno, es una historia de amor y los dos mueren.

—Él no muere —objetó sólidamente Olivia—. Solo duerme junto a la tumba de ella. Eso no es romántico; es siniestro.

—Dice: «… amaron con un amor que era más que amor» —protestó Madison—. Eso no es siniestro. Es bonito.

—En ninguna parte se dice que ella le correspondiera —dijo Olivia.

—Pero sí que lo amaba —insistió Madison.

—¿Y eso importa? —preguntó Ethan—. El poema habla del amor y del deseo de él. ¿Qué importa lo que sintiera ella?

—Bueno, a Poe, desde luego, no —convino Olivia.

Emma interrumpió el debate antes de que se volviese demasiado acalorado:

—¿Cuántos de vosotros encontrasteis esta historia romántica?

Unos dos tercios de la clase levantaron la mano. Madison pareció orgullosa.

—Pero no hay nada romántico en la forma en que él habla de ella —objetó Olivia—. Habla como si fuera un cuento de hadas. Nunca dice nada en realidad sobre cómo es ella o sobre quién es salvo que él la amaba y ha muerto. Habla de su amor como si fuera todo romanticismo, pero no lo es. Solo trata de él. Ella es solo un cuerpo.

Una chica muerta cubierta de flores contactó con Emma a través de las palabras de su alumna, inundando su mente con fragmentos de un dibujo que no conseguía completar. «Solo es una historia. —Emma intentó concentrarse en lo que se decía, pero no era capaz de contener sus pensamientos—. La historia del cadáver de una chica».

—¡Son desdichados! —insistió Madison.

—Él es un acosador —respondió Olivia.

—O un *incel* —añadió Aiden.

Olivia le lanzó una sonrisa cómplice y recibió un asentimiento de cabeza a cambio.

—No —se reafirmó Madison—. Son como Romeo y Julieta.

—Romeo y Julieta se suicidaron, Madison —argumentó Olivia—. La muerte no es romántica.

—Por supuesto que lo es —entró de lleno Ethan en la refriega—. Si eres necrófilo.

Aquello se ganó unas carcajadas.

Otros estudiantes se unieron al debate, pero Emma permaneció en silencio. Había algo que había pasado por alto. «No es solo un cuerpo, no es solo…».

—Él duerme junto a la tumba de ella.

—Él la ama.

—Está desquiciado.

El espectro de la muchacha asesinada volvió a alzarse, nítido y sólido. Algo que ella había visto...

—Solo hay que fijarse en lo que dice realmente el poema...
Eso es.

—De acuerdo —dijo Emma con una voz en exceso aguda.

Todo el mundo se calló. Podía sentir la electricidad bajo su piel y necesitaba aprovecharla antes de que se desvaneciera.

—Todos habéis aportado perspectivas interesantes. De hecho, creo que es un tema excelente para vuestro próximo ejercicio de escritura. —Emma miró el reloj, que mostraba que aún quedaban treinta minutos de clase, y sintió crecer su impaciencia—. Mejor aún, convirtámoslo en un ejercicio de investigación.

Un débil rumor de protesta brotó de la clase y Emma sintió una punzada de culpa. Sin embargo, la revelación ya se estaba abriendo camino en su cerebro; no podía simular durante otra media hora.

—Lo sé, lo sé. Pero voy a dejaros tiempo de clase para hacerlo. Id a la biblioteca. Quiero que incluyáis, y citéis, al menos una fuente que apoye vuestras ideas. Utilizad las bases de datos de la biblioteca, no Google. Vamos. En marcha. Nos vemos en la próxima clase.

En cuanto el último de sus alumnos hubo salido, Emma corrió a su despacho tropezando en las esquinas mientras bajaba a toda velocidad las escaleras. El oportuno cadáver de Annabel Lee había desatado algo en ella que la había hecho empezar a rumiar. Se había pasado la mayor parte de su vida recorriendo mundos de imágenes y símbolos; aquel era su terreno. Se sentía extrañamente llena de energía, sabía lo que hacer y cómo. Había un patrón allí, en el texto, y ella podía encontrarlo. Tenía que hacerlo.

Quizá no pudiera empezar de nuevo con Ian. Tampoco podía devolverle a la chica asesinada el brillante futuro que había perdido. Pero aquello, aquello sí que podía hacerlo: investigar y estudiar semiótica, encontrar el significado, la verdad oculta en creaciones metafóricas y oblicuas. No importaba lo que Ian dijera, ella no se quedaría encerrada en la ignorancia; no podía. Emma siempre sacrificaría el paraíso por el conocimiento, cualesquiera que fuesen las consecuencias.

Tenía buena memoria para los detalles y el talento adecuado para dibujar, así que sacó unos folios de la impresora e intentó recrear las imágenes que había visto. Primero, dibujó un río con flores en la orilla, añadiendo detalles mientras esperaba a que algo llamara su atención. Luego pasó al árbol del que colgaban guirnaldas, se detuvo y cerró los ojos para intentar concentrarse en el recuerdo. No era una guirnalda. Era un círculo, una soga, una soga hecha de flores donde debía colgar la corona de Ofelia. Continuó dibujando, más despacio a medida que su mente empezaba a funcionar: el agua revuelta en la base del árbol formando espuma alrededor de las raíces expuestas; el grueso tronco y las extensas ramas que rozaban la superficie del agua; las anchas hojas…

Emma se quedó petrificada. Allí estaba, eso era lo que había estado dando vueltas en su mente tratando de abrirse camino para salir a la luz. Se volvió hacia su ordenador y rápidamente buscó: «sauce». Cuando las imágenes poblaron la pantalla, se quedó mirando la familiar cascada de bucles verdes, cada delicada hoja de un tono diferente que iba del esmeralda al plateado según captara, estremecida y llorosa, la luz. Las anchas hojas de su memoria eran grotescas y distorsionadas en comparación. No coincidían. Buscó una página que había guardado en Favoritos meses antes para un artículo que había estado escribiendo sobre el simbolismo shakespeareano y vio las flores de Ofelia: los pequeños ranúnculos amarillos, las hirientes ortigas verdes, las pálidas margaritas blancas y las largas flores moradas. Después volvió al dibujo y trató de evocar la imagen en su mente. ¿Cómo alguien que había reproducido con exactitud las flores que se citaban en la obra, incluso aquellas pequeñas florecillas tan poco conocidas, se había equivocado de árbol?

Emma se recostó en su asiento mordiéndose el labio mientras seguía dándole vueltas al problema. O el pintor había cometido un error colosal al olvidar la imagen icónica del sauce llorón en la escena de la muerte de Ofelia, o aquel nuevo árbol, fuera el que fuese, tenía un significado. Sintió el mismo entusiasmo que la había impulsado a curiosear las fotos en casa de Ian. Pero Emma no sabía lo bastante sobre árboles, y mucho menos sobre su simbolismo, como para interpretar la imagen. Así que cogió los dibujos y fue en busca de alguien que tenía aquel idioma como lengua materna.

Tras subir corriendo dos tramos de escaleras, Emma se detuvo antes de llamar a una puerta abierta. Respiró hondo, adoptó una postura de pragmática profesionalidad y entró en la zona de recepción de unas oficinas ligeramente deterioradas. Carolyn Matthews, la auxiliar administrativa de Rory, estaba hablando pacientemente con una estudiante de grado que parecía decidida a ver al decano. Carolyn era una mujer morena y elegante de veintitantos años que destilaba calma y seguridad. A pesar de su juventud, a Emma le recordaba a un trol que protegía un puente y exigía la resolución de acertijos para permitir el paso. Al parecer, la infortunada estudiante que estaba ante su mesa no había pasado la prueba, porque se dio la vuelta afligida y salió al pasillo. Emma ocultó una sonrisa mientras la chica pasaba y se dirigió entonces hacia el puente. Carolyn había sido contratada para ayudar al predecesor de Rory dos años antes y de inmediato había recibido a Emma en su vida con la natural confianza de una extrovertida. Solían quedar de vez en cuando, siempre por invitación de Carolyn, pero Emma se sentía fuera de lugar en su círculo de amistades, como un personaje que se hubiese colado en la historia equivocada.

Emma se acordó de la otra noche en el café mientras se preguntaba a quién podía haber llamado para pedir ayuda y deseó haberse esforzado un poco más por encajar.

—Doctora Reilly, ¿en qué puedo ayudarla? —Carolyn sonrió mostrando sus hoyuelos tras el saludo formal.

Emma le devolvió la sonrisa y señaló hacia la puerta de Rory, justo detrás de Carolyn.

—¿Está ahí? Tengo una consulta de investigación.

Pudo oír un exabrupto sofocado que salió del despacho. Carolyn se avergonzó.

Rory había sido profesor de arte —uno extraordinariamente popular— antes de que lo ascendieran, bastante en contra de su voluntad, a su actual puesto al comienzo del trimestre. Aún se encargaba de algunos seminarios y aconsejaba a estudiantes de posgrado, aunque su vida consistía sobre todo en mediar en riñas académicas y cumplimentar papeleo. Sin embargo, bajo sus trajes de *tweed* bien cortados, que Emma sospechaba que vestía irónicamente, había un artista y un erudito que podía medirse con Emma tanto si hablaban de la hermenéutica del arte prerrafaelita como de la alegoría en *Sombras tenebrosas*.

—Lo siento, Emma, está ocupado. —El rostro de Carolyn irradió una apesadumbrada decepción.

—¿Sabes cuándo estará…? —A Emma la interrumpió una sarta de variopintas obscenidades que se oyeron en el despacho de Rory.

La puerta se abrió bruscamente y Rory salió a la oficina principal, aún hablando entre dientes. Parecía que se hubiera estado tirando del pelo color arena.

—Ese crío del Departamento de Informática insiste en que el sistema de correo electrónico funciona y sigue repitiendo «Error del usuario» como si fuera un maldito mantra. ¿Por qué tenemos que escribir por correo electrónico a gente que trabaja a tres metros en el mismo pasillo? Es algo que se me escapa.

—A algunos se nos da mejor escribir —dijo Emma abriendo mucho los ojos de un modo inocente.

Carolyn ocultó una sonrisa.

—Doctor Tamblyn, la doctora Reilly está aquí para verlo.

—¿Has subido todas esas escaleras para burlarte de mí? —Su voz se dulcificó al acercarse a ella.

—Por supuesto que no. Puedo burlarme de ti por correo electrónico. En realidad, venía a pedirte prestado un libro…

—¡Un libro! Ya ves, Caro, que todavía hay gente en este mundo obsesionado por la tecnología que lee libros de verdad, físicos.

—… sobre el simbolismo de las plantas en el arte —terminó de decir Emma sin inmutarse por su arrebato.

—¿De qué época?

—No… no estoy segura. He encontrado esta representación de la escena de la muerte de Ofelia y algunos detalles me han desconcertado.

—¿Tu cerebro se ha quedado atrapado en otro tiovivo intelectual? —Rory sonrió levemente.

Emma se encogió de hombros en reconocimiento a la acertada descripción.

—Gremlins del cerebro. Es algo que no sé ubicar y que no deja de perturbarme. —Le tendió un dibujo a Rory.

—¿Un dibujo? ¿No has oído hablar de la fotocopiadora?

—¿Qué ha sido de tu rebelión contra la tecnología?

—Nada que se haya inventado antes de 1985 cuenta como tecnología.

—Bueno, fotocopiarlo no era una opción. Es… —Emma hizo una pausa mientras decidía cuánta verdad contarle—. Es un mural, pero no se sabe mucho del artista.

Rory dejó el dibujo sobre la mesa de Carolyn. Emma había dibujado el mural con todos los detalles que había sido capaz de recordar, dejando un cauteloso espacio en blanco en el centro.

—¿Qué hay aquí?

—Algunos… objetos corrientes abandonados. Estaba en un espacio abierto.

Rory asintió.

—¿Así que moderno, entonces? Algunas influencias victorianas, pero definitivamente moderno, quizá incluso posmoderno. Si tuviera que ponerle una etiqueta, diría que es contemporáneo, pero que imita el estilo de la Hermandad Prerrafaelita. ¿Qué hay de esas plantas que te perturban?

Emma sonrió ante su decidido entusiasmo.

—No utilizó el árbol que se menciona en el texto. Estoy tratando de dilucidar si se trata de algo importante o de un simple descuido.

Rory levantó el dibujo del árbol para llevarlo a la luz.

—Tendría que ver el original para proporcionarte algo específico, pero tengo un volumen muy extenso y aburrido sobre simbolismo arbóreo que por lo menos te servirá para quedarte dormida esta noche. —Hizo amago de extender una mano hacia ella, pero se contuvo—. Parece que te vendría bien.

—Mi cerebro no desconectaba anoche —dijo Emma encogiéndose de hombros.

—La maldición de la academia —respondió Rory—. No hay mejor cura que leer textos mortalmente aburridos sobre el significado de los árboles. Espera aquí un minuto mientras lo busco.

Rory desapareció en su despacho. Carolyn negó con la cabeza armada de paciencia ante los pesados golpes de los libros al caer y volvió a su ordenador. Mientras Emma tomaba asiento en una de las rígidas sillas de la sala de espera, un chico de unos veinticinco años que parecía agobiado irrumpió en la habitación. Flaco y anguloso, parecía un Ichabod Crane hecho por encargo, con el pelo castaño desordenado y una mochila que lo delataba como estudiante. Llevaba ropa limpia pero arrugada, y una etiqueta con el precio olvidada en sus zapatillas mostraba que eran nuevas y compradas con una importante rebaja.

Carolyn levantó la vista y frunció el ceño levemente al reconocerlo.

—Buenas tardes, Malcolm.

—Necesito verlo.

—Lo siento, Malcolm, pero el doctor Tamblyn está ocupado con la doctora Reilly y luego tiene que asistir al Consejo de Liderazgo Docente. Tendrás que esperar a tu cita de mañana por la mañana.

—No puedo. No lo entiendes. Es sobre mi proyecto de tesis.

—Lo entiendo, Malcolm, pero… —Carolyn dejó la frase sin terminar cuando Rory salió de su despacho con un libro en la mano.

—Malcolm, no tenemos cita hoy. —Las maneras normalmente relajadas de Rory habían desaparecido.

—Lo sé, pero necesito hablar con usted de… de mi proyecto. Mi tesis. —Malcolm bajó los ojos hacia sus zapatillas.

—Malcolm, ya hemos hablado sobre tu costumbre de irrumpir aquí. Hablaremos mañana durante la cita.

—Pero yo… —Malcolm percibió algo en la expresión de Rory y la decepción cayó a plomo sobre sus hombros, haciéndole parecer un cachorro al que acaban de castigar con un periódico enrollado.

—Vale. De acuerdo. De todas formas, no importa, en realidad. —Malcolm se retiró mirando una última vez por encima del hombro.

Rory y Carolyn intercambiaron una mirada.

—¿Un chico problemático? —preguntó Emma cuando ya no los podía oír, pero sin elevar la voz.

Rory suspiró y rodeó la mesa de Carolyn para dirigirse hacia Emma.

—Es uno de mis alumnos de posgrado. Un muchacho de verdad brillante, pero… —Rory se detuvo como si buscara una expresión adecuada—. No es demasiado autosuficiente. Tengo la impresión de que siempre le han solucionado los problemas. Era el alumno estrella en el grado, pero ahora que tiene que realizar trabajos originales de forma independiente está teniendo dificultades.

—Creo que asistió a algunas de mis clases.

Emma tenía un vago recuerdo de él como un alumno entusiasta, aunque no destacado, de esos que siempre aportaban ideas con mucha seguridad, vinieran o no a cuento. Le sorprendió verlo tan agobiado.

—El posgrado es un gran cambio. —Recordó los años en que ella se había esforzado tanto por encajar.

—No tiene una gran red de apoyo, así que viene aquí. Mucho. —Rory volvió a suspirar pasándose una mano por los rizos desordenados.

—Eres un buen consejero.

—No es un erudito, vive únicamente en internet, pero tiene un increíble futuro como artista si aprende a trabajar sin ruedas auxiliares.

Carolyn se aclaró la garganta cortésmente tras él:

—Doctor Tamblyn, la reunión del CLD comienza en diez minutos.

—«Ninfa, en tus oraciones sean recordadas todas mis citas».

Carolyn resopló.

—En la agenda están todas apuntadas.

Rory sonrió volviendo a encarnar a un Robin el Bueno y entregó a Emma el libro que había cogido en el despacho.

—Que lo disfrutes. Me voy a fastidiar a los administradores.

Rory se dio la vuelta con fingida solemnidad y volvió a su despacho.

Emma negó con la cabeza.

—Gracias —le dijo cuando ya le daba la espalda.

—¿Y qué es ese nuevo proyecto? —preguntó Carolyn con indisimulada curiosidad.

—Todavía es solo una imagen que no tiene sentido —respondió Emma intentando mantener un tono de naturalidad en su voz.

—Pero ¿podría llegar a ser algo interesante?

—Dudo que… —Emma se frenó repentinamente resistiendo el impulso de protegerse con distancia—. ¿Hay alguna posibilidad de que estés libre más tarde para tomar una copa… o algo? —Su voz se elevó esperanzada al decir la última palabra.

El rostro de Carolyn se iluminó para apagarse acto seguido.

—Mierda. Tengo que irme en cuanto acabe de trabajar. Cena con un tío al que he conocido por internet. Si no me asesinan y me cortan en trocitos, ¿qué tal un café mañana por la tarde?

—Perfecto. Eso sería perfecto. —En la voz de Emma se percibió alivio—. Tú me cuentas tus aventuras de romance moderno y yo te hablaré de libros escritos por hombres blancos muertos.

—Los hombres blancos muertos también pueden ser interesantes —respondió Carolyn.

—A veces, sí. Yo invito al café.

Emma sonreía ante su pequeño triunfo cuando salió al pasillo. Estaba a medio camino de las escaleras cuando oyó su nombre. Se detuvo para darse la vuelta y vio a Malcolm dirigiéndose hacia ella. El chico de cabello oscuro de su clase de Literatura Gótica estaba justo detrás de él. Emma le hizo un gesto que Ethan le devolvió. Igual que Malcolm. «Demasiado tarde para escapar», pensó Emma.

—¿Profesora Reilly? Soy Malcolm Haynes. Hice Literatura Británica y Literatura Universal con usted. Y asistí como oyente a sus clases de novela el año pasado…

—Sí, por supuesto, Malcolm. ¿Qué puedo hacer por ti? —sonrió Emma.

—Bueno, quería matricularme en Literatura Posmoderna con usted…

—No doy ese curso hasta primavera.

—Lo sé, por eso me he matriculado en un curso de cine con la profesora Jacobs, necesito materias interdisciplinares para mi tesis. —Tomó aire—. Ella ha propuesto como tema la culpa y la inocencia. Todas las películas que ha elegido son superdeprimentes. Y acabamos de trabajar *Hamlet*…

Emma se tensó por un momento y abrazó el libro como si fuera un secreto antes de recordarse que casi todo el mundo en el campus había tenido que leer a Shakespeare en algún momento. Dejó escapar un suspiro.

—¿En qué puedo ayudarte?

—Bueno, la profesora Jacobs dijo que la chica, la novia de Hamlet, es un ejemplo de verdadera inocencia. Pero cuando yo señalé que su rechazo a Hamlet es el inicio de todo, se cerró en banda. Lo que yo quería decir es que ella lo pone todo en marcha al escuchar a su padre. Además, ¿no dicen los sepultureros que se suicidó? ¿Y eso no es un pecado mortal? Solo he visto la película, pero en la escena en la que muere, hay claramente una soga hecha con flores en las ramas del árbol justo en el momento de su muerte. Es muy obvio que se trata de un árbol del ahorcado metafórico. Pero la profesora Jacobs solo presta atención al lenguaje. —El tono de Malcolm era claramente burlón—. Dice que ella hace un tipo de crítica especial, que no necesita mirar más allá de la página…

—Se llama Nueva Crítica; es un tipo de interpretación formalista

—completó Emma automáticamente, pero su cerebro se apartó de la conversación, enredado en algo que Malcolm había dicho.

—Bueno, vale. ¡Pero esto es un curso de cine! —La voz de Malcolm se llenó de indignación—. ¿No habría que considerar también la película? Porque el marco de…

—Malcolm —lo interrumpió Emma de un modo un poco brusco—, ¿cómo es la escena en la que Ofelia muere? En la película.

—¿Cómo? Ah, Ofelia va cantando para sí una especie de galimatías y lleva una larga cuerda de flores. La lanza sobre una rama y luego cae bajo ella. No conozco muy bien la obra, pero el lenguaje fílmico claramente está sugiriendo el suicidio. ¿No cree que…?

—¿Cómo es el árbol? —La pregunta sonó demasiado abrupta.

Malcolm tartamudeó y se quedó en silencio con la boca abierta.

Ignorando su reacción, Emma abrió con nerviosismo el libro que Rory le había dado. Pasó las páginas buscando árboles que le resultaran familiares. Dio con la imagen de la foto de Ian casi de inmediato: una higuera. Se volvió hacia Malcolm.

—¿Como este?

Malcolm pareció confuso.

—No. Era, eh… ¿Como un sauce? Ya sabe, ramas largas que caen, hojas brillantes…

—Pero ¿las flores formaban una soga y no una corona?

—Definitivamente, era una soga. Por eso pienso que…

—¿Estás seguro?

—Muy seguro. —Malcolm esperó un momento mientras Emma volvía a mirar el libro—. Entonces, ¿cree usted que tengo razón? ¿Que ella podría no ser una «verdadera inocente», sea lo que sea lo que eso signifique? —Malcolm sonó esperanzado.

Emma levantó la vista sin registrar ya lo que decía el chico.

—Siempre hay espacio para la interpretación. Por eso merece la pena seguir discutiendo sobre la obra.

—Entonces, ¿puedo decirle a la profesora Jacobs que usted ha dicho que está de acuerdo conmigo?

—Sí, claro. Dile que estoy de acuerdo.

—¡Sí! Lo sabía. Sabía que estaría de mi parte. Gracias, profesora. —Malcolm se fue reforzado con su justificación sobre los hombros.

Incapaz de esperar, Emma se sentó, apoyada contra la pared, para poder leer con mayor facilidad. Varios estudiantes se quedaron mirándola con curiosidad al pasar, aunque ella los ignoró. El árbol que Malcolm había descrito era, definitivamente, el sauce esperado, pero no había duda de que el que ella había visto no lo era. Y luego estaba la soga…

Siguiendo una corazonada, volvió a la página de las higueras saltándose los significados históricos y las alusiones. Las posibilidades se iban reduciendo como en una partida de *¿Quién es quién?*, pero seguía habiendo demasiadas incógnitas. Emma dejó el libro en el suelo y buscó su teléfono. Marcó los números impaciente y, tras cuatro tonos, la voz serena de Ian le indicó que dejara un mensaje.

—Sé que quieres que me mantenga alejada de ti y de tu caso, y que no crees que yo pueda ayudar, también que piensas que no se me pueden dar bien estas cosas por… porque no soy más que una profesora de literatura. Pero no lo sabes todo sobre mí, quién soy ni lo que sé hacer y… yo… estoy cerca de resolver esto, Ian. Y tienes que oírlo. Tienes que escucharme. —Tomó aire para detener el torrente de palabras—. Lo siento. Soy Emma. Por favor, llámame.

Colgó, corrió a su despacho para coger su bolso y su abrigo, y enseguida salió al pálido sol amarillo del exterior, donde un fuerte viento cortaba el aire otoñal.

11

—¿Detective Carter? —El sargento de guardia se acercó a Ian desde el otro extremo de la comisaría—. Ha venido a verlo una mujer, una tal doctora Reilly. Dice que tiene información sobre el caso Weston.

Ian se levantó demasiado rápido, lo que lanzó su silla hacia atrás. Mike levantó una ceja, pero no dijo nada.

—Llévela a la sala de reuniones —dijo Ian, y añadió un tardío «gracias» cuando el agente ya se marchaba.

—¿Testigo clave en el caso? —preguntó Mike con indiferencia.

—Podría tener información. —Ian mantuvo un tono neutro.

—Sí, apuesto a que sí —respondió Mike.

Ian lo ignoró y fue a ver con Emma sin saber muy bien si se encontraría con una disculpa o con una recriminación por lo de la noche anterior. Vaciló con la mano en el pomo de la puerta al sentir los ojos de Mike fijos en él y luego entró bruscamente, cuadrando los hombros. Ella no iría a la comisaría a discutir cuestiones… personales. Había dicho que tenía información.

Era una informante potencial, se dijo, solo una informante. La escucharía. Mantendría una actitud profesional. Luego la mandaría a casa.

Emma estaba paseando por la habitación y se giró.

—¿Recibiste mi mensaje? —preguntó sin preámbulo.

106

Ian dio un paso atrás confuso.

—¿Cómo dices?

Emma levantó la barbilla desafiante.

—Sé que piensas que no puedo ser de ayuda, que soy solo una friki de los libros sin experiencia en la vida real...

La acusación lo golpeó de lleno en el pecho; la actitud profesional cedió ante un irresistible impulso de tranquilizarla.

—Emma, eso no es lo que yo...

—No importa. No he venido aquí por... —hizo un gesto vago con la mano entre los dos— nosotros. Estoy aquí como ciudadana que tiene una información importante sobre vuestro caso. Así que ¿me escucharás? ¿O debería llamar a Crime Stoppers y esperar que alguien allí de verdad quiera encontrar al asesino?

El discurso de Emma —Ian pensó que lo había ensayado— hizo que se sintiera como un niño que acababa de bajar de un tiovivo. Había perdido el control de la conversación antes de tener siquiera la oportunidad de hablar. Solo era una informante, se había dicho. Pero reconoció su propia mentira.

—¿Por qué? —preguntó él al fin—. Viste esas fotografías anoche. Sabes lo que ese... monstruo es capaz de hacer. Lo que ha hecho. ¿Por qué querrías involucrarte con... nada de esto? —«Conmigo», habría querido decir—. Esto no es un juego, Emma. No es una novela de misterio. Es oscuro, repugnante y se te mete bajo la piel de un modo que te hace... cerrarte o enloquecer. ¿Por qué elegirías eso para ti misma?

—Tú lo has elegido —dijo Emma en voz baja.

—Emma...

—Ya no hay vuelta atrás, Ian. —Emma respiró hondo mientras escogía sus palabras con evidente esfuerzo—. Mi cerebro está... No funciona como el de otras personas. A veces, se aferra a cosas. Palabras, imágenes, puzles. Y esa chica está ahí. No podría sacarla de mi mente, aunque lo intentara. Mi cerebro va a jugar con esas imágenes hasta que descubra lo que significa ese mural. Lo quiera yo o no. Y,

¿sinceramente?, quiero. Porque hay algo ahí, algo que puedo descubrir. Lo sé.

Ian sabía que ella estaba esperando una respuesta, pero se había distraído intentando leerla: el ceño fruncido, las manos temblorosas, la inclinación de su boca, la elevación de su pecho cuando su respiración se aceleraba para seguir el ritmo de sus pensamientos. Reconoció su necesidad de ser escuchada y respetada. Pero si algo le sucedía…

Ian detuvo el pensamiento antes de que se le escapara. Zoey era solo una chica a la que apenas había tratado, pero seguía teniendo su muerte incrustada en la piel.

Se recordó a sí mismo su plan. Escucharla. Mandarla a casa. Por su propio bien.

—De acuerdo. Las flores de Ofelia. —Le señaló una silla.

Emma dejó escapar un suspiro, pero no se sentó.

—Vale. Estaba hablando con un estudiante…

—¿Sobre el caso? —la interrumpió Ian.

—No, por supuesto que no —respondió Emma—. Estábamos hablando sobre Shakespeare, eso que enseño, y él mencionó la muerte de Ofelia; entonces recordé algo. En las fotografías, las flores colgaban de un árbol. Pero no era una corona, como en la obra, como debería ser…

—Las flores formaban una soga, no una corona —confirmó Ian con el propósito de que ella diera menos importancia a su descubrimiento.

Emma se limitó a asentir con firmeza.

—Sí. Pero la cuestión es esta. Una posible lectura del texto, de la obra, es que la historia de la reina sobre que la muerte de Ofelia fue accidental es una mentira. Puede discutirse que fuera un suicidio. Y creo que… esta persona… está diciendo que Ofelia y, por extensión, su víctima son responsables de su propia muerte.

Ian no conocía los matices del texto, pero sí la violencia. La idea de que un asesino atribuyera la culpa a su víctima —el definitivo «Ella

108

se lo buscó»— tenía sentido. Supo, instintivamente, que Emma iba por el buen camino. Pero negó con la cabeza.

—Lo siento. No estoy de acuerdo contigo.

Emma frunció el ceño, Ian no sabría decir si en respuesta a la reacción que había mostrado él o a sus propias teorías.

—Él… Creo que está intentando decirte que tu… que nuestra percepción de la víctima es errónea. Que debemos cuestionar el relato aceptado sobre ella y sobre su muerte. Pero… —Emma levantó las manos mostrando las palmas en un gesto de súplica— el texto requiere ser leído holísticamente. Cada pieza, cada palabra o símbolo está conectado con los grandes temas de la obra. Lo que significa que la soga es parte de un mensaje más amplio que él está transmitiendo.

—¿Que es…? —preguntó en un tono desapasionado para no alentarla en exceso.

—No lo sé. —En la voz de Emma resonó la frustración—. Por eso estoy aquí. Estoy trabajando de memoria, solo he visto una pequeña parte… Es como leer un libro con páginas arrancadas.

Ian pensó en la escena del crimen y se preguntó si Emma había visto ese detalle o si estaba más cerca de entender al asesino de lo que era consciente.

—Emma, no puedo enseñarte fotos de la víctima de un crimen.

—Ya las he visto —protestó ella.

—Se supone que no. Yo no debería haberlas dejado allí, y no voy a agravar el error enseñándotelas de nuevo.

—Bien —respondió ella pasado un momento—. Dime solo una cosa. —Sacó un voluminoso libro de una cartera que había sobre la mesa y lo abrió por una página marcada—. ¿Es este el árbol que pintó el asesino?

Ian bajó los ojos y vio el inconfundible árbol de tronco grueso y hojas anchas que enmarcaba el cuerpo de Sarah Weston.

—Se me dan bien los detalles —dijo Emma leyendo la pregunta en su rostro cuando levantó la vista de la página.

—Eso parece.

—Es una higuera —le dijo acercándole el libro—. Las higueras y sus hojas a menudo se utilizan para representar la pérdida de la inocencia o el rechazo de la moral. Shakespeare emplea con frecuencia elementos simbólicos como las plantas en sus textos. Recuerda que te lo dije en el museo —concluyó Emma moviendo la cabeza—. Aquí, en lugar de un sauce llorón, que simboliza la tristeza, quien lo hizo puso una higuera. Es un mensaje.

Ian reconoció al instante que ella estaba en lo cierto, que había descubierto algo que él no habría averiguado nunca. Emma esperó, lo observaba con la misma cautela, sospechaba él, con que él la había estado estudiando antes.

—¿Ian?

—De acuerdo —dijo sin ocultar la duda en su voz, pero esperando que fuera malinterpretada—. Digamos que llevas razón.

Emma al fin se acomodó en la silla que le habían ofrecido, permitiendo que Ian hiciera lo mismo.

—Las flores de las fotografías pertenecían a la escena de la muerte de Ofelia, ¿no? Exactamente esas flores. Eso significa que quienquiera que pintara el mural conocía el texto. Los detalles coinciden.

Ian pensó en las docenas de cuadros que había estado repasando toda la mañana.

—Puedes estar segura de eso.

—El árbol, entonces, tendría que haber sido un sauce si el… artista… estuviera siguiendo el texto.

—«Un sauce crece oblicuo sobre el río». —Esas eran las palabras de la página arrancada que le habían metido a la chica bajo la lengua.

Ante la mirada de sorpresa de Emma, Ian se vio obligado a explicarse de mala gana:

—Habían dejado una nota… en la escena. Citaba ese verso.

Emma parecía triunfante.

—Entonces no es un error; no puede serlo. Y dejó la nota para que lo supierais.

Ian negó con la cabeza de forma desalentadora.

—¿Cómo nos ayuda eso a encontrarlo?

—Piénsalo… La muerte de Ofelia, en realidad, no trata de Ofelia. Trata de su amado, de su hermano y de su padre. Ella es un espejo que refleja todo lo que está a su alrededor. Pero también refleja la perspectiva de Shakespeare sobre ella, sobre las mujeres y su existencia en el mundo. Y cada artista que la pinta revela sus propias percepciones y sesgos. Se muestra a sí mismo en su arte. ¿Lo entiendes?

—Así que piensas —su voz sonó escéptica— que resolver este enigma podría llevarnos hasta el asesino.

Ian vio cómo algo cambiaba en el rostro de Emma; había tomado una decisión. Estaba nerviosa, incluso asustada, pero había ido allí de todos modos. Había luchado por mantener sus emociones bajo control, ocultas, aunque, en aquel momento, dejó que su anhelo, su arrepentimiento y su determinación se reflejaran en su rostro. Y lo hacía, pensó él, para convencerlo.

—Sé que no soy detective. —Apretó los labios con fuerza—. Y tal vez no tenga tanta calle… —Las palabras sonaron como un eco e hicieron que Ian se preguntara a quién estaba oyendo en su cabeza—. Pero esto… —Ella buscó su mirada—. Esto se me da bien, Ian. Puedo ayudar. Puedo ayudarte a encontrarlo.

Ian estudió su rostro. Entendió por qué estaba allí, reconocía las formas de la convicción y la esperanza en el rostro de Emma. Y, deliberadamente, las aplastó.

—Gracias por tus ideas, pero no necesitaremos más ayuda.

La indignación ocupó el lugar de la esperanza en un instante.

—¿No necesitaréis más ayuda? Yo lo he descubierto. He encontrado la incoherencia en la pintura. Vosotros no teníais ni idea. No necesito tu protección, Ian. Necesito que escuches lo que estoy diciendo.

—Emma…

No lo dejó seguir.

—¿Y si el asesino estuviera relacionado con la universidad? Tenéis que considerarlo. Sarah estudiaba allí. La he reconocido.

—Espera. ¿De qué la conoces? —Ian se inclinó hacia ella.

Emma se revolvió.

—Yo no… no estoy segura. No la conozco, en realidad. Pero sé que la he visto.

—A ella o a cualquiera de los centenares de chicas rubias que van a Carlisle. Eso no significa que haya una conexión con la universidad.

La expresión de Emma se endureció.

—Pero sí que era una de nuestras estudiantes. Lo dijo el periódico. Y Carlisle patrocinó la exposición prerrafaelita, y la pintura de Ofelia era central en ella. No puedes haber pasado esa conexión por alto después de que… viéramos esa exposición.

Ian intentó ocultar su estremecimiento: sí que lo había pasado por alto. Había estado distraído. Razón de más para mantener a Emma lejos de él… y del caso. No podía arriesgarse a cometer otro error.

—No estoy pidiendo unirme a ti en la investigación. Puedo ser solo una asesora. Eso existe, ¿no? ¿No te parece que tener a alguien que conoce la parte académica relacionada con la investigación puede ser útil? —La voz de Emma sonó casi a súplica.

Ian miró a Emma a los ojos y mintió:

—No. No creo que esta sea una pista que vayamos a seguir. Pero gracias por compartir con nosotros tus ideas. —Su voz se volvió repentinamente profesional.

—Ian…

—Gracias, doctora Reilly. —Ian se levantó para marcharse—. Te agradezco lo que intentas hacer, pero debes dejar de pensar en esto. Vuelve a tu trabajo; nosotros nos ocupamos a partir de ahora.

—No puedo —respondió Emma—. Simplemente, no puedo… No es así como yo… —Emma dobló los dedos de su mano derecha en lo que parecía un gesto habitual, algo para calmarse—. Conozco esos textos, esos símbolos, ese mundo. Déjame ayudarte.

—No necesito tu ayuda.

—Entonces déjame ayudarla a ella.

—No puedes ayudar a los muertos, Emma. Lo único que puedes

hacer es intentar evitar que hagan daño a más gente. Tienes que dejarme... dejarnos llevar esto. —Ian se dio la vuelta porque no quería ver su rostro—. Te acompañaré a la salida.

—No te molestes. Puedo encontrar la puerta yo sola. —Emma se levantó, volvió a meter el libro en su cartera y pasó junto a él para salir.

—Solo inténtalo... Déjalo estar. Por favor —dijo suavemente cuando ella atravesaba la puerta—. No pienses más en ello.

—En ella. Quieres decir que no piense más en ella.

—Sí.

—Pero ella merece que lo hagamos.

Emma salió rápidamente. Ian la dejó ir.

—¿Has tenido suerte? —le preguntó a Mike intentando sonar relajado al regresar a su mesa.

—Sin novedad. —Mike no levantó la vista—. ¿Y tú?

—Tal vez tenga algo —admitió Ian.

Lo más sucintamente que pudo, le explicó quién era Emma y cómo había visto las fotografías.

Mike puso una cara comprensiva poco convincente.

—¿Le enseñaste fotos de un crimen en la primera cita? Supongo que no va a haber una segunda.

—No se las enseñé... —protestó Ian—. Solo me olvidé de guardar la carpeta. Y no. No habrá segunda cita.

—No es propio de ti ser tan descuidado con las pruebas. —La voz de Mike sonó suave.

—Fue un error. —El tono de Ian era inseguro, tomó aire—. En cualquier caso, Emma encontró las fotografías y descubrió una conexión con Ofelia de inmediato.

—Y ahora piensa que va a resolver el caso. —Mike le dirigió una mirada pensativa—. ¿Es inteligente o solo entrometida?

—Es inteligente —respondió Ian con reticencia—. Muy inteligente.

—Entonces tal vez haya sido un accidente feliz. Si ella y tú no vais a ninguna parte en lo romántico... —Mike dejó la frase en el aire. Ian cambió incómodamente de postura, pero no respondió—. Lo mismo tal vez pueda sernos útil. Es evidente que nuestro hombre es aficionado al arte y a la literatura, y por muchos libros que tengas en tus estanterías, ese no es tu campo. Parece que es el suyo.

—Da clases de la materia.

—Tal vez debamos oír lo que tiene que decir.

—No podemos utilizar a una asesora no retribuida que no ha pasado ningún examen en una investigación de asesinato de alto nivel. En cuanto la defensa descubriera cómo se involucró, la haría pedazos junto con cualquier indicio basado en su testimonio. Y minaría mi credibilidad como testigo —argumentó Ian—. Se queda al margen.

—De acuerdo, *boy scout*.

Mike volvió a su papeleo, luego preguntó sin darle importancia:

—¿Cuál es su teoría, de todas formas?

Ian suspiró y se arrellanó en su silla.

—Piensa que el asesino está empleando el simbolismo artístico para hablarnos de la víctima. La extraña soga de flores y el árbol parecen sugerir pecado o engaño. O culpabilidad. El asesino quiere que cuestionemos la manera en que el mundo ve a la chica.

Mike emitió un sonido reflexivo.

—Deportista estrella que consume drogas en secreto: encaja. Tal vez eligiera a la víctima en función de su historia.

—Mike…

—De acuerdo, Romeo. Pero no tengo ninguna teoría mejor. ¿La tienes tú?

—Quizá si nos centráramos en los indicios e hiciéramos nuestro trabajo, la tendríamos.

Ian empujó hacia Mike la caja con los regalos del novio de Sarah Weston que estaba sobre la mesa y luego centró su atención en lo que habían cogido del corcho de su habitación. Mantuvo la cabeza baja mientras su compañero lo observaba durante un momento. Luego, Mike se encogió de hombros.

Las fotografías y recuerdos contaban la historia de una chica brillante y entusiasta que solo estaba empezando a saborear la vida, e Ian pensó en las palabras con las que se había despedido de Emma. Aquella chica no merecía que la olvidaran. Mientras Ian leía recortes de periódicos que detallaban triunfos deportivos y celebraciones en el campus, tuvo un pensamiento repentino. Se volvió hacia su ordenador y abrió la página de un pequeño periódico local. Buscó entre los artículos del lunes hasta encontrar el que el alumno de Emma había mencionado mientras él presenciaba su clase: «Encontrado el cuerpo de una estudiante de la universidad». No era un artículo en sí, solo una rápida mención en la sección de noticias locales. Mierda. Tendría que haberse dado cuenta antes.

—Mike —llamó.

—¿Ya has resuelto el caso, Sherlock? —La voz de Mike estaba teñida de cierta irritación.

—Calla y escucha esto: «Según la policía, el cuerpo de una joven ha sido encontrado en un granero abandonado al norte de la ruta 22. Se dice que la víctima es una estudiante de tercer año del Carlisle College cuya desaparición se denunció hace unos días».

Ian siguió examinando el artículo.

—¿Y bien?

—Dicen que la víctima es una estudiante del Carlisle, pero esto se publicó el lunes. Antes de que reveláramos esa información.

Mike se acercó a la mesa de Ian y el rostro se le ensombreció al leer en la pantalla del ordenador. Se desplazó hacia abajo y clicó en un enlace.

—Es peor aún.

Un artículo recién actualizado había sustituido a la breve noticia que Ian había estado leyendo, e imágenes del mural y del abrevadero en que había sido encontrada Sarah Weston llenaron la pantalla.

—Estas no son fotos de la escena del crimen. No hay cinta ni etiquetas. Se tomaron antes de que llegáramos nosotros.

—¿Cómo demonios las ha conseguido ese periodicucho? —preguntó Mike.

—Averigüémoslo.

El director del *Daily Independent*, Bradford Mackey, se quedó detrás de una mesa encajonada en su minúscula oficina del centro. Ian y Mike se alzaban imponentes sobre él mientras el sol de la tarde proyectaba sus sombras. Mackey permaneció todo lo erguido que su compacta estatura le permitía mirando desafiante a los detectives.

—Estamos cubiertos por los derechos de la Primera Enmienda al sacar esas fotografías. Deberían ver las que no hemos publicado.

—Ese es nuestro propósito —respondió Ian secamente.

—Escuche —dijo Mike, luego se inclinó y apoyó las palmas de las manos en la mesa—, ha muerto una joven y usted está jugando al amigo por correspondencia con el asesino.

—No, escúchenme ustedes a mí —espetó Mackey—, esto es una historia, una gran historia, y no solo tenemos el derecho, sino también la obligación de informar sobre ella. No sé por qué el asesino nos ha enviado las fotos, pero lo ha hecho. Solo hemos publicado las que eran relevantes para la historia. No hemos compartido las imágenes más... gráficas para proteger la sensibilidad de nuestros lectores.

Mike resopló.

—Para proteger la sensibilidad de sus abogados, más bien.

—Detective Kellogg, no hemos hecho nada ilegal. Retuvimos la historia hasta que pudimos comprobar su veracidad y tenemos toda la intención de cooperar.

—Bueno. Pues empiece. Quiero ver las fotografías y todo lo que viniera con ellas, incluido el sobre.

Mackey enrojeció.

—Por desgracia, el sobre se tiró. No hemos sido capaces de encontrarlo.

Ian vio tensarse un músculo en la mejilla de su compañero al apretar los dientes. Se colocó sutilmente entre Mike y el hombre de menor tamaño.

—Entonces denos lo que tiene y envíe todo lo que encuentre a la comisaría —ordenó Ian con tirantez.

Mackey apretó el botón del intercomunicador de su teléfono y pidió a su asistente que le llevara los materiales. Una mujer de mediana edad con una falda de traje perfectamente entallada abrió la puerta un momento después para entregarle un sobre blanco. Ian sacó un guante de látex del bolsillo interior de su chaqueta.

Mike suspiró.

—No te molestes. Probablemente todo el mundo habrá manoseado ya eso. Las huellas no tendrán ningún valor.

Ian no respondió y utilizó el guante doblado para abrir la solapa cuidadosamente. Vació el contenido sobre el escritorio de Mackey. Tres fotografías y un folio se deslizaron sobre la superficie de madera. Ian separó las fotos y se inclinó para examinarlas. El papel era brillante pero barato, del tipo que se vendía en las tiendas de material de oficina. Inmediatamente reconoció la foto de arriba de la edición matinal. El periódico la había publicado a toda página, junto a una columna, recortando la parte inferior, la del abrevadero. Las otras dos no se habían publicado.

La primera era un primer plano del rostro de Sarah Weston con el agua cubriéndole las mejillas y el nacimiento del pelo. La siguiente mostraba su cuerpo completo en el abrevadero de metal, como si el fotógrafo la hubiera tomado desde arriba. Ian pensó en la escalera de mano que había visto apoyada en el granero. En la última imagen aparecía solo su mano derecha. Estaba tomada desde abajo y daba la impresión de que la mano se alzaba hacia la soga arqueándose. Ian imaginó al fotógrafo desconocido agachado tratando de captar aquella imagen. Habría tenido que inclinarse sobre el abrevadero, por encima del cuerpo, con el codo probablemente sumergido en el agua. Se había esforzado para conseguir aquellas imágenes.

Ian desvió su atención al folio. Estaba casi en blanco, con una sola línea de texto en la parte superior de la página y un pequeño sello con letra de imprenta en el centro. Arriba simplemente se leía: «Se llamaba Sarah. Estudiaba en Carlisle».

—Eso lo explica —musitó Mike leyendo por encima del hombro de Ian.

Pero la atención de Ian estaba fija en mitad de la flamante hoja blanca.

—«Los hombres sabios saben bien en qué monstruos puedes convertirlos» —leyó la frase en voz alta y miró a su compañero.

Mike negó con la cabeza.

—Es de *Hamlet* —dijo Mackey sin parecer muy seguro mirando a los dos detectives—. Ya saben, Shakespeare. Lo hemos buscado.

—Gracias —respondió Mike lacónicamente.

Ian volvió a meter el folio en el sobre; reunió las fotos y las guardó también.

—Nos gustaría hablar con la persona que recibió el sobre.

—Charlotte, nuestra becaria. —Mackey pulsó el botón del intercomunicador—. Dora, por favor, dile a Charlotte que venga.

Los tres hombres esperaron en un tenso silencio hasta que se oyó un leve golpecito en la puerta. Una mujer robusta —mayor de lo que Ian esperaba para una becaria, de unos veintitantos— entró. Llevaba un vestido y unos *leggings* con dos tipos diferentes de cuadros escoceses que contrastaban con su pelo color Fanta de naranja. Llevaba correo en la mano izquierda que se colocó a la espalda cuando se detuvo delante de ellos, como si fuera un soldado a la espera de órdenes.

—¿Quería verme?

—Sí, Charlotte. Ellos son detectives. Les gustaría hablar contigo. —El tono de Mackey fue cauteloso en un grado que apestaba a condescendencia.

La mujer frunció la boca de un modo casi imperceptible. Se volvió hacia los dos detectives y ofreció su mano primero a Mike y luego a Ian.

—Charlotte Mason. Charlie —se presentó—. Trabajo aquí como becaria mientras estudio el grado de Periodismo en el Carlisle College. Solo me dejan clasificar el correo. Así que supongo que están aquí por las fotografías.

Ian se presentó y también a su compañero, luego preguntó a Charlotte por el sobre.

—Llegó el viernes por la tarde como parte de una entrega ordinaria. No hubo paquetes especiales aquel día. Lo comprobé. —El tono de Charlotte era directo y preciso—. Recogí el correo como de costumbre. No había una dirección específica, solo el nombre del periódico, así que lo abrí para ver a qué despacho debía hacerlo llegar. Había otro sobre dentro, ese de ahí. —Charlotte señaló el que Ian tenía en las manos—. Iba dirigido al señor Mackey, como pueden ver. Entregarlo fue lo primero que hice por la mañana. Cuando descubrimos lo que había dentro, fui a buscar el sobre exterior, pero se había tirado en reciclaje y se lo habían llevado. Lo siento.

—Está bien, señorita Mason —dijo Mike tranquilizador—. No podía saberlo.

—Cierto —convino Charlotte—, pero sí les he guardado este. Llegó anoche.

Charlotte tendió el sobre que había estado protegiendo a su espalda. Ian se fijó entonces en que lo sostenía con un pañuelo desechable entre los dedos.

—Reconocí la letra —explicó simplemente Charlotte— cuando abrí el primer sobre. El de dentro iba doblado así, pero no estaba cerrado. Hice lo posible por no tocar nada con las manos, pero pueden tomarme las huellas para descartarlas si eso sirve de ayuda.

—Puede que lo necesitemos. —Ian dejó el primer sobre encima de la mesa de Mackey e, imitando la técnica de Charlotte, utilizó su guante para coger el que ella le ofrecía.

—Charlotte —estalló Mackey poniéndose de pie—, ¿por qué no me lo has traído a mí de inmediato?

Charlotte dirigió una mirada llena de inocencia a su empleador.

—Pensé que la policía lo querría. Es una prueba en un caso de asesinato después de todo. —Una especie de frialdad en su tono socavó su expresión, e Ian no estuvo tan seguro entonces de que fuera tan inocente como fingía.

—Gracias por todo, señorita Mason —dijo con gravedad.

Charlotte le sonrió como si captara la nota de ironía en su voz.

—Solo cumplo con mi deber cívico. Pero, detective… —Ian levantó una ceja—. Voy a cubrir esta historia para el periódico de la universidad y me vendría bien una declaración de la policía. Ojalá me acepten en alguna publicación nacional.

Mike convirtió una carcajada en una tos poco convincente al ver que la chica del correo le ganaba la partida al director; sin embargo, Ian se limitó a sacarse una tarjeta del bolsillo y tendérsela.

—No puedo hablar de una investigación en curso, pero le daré la exclusiva cuando lo resolvamos.

—Trato hecho. —Charlotte asintió brevemente y, resistiendo una mirada de su jefe, salió del despacho.

Ian y Mike la siguieron con los sobres ahora metidos en bolsas de pruebas.

—Dámelo —dijo Mike en cuanto se sentó detrás del volante de su sedán.

Ian le entregó amablemente el sobre que se habían resistido a abrir delante de Mackey. Mike le pasó el sobre vacío a Ian, que hizo una rápida evaluación: material barato de oficina, sello del centro, la dirección del periódico en letra de imprenta y tinta negra. A pesar de la diligencia de Charlotte, no era probable que sacaran algo de allí. Miró a su compañero. Mike estaba utilizando una navaja de bolsillo para abrir el sobre cerrado, que parecía idéntico al primero que les había dado Mackey. Abrió con facilidad la solapa y miró dentro.

—Parecen más fotografías. Volvamos a la comisaría y veamos qué nos dicen.

12

—¡Ese es el árbol!

La taza de té de Emma tintineó cuando Rory lanzó un periódico delante de ella.

Estaba sentada en un café casi vacío que ocupaba el sótano del edificio de la facultad. La mayoría de los profesores habían acabado su jornada, así que ella se había apropiado de una gran mesa central que se hallaba iluminada por un punto de suave luz vespertina. Rory se dejó caer en la silla frente a ella, ignorando la taza que había delante.

—Hola, Rory. ¿Te apetece sentarte? —dijo Emma secamente mientras pasaba una servilleta por las salpicaduras de café que habían caído sobre la mesa.

—Es ese, ¿verdad? Ese es el mural que me enseñaste. —Había un brillo de intensidad febril en sus ojos.

Emma cogió el periódico, la edición del día anterior de un diario local de baja estofa que apenas se leía por las sucintas críticas de cine y por los anuncios, más bien espeluznantes, de la sección de «Conexiones perdidas». Emma se sintió incómoda al desplegar la primera página y dejó salir el aire de golpe al ver solo la pared pintada sin el rostro de la chica, expuesto y explotado.

—¿Y bien? —la acució Rory.

Emma lo ignoró mientras leía por encima la historia que acompañaba a la fotografía. Según el artículo, una universitaria había sido brutalmente asesinada, y su cuerpo abandonado en un granero a las afueras de la ciudad. El periódico describía el mural que Emma había visto, pero añadía que la víctima había sido colocada en un abrevadero y estaba rodeada de velas derretidas, un libro y un recipiente de cristal lleno de un líquido oscuro, que el periódico conjeturaba que era sangre en los términos más truculentos. Emma pasó la página para ver un primer plano del abrevadero, claramente ampliado para que los lectores más morbosos pudieran vislumbrar una pierna y el pelo dorado que sobresalía de la pileta de metal. El artículo concluía diciendo que la policía no tenía pistas y no informaba de cómo el periódico había obtenido las fotos. Dada la conversación que habían mantenido por la mañana, Emma dudaba que Ian se las hubiera dado. Intentó relajar la tensión de sus músculos y controlar su expresión para que Rory no viera las fisuras en su fachada.

—Rory —dijo, incapaz de leer si en su rostro había irritación, enfado o entusiasmo, por lo que la disculpa parecía el mejor camino—, siento no haberte contado más. No quería que te implicaras e hicieras ninguna…

Rory hizo un gesto con la mano.

—Olvídalo. No importa. Esto es lo que estabas investigando, ¿no?

—Sí —confirmó Emma con cautela.

—Hola, doctor Tamblyn. Ese es…, eh…, mi asiento.

Emma levantó la vista y vio a Carolyn detrás de su jefe con una bandeja de *scones*.

Por primera vez, Rory pareció reparar en la taza que había junto a su codo.

—Disculpa, Caro. —Cogió una silla de la mesa que había tras él y la colocó al lado de Emma. Se cambió de sitio y le hizo un gesto a Carolyn para que se sentara junto a él.

Pero, en lugar de eso, ella se puso al otro lado de Emma y, con cuidado, deslizó su café hacia su nueva posición.

—Dime qué está pasando, Em. ¿Estás en algún lío?

—No, por supuesto que no.

—Te has implicado en un asesinato…

—¿Cómo dices? —interrumpió Carolyn.

Rory se volvió hacia ella:

—¿Te acuerdas de aquel árbol por el que preguntaba Emma? Lo habían pintado junto a la chica asesinada. —Le pasó a Carolyn el periódico.

—Mierda —susurró ella al leer el titular. Luego levantó la vista hacia su jefe—: Perdón.

—No —respondió él—. Esa respuesta es apropiada. —Miró de nuevo a Emma—: Entonces, ¿no estás implicada en el asesinato?

—¿Me estás preguntando si he matado a alguien y luego he ido a pedirte aproximaciones interpretativas sobre mi crimen?

Rory resopló levemente.

—No… Pero entonces debes de estar asesorando a la policía. Esas fotos no se habían publicado cuando me preguntaste por ese árbol. —Rory dio un golpecito sobre la foto.

—¿Estás trabajando con la policía? —La voz de Carolyn expresó una mezcla de impresión y preocupación.

—¿Por qué ha acudido a ti la policía? —presionó Rory.

—No fue exactamente así. Quiero decir, que yo no… —Emma levantó las manos, abrumada por el bombardeo.

Las preguntas cesaron y ella cerró los ojos un instante. Escogió las palabras con cautela, se sentía como si caminara por una habitación a oscuras.

—No estoy trabajando con la policía. Vi una de las fotos… de manera extraoficial. De hecho, la policía me ha dicho específicamente que no me involucre.

—Emma —Rory esperó hasta que ella lo miró—, cuéntamelo.

La rodilla de Emma se agitó levemente mientras consideraba sus opciones. Perdió la compostura al hundirse un tanto en la silla.

—De acuerdo. ¿Te acuerdas de aquel hombre con el que me viste hablar en la inauguración?

—Sí.

—Resulta que es detective de homicidios. Fui a cenar a su casa...

—¿Has tenido una cita con un policía? —interrumpió Carolyn.

—No creo que eso sea lo importante en esta historia, Caro —la reprendió Rory.

—No, no lo es —dijo Emma—. Se había llevado una carpeta del trabajo a casa y, de manera accidental, vi una foto de la escena del crimen. Me fijé en el árbol y... —Emma se encogió de hombros.

—¿Los gremlins del cerebro? —dijo Rory empleando su expresión.

—Exacto. Pensé que podía ayudar, pero cuando traté de explicárselo a Ian...

—¿Ian es el policía? —preguntó Carolyn.

—Ian es el... detective. Dijo que la policía no necesitaba la ayuda de aficionados. Me castigaron con un metafórico periódico enrollado y me enviaron de vuelta por donde había venido. Así que eso es todo, ¿de acuerdo? —Emma no pudo evitar el tono de enfado en su voz.

—Eso es ridículo. —dijo Rory con indignación.

—Lo sé, está claro que yo nunca tendría que haber...

—Por supuesto que sí. ¿Sabes lo raro que es que la policía llegue a capturar a un asesino en serie?

—No es un asesino en serie si solo hay una víctima —interrumpió Carolyn—. ¿Sabes algo que nosotras no sepamos?

—Mira esto. —Rory colocó el periódico delante de ella—. Nadie empieza así. Ha matado antes, y volverá a matar a menos que lo capturen. Y las posibilidades de que encuentren a un asesino en serie son solo del sesenta por ciento.

—Es raro saber eso... —respondió Carolyn.

—La NPR está emitiendo una gran serie de *true crime*. —Rory se volvió de nuevo hacia Emma—: Algunos de esos individuos se vuelven confiados y cometen errores, como Ted Bundy o BTK, pero muchas veces son las pesquisas de ciudadanos... —Captó la expresión de Carolyn—. No me lo invento: son aficionados los que resuelven los crímenes. Un bloguero desarrolló el perfil del asesino del Golden

State. Un fan de los pódcast identificó a las víctimas de Bear Brook. Un maestro y su esposa descifraron el primer mensaje en clave del asesino del Zodiaco mientras desayunaban unos huevos.

—¿De veras estás argumentando que yo debería tratar de resolver el crimen? —preguntó Emma incrédula.

Esperaba que Rory atrancara la puerta que Ian había cerrado con llave, no que volviera a abrirla con una palanca.

—Pero ¿para qué? —preguntó Carolyn—. Quiero decir, que lo más probable es que fuera un novio, ¿no? El treinta por ciento de las mujeres muere a manos de su pareja.

—Es raro saber eso… —dijo secamente Rory.

—No cuando eres una mujer. —Carolyn alzó una ceja, aunque mantuvo una expresión amable.

Rory resopló y luego se volvió hacia Emma:

—No estoy diciendo que debas resolverlo tú. Estoy diciendo que debemos resolverlo nosotros. Y es una higuera, por cierto.

—Lo averigüé. Gracias —dijo Emma en un tono más suave—. Pero la policía no quiere nuestra ayuda.

Rory se encogió de hombros.

—La querrá si lo resolvemos. ¿Les has hablado del árbol?

—Lo he intentado y cito: «Tú eres profesora de literatura». —Emma detestó oír el rechazo de Ian en su propia voz.

—Y Miss Marple solo era una solterona.

—Eso es un personaje de ficción. Hay una chica asesinada, Rory —protestó Carolyn.

—Perdón, perdón. Dejaré las ironías. —Dirigió a Carolyn una mirada infantil de arrepentimiento que Emma reconoció antes de que se volviera hacia ella de nuevo—. Yo solo… Creo que nosotros podemos hacer algo importante, Em, importante de verdad. Y no en el sentido teórico de un artículo que leerán cuatro gatos. Podemos hacer algo importante.

A pesar del desafío, Emma no había olvidado la advertencia de Ian. Por enésima vez, pensó en su expresión al verla con las fotografías.

Hasta ahora se había concentrado en su ira y en su rechazo; pero entonces recordó su miedo.

—Va a ser mucho más difícil que en St. Mary Mead.

—¿Un puzle demasiado difícil para ti? Eso es imposible.

—No me refiero al puzle. Me refiero a que es real. Alguien mató a esa chica de verdad, y ella…

—Merece tener a alguien que escuche su historia, Emma. —Rory estudió su rostro por un momento—. Di la verdad. ¿Va a hacerlo tu detective? ¿Es capaz de hacerlo siquiera? Tú estás hecha para esto. Te has formado para esto.

Emma oyó el eco de sus propias protestas en las palabras de Rory, y aquella muestra de confianza en sus capacidades sonó como un canto de sirena para su ego herido. Era justo lo que ella había necesitado de Ian.

—Entiendo que no se trata de un juego —le aseguró Rory al tiempo que su celo crecía—. Lo entiendo. Pero esto es una especie de texto, uno que nosotros tenemos la habilidad y el conocimiento para interpretar. Em, el asesino está enviando un mensaje con todo esto. —Rory dio un golpecito en la página—. Y está en un idioma que nosotros hablamos. Y la policía no. Cuando viniste a mi despacho, dijiste que estabas investigando una representación de la escena de la muerte de Ofelia. Esa es la conexión que descubriste, ¿verdad? ¿Tenía tu amigo el policía alguna idea de eso antes de que se lo dijeras?

—No —reconoció Emma.

—Tú descubriste esa referencia a Ofelia, tú. Y apuesto a que ellos ni se fijaron en la discrepancia del árbol. Ya han avanzado gracias a ti.

—Entiendo que nadie me está pidiendo mi opinión —intervino al fin Carolyn—, pero esto es una mala idea.

—Tomamos nota. —Rory no la miró—. ¿Em? ¿Tú qué dices?

—Le contaremos a la policía todo lo que descubramos y les dejaremos hacer el verdadero trabajo sobre el terreno —propuso Emma al fin. No tenía ninguna intención de darle la razón a Ian dejando que un loco la asesinara—. Nos centraremos solo en el texto.

—Bueno, eso es lo que mejor se nos da. —Rory sonrió acercando el periódico y señalando al árbol—. De acuerdo entonces. Así que, en lugar de un símbolo de tristeza, tenemos un símbolo de condena. La higuera sugiere una pérdida de la inocencia o una caída en desgracia. —Miró a Emma, que asintió—. Algo que queda enfatizado por el hecho de que se haya pintado sobre una puerta cerrada. No le permiten la entrada en el paraíso.

—Y una soga de flores cuelga del árbol en lugar de la corona de Ofelia —añade Emma—. No se puede ver muy bien ahí.

—Qué bien que tengas información privilegiada —la pinchó Rory; estaba disfrutando claramente del desafío.

—Pero incluyó las margaritas… —observó Emma—. ¿Por qué no cambiarlas por cualquiera de las otras flores de Ofelia, como las violetas marchitas o las aguileñas? Tanto la modestia perdida como la locura tendrían más sentido si está tratando de cuestionar su virtud.

Un asomo de fastidio atravesó el rostro de Rory, pero continuó:

—Tienes razón. Parece contradictorio. Quizá las puso para representar una inocencia que ha sido… —sus ojos escrutaron la imagen tratando de traducirla en pensamientos que pudieran expresarse— ensombrecida.

—Literalmente ensombrecida —convino Emma—. La higuera domina la escena; todo lo demás queda, literalmente, a su sombra. Y las margaritas quedan atrapadas por sus ramas. Es una lectura poderosa.

La boca de Rory reaccionó y su momentánea frustración quedó borrada por el orgullo.

—¿Qué hay debajo?

—El artículo dice que había velas, un libro y un tintero en la escena.

—Las velas consumidas pueden simbolizar falta de piedad, sobre todo en representaciones del Renacimiento —les dijo Rory—, y eso —dio un golpecito sobre el tarro de cristal— está volcado.

—O lo tiró de forma accidental —observó Carolyn lacónicamente.

Rory le lanzó una mirada de reproche.

—No haces todo eso —señaló la fotografía— y luego tiras accidentalmente un elemento del atrezo. Pensaba que no querías jugar a los detectives.

—He dicho que es una mala idea. Lo es, y no voy a jugarme el pellejo. Pero tampoco voy a dejar que arrastres a Emma a un precipicio. Consideradme vuestra escéptica de guardia. —Carolyn buscó su mirada con la barbilla en alto.

Rory asintió aceptando los términos.

—Bienvenida al equipo entonces. Puedes narrar y hacer la crónica.

—No soy ningún Watson —respondió Carolyn.

Rory le dirigió un sonrisa de aceptación que Carolyn le devolvió de mala gana.

—De acuerdo. El libro puede representar conocimiento, honor o… fe. ¿Está dañado de algún modo? —El entusiasmo de Rory iba en aumento conforme hablaba—. Eso podría simbolizar rechazo.

Carolyn suspiró.

—¿Estaría ella rechazando o siendo rechazada?

Rory negó con la cabeza.

—¿Ambas cosas quizá? ¿Ella rechaza… alguna virtud… y el artista la rechaza a ella? —Señaló el centro de la imagen—. ¿Qué es eso? ¿Un abrevadero? ¿Una bañera?

—Ahí es donde hallaron el cuerpo —explicó Emma.

Rory levantó la vista.

—¿Podría tratarse de una alusión a Lizzie Siddal? Una perspectiva posmoderna de…

—Esperad. ¿Lizzie qué? —preguntó Carolyn.

—Elizabeth Siddal —dijo una voz con acento por encima de ellos. Emma volvió la cabeza para ver a Niall Chadha mirándola con aire petulante—. Fue una especie de supermodelo prerrafaelita. Se casó con Dante Gabriel Rossetti y posó para muchos artistas de su tiempo. También pintó sus propias obras, pero sobre todo es recordada como musa. La famosa *Ofelia* de Millais la tuvo a ella como modelo, y posó en una bañera para obtener una representación realista de cómo el agua habría empapado su vestido y su pelo. Esa es probablemente la razón de que los brazos tengan esos ángulos extraños en el cuadro, levantados a la altura de la cabeza. Era la única forma de que cupieran en la bañera.

El profesor de Psicología era consabidamente alto, moreno y atractivo, y tenía un marcado acento de Oxbridge que añadía solemnidad a sus palabras.

—Lo siento, estaba oyendo descaradamente la conversación y no he podido resistirme a hacer una entrada teatral. —Miró alrededor de la mesa—. Todos parecéis muy concentrados. ¿Puedo jugar yo también?

—Por supuesto —respondió Carolyn antes de dirigir una mirada sarcástica a sus compañeros—. ¿O… es esto un club de los de «Solo para miembros»? Podría ser de ayuda. Sabía lo de la bañera.

—Yo también —respondió Rory.

—Sí, mucha gente tiene acceso a la BBC —respondió hábilmente Niall—, pero en Oxford se dan algunos cursos útiles.

Emma puso los ojos en blanco.

—Rory, como psicólogo Niall tiene una experiencia de la que nosotros carecemos.

Rory aceptó a regañadientes:

—Supongo que podría venirnos bien en el equipo para elaborar perfiles.

—¿Para elaborar perfiles? ¿Estamos jugando al *Cluedo*? —Niall cogió una silla de la mesa que estaba junto a ellos y le dio la vuelta como un profesor de una comedia de situación de los años setenta.

Carolyn deslizó el periódico hacia él.

—Han asesinado a una estudiante. Emma se ha implicado en la investigación y Rory ha decidido que es Sherlock Holmes.

—¿El detective asesor? —dijo Niall—. Entonces supongo que yo haré de Freud.

—No soy detective. —Rory frunció el ceño.

—*Solución al siete por ciento*.

Rory alzó las cejas.

—Bien jugado. En ese caso... —Deslizó el periódico hacia Niall—. Emma ha descubierto algo que pensamos que podría ser útil a la policía. Discutíamos las implicaciones simbólicas de la escena del crimen para ver si podemos averiguar algo más.

Niall tamborileó sobre la página pensativo.

—¿La hipótesis con la que trabajamos es que quienquiera que hizo eso conoce la historia de Siddal y utilizó el abrevadero como una referencia a Millais? No es muy victoriano por su parte.

—Como estaba diciendo justo antes de que intervinieras, podría ser una apostilla visual posmoderna —respondió Rory—. La mezcla de periodos y medios sugeriría eso.

—Así que, o bien está interesado en reclamar el relato, o en desafiarlo. La época posmoderna es interesante desde el punto de vista psicosocial —respondió Niall de un modo reflexivo—. Es un desafío directo a los antecesores modernistas que insistieron en la cosificación tanto del artista como del arte. Tal vez, al adoptar la personalidad de un prerrafaelita, de alguien que se rebela contra el *statu quo*, esté llamando la atención sobre un rechazo a las estructuras sociales.

—¿Como por ejemplo? —intervino Carolyn.

Niall se encogió de hombros.

—La comunidad artística, los valores del público... Cualquier cosa que siente que le oprime. Él destruye aquello que la sociedad valora, una mujer joven y hermosa, y lo rehace según su propia visión, reivindicando y redefiniendo lo que es el arte. El posmodernismo se asocia demasiado a menudo a las latas de sopa de Warhol y a los cuentos de hadas reinterpretados..., pero es verdaderamente destructivo en el fondo. No solo rechaza la obra de los que vinieron antes; se apodera de ella, asesinándola y empleando su cadáver para construir algo nuevo. Bastante literalmente en este caso. Es todo muy edípico si lo pensáis bien.

—Así que está imitando a esos artistas ¿para qué? ¿Para reclamar su estatus? ¿El aplauso? —conjeturó Emma.

Niall asintió:

—Al apoderarse de su narrativa, el asesino puede usurpar a sus ídolos. Fijaos en los paralelismos: Millais contrató a Siddal para que posara como Ofelia y, en un giro irónico, el agua en que la sumergió casi le cuesta la vida. Las velas que calentaban la bañera se apagaron durante una de sus sesiones y el agua se enfrió. —Niall señaló las velas consumidas al pie del abrevadero—. Millais no se dio cuenta y Siddal acabó desarrollando una neumonía. Estuvo a punto de convertirse en otra doncella trágica. Quizá el abrevadero sea una llamada de atención sobre cómo una historia conecta con la siguiente, un concepto muy posmoderno. Siddal se convierte en Ofelia; esta chica se convierte en Siddal. Es una cadena de violencia infinita.

—«La muerte de una mujer hermosa es, indiscutiblemente, el tema más poético del mundo» —musitó Emma—. Poe —añadió ante la mirada de repulsión de Carolyn.

—Un poco siniestro —observó Carolyn—, pero ese tipo mató de verdad a una mujer, a una persona real.

—Probablemente él no la ve de esa manera. —La voz de Niall adoptó un tono casi de disculpa—: Si estáis en lo cierto con respecto al simbolismo, probablemente él la ve como un objeto desechable. Ella no es real para él, así que su muerte tampoco.

Emma pasó el dedo por la imagen del abrevadero evocando el recuerdo de un rostro cubierto por el agua que miraba sin ver desde sus turbios confines.

—Fue real para ella.

Niall le tocó el brazo formulando así una pregunta silenciosa. Emma le dirigió una leve sonrisa de confirmación.

—Entonces… ¿Ahora qué? —preguntó Carolyn. Tres rostros le devolvieron una mirada perpleja—. Quiero decir, que Emma ya ha intentado hablar con la policía y ellos no han mostrado interés. Tenemos que darles algo más que la interpretación psicológica de una bañera.

—Em —preguntó Rory pasado un momento—, ¿sigues teniendo acceso a las fotografías?

—No. Por eso te enseñé un dibujo.

—Tenemos que ver más que unas simples reimpresiones en blanco y negro —insistió Rory inútilmente.

Carolyn cogió el periódico y le dio la vuelta para mostrarles la contraportada, donde había una lista de nombres impresos en la esquina inferior.

—Maldita sea —suspiró—. Sigo pensando que esto es una pésima idea, pero… Charlie trabaja en el periódico. Puedo preguntarle si sabe algo.

—¿Quién? —preguntó Rory pasado un instante.

—Mi compañera de piso, Charlie. Bajita y con el pelo rojo. Has coincidido con ella. Más de una vez. Trabajaba en los servicios para estudiantes. —Ante el encogimiento de hombros a modo de disculpa de Rory, Carolyn se volvió hacia Emma—: Está haciendo las prácticas de su grado como becaria en el *Independent*.

—Merece la pena intentarlo —dijo Emma—. Si no te importa preguntar.

—También podríamos visitar el escenario del crimen —sugirió Niall—. Las fuentes primarias siempre son las mejores.

—¿Sabes dónde está? —preguntó Emma.

—Mala idea —sentenció Carolyn al mismo tiempo, y miró a Emma—. Pensé que ibas a dejar el trabajo sobre el terreno a la policía.

—No es que el asesino vaya a estar aún allí —respondió Rory—. Y estoy seguro de que podremos encontrar el lugar. Es un granero de gran tamaño rodeado de cinta amarilla de escena del crimen. Si no, seríamos penosos como detectives.

—No sois detectives —observó Carolyn al tiempo que Rory y Niall se levantaban dando claras muestras de entusiasmo.

Emma los siguió más lentamente.

Mientras atravesaban el campus, Emma notaba la misma energía entusiasta que el día anterior. El patio cubierto de césped parecía ensombrecido por la creciente oscuridad del otoño que se arrastraba sobre él. Rory y Niall intercambiaban una tormenta de ideas sobre la investigación con alguna ocasional intervención de Carolyn; sin embargo, Emma se quedó atrás, pensando distraída en Elizabeth Siddal. Conocía bien la *Ofelia* de Millais, se había pasado más de una tarde de verano en Londres absorta por su terrible belleza, y podía imaginar con facilidad a la muchacha de pelo caoba con un vestido azul plateado hundiéndose en el agua con las manos levantadas como en una súplica. Pero por primera vez se preguntó si Ofelia habría sentido frío mientras el agua la arrastraba hacia el fondo.

13

Ian se quedó petrificado al mirar las fotos esparcidas sobre la mesa

—Cielo santo —susurró Mike—. Esa no es nuestra chica.

Tras un viaje en su mayor parte silencioso hasta la comisaría, los dos detectives se habían apropiado de una sala de reuniones y habían desplegado el contenido de los dos sobres de papel manila sobre dos mesas desparejadas. Primero, Ian había abierto el que habían revisado en el despacho de Mackey: tres fotografías y la flamante hoja en blanco. Luego, Mike había vaciado cuidadosamente el segundo.

Un cabello rubio en caída, el brillo del agua y un pesado y arcaico vestido... Pero aquella no era Sarah Weston.

De nuevo, incluía tres fotografías. Un primer plano del rostro de la joven, pálido y helado por la muerte, se hallaba en lo alto del montón. Su cabeza yacía sobre una almohada de un color rojo intenso con el rostro ligeramente apartado de la cámara y presionando la blanda superficie. El cabello de color miel, más oscuro que el de Sarah Weston, caía en espirales alrededor de su rostro y se le pegaba a la piel como si estuviera húmedo. Tenía los ojos casi cerrados, solo una rendija verde se mostraba entre las rubias pestañas. La segunda fotografía mostraba su cuerpo entero sobre una superficie de madera envuelto en un elegante vestido carmesí con la falda amontonada alrededor de las rodillas. Tenía las piernas extrañamente torcidas y los pies descalzos. En torno a sus piernas, la luz había rebotado en la lente de la cámara como si el *flash* hubiera encontrado cristal o metal. Había otros restos que Ian no pudo identificar alrededor de su cuerpo tumbado bocarriba, y ella parecía enredada en una especie de cuerda. Unas hebras doradas se enrollaban alrededor de su torso, como serpientes, como si la retuvieran.

—¿Sadomasoquismo? —preguntó Mike, que seguía la cadena de pensamientos de su compañero.

—No parece algo tan… —Ian vaciló antes de decir la palabra— contundente. Es más bien decorativo.

—Es más bien una locura —declaró Mike—. Mierda. Al alcalde le va a dar un ataque cuando descubra que hay una segunda víctima. Probablemente nos culpe a nosotros. Puto ciclo electoral.

Ian frunció el ceño, aunque no se mostró en desacuerdo. Volvió a mirar la fotografía. La chica descansaba sobre un receptáculo de madera, con los brazos extendidos sobre los bordes de modo que las manos escapaban de los límites de la foto. Sin decir palabra, pasó a la tercera imagen. Como en el caso de Sarah Weston, el asesino había incluido un primer plano de la mano de la víctima. Colgaba sobre el borde del receptáculo de madera sobre una superficie cambiante y reflectante que Ian identificó como agua en movimiento. Tenía algo atado a la palma con la misma cuerda que le envolvía el cuerpo. La muñeca presentaba cortes irregulares y había una pequeña cantidad de evidente sangre seca sobre la piel pálida. El resto, presumiblemente, se lo había llevado la corriente.

—Supongo que tenemos causa de la muerte —dijo Mike.

—A menos que se hicieran *post mortem*.

—¿Dónde está? ¿Es un bote de remos quizá? ¿Una canoa?

Ian se alejó de la imagen y se centró en las líneas de madera del borde.

—Creo que es un bote de remos.

—Primero un abrevadero y ahora un bote. ¿Tiene nuestro hombre algún fetichismo con el agua?

Ian no respondió y cogió la hoja de papel. En la parte de superior de la página se leía: «Se llamaba Phillipa. Estudiaba en Carlisle».

—Tenemos que contactar con la universidad para pedir los registros de secretaría. No puede haber muchas Phillipas matriculadas allí.

Mike asintió, sabiendo que quedaba más.

Ian volvió a la página. Leyó en voz alta: «Amo la libertad de amar, pues el amor ha de surgir del corazón y no de la atadura».

Mike movió la cabeza.

—¿Lo reconoces?

—No.

—¿Sabes de alguien que pueda reconocerlo?

—Lo buscaré en Google.

Mike lo dejó estar.

—Me he estado preguntando por qué nuestro hombre le enviaría las fotografías a Mackey. Quiero decir, que el *Independent* tiene una circulación limitada, pocos lectores… El *Post* habría recibido mucha más atención. Incluso podría haberlo enviado a algún periódico de Portland. Podría tener alcance nacional.

—¿Tendrá alguna relación con alguien del periódico? ¿Querría que alguien en concreto lo viera? Podemos comprobar la lista de suscriptores.

—O sabía que Mackey no resistiría la tentación de publicarlas.

—Puede ser. Deberíamos investigar a Mackey y ver si hay algo ahí —dijo Ian distraído. Había algo en las fotografías que no dejaba de incordiarlo. Le dio la vuelta a la imagen del rostro de la víctima para verla desde un ángulo distinto.

—¿Has visto algo? —preguntó Mike por encima de su hombro.

—No lo sé —respondió Ian mientras volvía a poner la foto derecha—. Me resulta familiar de alguna forma.

Mike se dirigió hacia la puerta de la pequeña habitación y se asomó.

—Miguel —llamó a un oficial cercano—, manda aquí a alguien que sea bueno con los ordenadores.

* * *

Veinte minutos después, Mike e Ian estudiaban una imagen ampliada de la foto que un joven técnico de informática había proyectado sobre la pared del fondo de la sala. Ian daba indicaciones precisas mientras el técnico ajustaba la imagen para que el rostro girado de la chica quedara centrado y a tamaño natural en la pantalla.

—La conozco —musitó Ian por tercera vez.

—Se parece mucho a la primera víctima.

—Es más que eso. Estoy bastante seguro de que la he visto en alguna parte.

—¿Tal vez en el campus?

—Es posible —respondió Ian sin estar convencido.

Pensó en Emma, consideró la sugerencia de Mike de consultar con ella la cita y volvió a descartarla. Un encuentro casual en una exposición de arte y ahora ella...

Ian levantó la cabeza casi dolorosamente cuando la imagen lo golpeó: las mejillas ruborizadas de Emma y el largo vestido azul...; por encima de su hombro, el hombre de veintipocos años con el cabello oscuro agarrando del brazo a una chica, a una chica rubia y guapa. La chica rubia y guapa cuyo rostro llenaba ahora la pared del fondo de la habitación.

Ian se quedó mirando la imagen, esforzándose por recordar cada detalle. El chico había permanecido de pie junto a la rubia guapa, demasiado cerca, y ella parecía incómoda. Casi asustada. Eso es lo que había llamado la atención de Ian, su expresión, no muy distinta de la de Zoey cuando había ido a pedirle ayuda. El hombre la había sujetado del brazo como si fuera a llevársela y ella se había resistido. Se había soltado, había insultado al individuo y había vuelto con sus amigos. La escena había durado solo un momento, hasta que el chico desapareció entre la multitud de aficionados al arte, pero a ella le había disgustado el encuentro; estaba seguro de ello. Ian no creía que pudiera reconocer la cara del hombre. Aunque sí recordaba la de ella.

* * *

Ian abrió la puerta de su casa, donde ya iban cayendo las sombras. Se quitó la chaqueta y la corbata y las dejó descuidadamente sobre el sofá al pasar. Tras quitarse los zapatos, se dirigió en calcetines a la cocina. Sacó un *pot pie* del congelador y lo dejó sobre la barra mientras precalentaba el horno. Luego se apoyó y esperó, con la cabeza baja. Sabía que debía recoger su ropa, o encender el televisor, o comprobar su correo, pero no hizo nada de eso. Se limitó a quedarse allí, esperando, vacío, el tenue pitido del horno.

No solía ser alguien dado a la introspección. Se le daba bien diseccionar el comportamiento ajeno, saber lo que otros harían o dirían si los presionaba o persuadía en una sala de interrogatorios. Podía rastrear sus pasos, encontrar sus errores, resolver sus acertijos; sin embargo, nunca sentía el impulso de analizar sus propias acciones de la misma manera. Él era, pensó, insoportablemente normal. Había crecido en una familia de clase media en un hogar en los suburbios, se había graduado y se había unido a la policía. Había patrullado, había mantenido la cabeza fría y había logrado ascender a detective, primero de oficina, luego de Narcóticos y, finalmente, de Homicidios. Había decidido a los trece años que aquello era lo que quería ser y después había dejado de hacerse preguntas. Tenía una meta, trazó un plan y simplemente...

Ian cruzó la cocina, sacó una cerveza del frigorífico y se bebió la mitad de un trago. Los cimientos sobre los que había construido su vida se agrietaron cuando mataron a Zoey. Había sentido el temblor de los pilares cuando tuvo delante el rostro de Sarah Weston y le apartó el pelo de la frente. Y toda la estructura se sacudió cuando conoció a Emma, que hizo que los pernos se soltaran con cada palabra y cada sonrisa nerviosa. Luego, los tablones se habían resquebrajado cuando la vio ilusionarse y sentirse herida la noche que estuvo en su casa. Y todo se había derrumbado cuando la rechazó. Ian dio otro largo sorbo mientras pensaba en el rostro de Emma, feroz, herido y determinado, cuando se había dado la vuelta para marcharse.

Él había hecho lo correcto. Había repasado la conversación en su cabeza una y otra vez y sabía que había hecho lo correcto. La culpa que sentía por Zoey se estaba mezclando con todo aquello de un modo que no era capaz de entender, pero sí que podía reconocer ante sí mismo —al menos allí, en el silencio de su cocina vacía— que la preocupación que sentía por Emma era diferente, personal. Dejar que colaborara la pondría en peligro física y psicológicamente de una manera que ella no podía prever. No habría excusas ni frases consabidas con las que él pudiera consolarse. Ella no sabía lo que le estaba pidiendo y él hacía lo correcto al decirle que no. Volvió a beber hasta acabarse la cerveza. Sacó otra. Se daba cuenta de que el problema era que él no había querido hacerlo en realidad. Sabía que si hubiera dicho que sí, ella le habría dado las gracias con el rostro exultante de entusiasmo. Habría compartido sus conocimientos con él —y Dios sabía que él lo deseaba—. Pero no a cambio de poner en riesgo su seguridad.

El horno anunció que estaba listo e Ian introdujo la bandeja congelada. Cogió la cerveza, se dirigió al salón y se dejó caer en el sofá. Empujó su chaqueta hacia un lado y dejó los pies colgando mientras apoyaba la cabeza sobre el reposabrazos. Volvió a pensar en la noche en que Emma había estado allí y la reprodujo al completo con un final distinto. Se preguntó si ella lo habría pasado bien, si se habrían besado, si habría querido quedarse. Pensó en llamarla en aquel mismo momento, en pedirle otra oportunidad ahora que la había convencido de mantenerse alejada de la investigación. Se preguntó fugazmente, aunque no por primera vez, por el hombre rubio al que había visto con ella en la inauguración. Un colega profesor, supuso. Atractivo, sin duda inteligente; mucho más adecuado para ella que él. Pero ella no había querido llamar a aquel hombre cuando necesitó a alguien. Cuando estaba asustada y herida, había recurrido a él. Había recurrido a él, aunque solo fuera porque estaba allí. Por un minuto, se permitió disfrutar de la idea —de la mentira— de que si resolvía el caso, si seguía adelante, como había hecho siempre, entonces simplemente podría borrar todo lo sucedido y volver a aquellos primeros momentos, antes de decirle que era policía, antes del asalto, antes de las fotos, antes de las discusiones…, antes.

Pensó en las dos chicas muertas con una oleada de culpa. Sus historias habían terminado rápidamente, de manera brutal, y él deseaba que fueran algo más que una nota a pie de página en la suya. Sin embargo, sabía que aquel caso acabaría. Igual que el siguiente, y otros después de aquel. Se convertirían solo en dos de entre muchas chicas muertas —y chicos y mujeres y hombres—. La única ofrenda que podía hacer a su memoria era cerrar su caso, resolver su misterio y dejar que sus muertes se diluyeran lentamente en el tiempo.

Mientras la última luz se disolvía en la sombra, Ian juró en silencio que haría lo que hiciera falta para conseguirlo.

14

A pesar de su bravuconería, Rory y Niall vacilaron cuando estuvieron delante del granero abandonado donde habían encontrado el cadáver de la chica. La cinta policial aún rodeaba el perímetro, aunque los extremos convertidos en jirones de la puerta sugerían que no eran los primeros en ir allí. Un candado aseguraba las pesadas puertas.

—Este plan es espantoso —dijo Carolyn al bajarse de su coche entrecerrando los ojos a la luz de la mañana—. Que conste.

—Gallina.

Todos se volvieron cuando una mujer vestida con distintos estampados de cachemira salía por la puerta del acompañante. Tenía abundantes pecas y el pelo de un color naranja que no pretendía parecer natural.

—Charlie, ¿recuerdas a Emma de la barbacoa del año pasado? Él es Rory. No se acordará de ti; no te lo tomes como algo personal. Y él es Niall; no sé si habréis coincidido. También trabaja en la universidad.

—¿Eres profesor? —preguntó Charlie; centraba decididamente toda su atención en Niall.

—Sí, de psicología. ¿Eres reportera? —Se acercó para estrecharle la mano.

—Técnicamente, soy becaria. —Se encogió de hombros—. Trabajo clasificando el correo.

Se pusieron a intercambiar algunas frases intrascendentes de cortesía, pero Charlie se dirigió sin preámbulos a la puerta del granero.

—Entonces —preguntó Rory apresurando el paso para alcanzarla—, ¿has dado con este lugar a través de tus contactos en el periódico?

—¿Cómo? No. Todo está en las redes sociales. La gente ha estado haciéndose selfis aquí. —Se detuvo delante del candado y le dio un fuerte tirón.

—Con un plan más elaborado… —musitó Niall.

—Te rindes con demasiada facilidad —dijo Charlie girando a la derecha—. Tiene que haber otra forma de entrar.

—Entrar es una cosa —gritó Niall cuando ella desapareció por la esquina del granero—. Allanar nos lleva al territorio del delito.

No hubo respuesta. Los cuatro académicos se miraron entre sí sin saber qué hacer; entonces Rory se encogió de hombros y la siguió. Niall echó a andar pisándole los talones.

Carolyn suspiró.

—Bueno, vamos allá.

Le hizo un gesto a Emma y las dos los siguieron. Al doblar la esquina vieron a los tres agachados. Rory estaba tirando de un tablón suelto a un lado del granero.

—¿Rory, estás seguro de…? —gritó Emma apresurándose a recorrer la distancia restante. Pero, mientras hablaba, el tablón cedió e hizo caer a Rory hacia atrás al suelo.

—Lo hecho… —sonrió Rory y se coló por el agujero recién abierto.

—Volveremos a ponerlo en su sitio —dijo Niall cuando Charlie se deslizaba rápidamente detrás de Rory.

Niall los siguió, retorciendo su cuerpo larguirucho para poder pasar. Cuando sus pies desaparecieron, Carolyn se acercó por detrás a Emma.

—¿Vienes? —le preguntó.

—¿Quién si no va a impediros que los genios se maten?

—De acuerdo, entonces, vamos allá.

Una sacudida de emoción recorrió el cerebro de Emma. Se metió por el agujero irregular esperando que Carolyn no pudiera ver el entusiasmo en su rostro.

Emma entrecerró los ojos por la tenue luz al llegar al otro lado. Oía el crujir de tierra y grava tras ella cuando Carolyn la siguió. La oscura habitación estaba llena de figuras sombrías que se revelaron como herramientas de granja en desuso una vez que su vista se acostumbró. Rory y Niall se hallaban a unos metros delante de ella y parecían indecisos. Charlie estaba inspeccionando el suelo, teléfono en mano. Nada parecía particularmente significativo hasta que un destello amarillo captó la mirada de Emma. Niall también lo vio.

—Allí —susurró él—. Al fondo.

Emma asintió y se dirigió hacia el mural que se había apoderado de su imaginación desde que lo había visto en las fotos de Ian. El suelo a su alrededor mostraba vestigios de movimiento que contrastaban con el decrépito entorno. Emma imaginó a la policía buscando entre el polvo mientras Ian dirigía la investigación; se quedó como un fantasma al margen de su visión mientras recorría aquel espacio hueco. Allí estaba el mural que había visto, con las mismas flores amarillas y moradas, las enredaderas formando una soga, la higuera donde tendría que alzarse un sauce. Un arroyo pintado rodeaba las raíces con su espuma. El resto de la escena, aún clara en la mente de Emma, había sido retirada por la policía.

—¿Recuerdas el aspecto que tenía esto antes? —le preguntó una voz a Emma justo encima de su hombro.

Emma se sobresaltó y Rory la tranquilizó.

Charlie respondió en su lugar:

—Había un abrevadero de metal justo delante. Vi las fotos originales que publicó el periódico.

—¿Exactamente dónde? —preguntó Niall.

Utilizando la soga como referencia, Charlie recorrió el perímetro de la base del objeto ausente.

—Desde aquí hasta aquí. —Señaló sus límites y luego se agachó para descansar sobre sus talones—. Aquí abajo había unas velas apagadas. Y un libro. También había un papel con una cita que acompañaba las fotos. Podría ser de él.

—¿La recuerdas? —preguntó Emma.

Charlie cerró los ojos.

—«Los hombres sabios saben bien en qué monstruos puedes convertirlos». Es Shakespeare.

—Hamlet se lo dice a Ofelia —dijo Emma en voz baja.

—¿En qué contexto? —preguntó Niall.

—Hamlet está siendo cruel con ella, bien porque sabe que su padre y el rey están vigilando y forma parte de su planeada locura, bien... —Emma se dirigió hacia la pared y tocó la soga de flores pintada—. Bien porque el padre de Ofelia ha hecho que ella lo rechace. Ella acaba de devolverle algunas cartas y recuerdos que él le había dado.

—La segunda interpretación es la que encaja —musitó Carolyn—. Ella lo rechaza; él trata de herirla.

La boca de Rory adoptó un gesto adusto.

—Quizá el asesino vio esto como un castigo por traición.

—O por algo que él percibe como una traición —corrigió Niall—. Solo porque él lo viera así no significa que tengamos que verlo nosotros. Los asesinos a menudo viven rigiéndose por sus propias reglas.

—Explícate —dijo Rory con cierto tono de desafío.

Niall lo miró.

—Es un narcisista clásico. Cualquier cosa que amenace su sentido de la superioridad tiene que ser denigrado o destruido. Claramente, las mujeres amenazan su identidad. Ha convertido a esta chica en parte de su creación, la ha transformado en algo que puede controlar. —La voz de Niall fue ascendiendo a medida que hablaba—. Y fijaos en el modo de matarla. Un asesino cuidadoso escondería a sus víctimas, disfrazaría su identidad. Él es claramente organizado. Hay una tremenda planificación y disciplina en todo esto. Sin embargo, expone a su víctima. Quiere ser visto, reconocido.

—Y por si alguien se lo perdía, envió las fotos al periódico —observó Charlie.

—Literalmente, dio publicidad a su obra —convino Emma—. Le preocupa más la fama que la seguridad.

—O, lo que es más probable, se cree demasiado listo como para que lo atrapen. Se ve en un montón de asesinos narcisistas: envían mensajes, desafían a la policía, y eso hace que muchos de ellos acaben cayendo. —Niall se alejó de la pared—. Es más rudimentaria de lo que pensaba.

—¿A qué te refieres?

—La pintura. No es... —Buscó una palabra—. Buena. En términos técnicos, quiero decir, no es demasiado buena. La composición está desequilibrada, el simbolismo es demasiado obvio. La obra es floja.

—Imagino que pintaría con ciertas limitaciones —dijo Charlie lacónicamente.

—Pero esta es su obra maestra —respondió Emma siguiendo la lógica de Niall. Se alejó también para colocarse a su altura y observar la imagen completa—. Exacto. Ha dejado esto como una declaración al mundo; literalmente, ha matado para crearla y ha invitado a todo el mundo a verla...

Niall movió la cabeza.

—Quizá lo hace porque ha fracasado como artista —sugirió Emma.

—Eso encajaría —respondió Niall—. Si se ha sentido rechazado por el mundo del arte, esta puede ser su manera de mostrar su valía. Es más famoso ahora que la mayoría de sus contemporáneos.

—¿Crees que volverá a hacerlo? —preguntó Emma.

—Creo que seguirá haciéndolo hasta que lo detengan. Creo que tiene que hacerlo.

—Pero ¿por qué esa chica? —quiso saber Rory.

—Sarah —interrumpió Charlie—. Se llamaba Sarah. El asesino daba su nombre con las fotografías.

Rory se colocó de pronto justo delante de la pared pintada.

—Dime qué buscar —pidió Carolyn de repente volviéndose ante la pintura—. Si lo tuviera delante, ¿cómo lo sabría?

Niall suspiró.

—Probablemente, no lo sabrías. Es alguien más bien ensimismado o, por lo menos, ausente. Seguramente, ambicioso pero inseguro, no está donde quiere en la vida. Sus relaciones con las mujeres serán limitadas o, al menos, breves. Lleva mal las críticas, se centra sus propias emociones...

—Pero ¿cómo puedo saberlo?

—No puedo darte una respuesta mágica, Carolyn. —Niall se movió hacia Rory y se agachó para estudiar los tablones de madera.

—Entonces, ¿qué sentido tiene todo esto? —preguntó Carolyn.

—La alternativa es no hacer nada y esperar a que muera otra chica —respondió Emma.

Charlie bajó la voz para dirigirse a Carolyn:

—Escucha, se supone que no debo decir nada porque la policía no quiere que se sepa aún, pero ya ha habido otra víctima. Otra chica, como Sarah. Carolyn... —vaciló Charlie—. Tengo la intención de escribir sobre esto. Y no voy a mentir diciendo que no me mueve un interés personal; podría servir para que me ficharan en la agencia de noticias AP. Pero esto es lo que sé hacer. Así es como puedo ayudar. Estoy de acuerdo con Emma: tenemos que intentarlo.

—¿Hay otra chica? —preguntó Emma. Su voz sonó muy alta en el espacio abierto.

Niall y Rory volvieron rápido la cabeza hacia ella. Emma flexionó y liberó los dedos de la mano derecha para canalizar una oleada de energía impactante en aquel movimiento repetitivo. Tomó aliento y deliberadamente moderó el tono de su voz:

—¿Sabes quién era?

—Phillipa algo —respondió Charlie con el ceño fruncido—. También era estudiante en Carlisle. Yo... Escuchad. Esto no es exactamente legal, pero hice fotografías de todo lo que el asesino envió. El

146

sobre estaba abierto y yo fui la primera en encontrarlo. Yo no sé lo que significa todo esto, pero tal vez vosotros sí.

Carolyn captó la mirada de Emma sin rastro de desafío.

—Enséñanoslo.

El campus se había vaciado y estaba atardeciendo cuando los tres profesores volvieron a la universidad. Charlie los había añadido a todos a un chat de grupo, para disgusto de Rory, y les había arrancado a todos la promesa de mantener a los demás al tanto de las novedades. Niall probó la nueva vía de comunicación con una cita de Freud a la que Charlie había respondido con un meme de burla y Rory con un exabrupto verbal. Niall se rio y se dirigió a su coche despidiéndose con la mano mientras Rory regresaba a su despacho. Emma se quedó sola en medio de la noche susurrante. Se sentía subyugada por el mural de un modo que no era capaz de explicarles ni siquiera a ellos. Niall y Rory estaban emocionados por el reto, por el hallazgo de una prueba intelectual a la que someterse. Sin embargo, ellos no entendían la compulsión que sentía Emma cuando su cerebro se aferraba a un problema textual. Había intentado explicárselo a Rory en otras ocasiones, pero él se había limitado a asegurarle que todo académico era un apasionado de su trabajo y una clara falta de compresión había emborronado sus palabras. Aquellas imágenes del mural se habían entretejido en su interior adornadas con palabras que ella había memorizado antes de entender lo que significaban. Las había convertido en parte del tapiz, en parte de la historia. Ahora, en la oscuridad, seguía sintiendo su atracción, como el roce fantasmagórico de unas telas de araña al caminar por un pasillo oscuro.

Emma recorrió las aceras vacías del campus hasta el aparcamiento de la facultad, entrando y saliendo de las lagunas de luz de las farolas parpadeantes. Era demasiado consciente del sonido de sus pasos, del latido de su corazón, del viento entre los árboles. Pensó en el *Sleepy Hollow*, de Irving, y trató de distraerse con la historia del jinete hessiano fantasmagórico que acechaba en la noche con la cabeza en la mano. Pero el tono bajo de sus pasos se rompió cuando otros —más pesados y fuertes— resonaron justo detrás de ella en el camino adoquinado.

Había llegado al final del campus, solo una franja de césped la separaba del aparcamiento. El halo de las farolas no lograba romper la oscuridad. En aquel momento, las ramas extendidas de dos grandes robles que ofrecían su sombra a los estudiantes en los días de calor solo hacían más profunda la negrura. Emma pisó la hierba y aguzó el oído tratando de escuchar aquellos pasos. Se detuvo y todo quedó en silencio. Se dio la vuelta y solo pudo distinguir unas sombras, nada que pareciera claramente una persona.

Casi había llegado al aparcamiento cuando oyó una respiración. Unas breves y violentas bocanadas de aire que no eran suyas ni tampoco imaginadas. Una ramita crujió tras ella. Echó a correr buscando a tientas las llaves de su coche. Las había sacado del bolso cuando llegó a la puerta, pero se le cayeron al intentar pulsar el botón para abrir. Se colaron debajo del coche y Emma se arrodilló, encogiéndose de dolor al rozarse la piel aún en carne viva desde la noche del asalto. Metió la mano por debajo del coche, extendiendo los dedos en busca del metal de las llaves. Se inclinó hasta que su mejilla tocó el asfalto. Oscuridad. Oyó los pasos, rápidos y firmes, que se dirigían hacia ella.

—¿Hola? —Se oyó una voz.

Emma se apretó contra la puerta del coche, tratando de ocultarse en las sombras.

—¿Emma? —La voz sonó más baja ahora.

Emma la reconoció justo antes de que el rostro de Rory apareciera sobre el capó.

—¿Estás bien? Iba en busca de mi coche… —Rory señaló vagamente hacia el extremo más alejado del aparcamiento— y te he visto correr.

Emma sintió cómo el alivio la invadía como algo físico. Apoyó la cabeza sobre las rodillas y dejó escapar un sonido brusco que era a partes iguales llanto y risa. Rory se agachó junto a ella y le colocó una mano vacilante en la espalda.

—¿Estás herida?

—Yo… No. —Emma respiró hondo y levantó la vista—. Estaba convencida de que venían siguiéndome, y entonces oí algo. Eché a correr y se me cayeron las llaves debajo del coche y… —Dejó la frase sin terminar cuando el alivio se transformó en vergüenza—. Ha sido una estupidez.

—Probablemente solo era yo —dijo Rory de forma tranquilizadora. Se levantó—. Vamos —dijo tendiéndole una mano.

Emma la aceptó y él la ayudó a ponerse de pie. Estaban a escasos centímetros el uno del otro, pecho contra pecho, y Rory levantó los brazos de una forma torpe. Emma se preguntó si se disponía a abrazarla, pero él retrocedió y, en lugar de eso, sacó el teléfono del bolsillo. Activó la aplicación de la linterna, volvió a agacharse y se deslizó bajo el coche. Se retorció y se inclinó, apoyándose con el hombro en la puerta del coche. Luego se incorporó rápidamente, satisfecho consigo mismo. Hizo tintinear las llaves que había recuperado antes de entregárselas a Emma.

—Gracias —dijo cerrando los dedos sobre ellas.

Rory se encogió de hombros.

—Siempre encantado de rescatar a una damisela en apuros.

—No soy una damisela.

—Claro. Por supuesto que no. —Rory miró a su alrededor orgulloso y después se agachó para recoger algo del asfalto—. ¿Es tuyo?

Emma cogió el papel arrugado sin mirarlo.

—¿Algún recuerdo? —insistió Rory, que parecía no decidirse a marcharse.

Emma bajó la vista y reconoció la imagen de la exposición del museo.

—No, yo perdí… —Pasó el dedo por las páginas, y se detuvo ante una con una esquina doblada en la que había una imagen de *La dama de Shalott* y otra de *Ofelia*—. Perdí el mío —terminó Emma la frase en voz baja.

—Bueno, supongo que el universo ha pensado que necesitabas otro —dijo Rory con forzada alegría. Apoyó la cadera en el coche—. Em, ¿de verdad estás bien? ¿Necesitas que te lleve a casa?

—Sí, estoy bien. —Podía sentir la vergüenza como una garra en el pecho ante la idea de que la llevaran a su casa como a una niña perdida. Levantó las manos con énfasis—. Estoy bien.

—De acuerdo entonces.

Rory empezó a alejarse despacio, como si aún estuviera indeciso. Ella subió el coche y necesitó dos intentos para arrancarlo. Los faros capturaron a Rory al salir lentamente del aparcamiento y este levantó una mano. Emma forzó una sonrisa en su rostro.

Sabía que probablemente era una coincidencia que aquel programa de la exposición prerrafaelita hubiera estado junto a su coche. Sabía que mucha gente de la universidad había asistido. El hecho de que ella hubiera doblado la misma esquina en el suyo y de que este estuviera dentro del bolso robado no significaba nada. Pero recordó el eco de los pasos por el campus y no logró convencerse del todo de que habían sido inofensivos. Notó un calor desagradable recorriéndole la piel y su mente siguió una línea de razonamiento lógico que la colocaba directamente en el punto de mira del asesino. Si había sido él, si había estado en el campus, entonces sabía quién era ella. Sabía dónde trabajaba y qué coche conducía. Sabía dónde encontrarla.

Casi estaba llegando a su casa cuando cayó en la cuenta de que el suyo era el único coche que había en el aparcamiento. Rory habría tenido que ir en dirección opuesta, hacia el aparcamiento que se hallaba al otro lado de O'Malley. Rezó una breve oración de agradecimiento por que él la hubiera visto en la oscuridad.

Ian estaba junto a la puerta cuando Emma aparcó delante de su casa. Estaba apoyado contra la pared con los brazos cruzados sobre el pecho y un pie apuntalado, como si fuera un *cowboy* en un bar. Sus ojos miraban hacia abajo, pero los levantó al bajar Emma del coche y cerrar la puerta. La rigidez había invadido sus rodillas mientras conducía hasta su casa y se quedó un momento mirándolo, incapaz de hacer avanzar su cuerpo. Entonces él se apartó de la pared y dio un paso hacia ella.

Durante el trayecto, el miedo y la vergüenza de Emma se habían transformado en forma de ira. Odiaba sentirse fuera de control, odiaba que un individuo cobarde la hubiera asustado en las sombras. Que la hubiera hecho correr y encogerse de miedo. Se había sentido tan segura de sí misma cuando había descubierto la higuera, tan convencida de que podía —y debía— descubrir cómo detener aquellos asesinatos… Pero el asesino era el autor de aquella obra de teatro, mientras que ella simplemente iba dando tumbos por las escenas esperando la siguiente acotación. *Sale seguida de…*

Y, en lugar de enfrentarse al asesino —ni siquiera al asesino, a un fantasma imaginario, se dijo burlándose de sí misma—, se había dejado llevar por el pánico. Se había bloqueado. Emma tomó aire como si le faltara. Aquello era exactamente lo que Ian le había advertido.

Emma se quedó allí mirándolo, frío, profesional y absolutamente impertérrito. Y en aquel momento, de un modo irracional, lo reconocía, lo odió. Odió que hubiera tenido razón acerca de ella. Y fue incapaz de deshacerse de la idea de que si tan solo la hubiera escuchado, la hubiera creído, no se habría visto sola en aquel aparcamiento. No se habría sentido la presa de un vigilante anónimo. El asesino no seguiría allí. La chica de las fotografías de Charlie aún estaría viva.

—¿Emma?

Ni siquiera lo miró al franquear la puerta mientras un pequeño temblor en sus manos hacía tintinear las llaves en la cerradura. Encendió las luces, que revelaron un pequeño vestíbulo que daba a un salón abierto con una pequeña zona de comedor a un lado y una cocina encajada tras una barra divisoria. Emma entró dejando la puerta abierta tras ella y soltó su bolso y las llaves sobre la pulcra barra de la cocina. La puerta se cerró con un clic y oyó a Ian entrar tras ella. Abrió un armario y sacó una copa de vino adornada con una tortuga, un recuerdo

151

que le había traído su hermana de unas vacaciones en Florida. La copa estaba llena por la mitad de merlot cuando Ian entró en la tenue luz de la estancia.

Emma dio un sorbo.

—¿Vino? —Hizo un gesto hacia Ian con la botella, pero él movió la cabeza.

—No me gusta beber cuando trabajo en un caso.

—Por supuesto que no. —Emma dio otro sorbo aún más largo y luego inclinó la copa para apurarla. Se sirvió otra.

—Escucha, solo quiero explicarme. Sé que he sido un poco… brusco en la comisaría, pero tienes que entender…

—¿En serio? —le espetó Emma a sabiendas de que estaba siendo injusta—. ¿Vienes aquí solo para decirme cuánta razón tienes? Estoy cansada, estoy furiosa, estoy dolorida y… —Se detuvo cuando la voz empezó a temblarle.

La postura de Ian se volvió más rígida.

—Tienes razón. Ha sido una mala idea.

—No tengo demasiados filtros cuando estoy cansada. Lo siento —dijo ella—. Tendrás que volver mañana si quieres a la Emma educada y sonriente.

Se llevó la copa a un cómodo salón con sillas abarrotadas y un sofá tapizado de un suave color verde. Emma se hundió en él y se envolvió en una manta de color rosado y punto grueso haciendo un gesto de dolor al abrazarse las rodillas. Cerró los ojos, concentrándose en las texturas contra su piel.

Ian la siguió.

—¿Estás bien?

—Por supuesto. —Dio otro sorbo.

—Estás sangrando —dijo Ian sin inflexión en la voz.

Ella le sostuvo la mirada un largo instante antes de responder.

—Me he caído.

—¿Debería irme?

Ian tomó asiento en la silla que estaba frente a Emma cuando ella negó con la cabeza y esperó en silencio a que ella pusiera en orden sus pensamientos.

—No quiero hablar de… antes.

—Entonces no lo haremos. ¿Podemos…?

—Sé que han matado a otra chica. Phillipa algo.

Sorpresa, frustración y aquel rastro de miedo ya familiar pasaron velozmente por el rostro de Ian. Emma los percibió con indiferencia.

—¿Cómo sabes eso?

—Pensaba que no podías discutir el caso con simples civiles.

—Emma…

—No puedo parar, ya lo sabes. —Emma dio otro sorbo al vino—. No puedo dejar de pensar en ello. No funciona así. Mi mente… atrapa cosas, las guarda. Así que, aunque tú no quieras que te hable de ello, yo, simplemente, no puedo… parar.

—Lo siento.

—¿Lo de mi cerebro? —Otro sorbo.

—Que vieras aquellas fotos. Nunca debí llevármelas a casa para empezar.

—¿Por qué lo hiciste? —Ian no tenía una respuesta; se limitó a bajar la vista con las manos cruzadas sobre el regazo—. Lo siento, no es asunto mío.

—No tienes nada que sentir. —Ian se levantó como para marcharse.

—Había otra frase, ¿verdad?

—¿Debería preguntarte cómo…? No importa. —Se detuvo ante la mirada oscura de Emma—. Sí, había otra frase.

—¿Shakespeare de nuevo?

—No, eh…, Malory, si es que se puede confiar en Google.

—¿*La muerte*…?

—¿Conoces el libro?

Emma le lanzó una mirada despectiva, con el vino asediando sus ya precarios límites.

—Soy una jodida profesora de literatura. ¿A quién representaba ella?

Ian no dijo nada.

—¿Debería adivinarlo? —Emma cerró los ojos, catalogando mentalmente a los personajes de la famosa colección de historias artúricas de Malory. Su cerebro vaciló hasta detenerse al fin con una imagen clara en su mente—. Por supuesto.

—¿Cómo dices? —La voz de Ian sonó suave, pero claramente llena de curiosidad.

—Elaine de Astolat.

—No sé…

—Sí… Lo sabes. —Emma sintió un profundo dolor al recordar la noche en que se habían conocido. Medio cantó y medio recitó—: «Ella no sabe cuál será la maldición. Por eso, diligentemente teje sin más cuidado…». —Hizo una pausa para beber y luego finalizó en un tono amargo—: La dama de Shalott. Estaba allí, en la exposición, justo al lado de Ofelia. Está burlándose de nosotros, Ian. De ti…, de mí tal vez… Quién sabe. Es una versión distinta de la historia, pero… Allí estaba ella, en toda su gloria desesperada. —Emma volvió a beber y empezó a sentir la cabeza más ligera—. Él está diciéndote algo. ¿Había una carta con el cuerpo?

Ian pareció sobresaltado.

—Yo no…

—Habrá una nota atada a su mano en la que explique su muerte. —Un mensaje, pensó, como la vez anterior—. He estado en la escena del crimen hoy.

—¿Cómo?

Emma vio la sorpresa en el rostro de Ian y supo que él no había seguido su cadena de pensamiento.

—En la escena. Del crimen. —La voz de Emma sonó fuerte en la pequeña habitación. Trató de moderarla—: De Sarah. Vi el mural. La soga, la higuera… Está intentando decirte algo. Quizá no en tu idioma, pero el mensaje está ahí.

—Eso ha sido imprudente, Emma. E ilegal. —Ian hizo el amago de acercarse a ella, pero se detuvo. Se metió las manos en los bolsillos.

—Bueno, al menos yo estoy haciendo algo por resolver este maldito asunto. —Emma describió un amplio arco con la copa derramando un poco del vino que quedaba—. Rory piensa…

—¿Rory? —Los orificios nasales de Ian se dilataron al respirar hondo—. ¿Aquel tipo de la inauguración? ¿Por qué estás hablando del caso con él?

—Porque *él* sí cree que merece la pena escucharme. —Emma sabía que estaba sonando petulante, pero no pudo contenerse.

Ian suspiró.

—Yo no he dicho que no mereciera la pena escucharte.

—Quedó enfáticamente implícito. —Emma se acabó el resto del vino y se dirigió a la cocina.

—Emma. —Ian la cogió del codo. Ella se apartó bruscamente. Él la soltó—. Ese tío no está pensando en lo que es mejor para ti si te está diciendo que invadas la escena de un crimen. Deberías mantenerte alejada de él y del caso.

—Que me mantenga… —Emma soltó de golpe la copa en la barra de la cocina y luego se giró bruscamente, quedando a unos centímetros del rostro de Ian—. Es un profesor respetado. El decano de mi facultad. ¿Y quién eres tú para decirme lo que debo y no debo hacer? Tuvimos una cita. Ni siquiera eso. Media cita. No eres mi novio. Ni siquiera eres mi amigo. No me conoces. No me entiendes. Y no entiendes… —Movió una mano ligeramente temblorosa por la habitación—. Esto. Ofelia. Elaine. Las frases, las pinturas. Nada de esto. Ha pasado casi una semana y, hasta donde sé, la única pista que tienes… la tienes gracias a mí.

—No era mi intención…

—Sí, lo era. Y no he terminado. —Emma expresó su objeción sin intentar siquiera no alzar la voz—. Este no es un caso más. No para mí. Y tampoco para el asesino. Quienquiera que esté haciendo esto desea que su obra sea vista, apreciada. Quiere ser tratado como un artista… y tú lo estás subestimando.

—Créeme, yo…

Emma se cubrió el rostro con las manos intentando bloquear la luz y el sonido y la vibrante ira que estaba descosiendo los hilos de su control. Tras algunas respiraciones agitadas, se obligó a levantar la vista.

—Quieres que yo, simplemente…, ignore todo esto y vuelva a mi trabajo normal, a mi vida normal…, solo para fingir que todo es normal. Pero nada lo es. Yo no soy normal, Ian. No puedo serlo. —Emma cerró los ojos.

—Solo estoy intentando impedir que… —Ian extendió ambas manos como si le mostrara todos los peligros que estaban conteniendo.

—¿Qué? ¿Que me hagan daño? ¿Que vea demasiado? ¿Que me vuelva loca? —Emma escupió las palabras—. No soy frágil. Soy inteligente y capaz y… y… he resuelto el maldito puzle. Su puzle. No tú. No puedo dejar de pensar ni dejar de establecer conexiones solo porque tú quieras que lo haga. Esto es lo que sé hacer, es lo que soy, y no puedo apagarlo. Simbolismo y suicidio y cadáveres de muchachas hermosas. Las veo frías, empapadas y aterradas muriendo en bucle en mi cabeza. Me he pasado la vida leyendo, aprendiendo y enseñando exactamente esas cosas. ¿Y sabes qué? No voy a dejarlo y no voy a parar. Porque si las veo, lo veo a él, y yo… Yo… No sabrías ni la mitad a no ser por mí. Admítelo. —Le temblaba la voz y respiraba rápidamente y con dificultad.

Ian permaneció rígido e inmóvil.

—Lo sé. Eso lo sé.

Emma escrutó su rostro, pero no pudo encontrar emociones esta vez. Asintió con firmeza.

—Por favor, vete ya. Estoy cansada. Y aún no estoy borracha, pero tengo intención de estarlo dentro de poco. —Emma miró más allá de Ian por la ventana, la noche había caído.

—De acuerdo. Tienes razón. Esto ha sido una mala idea. Yo solo quería… —Ian se detuvo y pareció buscar las palabras—. Te pido disculpas por todo, Emma. Eso es todo lo que quería decir.

Emma no miró cuando Ian salió. Tras oír que la puerta se cerraba, regresó a la cocina. Volvió a coger la botella de vino, aunque dudó y miró la etiqueta. Pasó el pulgar por la ilustración, un escritor ante su mesa con la pluma en la mano. Había comprado aquel vino solo porque le había gustado el dibujo, la imagen del escritor trabajando denodadamente en crear mundos a los que otros pudieran escapar. Ahora lo único que podía ver era a Shakespeare, a Tennyson, a Poe y a todos los demás adornando sus páginas con mujeres sin voz que habían muerto en aras del viaje de un héroe mientras sus historias quedaban sin contarse; solo eran una nota a pie de página en la historia de otros. Todas aquellas mujeres que encontraban el mismo final una y otra vez, dejando atrás a alguien que las echaría de menos y las lloraría... Pero ¿de qué les servía eso en realidad? ¿De qué les servía a todas aquellas mujeres ser amadas y, aun así, perdidas?

Emma estrelló la botella contra el borde del fregadero, haciendo saltar esquirlas de cristal. El delicado líquido rojo se arremolinó rápidamente antes de desaparecer por el desagüe. Observó con extraña indiferencia cómo la sangre de un corte producido en su pulgar por el cristal dentado le resbalaba por la muñeca para ir a mezclarse con los restos del delicioso merlot.

15

Ian y Mike recibieron la llamada a las 05:49 de la mañana siguiente. Alguien que había salido a correr temprano había encontrado el cuerpo de una mujer flotando en un estanque en los límites de Carlisle. Había salido como todas las mañanas a hacer su recorrido alrededor del campus, pero, al ver las nubes bajas, había decidido dar una vuelta más corta por una zona arbolada junto a la vieja represa del molino. La zona estaba entretejida de caminos de tierra que utilizaban sobre todo los chicos de la universidad para ir a colocarse y algún que otro entusiasta del *fitness* ocasional. Mike acorraló al hiperventilante corredor y se propuso sonsacarle toda la información que pudiera. El hombre le dijo al detective que había visto el bote abandonado y que había decidido investigar. Después de eso, poca coherencia se pudo extraer de sus arcadas.

Ian dejó a Mike y se dirigió hasta el agua estancada. El pequeño estanque estaba plagado de las primeras hojas del otoño y su oro y su óxido brillaban en la superficie del agua mientras una leve brisa la acariciaba. Ian se estremeció. Se abrió camino cuidadosamente bordeando la pendiente erosionada, la tierra se desmoronaba bajos sus pies, y distinguió a un pequeño grupo de técnicos forenses con sus chaquetas azules arracimados en torno a un bote de madera cuyos tablones llevaban mucho tiempo siendo grises. El bote había encallado en la hierba lodosa de la orilla y había tres cabos de vela colocados a lo largo de la borda. La cera derretida imitaba el goteo del agua allí donde se había enfriado sobre la madera. Unas eneas cercanas asomaban sobre el montón de tela de color rojo sangre que Ian sabía que cubría a la segunda víctima.

Phillipa Minor parecía más delgada en persona que en las imágenes que Ian había estudiado de forma minuciosa, pero los detalles eran dolorosamente familiares. Su pelo color miel estaba rígido y parecía formar fisuras en el intenso carmesí de la almohada que había bajo su cabeza, y su rostro mostraba una palidez grisácea que Ian había visto demasiadas veces. Un brillo grasiento en su piel indicaba el comienzo de la descomposición. No era una bella durmiente. Su vestido escarlata estaba hinchado por efecto del agua que se acumulaba en charcos de lodo en el fondo del bote.

Ian se agachó, cargando el peso del cuerpo en equilibrio sobre los dedos de los pies para acercarse más al cuerpo. Ahora podía decir que los objetos brillantes que habían rebotado la luz sobre el desconocido fotógrafo eran fragmentos de espejo esparcidos a su alrededor y atrapados en los pliegues del vestido que brillaban sobre su piel como diamantes. Envolvían su cuerpo unos gruesos cordones dorados que le sujetaban los brazos a los lados y se enredaban en sus dedos. Daba la impresión de que estaba luchando contra su sujeción, resistiéndose a la oscuridad. Pero su cara flácida y su cabeza extrañamente ladeada desmentían cualquier posibilidad de victoria en esa lucha. Ian buscó el rostro de la chica a la que había visto en la inauguración, determinado y seguro; pero aquella piel cerosa ya solo le ofreció una pobre falsificación de la risueña diletante del pelo dorado.

—«La maldición ha caído sobre mí» —dijo una voz aguda tras él.

Ian casi acabó en el estanque al girarse sobresaltado por la cita que estaba tratando de recordar. Emma había pronunciado las mismas palabras la noche en que se conocieron. Se levantó y saludó con un movimiento de cabeza a la recién llegada, que trataba de enmascarar su incomodidad con una actitud despreocupada.

Los labios de la doctora Ivy Wollard esbozaron una breve sonrisa antes de volver a su máscara de indiferencia habitual.

—Tennyson. No eres el único que lee poesía, detective.

—Creo que el asesino puede estar recurriendo a una versión muy distinta de la historia. —Ian volvió a pensar en su conversación con Emma—. ¿Tus chicos se han hecho con la nota que estaba atada a su mano?

—No nos hemos hecho con ella. La hemos recogido como prueba. —Ivy sacó la tabla sujetapapeles que llevaba metida bajo el brazo—. Parece la página de un libro. —Levantó la vista hacia Ian—. Podré ser más específica cuando la llevemos al laboratorio. Pero hay algo extraño. Parece que fue envejecida con té o algo similar, como hacen los niños cuando juegan a hacer mapas del tesoro.

—¿La habéis desplegado?

Ivy hizo una seña a alguien de su equipo de chaquetas azules, y una mujer joven corrió obedientemente hacia ella. Cogió una bolsa de plástico y se la tendió a Ian sin decir una palabra.

—Malory. —Ian examinó el texto de la página, las palabras solo eran vagamente reconocibles.

Emma había sabido que estarían allí. Sabía que habría un mensaje.

—¿Qué demonios es esto, Ian? —dijo Ivy con el peso del cansancio en su voz.

Él se limitó a mover la cabeza.

—Sinceramente, no lo sé. ¿Puedes decirme algo?

Ivy se encogió de hombros.

—La causa de la muerte probablemente fuera desangramiento por los cortes de las muñecas, pero no hay suficiente sangre aquí para que este sea el lugar de la muerte, incluso asumiendo que el bote no estuviera sellado. Tendré que llevarla al laboratorio para hacer un análisis completo *post mortem*, también toxicológico, pero hay marcas de agujas en sus brazos. Probablemente la drogaran y la retuvieran, igual que a la anterior. La autólisis ha empezado, aunque el entumecimiento es mínimo, llevará muerta setenta y dos horas aproximadamente. ¿Sabéis cuándo se denunció su desaparición?

—Fue vista por última vez el viernes 17 —respondió Mike tras consultar sus notas.

—El día después de que encontráramos a la chica Weston. ¿Estaba esperando a que halláramos a la primera para atacar a otra?

Ian se limitó a negar con la cabeza.

Ivy dijo lo que él no era capaz de decir:

—En ese caso, probablemente se llevará a otra chica pronto. No podremos mantener a los medios alejados durante mucho tiempo. Haré que el laboratorio empiece a trabajar hoy mismo y que la autopsia se programe lo antes posible. —Se dio la vuelta y se dirigió hacia el montón de coches aparcados al comienzo del camino. Se detuvo en lo alto de la pendiente—. Ian. —Él levantó la vista hacia ella—. Quienquiera que esté haciendo esto es meticuloso, incluso fanático, y sabe lo que hace. No va a parar hasta que nosotros le obliguemos. Trabajad rápido.

Cansados y tensos después de pasar horas en la escena del crimen, Ian y Mike caminaron hasta el campus y subieron las escaleras hasta el despacho del doctor Rory Tamblyn. Una llamada al musco los había conducido rápidamente a la universidad para cualquier pesquisa sobre estudiantes como Phillipa Minor. El despacho de Tamblyn, como decano de la Facultad de Arte y Comunicación, era su primera parada. Ian no le dijo a Mike que ya conocía el nombre del individuo y que, de hecho, se había pasado una noche buscándolo en Google después de que Emma lo mencionara. Tamblyn era muy respetado, había publicado de forma prolífica y tenía una presencia llamativamente escasa en las redes sociales, para gran decepción de Ian. Había estado intentando rastrear la relación de Tamblyn con Emma, pero en su perfil apenas había fotografías suyas y estaba, en cambio, lleno de fotos de grupo y de paisajes, nada excesivamente personal. Tamblyn aparecía en varias.

Mike y él se sentaron incómodamente cerca el uno del otro mientras miraban la ordenada mesa de despacho de Tamblyn. Su pulcritud sorprendió a Ian, que recordaba papeles amontonados y libros dispersos de las visitas a sus profesores de la universidad. Todo allí estaba perfectamente organizado: libros por orden alfabético, cajones etiquetados y una perfecta pila de papeles en su bandeja de correspondencia. Varias esculturas y pinturas acrílicas añadían color al espacio, aunque no había nada que Ian considerase digno de exhibición. Se preguntó si serían obras del propio Tamblyn. El único objeto personalizado en que Ian reparó fue una fotografía de Tamblyn y Emma, aparentemente en un viaje juntos a alguna parte. Apartó los ojos de la fotografía al ver que Mike alzaba una ceja.

El individuo estaba sonriendo cortésmente a los dos detectives, con las manos colocadas formando una pirámide en una pose de intelectual. Ian lo estudió tratando de aparentar indiferencia. Era, objetivamente, un hombre atractivo. Los ojos de Ian volvieron de nuevo a la foto. Tamblyn se dio cuenta y la miró también.

—¿Ha estado alguna vez en Inglaterra, detective? —preguntó Tamblyn cortés, mientras una expresión de ligera perplejidad atravesaba su rostro—. La foto es del verano pasado en Canterbury.

—No —respondió Ian con frialdad—. No tengo demasiadas ocasiones de viajar.

—Ah. —Tamblyn parecía algo inseguro, aunque deseoso de tener cierta autoridad sobre la situación—. Bueno, viajar al extranjero es una gran manera de ampliar nuestras perspectivas. Debería hacerlo de vez en cuando.

No estaba nervioso, pensó Ian, pero sí suspicaz.

—Mi marido y yo llevamos a los niños a Disney World el año pasado —intervino Mike. Su voz sonó sincera, pero Ian pudo percibir el toque de ironía—. Estuvimos en el pabellón de Reino Unido. Unas *fish and chips* magníficas.

Tamblyn pareció confuso, y Mike añadió:

—Lo que aquí llamamos patatas fritas.

Tamblyn tuvo la elegancia de mostrarse ligeramente arrepentido.

—Seguro que disfrutaron mucho. Yo tuve la suerte de que la universidad me patrocinara el viaje. Estudios en el extranjero.

Mike asintió, reconociendo la tácita disculpa de Tamblyn.

—La verdad es que lo pasamos muy bien. ¿Tiene usted hijos, profesor?

—No. Todavía no, al menos.

—¿Está casado?

—No. Pensaba que quería preguntarme por la estudiante asesinada.

Ian se fijó, mientras sacaba su libreta y su bolígrafo, en que no había duda en su voz. Era evidente que no quería hablar de su vida personal. Ian no miró la foto esta vez, pero Tamblyn sí.

—Así es. —Ian se irguió—. Sarah Weston.

—También nos interesa otra chica relacionada con el caso, una tal Phillipa Minor —añadió Mike—. ¿Reconoce alguno de esos nombres?

—El de Sarah ha salido en todos los periódicos, por supuesto. ¿La otra chica es alguna sospechosa? —Tamblyn frunció el ceño—. ¿O... una nueva víctima?

—Una persona de interés —dijo Mike de forma ambigua—. Entonces, ¿no las conoce?

—Yo... Si está preguntándome si alguna vez han asistido a mis clases, sinceramente, tendría que comprobar las listas de alumnos. En los cursos de grado a veces tengo centenares. Raramente hablo con ellos de manera individual salvo que vengan a buscarme o tengan... dificultades de algún tipo.

—¿No veía sus nombres en trabajos o exámenes? —insistió Ian.

—La verdad es que la mayoría de los profesores no interactuamos con los estudiantes hasta que no están listos para las clases especializadas. Durante los dos primeros años... —Rory se encogió de hombros—. Nosotros damos clases y ellos escuchan. Tenemos profesores ayudantes para calificar sus exámenes o, algo que es ya incluso más frecuente, los hacen en línea y un ordenador se encarga de corregir. Lo siento. Puedo comprobar las listas si quieren.

—Por favor.

Tamblyn se volvió hacia el ordenador, entonces vaciló y levantó el teléfono.

—Carolyn, ¿puedes comprobar las listas de clase en busca de dos alumnas: Sarah Weston y…?

—Phillipa Minor —apuntó Mike en voz baja.

—Phillipa Minor. ¿Estuvieron matriculadas en algún curso de arte? Gracias, Caro. —Tamblyn colgó—. Lo comprobará en un momento.

—Gracias. Sabemos que Minor asistió a la inauguración que celebraron ustedes no hace mucho. —La voz de Mike tendía a alargar las palabras cuando entrevistaba a la gente—. Hábleme de eso.

—Era una exposición especial auspiciada por el museo en colaboración con la universidad. Celebramos una todos los años.

—¿Con el mismo tema? —preguntó Ian, que ya conocía la respuesta.

—No. Va rotando. Este año los prerrafaelitas han sido todo un éxito, verdaderamente.

—¿Quién escogió el tema de los prerrafaelitas? —Ian mantuvo la voz neutra, pero Tamblyn ladeó la cabeza como reacción.

—El patronato del museo, un grupo de unas nueve personas.

—¿Usted forma parte de él? —Fue Mike quien formuló esa pregunta, haciendo que la atención de Tamblyn se desplazara.

—Sí. Yo represento a la universidad.

—¿Votó a favor?

—Sí. Como he dicho, fue todo un éxito. Detective…

Un golpe en la puerta lo interrumpió.

—¿Doctor Tamblyn? —Una mujer joven con una falda elegante y una blusa de color rosa intenso asomó—. Aquí están las listas.

—Gracias, Caro. —Tamblyn se levantó y cruzó la habitación para coger los papeles que le tendía, poniendo espacio entre los detectives y él.

Ella asintió mientras observaba a los detectives —especialmente a él, pensó Ian— con manifiesto interés.

Tamblyn ojeó las páginas mientras volvía a sentarse y luego se las entregó a Mike, que se las pasó a Ian con idéntica rapidez.

—El curso en el que aparece matriculada Phillipa son unas prácticas en el museo. Probablemente por eso estaba en la inauguración. Los estudiantes ayudan en la organización y en el montaje, y reciben a cambio entradas para la inauguración.

—¿Era estudiante de arte, entonces?

—No necesariamente. Tenemos alumnos de Museografía, Empresariales, Arte... A veces solo se matriculan porque piensan que será divertido o porque necesitan hacer una optativa. No hay proceso de selección. Simplemente, se matriculan por su cuenta.

—¿Y qué hay de Sarah Weston? Parece que ella sí cursó dos asignaturas de arte, una de ellas con usted.

Tamblyn extendió la mano y los papeles completaron el círculo regresando a él.

—Arte I. Es un curso de introducción; la mitad de los alumnos se apunta para completar los créditos generales. —Permaneció un momento estudiando la página—. Se suponía que un profesor adjunto iba a dar esa clase, si no recuerdo mal. Yo la asumí después de que él tuviera que renunciar en el último minuto. Se cayó de un tejado. El otro curso es también introductorio, más práctico que teórico. Puede que a ella le interesasen, pero no son asignaturas de una carrera de arte.

—¿Y usted no la recuerda?

—No, lo siento. Mientras ayudo en la exposición, no llevo el curso del museo. Se ocupa el doctor Dalton. Así que dudo que coincidiera nunca con Phillipa. En cuanto a Sarah... —Negó con la cabeza—. Si llegamos a hablar, no lo recuerdo.

—¿Se le ocurre alguien que pudiera haber trabajado con las dos chicas?

—Ahora mismo no. Estoy seguro de que los registros de secretaría podrían servir para cruzar sus horarios. Ojalá pudiera serles de más ayuda.

—Nos ha sido muy útil, gracias —dijo Mike.

—¿Puede decirnos dónde estaba los días 10 y 17? —Ian intentó hacer que la pregunta pareciera rutinaria.

Mike lo acribilló con la mirada.

—Eh… El 17 estuve en la inauguración. Sé que estuve aquí, en el campus, por la mañana y en el museo durante toda la tarde. Y por la noche, por supuesto. El 10… Supongo que estuve aquí. Mi auxiliar administrativa podría traer mi agenda. —La voz de Tamblyn transmitió curiosidad, pero no preocupación.

Ian le sostuvo la mirada por un momento en busca de señales.

—Gracias. Se la pediremos.

Los tres se levantaron y se despidieron amablemente, entonces Mike le dejó su tarjeta. La auxiliar administrativa, Carolyn, giró rápidamente su silla hacia la mesa después de haber estado escuchando con disimulo todo lo que pudo sin llegar a pegar la oreja en la puerta.

—¿Todo bien, detectives?

—Estamos hablando con cualquiera que pueda tener información relevante para el caso —respondió Mike relajadamente—. Señorita…

—Señora —respondió la mujer sonriendo ligeramente—. Carolyn Matthews.

—¿Me permite, señora Matthews? —Ian señaló una silla claramente destinada a los estudiantes y se sentó ante su gesto afirmativo—. Como ha oído, estamos intentando saber más acerca de dos alumnas que cursaron asignaturas de este departamento. ¿Reconoce los nombres por los que le ha preguntado el decano?

El rostro de la mujer permaneció inmóvil un momento antes de responder:

—No conozco a ninguna personalmente. En realidad, el doctor Tamblyn solo ha trabajado con alumnos de posgrado desde que lo nombraron decano el año pasado. Y yo no trabajaba con él cuando era profesor a tiempo completo.

—¿Sabe si estaban implicadas en actividades del departamento o si cursaron la misma asignatura?

Carolyn negó con la cabeza.

—Lo siento. En el registro de secretaría pueden comprobar sus horarios —repitió la sugerencia de Tamblyn—. Pregunten por los profesores adjuntos también. A veces se reciclan a lo largo del curso, sobre todo los estudiantes de posgrado. Si vivían en el campus, pregunten en Campus Life. Sabrán dónde vivían y si se informó de algún problema relacionado con ellas. Y estoy segura de que ya habrán hablado con la seguridad del campus. También con el centro de salud, por supuesto.

Ian contuvo una sonrisa.

—Todas buenas ideas, gracias.

—¿Hay algo más en lo que pueda serles de ayuda?

—No —dijo Mike.

Al mismo tiempo que Ian respondió:

—Sí. Sí —reiteró—. ¿Podría buscar la agenda del doctor Tamblyn de los días 10 y 17 de este mes?

Carolyn pareció intrigada y agitada, pero, igual que Tamblyn, no mostró preocupación alguna. Tecleó rápidamente.

—Por supuesto. ¿Quieren la mía también?

—Sería muy útil. Gracias. —Ian ignoró la mirada de Mike mientras Carolyn se dirigía a una vieja impresora.

—Aquí tienen. ¿Puedo quedarme una tarjeta por si se me ocurre algo más? —Se dirigió claramente a Ian y él le dio una.

Luego Mike y él salieron al pasillo casi vacío.

—¿Qué piensas? —preguntó Ian.

—Te diría que sí.

—¿Cómo?

—Matthews. Si le pidieras una cita, te diría que sí. Pero espera a que hayamos cerrado el caso.

—¿Qué? No. Me refería a Tamblyn.

—No eres su tipo.

—Mike…

—De acuerdo, ¿quieres que te diga que no, que no creo que esté implicado? ¿O quieres que te diga que sí, que probablemente se acuesta con tu amiga la profesora?

—Que te den. —Ian echó a andar por el pasillo.

Mike se detuvo un momento antes de seguirlo.

—Tranquilo, hombre.

—Hay algo que no me gusta de él. Es una corazonada.

Mike se detuvo y lo agarró del brazo.

—Oye, sé que he estado metiéndome contigo, pero, en serio, Ian… He visto tu reacción a esa foto. Y Tamblyn también. No es propio de ti mostrar tus cartas delante de un testigo. Y la manera en que perdiste los papeles con el camello…

—Eso fue una estrategia.

—¿Lo fue? ¿Y el hecho de que te niegues incluso a considerar las ideas de la profesora después de que ella descubriera la conexión con la exposición, una conexión que tú pasaste por alto, por cierto? ¿A qué estrategia se debe? —Mike negó con la cabeza—. Necesitamos que des lo mejor de ti, Ian. Y esto no lo es. La teniente se está poniendo nerviosa, y esto va a ser una locura aún mayor cuando los medios sepan de la segunda víctima. ¿Tenemos que transferir el caso a otro equipo? Sé honesto conmigo.

—No, por supuesto que no. —Ian se soltó—. Estoy bien; es solo que… No se trata de Emma. Simplemente, tengo esa sensación con Tamblyn.

—De acuerdo. De acuerdo. Comprobaremos su coartada, pero tengo que decirte que yo no lo veo así. Lo que veo es a un detective que está dejando que sus emociones enturbien su perspectiva del caso.

—Volvamos al trabajo.

Ian no miró a su compañero hasta que atravesaron el campus bajo la lluvia y se subieron al coche. Cuando lo hizo, la preocupación permanecía en los ojos de Mike.

16

—Nos encontramos en el campus del Carlisle College mientras esta comunidad estrechamente unida se estremece con la noticia de una segunda estudiante que ha sido brutalmente asesinada… —Una morena esbelta con un atrevido *blazer* rojo señalaba con el brazo la extensión del campus tras ella en un tono en exceso alegre que contrastaba con el horror que estaba describiendo.

La cámara seguía el gesto, mostrando una multitud de rostros que expresaban conmoción, miedo y también morbo. Los camiones de los informativos habían tomado las calles y un enjambre de reporteros perseguía la promesa de una historia. La indignación y las insinuaciones flotaban en el aire.

Emma se dirigió rápidamente a la puerta de su edificio cuando la cámara se desplazó en su dirección.

Los pasillos se habían llenado de susurros conforme las noticias del nuevo asesinato se iban propagando, diseccionando y rehaciéndose en un monstruo de Frankenstein de hechos y miedo. El nerviosismo por el primer asesinato había ganado terreno, y cuando empezó a correrse la voz de una nueva víctima, los estudiantes reconocieron un peligro entre ellos. Se arracimaron en los pasillos y se congregaron en las puertas hablando en voz baja sobre quién conocía a alguna de las chicas muertas. Todo el mundo mantenía sus bolsos y abrigos apretados contra el cuerpo para protegerse de mirones.

Los nombres de las dos víctimas, Sarah Weston y Phillipa Minor, se habían divulgado en internet a pesar de la reticencia de la policía. Sus fotos aparecían una junto a la otra en infinidad de publicaciones en las redes sociales, y los comentarios estaban llenos de preguntas y de pésames solo sinceros a medias. La policía aún tenía que confirmar la relación entre los dos asesinatos, pero los rumores y conjeturas no se habían hecho esperar. Descripciones de ambos se publicaron y examinaron mientras analistas aficionados repasaban las pistas con la esperanza de hallar algún rastro del asesino o, al menos, un talismán contra el peligro. Emma veía a sus alumnas rumiar los detalles de las muertes: pelirrojas aliviadas por el hecho de que las dos víctimas fueran rubias; estudiantes de Empresariales con sonrisas oscuras y tensas confirmando que las chicas muertas estudiaban Arte; muchachas delgadas y pálidas con círculos enrojecidos alrededor de los ojos tras saber que Sarah y Phillipa eran idénticas a ellas.

Intentando superar el recuerdo de su carrera por el campus en medio del pánico con una forzada normalidad, Emma había ido a trabajar a la hora acostumbrada, había aparcado en el lugar habitual y había intentado concentrarse en sus tareas. Sin embargo, su mente seguía dispersa, repasaba los patrones que había encontrado hasta el momento. Horas de agitada atención parcial casi no habían dado ningún fruto útil. Intentó preparar su clase sobre el poema *Lenore* de Poe: Guy de Vere se encuentra junto al ataúd de una mujer hermosa, su amante, y se niega a llorar su muerte mientras los lugareños lo acusan de insensibilidad. Niall, probablemente, lo llamara negación; Emma veía el miedo envuelto en aquellas palabras. Inquieta, se apartó de la mesa, arqueando la espalda contra la silla para tratar de recuperar su fragmentada concentración.

Aquella solía ser su clase favorita. A Emma le encantaban aquellas historias desde adolescente, cuando se escondía de un mundo que no era amable con el diferente. Había soñado con Manderley a través de Rebecca, había huido del castillo de Udolfo con Emily, había oído la voz del señor Rochester llamando a Jane y había vagado por la casa Usher con la fantasmal Madeline. Siempre había visto a aquellas heroínas

170

trágicamente románticas, en cambio ahora… Emma se frotó los ojos. Ahora solo le parecían trágicas: sufrían luz de gas, amenazas, abusos… Incluso las que no encontraban su final a manos de sus maltratadores —felices para siempre, pensó Emma de manera sombría— tenían que vivir con aquel trauma. Y eso las que sobrevivían. ¿Cómo podía ir a clase al día siguiente y hablar sobre el empleo del lenguaje sonoro de Poe cuando dicho lenguaje estaba describiendo a una mujer que había muerto demasiado joven y que sería recordada solo por sus amantes?

El teléfono sonó con la notificación de un mensaje de texto que sacó a Emma de su ensoñación. El mensaje de Charlie era breve: «¿Fotos? El Bean Bag. 6». La respuesta de Carolyn fue un GIF de una mujer con expresión de total escepticismo mientras que Niall optó por un Hércules Poirot comiendo pastas. Rory se limitó a escribir «De acuerdo.» con un punto para marcar su fastidio. Emma vaciló. Si quería desvincularse del asunto, aquella era su oportunidad.

EMMA: Allí estaré.

Iban a hacerlo. Iba a hacerlo. Emma pulsó «Enviar» y esperó a que la garra de la ansiedad se le clavara en las costillas como de costumbre. En lugar de eso, sintió un aleteo de entusiasmo cuando su cerebro empezó instintivamente a buscar las piezas de las esquinas del puzle. Se apartó de la mesa y se apretó las palmas de las manos contra los ojos pensando en Ian sin querer. Habría querido diseccionarlo como hacía con sus libros, entender lo que se escondía entre líneas. Reprodujo la conversación de la noche anterior en busca de los patrones y señales lingüísticas que tan bien se le daba encontrar en la ficción. Pero su cerebro no le ofrecía soluciones, sino tan solo nuevas preguntas.

¿Por qué había ido a buscarla? Ya se había disculpado en la comisaría, aunque las cosas no habían acabado en términos precisamente amistosos. No sabía de su excursión hasta que ella se lo contó, así que tampoco había ido a reprenderla. ¿Quería tener la última palabra? ¿El control? O… Emma cerró los ojos con tristeza. ¿Acaso había ido a hacer exactamente lo que ella tanto deseaba: pedirle su opinión? Ella se había mostrado furiosa y acusatoria; aun así, él le había dicho lo que ella necesitaba saber para seguir investigando: la nueva víctima representaba a un personaje de *La muerte de Arturo*, de Thomas Malory.

—Mierda —susurró en voz alta.

Sin querer considerar las implicaciones de la posible insinuación de Ian, Emma recorrió rodando en su silla la escasa distancia que separaba su mesa de una estantería abarrotada de libros. Examinó los títulos hasta que encontró *La muerte de Arturo*. Lo sacó y se lo llevó hasta su mesa. Estaba segura de que su deducción de la noche anterior era correcta: el asesino estaba haciendo referencia a la historia de Elaine de Astolat. Ella era la hermosa muchacha muerta por excelencia de los prerrafaelitas. La heroína de Tennyson era poéticamente trágica, moría por una oportunidad de vivir. La de Malory no era tan pasiva, recordó Emma. Pasó las páginas hasta encontrar la historia de Elaine y Lancelot, el caballero más famoso de la mesa redonda. La página estaba acribillada de notas de su clase del otoño anterior. Emma saltó al momento en que Lancelot se disponía a partir en su aventura y Elaine le suplicaba que no se fuera. Primero, Elaine le imploraba que se convirtiera en su esposo; luego, simplemente, que fuera su amante. Lancelot se negaba a ambas cosas, prometiéndole a la hermosa muchacha —en realidad, una niña, pensó Emma— que amaría a otro e insistiéndole en que él no estaba hecho para ser un marido. Incluso llegó a ofrecerle mil libras al año a cambio de que ella lo dejara marchar. Emma se preguntó irónicamente cómo interpretar aquel gesto. ¿Era acaso un soborno? ¿Comprar su silencio? Habían hablado mucho acerca de Elaine como una «doncella sin tacha». ¿O era compasión? ¿Era el caballeresco impulso de salvar a la damisela como pudiera? Cualesquiera que fuesen los motivos de Lancelot, Elaine no iba a permitirlo.

Emma siempre había despreciado a Elaine por inmadura y mimada en su determinación de no poder vivir sin Lancelot, y veía la idea de morir por amor como algo un tanto patético. Pero al leer de nuevo el texto, Emma se vio atraída por la figura.

«¿Por qué habría yo de abandonar tales pensamientos? —leyó Emma para sí—. ¿Acaso no soy una mujer terrenal? Mientras mi cuerpo aliente, penaré; pues, por amar a un hombre terrenal, no creo cometer crimen alguno». Cuando le decían que olvidara a Lancelot y siguiera adelante, Elaine no solo estaba rechazando la exigencia. Rechazaba la premisa.

En la mente de Emma se agitaron los recuerdos de sus profesores diciéndole que dejara de distraerse, de su asesor de posgrado diciéndole que debía ser más organizada, de sus amigos diciéndole que no fuera tan torpe. De Ian exigiéndole que dejara de pensar en los asesinatos. «¿Por qué habría yo de abandonar tales pensamientos?». Emma hizo a un lado la pregunta y continuó la lectura.

Cuando Elaine estaba ya moribunda, después de rechazar comida y agua durante varios días, llamó a su hermano y a su padre y les dio instrucciones muy específicas para su funeral. Debían vestirla con ropas hermosas, meterla en un bote y enviarla río abajo a Camelot. También les dijo que ataran a su mano una carta que contaba su historia. Cuando Arturo y Ginebra descubrieron el bote, convocaron a Lancelot y la reina lo acusó de no haber mostrado «gentileza» con la mujer muerta. Él defendió su inocencia argumentando que no se le podía obligar a amar a alguien y Arturo se mostró de acuerdo. Ni siquiera muerta pudo la pobre Elaine ganar la batalla. Pero sí que logró contar su historia «escrita, palabra por palabra, tal como ella la concibió».

Emma cerró el libro pensativa. Siempre le había parecido una historia extraña para incluir entre los relatos de los grandes caballeros. Podía interpretarse como una fantasía de venganza; se podía culpar fácilmente a Lancelot de su perdición pese a la insistencia en su intacta pureza. Su carta se aseguraba de ello. Pero también era la historia de una mujer que había desafiado las expectativas de su estatus y su género. La Elaine de Malory no era la desesperada reclusa de Tennyson y los prerrafaelitas. Ella le hizo proposiciones a Lancelot, se negó a contentarse e insistió en ser oída sin importarle el coste para los demás. La dama sin nombre de Tennyson había muerto con la esperanza de ver el mundo, aunque solo fuera un instante. Aquella Elaine había muerto insistiendo en que el mundo la viera a ella.

Emma miró el reloj, maldiciendo en voz baja al darse cuenta de que la tarde había pasado volando. Eran casi las seis. Rápido, recogió su mesa, guardó *La muerte de Arturo* en la bandolera y abrió de golpe la puerta del despacho. Emma gritó. El muchacho agachado a sus pies se tambaleó al levantarse y se golpeó en la puerta de enfrente antes de caer. Malcolm, el estudiante de posgrado de Rory, permaneció con los ojos muy abiertos y jadeando mientras ambos se miraban fijamente. En una mano llevaba un trozo de papel que se había arrugado en su rápida retirada.

—Solo estaba dejando una nota bajo su puerta. Pensé que ya se habría ido a casa. —Las palabras de Malcolm salieron atropelladas entre su respiración entrecortada mientras trataba de calmarse. Aplastó la nota dentro de su puño—. Lo siento.

—No, no pasa nada. Solo estoy un poco asustadiza hoy.

Malcolm asintió comprendiendo.

—Yo las conocía, a Sarah y a Phillipa. Las dos eran agradables.

Era un elogio bastante simple para dos vidas perdidas.

—Lo siento. Debe de ser duro.

Permanecieron en silencio un momento hasta que Emma le preguntó:

—Malcolm, ¿querías hablar de tu proyecto?

Los ojos del chico saltaron hacia los suyos.

—No, no. He acabado por ahora. Quizá lo retome más adelante, pero… Yo, simplemente… No puedo… No estoy seguro de que mi trabajo sea lo bastante bueno. He intentado hablar con Rory —se detuvo, como avergonzado—, con el doctor Tamblyn, sobre ello, pero está demasiado ocupado. —Malcolm cambió de postura, incómodo—. Y he decidido dejar la clase de la profesora Jacobs porque no era… Bueno, ya no importa. Solo había venido a dejarle una nota para decirle que… le doy las gracias… y que no tiene que preocuparse por mí.

—Lo entiendo, Malcolm. Nadie está en su mejor momento ahora mismo. Hazme saber si cambias de opinión.

—Tal vez… —Malcolm hizo un gesto de despedida a mitad de camino entre el asentimiento y el encogimiento de hombros—. No importa. —Metió la nota arrugada que aún tenía en la mano en el bolsillo de su mochila azul marino y se dio la vuelta. Dio unos pasos por el pasillo, alejándose de Emma, y entonces se detuvo—. Espero que lo encuentren pronto —dijo sin darse la vuelta.

—Yo también. —Emma no pensó que él la hubiera oído.

Mientras Malcolm desaparecía tras la esquina, Emma volvió a comprobar que llevaba su nueva cartera, el teléfono y las llaves en el bolso, luego cerró la puerta de su despacho. El reloj digital del pasillo marcaba las 17:52 con brillantes líneas rojas.

Emma llegó tarde y sin aliento. El Bean Bag estaba poblado por veinteañeros de aspecto aburrido con gafas de monturas oscuras y camisetas con mensajes irónicos. Había un camarero con barba en la barra delante de una pizarra de tamaño gigante en la que se enumeraban una docena de especialidades llenas de juegos de palabras, cada una de distinto color. Pero la atmósfera era alegre, la multitud no resultaba agobiante y el olor a café impregnaba el ambiente. Las paredes estaban cubiertas de obras de artistas locales que mostraban un panorama ininterrumpido de desnudos impresionistas y acuarelas de cuencos de fruta. Bombillas de luz antiguas y desnudas colgaban del techo para iluminar una sala llena de sillas desparejadas, mesas toscas y sofás de dos plazas desgastados. Emma vio un par de rostros que le resultaron familiares de sus clases y adoptó su expresión amistosa aunque profesional. Pero antes de que ninguno de ellos la viera, Rory llamó su atención desde su lugar en la cola delante del mostrador y señaló hacia el fondo, donde Charlie, Niall y Carolyn ya habían ocupado una mesa. Agradecida, se unió a ellos, que ya tenían su bebida y su pastel, y ocupó un asiento vacío. Niall y Carolyn se habían sentado juntos al otro lado y Charlie había ocupado una silla que presidía la mesa. Tenía un sobre justo delante de ella y descansaba encima una mano con gesto posesivo. Nadie hablaba.

Rory apareció y se sentó al lado de Emma.

—Lo de siempre, supongo —sonrió al sentarse y colocar un americano delante de ella. Pero su sonrisa se desvaneció casi al instante.

—Gracias. —Emma le devolvió débilmente la sonrisa.

—La policía ha estado haciéndonos preguntas a Rory y a mí —anunció Carolyn sin preámbulo en cuanto Rory se sentó—. Hemos conocido a tu detective.

—¿A Ian? —Emma flexionó la mano.

—En carne y hueso —respondió Carolyn—. Fue muy profesional.

—¿Cómo es? —preguntó Niall cuando la expresión de ella dejó claro que quería que alguien lo hiciera.

—Alto, rubio, más bien delgado. Unos ojos increíbles.

Rory resopló.

—Su compañero y él solo nos hicieron algunas preguntas. Las dos estudiantes se habían matriculado en clases de arte. Estaban buscando conexiones.

—Comprobaron nuestras coartadas —añadió Carolyn.

—Estoy seguro de que habrán comprobado las coartadas de todo el mundo —respondió Rory.

—Pero eso implica que piensan que los asesinatos están relacionados con la universidad. Podría ser alguien que conocemos. —Carolyn miró a Rory esperando otro bloqueo.

—Es posible. —Su voz sonó sumisa.

Sorbieron sus bebidas de manera incómoda, nadie estaba seguro de qué responder. Todos lo habían pensado, pero oírlo decir en voz alta era algo muy distinto. Finalmente, Charlie tomó el control de la situación por un momento dando un golpecito al sobre.

—Bueno, ninguna de estas es demasiado horrible. No hay nada sangriento.

—Quizá no deberíamos… —intervino Carolyn cuando una camarera se acercó a la mesa.

Todos levantaron la vista. Charlie deslizó el sobre hacia sí.

—¿Profesora Reilly?

Emma puso una sonrisa poco convincente en su rostro.

—Hola, Olivia. No sabía que trabajabas aquí.

—Sí, bueno… —Se pasó las manos por el delantal—. He tenido que hacer algunos turnos extra últimamente. Por eso quería pedirle… —La chica miró a los otros—. Eh… Solo quería pedirle más tiempo para el trabajo. Sé que el plazo está casi agotado, pero con mi trabajo y ahora con los rumores que circulan y eso… —Olivia dejó significativamente la frase sin terminar.

Emma se esforzó por mantener un semblante amable y alentador.

—Entrégalo cuando puedas. No voy a restar puntos por entregarlo fuera de plazo esta vez.

—Gracias. Gracias. —Olivia pareció visiblemente aliviada—. Nunca me he retrasado con un trabajo antes, pero yo…, con todo esto… Hey, me hacen descuento aquí. Si quieren tomar algo más…

—Estamos bien, Olivia.

—De acuerdo. El trabajo será genial. Se lo prometo.

Un chico de veintitantos con el pelo teñido de rubio y unas gafas *hipster* chasqueó los dedos al otro lado de la cafetería. Olivia suspiró y se dirigió hacia él.

—Parece afectada —dijo secamente Rory.

—Es una buena estudiante. Nada parece real a esa edad.

—Pues parece muy real a la mía —dijo Carolyn con intención.

—Bueno —dijo Charlie, y sacó un bolígrafo y un papel con una lista de notas que ya cubría dos tercios de la página—, vamos allá.

—Espera. —Carolyn cubrió la página con su mano—. ¿Estáis seguros de que queréis hacer esto aquí?

—¿Deberíamos ir al campus?

—No —respondió Rory rápidamente—. Nuestros despachos son

demasiado pequeños para cinco; y para reservar una sala de reuniones necesitamos un motivo.

—¿Y en tu casa? —preguntó Niall.

—No. No quiero atraer mala energía allí —respondió Carolyn con firmeza.

Rory puso los ojos en blanco.

—Burlaos de mí todo lo que queráis. Pero no quiero autopsias en mi salón.

—Además, no tenemos pasteles en casa. —Charlie se encogió de hombros.

—Podemos ir… —empezó a decir Emma, pero Rory levantó la mano de Carolyn del papel.

—Estamos aquí. Tenemos pasteles. No hay nadie mirando y a nadie le preocupa lo que hagamos. —Rory señaló al resto de clientes, la mayoría con la vista fija en sus portátiles o teléfonos y muchos con auriculares—. Ilústranos, Nancy Drew.

—¿Nancy Drew? —preguntó Charlie con frialdad.

—¿Preferirías a Harriet la espía?

Charlie lo pensó durante un segundo.

—No.

—¿Entonces?

Charlie se encogió de hombros.

—Muy bien, primero la víctima: Sarah Weston. Estudiante del Carlisle College, veintiún años. Popular, al parecer con muchos amigos y relaciones…

—¿Eso cómo lo sabes? —preguntó Rory con una voz que traslucía sorpresa y admiración.

—¿Nunca has oído hablar de las redes sociales? —ironizó Charlie.

—Lo cierto es que no —respondió Carolyn—. ¿Qué más has encontrado?

—Era una atleta prometedora hasta que se lesionó hace un año. Su presencia en las redes disminuyó drásticamente desde la pasada primavera; podría ser por la lesión o por otra cosa. Algunas menciones vagas a un nuevo novio, pero ninguna foto. La colocaron como si fuera Ofelia, que es... —Charlie señaló a Emma.

Sobresaltada, esta respondió como la alumna aplicada que, en el fondo, seguía siendo:

—La protagonista femenina de *Hamlet*, la hija de Polonio y la hermana de Laertes. Ella es tanto una motivación para Hamlet como su fracaso. Por otro lado, la locura de él es fingida mientras que la de ella es real. Ella lo rechaza por orden de su padre. Hamlet le devuelve su rechazo en forma de burla y acusaciones, básicamente la llama puta. Y ella muere; no se sabe si accidentalmente o por suicidio.

Charlie había estado tomando notas.

—La pintura sugiere el suicidio. Te toca, experto en arte.

—No soy tu mono de feria. —La voz de Rory sonó claramente ofendida.

Emma suspiró.

—Rory...

—Está bien. Posmoderno, multimedia, inspirado por Millais.

—¿Eso es todo? —preguntó Charlie.

—Esa parte ya la habíamos cubierto.

—De acuerdo entonces. ¿Niall?

—Emplear a la víctima como atrezo sugiere un asesino centrado en el producto, interesado en el resultado más que en el proceso de matar. La exhibición ostentosa y el colocarse a sí mismo en paralelo a un artista famoso nos hablan de alguien con trastorno de personalidad antisocial, con posibles tendencias narcisistas. Probablemente un varón blanco de mediana edad, incluso más joven, que tiene relaciones que duran poco, si es que tiene alguna...

—¿Por qué? —interrumpió Charlie.

—Está cazando a estas mujeres, apoderándose de ellas, poseyéndolas... Eso requiere tiempo y libertad de movimiento. No es probable que tenga esposa e hijos en casa. Y si los tiene, la relación probablemente sea abusiva, al menos emocionalmente, un entorno en el que sus movimientos no se cuestionan.

—Qué inteligente… —Charlie levantó la vista hacia él.

—Gracias. —El tono de Niall fue sincero aunque divertido.

Charlie le sonrió y sus hombros se relajaron un poco.

—¿Algo más antes de pasar a la siguiente chica? —Esperó un momento y luego asintió—. De acuerdo entonces.

A continuación sacó un ordenado montón de fotos. La primera mostraba la mano de una mujer con la carne demasiado pálida también.

—¿Qué es lo que sostiene? —preguntó Niall.

—Una carta. —Emma sintió un estremecimiento de satisfacción—. Es Elaine de Astolat.

—Guau —dijo Charlie con las cejas levantadas.

Emma movió la cabeza y sintió que se ruborizaba.

—Ian vino a verme. Se le escapó. —Sacó su ejemplar de Malory y buscó la historia—. Elaine de Astolat, la dama de Shalott, es una figura presente en la literatura desde la época medieval. —Tomó aire tratando de ordenar la información disponible en su cerebro en dos cuidadosos montones: lo relevante y lo irrelevante.

—Es otra de las favoritas de los prerrafaelitas —ilustró Rory.

—Exacto, probablemente tuvo incluso mayor popularidad en la época victoriana que cuando se originó. Hay numerosas versiones de su historia: italianas, francesas e inglesas. Pero creo que lo más probable es que la…, que esta versión esté basada en la de Malory. —Emma dio un golpecito al libro.

—De acuerdo, ¿y de qué va? —preguntó Charlie.

—En la versión de Malory, era una joven que se enamoró del caballero Lancelot. Él la rechazó, de manera bastante cortés, a decir verdad, y ella murió de amor. Moribunda, dio instrucciones específicas de que la colocaran en un bote con una carta que explicara su historia en su mano.

Charlie levantó la vista bruscamente y cogió las fotos. Apartó la primera para revelar otra que mostraba a una mujer vestida de rojo que yacía en un bote.

—Parece que estás en lo cierto.

Emma inspiró con fuerza.

—La carta es claramente una referencia a Malory, pero eso es…

—Waterhouse —acabó Rory la frase.

—Iba a decir Tennyson, pero sí, Waterhouse tiene sentido.

—Explicadlo para los que no somos expertos. —Charlie miró a su alrededor—. De acuerdo, explicádmelo a mí.

—John William Waterhouse fue un artista británico de la escuela prerrafaelita. Como muchos artistas de su tiempo, se basó en la versión de Alfred, lord Tennyson, para su versión de la historia —dijo Rory.

—Entonces, ¿la versión Tennyson/Waterhouse es distinta de la otra?

—Bueno, Elaine es diferente —respondió Emma—. La versión de Tennyson presenta a la dama de Shalott, que allí no tiene nombre, encerrada en una torre. Ella no llega a conocer a Lancelot, en realidad, solo lo ve a lo lejos antes de morir. En la de Malory, ella es mucho más activa. Le propone matrimonio a Lancelot y luego le dice que está dispuesta a ser su amante. Él desaparece en un momento dado y ella lo rescata. Después, le dice que morirá si él no la ama y que no acepta sus soluciones. —Emma citó al encontrar la página—. «Morir por vuestro amor solo me queda entonces». No puede salvarla. Ella desafía las convenciones de su género y se niega a seguir las reglas del romance. Al morir, tiene la última palabra.

—Pero, aun así, muere —señaló Charlie—. Parece que rompió las reglas y que el universo la castigó por ello.

—Si el asesino se está basando en esta versión —sugirió Niall—, podría estar diciéndonos algo sobre…

—Phillipa —terminó Charlie.

—Sobre Phillipa. —Niall asintió agradecido—. Si el mensaje sobre Sarah Weston era que se trataba de una pecadora, quizá el de Phillipa sea que era poco femenina. Ella habría roto las reglas de la feminidad de alguna forma.

Charlie señaló su vestido.

—¿Quizá era demasiado lanzada? ¿Promiscua? El rojo puede simbolizar la lujuria y el pecado, ¿no? —Rory emitió un sonido tenue que captó su atención. Ella frunció el ceño—. No me mires como si fuera un perro que habla. Todo el mundo ha leído *La letra escarlata* en el instituto.

—Es posible… —empezó a decir Emma.

—O… —interrumpió Rory— podría ser otro homenaje a Waterhouse. Él pintó tres versiones de esta historia. En la más famosa, ella está en un bote.

—Ah, sí, la pieza central de muchas exposiciones en dormitorios —intervino Charlie ganándose una sonrisa de Niall.

Rory la ignoró.

—Las otras dos la muestran en la torre. En una, aparece envuelta en un hilo dorado que creo —pasó un dedo por la imagen— que es lo que se ve aquí. En la otra, lleva un vestido escarlata. En esas dos pinturas también aparece el espejo roto del poema de Tennyson. —Rory señaló los reflejos de luz del fondo del bote—. Apuesto que eso es lo que son.

—Así que combinó al menos dos textos y tres imágenes. ¿Por qué? —preguntó Emma.

—Para tomar el control de la narrativa —explicó Niall—. Está reclamando todas las versiones.

—Posmodernismo —murmuró Rory.

—Pero reemplazándolas por su propia interpretación. Ha tomado los elementos que ha querido de cada una y ha rehecho la historia para adecuarla a su mensaje, a su visión del mundo.

—La asertiva y punible Elaine de Malory se coloca junto a la restrictiva domesticidad de Tennyson. —Emma captó la ceja levantada de Charlie—. Los hilos. Se supone que ella debe sentarse apaciblemente a tejer, pero cuando levanta la vista, ve a Lancelot y, al desafiar el papel que le ha sido asignado, se enreda en los hilos. Y acaba siendo víctima de la maldición —añadió un momento después.

—Así que en ambas versiones es castigada por rechazar el *statu quo*. —Charlie anotó algo—. Este tío está cogiendo la misoginia de todas las partes, ¿no?

—Hizo lo mismo con la escena de Sarah Weston —observó Emma.

Niall pareció pensativo mientras miraba la imagen.

—Em, has dicho antes que el pecado de Ofelia fue el suicidio.

—Así es. Los sepultureros dicen que murió por su propia mano. La soga de la pintura sugiere lo mismo.

—¿Y si no fuera solo eso? En la escena del convento, Hamlet la acusa de ser... —Niall se detuvo buscando una palabra.

—¿Una zorra retorcida? —sugirió Charlie.

—Sí, eso. Literalmente, ¿podría interpretarse así el texto?

Emma bajó la cabeza repasando mentalmente el pasaje.

—Bueno, los estudiosos han interpretado en general la escena como parte de la fingida locura de Hamlet...

—Los estudiosos, seguro. Pero ¿cómo la interpretaría un asesino que odia a las mujeres? —preguntó Charlie.

—De la peor manera posible —respondió Niall—. Asumiría que el hombre estaba diciendo la verdad y que la mujer era retorcida y pecaminosa.

—Entonces sí. Si diéramos por ciertas las palabras de Hamlet, de nuevo siguiendo una interpretación con poca base, se podría argumentar que Ofelia dio falsas esperanzas a Hamlet, que se acostó con él, que lo dejó y que luego lo rechazó públicamente cuando dejó de ser heredero al trono.

—Así que, para este individuo, las dos son historias que tratan de mujeres que rompen las normas, hieren a un hombre y luego mueren en un río —resumió Charlie—. ¿Y vosotros leéis estas cosas por diversión?

Emma frunció el ceño, sabiendo que su actitud defensiva no era razonable.

—Pero él vuelve a equivocarse en su interpretación. Los textos son trágicos, pero no… odiosos. —Se cruzó de brazos enérgicamente, como si pudiera proteger así las historias dentro de su pecho.

—Lo siento; sí —dijo Charlie en medio de la incómoda tensión.

Un momento después, pasó a la siguiente fotografía. Los ojos en blanco de Phillipa les devolvieron la mirada.

—Cielo santo… —susurró Niall, que extendió la mano repentinamente para pasar a la siguiente fotografía.

Emma miró la nueva imagen que había quedado al descubierto.

—Había dos notas —explicó Charlie—. Una daba el nombre de la chica y de la universidad. Esta es la otra.

—«Amo la libertad de amar…». —Emma frunció el ceño—. No. Esa no es la carta, esa no es… —Buscó en el libro de nuevo—. En la versión de Malory, ella consigue narrar su historia. La escribe e incluso contrata a un barquero que no habla para que no pueda hacerlo por ella. Ella cuenta su historia, «palabra por palabra», sus palabras. Pero aquí… Esto es lo que dice Lancelot para justificarse, para explicar por qué él no es culpable. —La rabia le creció en el pecho—. Le ha arrebatado sus palabras. —Emma intentó sin éxito bloquear la emoción fuera de control.

—¿Emma? ¿Estás bien? —La voz de Niall sonó lejana pese a su cercanía.

—Sí, yo… no. —Emma se apretó la frente con los dedos y se la frotó suavemente arriba y abajo—. No. Está robándoles su esencia, su carácter, a esas chicas. Arrebatándoles sus actos, sus palabras, su… —No acabó el pensamiento, no era capaz.

Levantó la vista hacia Charlie, que asintió con la cabeza en un gesto de comprensión.

—Para resolver esto, necesitamos pensar de manera crítica, no emocional —dijo Rory en tono reprobatorio—. Este asesino es… una araña en el centro de su tela planeando su próximo movimiento. No podemos permitirnos distracciones si queremos atraparlo.

—No es ningún genio —lo contradijo Charlie con firmeza—. Nunca lo son. Tú lo has calado bien, Emma. Es un imbécil sexista que en realidad no entiende de qué tratan esas historias. Solo sabe ver las cosas de una manera; eso lo hace predecible. Como ha dicho Niall, es un narcisista. Lo que significa que no tiene control sobre esto: es una compulsión, y eso será lo que lo haga caer en algún momento. Donde Rory ve a un intelectual posmoderno, yo solo veo a alguien que carece de suficiente creatividad como para crear su propia obra. Es un quiero y no puedo superficial y ensimismado. Un imitador. ¿Y sabes lo que somos nosotras? —Se acercó y habló solo para Emma—: Nosotras somos las hijas de puta que vamos a detenerlo. Sigue cabreada.

Emma la miró a los ojos aceptando su desafío y ofreciendo una promesa a cambio. Incapaz de ordenar del todo sus pensamientos, citó unos versos que decía Arturo en *La muerte...*:

—«Que la muerte me lleve y que pase lo que tenga que pasar, ahora que lo he visto, solo y lejos, de mis manos ya no ha de escapar, pues mejor ocasión no tendré nunca».

Charlie le dirigió una media sonrisa.

—Me gusta su fuerza. No tengo ni idea de lo que quiere decir.

—Quiere decir que si queremos encontrar a ese tío, no debemos parar —respondió Emma haciendo suyas las palabras del rey—. Cueste lo que cueste, haremos lo que tengamos que hacer.

Mike ya estaba al teléfono cuando Ian llegó a trabajar a la mañana siguiente. Ian se había pasado la noche investigando la historia que Emma había mencionado y tratando de no reproducir en su cabeza la conversación que habían mantenido. Cada vez que la veía, el abismo entre ambos se ensanchaba. Ella tenía razón: él no podía protegerla. Y parecía que a nadie más. A Phillipa Minor la habían raptado el día que encontraron a Sarah Weston. Si el asesino estaba siguiendo ese patrón, otra chica ya habría desaparecido. E Ian no tenía la menor idea de quién era ni dónde podía encontrarla. Sus intentos de rastrear la ropa, los materiales artísticos y los narcóticos empleados con las dos primeras chicas habían acabado en un callejón sin salida. El asesino había sabido ocultar todos sus movimientos en la red. Las pistas también se habían agotado y, por los retazos de conversación que Ian había escuchado, la universidad no había sido de ayuda tampoco.

—Sí, gracias. —Mike finalizó la llamada mientras Ian encendía su ordenador—. Al fin he logrado acceso a los archivos de secretaría. Algunos alumnos fueron a clases con ambas chicas y hay un profesor adjunto asignado tanto a lo del museo como a los cursos introductorios de arte de Weston. Su nombre es Haynes.

—¿Algo que sugiera que se trata de nuestro individuo?

—Nada concreto. Aunque es un pequeño cabrón siniestro. Varias quejas por seguir a chicas, esperarlas en la puerta de clase y ese tipo de cosas. Hay constancia de un proceso disciplinario por el caso de una chica que dijo que le había echado alcohol a su bebida, pero no llegó a nada. No hubo agresión. La amiga de la chica se la llevó a casa cuando empezó a hablar arrastrando las palabras. Y tampoco hubo testigos. La universidad no parece dispuesta a seguir investigando.

—Bueno, eso es interesante.

—Podría servirnos para registrar su apartamento. —Mike sonó esperanzado.

—Solo si el juez llega tarde a una cena y no se molesta en leer el papeleo. Es una motivación débil para una orden de registro.

—Entonces, ¿es solo una coincidencia que el mismo tipo raro aparezca en las vidas de ambas chicas?

—Igual que su conexión con el mismo profesor de arte. —Ian enseguida se arrepintió de la réplica. Se volvió hacia su ordenador y empezó a buscar atentamente un archivo.

—Ian…

—Solo digo que la conexión es demasiado débil para obtener una orden de registro. Necesitamos algo más firme.

—De acuerdo —dijo Mike no muy convencido—. Bueno, el funeral de Weston es mañana. Ivy vendrá el fin de semana para la autopsia de la otra chica.

—¿Prefieres el funeral o la autopsia?

—¿Cara o cruz? —Mike estaba rebuscando en su bolsillo cuando un joven agente se acercó por detrás de Ian. Le tendió una hoja de papel.

—¿Detectives? Los jefes han dicho que estemos atentos a cualquier cosa que pueda estar relacionada con el Artista.

—¿Cómo? —preguntó Mike.

El agente vaciló:

—Así le llaman en los periódicos.

—Maldita sea. Odio cuando les ponen nombres.

—¿Qué has encontrado? —preguntó Ian.

—La denuncia de una desaparición. Una estudiante del Carlisle College con la misma edad que las otras y el pelo rubio. Podría no ser nada…

—Podría ser algo. Buen trabajo.

Mike leyó en voz alta la denuncia cuando el agente se fue:

—Dana Ackerman, veintidós años. Pelo rubio, ojos verdes. Uno sesenta y cinco de estatura. Fue vista por última vez ayer con una chaqueta azul, una blusa verde y vaqueros. Cielo santo, otra más.

—Según lo previsto —dijo Ian sombríamente.

—No saques conclusiones precipitadas.

Antes de que Ian pudiera responder, el teléfono de su mesa sonó. Mike le hizo un gesto para que respondiera y volvió a la denuncia.

—Carter.

—¿Detective Carter? Soy John Hastings, de la Jefatura de Policía de Northport. Le devuelvo la llamada a propósito de un caso de asalto.

—Sí. —Ian cogió un bolígrafo—. Gracias por llamar. Nos estamos enfrentando a una serie de asesinatos aquí...

—¿Las chicas del Carlisle College?

—Sí.

Hastings se quedó en silencio un momento.

—¿Cree que hay relación?

—Es la hipótesis con la que estamos trabajando.

—Maldita sea. Sabía que escalaría. Nosotros hemos relacionado tres ataques, todos a mujeres de veintitantos años.

—¿Rubias?

—Las dos últimas sí. La primera tenía el pelo oscuro.

—¿Algo que pueda decirme sobre el *modus operandi*?

—La primera chica pareció fortuita. Volvía caminando a casa del trabajo; vivía a unas pocas manzanas. Se lanzó sobre ella desde unos arbustos. La derribó e intentó apropiarse de su bolso. Un vecino salió cuando la oyó gritar y el tipo salió corriendo. Probablemente lo habríamos considerado un simple atraco de no ser por las otras dos.

Ian pensó en Emma mirando hacia arriba desde la hierba con su largo vestido azul y sintió una punzada de inquietud en el pecho. Se aclaró la garganta.

—¿Cómo los relacionaron? —preguntó Ian.

—Los zapatos del individuo.

—Sus…

—Zapatos. El tipo llevaba unos zapatos ridículos. Unas botas de camuflaje. La víctima dijo que parecía un crío jugando a ser un soldado. Por suerte, hubo un agente con exceso de celo que decidió recoger huellas. Yo no lo habría hecho —admitió Hastings—. Esas botas se venden en todas partes, así que eso no disminuyó la lista de sospechosos.

—Pero ¿coincidieron con las de la siguiente víctima?

—Sí. A esta la asaltó en un callejón oscuro. Le golpeó la cara lo bastante fuerte como para que perdiera el conocimiento durante un minuto y la arrastró hasta un viejo almacén. Luego… simplemente la dejó allí. Encontramos vómito cerca. Creo que planeó el asalto, pero que perdió los nervios.

—¿ADN?

—Nada en la víctima. El vómito estaba demasiado contaminado cuando lo encontramos. Al parecer, por un perro.

—¿Se fijó ella en los zapatos? —preguntó Ian garabateando rápidas notas mientras escuchaba.

—No. Tuvo los ojos cerrados casi todo el tiempo, solo vio lo justo para decirnos que llevaba ropa oscura y una máscara.

—¿Como un pasamontañas?

—No, de plástico. Como algo de una tienda de todo a un dólar. Pero, como estábamos buscando, tomaron huellas de zapatos y obtuvimos una coincidencia. Ese también fue el caso en el que obtuvimos la huella latente.

—¿Cómo dice?

—En la pulsera Fitbit de la víctima. Dejó una huella parcial al agarrarla.

—¿Alguna otra prueba forense?

—Algunas fibras. La chica se había duchado y cambiado de ropa antes de venir, por eso no había ADN. La historia de la tercera víctima es similar. Atacada durante la noche y llevada a un lugar apartado.

Se había vuelto más eficaz para entonces. La golpeó desde atrás y ella perdió el conocimiento antes de darse cuenta de lo que ocurría. Se despertó diez minutos después. Esa vez la desnudó y se llevó su ropa.

—¿La agredió?

—Se empleó un kit de violación y el resultado fue negativo. Creemos que trató de hacer desaparecer cualquier prueba al llevarse la ropa.

—¿Sabía él que había dejado una huella? —La voz de Ian se elevó.

—Sí, pero antes de que se deje arrastrar a la madriguera de la conspiración… Lo sabía porque un político local idiota lo desveló. El tipo se presentaba a la reelección y anunció que habíamos encontrado una huella en un objeto personal de la víctima. Quería quedar bien con las masas antes de las elecciones.

—Así que no hubo conspiración, pero sí un tipo siguiendo las noticias y aprendiendo de sus errores. Eso nos dice que es capaz de controlar su conducta, al menos lo bastante como para planificar y limpiar después.

—Y que va ganando seguridad. Si está usted en lo cierto sobre la conexión con su caso, solo estaba practicando con estas chicas.

—¿Qué intervalo hubo entre los ataques?

—Dos semanas. Y todos se produjeron en fines de semana.

—Así que habría tenido tiempo de ir y venir. —Ian se pasó una mano por los ojos—. Encaja, pero… —Intentó hacer coincidir la imagen de alguien que se ponía tan nervioso que tenía que vomitar en un callejón con la de alguien capaz de matar y colocar cuidadosamente en la escena los cuerpos de sus víctimas. Uno parecía novato, inseguro en su proceder. El otro, organizado, calculador, cruel… y asesino.

—¿Alguna de las víctimas consumía drogas? —preguntó Ian—. Si no es así, podría eliminar al camello de Sarah de la lista.

—No constan antecedentes, pero tanto a la segunda como a la tercera víctimas las llevaron a zonas bastante turbias. No sería difícil encontrar drogas allí.

Ian suspiró. Nada de gran ayuda de todas formas.

—¿Podría enviarme los informes del caso?

—Considérelo hecho.

—Gracias —respondió Ian.

—De nada, ojalá hubiera podido...

—Esto no funciona así —interrumpió Ian con voz amable para decirle al otro detective las palabras que él mismo deseaba creer.

—Ya. Espero que ustedes tengan más suerte. —Hastings colgó con un suave clic.

Mike había estado esperando pacientemente a que acabara la llamada. Ian se volvió hacia él para lanzarle las notas que había estado tomando.

—«Asaltos, no ataques. Las huellas coinciden con las que encontramos en el primer escenario, pero...».

Ian negó con la cabeza.

—Si es nuestro hombre, aprende rápido.

—Hay un abismo entre un simple atraco y... —Mike señaló vagamente hacia los archivos del caso y luego miró de nuevo las notas de Ian— los asaltos nocturnos, la agresión, desnudar a la víctima... Tal vez tenía el resto planeado y solo necesitaba practicar para el verdadero ataque. ¿Crees que tu profesora fue otra de esas prácticas? A ella también la atracaron, ¿no?

—Le quitaron el bolso después de que tropezara. Pareció algo oportunista, no planeado. Además, en ese momento, ya había matado a Sarah Weston y se había llevado a Phillipa Minor. Ya había pasado a las exhibiciones a gran escala. ¿Por qué iba a volver a los simples robos de bolsos?

—Tal vez tenía planeado algo más y tú lo interrumpiste —respondió Mike con delicadeza.

—Ella no encaja en el perfil. —El tono de Ian fue concluyente.

Ninguno de los dos señaló que la primera de las víctimas de Northport tampoco encajaba.

—He comprobado la coartada de Tamblyn para los días en que se llevaron a Weston y a Minor —dijo Mike con cierta incomodidad—. Está limpio en ambos casos. ¿Quieres que compruebe estos días también?

—Léeme las notas.

Mike accedió. Buscó sus apuntes iniciales y recitó una serie de fechas de comienzos del verano.

Ian recordó la entrevista en el despacho de Tamblyn. Curso de verano, estudios en el extranjero. Inglaterra.

—Hijo de puta.

Ian buscó los perfiles de las redes sociales de Carlisle y navegó por su cronología hasta llegar a las fechas concretas. El rostro de Tamblyn le sonrió. Fue pasando una foto tras otra de estudiantes delante del Big Ben, de cabinas de teléfono rojas y de las líneas azules del puente de la Torre. Tamblyn estaba en la mayor parte de ellas. Emma solo en una, sonriendo alegre con el brazo de Tamblyn sobre su hombro. Haciendo caso a las publicaciones, ella se había pasado el tiempo detrás de la cámara.

—Está limpio. —Ian sabía que debía alegrarse de poder eliminar a un sospechoso de la lista, pero en su estómago se retorció la decepción. Y luego la vergüenza—. Estaba en el extranjero.

—¿Estás seguro?

—Sí, su coartada es Emma.

18

Rory se había marchado de la cafetería para hacer unos recados después de la primera ronda —Emma sospechó que, en realidad, se trataba de una cita—, pero Charlie, Niall y ella se habían quedado. El café se convirtió en cena; la cena, en copas. Acabaron en casa de Carolyn y Charlie, y esta última no abandonó la discusión ni siquiera para abrir la puerta e invitarlos a entrar.

—Freud no tiene sentido —habló por encima del hombro mientras se dirigía a la cocina.

Sin preguntar, sacó una selección de agua con gas y refrescos del frigorífico.

—¿En general? —preguntó Niall en tono sarcástico mientras cogía un agua.

—La verdad es que sí —respondió Charlie con una sonrisa traviesa—. Pero me refiero al caso. Tu idea de que todo son problemas con mamá...

—La psicología freudiana es algo más que problemas con mamá.

—También hay cosas sexuales raras —dijo inocente Carolyn.

—Ninguna de las cuales se aplica aquí. Está matando a mujeres jóvenes...

—Por supuesto —interrumpió Niall a Charlie—. Está liberando la ira contra su madre matando a sus sustitutas...

—¿Porque su madre era rubia está matando a mujeres rubias? ¿No era Bundy el que hacía eso? —preguntó Emma sentándose en uno de los taburetes que había alineados junto a la barra de la cocina.

—Exacto —dijo Niall al mismo tiempo que Charlie objetaba.

—No. Se suponía que Bundy mataba a mujeres que se parecían a su novia. Y eso se desmintió.

—¿Por qué estamos dando por hecho que solo hay un asesino? —preguntó Carolyn—. Quizá son como Bonnie y Clyde. Asesinos enamorados.

—Como los Ken y Barbie asesinos.

Emma suspiró.

—Por favor, no me digáis que han hecho una Barbie Asesina en Serie.

—No. Es como llaman a una pareja de Canadá que mataba a gente y… —Charlie hizo una pausa— otras cosas realmente repugnantes.

—¡Ed Kemper, Henry Lee Lucas, Ed Gein! —exclamó Niall de un modo un tanto excesivamente entusiasta.

Charlie lo miró perpleja durante un instante antes de que una pequeña sonrisa burlona se insinuara en su rostro.

—¿Acabas de buscar en Google «asesino en serie con problemas con mamá»?

—Soy psicólogo. Estudiamos a la gente con psicologías… anormales.

—O sea, que sí —dijo Charlie mirando socarrona a Carolyn.

—Sigue siendo una buena teoría —se defendió Niall con cierta timidez.

—Así que es un asesino, o una pareja de asesinos, obsesionado con una madre o una novia. O que actúa en colaboración con su madre o su novia…

—O —interrumpió Charlie a Carolyn—, simplemente, es un tío raro no freudiano aficionado a los textos espeluznantes sobre chicas muertas. Sin ánimo de ofender. —Charlie miró a Emma y se encogió de hombros.

—Yo no soy la que se documenta sobre la Barbie asesina en serie —respondió Emma—. Pero es innegable que está obsesionado con el arte y la literatura que representan muertes de mujeres hermosas

—admitió—. La clave tiene que estar en el modo en que las víctimas son presentadas: las referencias, las citas…

—Me temo que ese es tu campo —le dijo Niall.

—Créeme, lo sé —sonrió Emma—. Por eso voy a despedirme por hoy… Voy a irme a casa y voy a concentrarme en Shakespeare un rato.

—¿Y quizá a dormir un poco? —sugirió Carolyn amablemente.

—«Dormir…, tal vez soñar» —respondió Emma mientras se abotonaba el abrigo preparándose para el frío del otoño—. «Ahí está el problema».

Se había despertado unas horas antes cuando el teléfono sonó en su mesita de noche negra y con flores. Se dio la vuelta y escondió la cabeza bajo la almohada cuando sonó por segunda vez. Después de otros tres pitidos, cogió el teléfono y se lo acercó a la cara mientras su cerebro se esforzaba por ponerse de acuerdo con sus ojos. Charlie había empezado la conversación sin preámbulo y Emma, confusa, se había preguntado si habría llegado a acostarse.

CHARLIE: Funeral esta mañana… Vamos?

NIALL: Creo que deberíamos.

CAROLYN: ¿No es demasiado morboso?

CHARLIE: Los asesinos a veces contemplan el duelo para ver el impacto de sus crímenes.

NIALL: Este lo hará.

EMMA: Deberíamos ir. Sarah merece que la recuerden.

Se detuvo un momento, los pulgares aún sobre la pantalla.

> Si él puede vernos, nosotros podemos verlo a él.

Soltó el teléfono sobre la cama y se levantó para coger un vestido negro y formal de su armario.

Después de vestirse rápido y de obligar a su rostro y a su pelo a adoptar una aceptable respetabilidad, recorrió el breve trayecto en coche hasta el campus, donde se celebraba el funeral. Examinó lentamente los rostros presentes mientras entraba en el auditorio ya atestado. El escenario para una próxima representación de *Doce hombres sin piedad* había sido cubierto apresuradamente de crespones negros y jarrones con lirios donados por una floristería local. Una enorme foto de una sonriente Sarah presidía el escenario. Se había discutido si añadir a Phillipa al programa tras conocerse su muerte —el rector no quería alargar el luto, ya había dado a los alumnos un día libre para asistir al funeral de Sarah—, pero el consejo de administración no quería que los acusaran de estar priorizando el *statu quo* por encima de la vida de una estudiante.

Emma vaciló, no estaba segura de dónde encajaba entre los asistentes. Vio a Rory sentado a unas filas del escenario con la cabeza inclinada. Buscó esperanzada el rostro afable de Carolyn, pero no pudo distinguirlo en la multitud. Su mirada se iluminó por un instante al ver a Ian; sin embargo, la apartó en cuanto él estableció contacto visual. Malcolm Haynes estaba encorvado en un banco cerca de la profesora Jacobs y otros miembros de la facultad a los que conocía de vista. Varios alumnos suyos ocupaban las primeras filas: Olivia, Ethan... Buscó más nombres en su cabeza, pero no fue capaz de dar con ellos. Emma sintió que la tensión le oprimía el pecho. Si Sarah hubiera sido alumna suya, ¿se habría olvidado de ella?

La directora del campus subió los escalones del escenario y todo el mundo guardó silencio. Tras unas torpes palabras de condolencia, hizo una señal a una sacerdote episcopaliana local que había recibido la aprobación de la familia de Sarah. La mujer se mostró serena y trató ostensiblemente de evitar a toda costa la mención al brutal crimen mediante expresiones eufemísticas. Pero nada de eso sirvió para distraerlos de la palabra que flotaba en el aire: «asesino». Emma salió discretamente cuando los amigos y compañeros de clase de Sarah empezaron a hablar. Se sintió una intrusa, una voyerista, quedándose allí a presenciar el espectáculo de su duelo. No iba a averiguar nada a través de sus penas. Si el asesino se encontraba allí, tampoco iba a hacerse notar. Emma pensó por un momento que los ojos de Ian se habían vuelto hacia ella cuando huyó, pero estaba desechando la idea cuando oyó que unos pasos la seguían por el aparcamiento. Se detuvo e irguió la espalda deliberadamente antes de darse la vuelta para enfrentarse a él.

Pero no era Ian quien iba tras ella.

El pelo oscuro le caía a Ethan sobre los ojos, enrojecidos y llenos de rabia.

—¿Por qué ha venido? —Su voz era llorosa y las manos le temblaban al gesticular hacia ella—. Usted no debería estar aquí.

Emma retrocedió confusa.

—Ethan, yo…

—¿Cree que es un juego o uno de sus ridículos libros?

Emma negó con la cabeza tratando de recomponerse.

—No. En absoluto. Ethan…

—¡Ella no es un puto personaje! —gritó acercándose más.

Emma levantó las manos y las interpuso entre ellos, por instinto.

—No entiendo. ¿Quién? ¿Sarah?

—¡No! Phillipa. ¿La chica que encontraron en el estanque? Se llamaba Phillipa. Es mi… —La voz se le quebró—. Era mi novia. Era divertida e inteligente, y… Y no tiene derecho a hablar así de ella. No es asunto suyo hablar de ella. —Ethan se pasó una mano por la boca—. La oí. En la cafetería. Usted y sus amigos estaban hablando de «la chica muerta del bote». Tenía un nombre. Phillipa. Yo la quería.

—Lo siento. Lo siento muchísimo…

—No. No se atreva.

Otro chico, el que Emma identificaba como su sombra, lo cogió por los hombros.

—Vamos, tío. Venga. Volvamos a casa.

Ethan se apartó.

—Ella no es ninguna estúpida metáfora. Usted enseña todas esas historias sobre muertes y hace que las analicemos, que las tratemos como puzles, que nos riamos de sus romances estúpidos y de sus muertes melodramáticas. Pero ella... Ella era... Yo... —Ethan bajó la cabeza en un sollozo.

Emma no fue capaz de encontrar palabras para responder.

—Disculpe, profesora —dijo en voz baja su sombra.

Rodeó con un brazo a su amigo y se lo llevó entre lágrimas.

Emma echó a andar con los ojos bajos. Atravesó el aparcamiento y se sentó al volante en el coche. Puso el motor en marcha, pero no arrancó porque no sabía a dónde ir. En lugar de eso, se quedó mirando cómo una fina película de lluvia cubría el parabrisas mientras se flagelaba a sí misma con las palabras de Ethan. Tenía razón. Estaban haciendo justo aquello contra lo que Ian y Carolyn la habían prevenido. La noche anterior ella había disfrutado. Se había dicho a sí misma que se trataba de la compañía, de la sensación de aceptación y camaradería. Aunque, en realidad, era el reto, el puzle..., el juego.

Seguía allí sentada cuando las puertas del auditorio se abrieron. Una multitud salió a la lluvia y los cuerpos se apretaron unos contra otros, apiñándose bajo el refugio de los paraguas. Vio a Ian salir el último, erguido y rígido, con el cuello del abrigo subido para protegerse de la humedad.

Cuando el aparcamiento se hubo vaciado, salió cuidadosamente con el coche a la carretera. Sentía su mente dispersa e inquieta, así que se avisaba a sí misma de cada señal y cada giro mientras conducía. Sabía por experiencia que si dejaba su mente libre, podía conducir de memoria siguiendo caminos y lugares que había transitado durante años sin ver la carretera en realidad. Al llegar, soltó el volante, los músculos rígidos por la concentración, y logró entrar en casa. Fue hasta el salón y se derrumbó en el suelo delante de sus estanterías. Quería llorar —por Sarah, por Phillipa, por ella misma—, soltar los mismos sollozos de pena y rabia que Ethan. Sin embargo, no conseguía encontrar el camino a través de los muros defensivos que se había pasado tantos años construyendo. De niña, Emma lloraba cada vez que se enfadaba, cuando no era capaz de explicarse o de hacerse escuchar, y aquello la había marcado como alguien débil ante aquellos que no la entendían. Significaba que no había traducido el mundo correctamente, que no había sido capaz de adaptarse, de mantener la máscara en su lugar… Significaba fracaso. Así que se quedó allí, dejando que todas las voces oscuras invadieran su cabeza hasta que ya no pudo soportarlo. Entonces se arrastró como pudo hasta el dormitorio, se acurrucó bajo una manta lastrada y se durmió.

Emma se despertó horas más tarde con las pestañas apelmazadas y la cabeza palpitándole. No se había molestado en quitarse el vestido antes de caer rendida en la cama. Las llaves, el bolso y el abrigo habían quedado abandonados sin ceremonia en el suelo, justo detrás de la puerta. Los zapatos, en alguna parte del pasillo. Se levantó con la luz del final de la tarde, se quitó el vestido negro y las medias y los dejó en el suelo para envolverse en una bata y dirigirse descalza a la cocina. El estómago se le revolvía solo de pensar en comer, así que puso una tetera a hervir y buscó una infusión. Cogió el teléfono que había dejado sobre la encimera, avergonzándose al ver que eran casi las cinco, y vio que tenía llamadas perdidas de Carolyn y Niall. Le había quitado el volumen al llegar a casa, necesitada de tranquilidad. Se quedó mirando la pantalla por un momento, borró las acusadoras notificaciones de «Llamadas perdidas», dejó el teléfono silenciado y se dirigió al cuarto de baño. Dejó correr el agua y echó una dosis generosa de sales en la bañera.

Demasiado nerviosa como para esperar a que la bañera se llenara, fue hasta el dormitorio y sacó una vieja camiseta de su universidad y unos pantalones de yoga antes de volver a la entrada, donde había dejado sus cosas al regresar del funeral. Cogió sus llaves y las depositó en el cuenco que había colocado junto a la puerta después de perderlas demasiadas veces; luego recogió el abrigo y el bolso. Emma reparó en que había un sobre de manila en el suelo, justo en el umbral. Sujetando sus pertenencias bajo el brazo, se agachó para cogerlo. Estaba sellado con cinta adhesiva y no tenía dirección ni nombre. No lo había visto al llegar, así que no podía habérsele caído al recoger el correo el día anterior, pensó Emma mientras volvía a la cocina. Sobre todo, pensó irritada, porque no se había acordado de recoger el correo.

Frustrada por aquel pequeño fracaso que se añadía a todos los demás, Emma dejó el sobre en la encimera con más fuerza de la necesaria. Guardó su abrigo y colgó el bolso en un perchero junto a la puerta de la cocina. La tetera empezaba a bullir lenta y suavemente mientras por el pitorro salía el vapor. Escogió una bolsa de infusión de camomila y buscó una taza extragrande; luego se detuvo buscando en su mente detalles perdidos hasta que la tibia quietud se vio interrumpida por un ruidoso sonido de succión, el sonido demasiado familiar del desagüe de la bañera. Corrió al baño, dejando caer la taza al suelo por el camino. Tras cerrar el grifo, Emma metió la mano en la bañera. Su piel se enfrió al contacto con el agua, que había pasado de caliente a apenas tibia en la dubitativa comprobación.

—Maldita sea. —Emma sintió que un grito se formaba al fondo de su garganta tras aquel golpe de gracia y cayó al suelo del cuarto de baño respirando profundamente para tratar de apaciguar las fuerzas abrumadoras que se apoderaban de ella.

Cuando la sensación cedió, simplemente se sentó, inmóvil, mientras el agua goteaba tras ella. Cerró los ojos y se concentró en el rítmico sonido del goteo cada vez más lento. La tetera silbaba en la cocina como contrapunto estridente. Ella permaneció sentada en el suelo.

Por fin logró ponerse de rodillas, quitó el tapón de la bañera de agua ya fría y regresó al salón. Podía esperar media hora a tener de nuevo agua caliente o simplemente darse por vencida y ponerse el pijama. Incluso aquella pequeña decisión le parecía abrumadora. Apartó la tetera del quemador y apagó el fuego. Tenía necesidad de la camomila para calmar sus nervios, así que recogió la taza y la bolsita de la infusión y lentamente vertió el agua hirviendo. Levantó la taza y dio un pequeño sorbo que le escaldó la lengua. Volvió a beber en busca del dolor.

Como distracción, Emma cogió el sobre misterioso y una revista ilustrada de la barra de la cocina, rescató el mando a distancia de entre los cojines del sofá y se dejó caer en él pesadamente. Apartó la revista a un lado y abrió la solapa del sobre doblando el papel para agrandar el hueco. Cuatro hojas en blanco de papel satinado cayeron sobre la mesa de centro delante de ella. En la que quedó encima había un mensaje garabateado:

Emma: «Detesto ese vulgar vicio, la curiosidad».

La respiración se le aceleró en jadeos cortos y violentos. Se quedó mirando la blancura inmaculada de las hojas mientras intentaba convencerse de que eran algo que ella había pedido y que había olvidado o que alguien por error había dejado en su puerta; que eran cualquier otra cosa menos lo que ella sabía que tenía que ser. Con las manos temblorosas fue pasando las hojas una a una como si fuera un macabro juego de cartas. Solo podía captar destellos, detalles: una mano pálida, cabello oscuro, un denso charco de terciopelo carmesí. Su mente se negaba a asimilar la imagen completa de lo que tenía delante.

—No. No, no, no… —susurró; una desesperada letanía para mantener a raya la oscuridad.

Cuando se levantó tambaleante del sofá, dejó caer la taza al suelo. Buscó el móvil, tirando su bolso de la encimera y volcando el contenido en el suelo. Buscó el número de Ian, pulsó la tecla de llamada y se acercó el teléfono a la oreja mientras sus ojos seguían fijos en la mesa de centro. Se oyeron dos tonos antes de que el buzón de voz saltara bruscamente. Oyó la voz serena y firme de Ian.

—Ian —susurró tras oír la señal—. Ian, por favor, cógelo. Yo… Necesito que vengas… Él…

El terror se impuso y colgó cuando su cerebro empezó a tejer un tapiz de los peores escenarios. «Sabe mi nombre. Sabe dónde vivo».

Respiró hondo tres veces. Necesitaba llamar a alguien. Se clavó las uñas en las palmas de las manos, centrándose en el dolor. Se esforzó por recordar el nombre del compañero de Ian o la comisaría en la que trabajaba. Finalmente marcó el número de Emergencias y logró pedir que le pasaran con la policía.

Una voz alegre contestó y preguntó con quién quería hablar.

—Ian Carter —solicitó Emma. Su voz sonó llorosa a sus propios oídos—. Es un detective.

—¿De qué departamento?

—Homicidios. —Hubo un silencio al otro lado de la línea.

—¿Se trata de una emergencia? ¿Necesita ayuda inmediata?

—Sí… No. Por favor, solo necesito hablar con él. O con su compañero; no recuerdo su hombre. Es sobre los asesinatos, las estudiantes del Carlisle.

—Intentaré ponerla en contacto.

Se oyeron unos tonos y luego empezó a sonar una musiquilla, un discordante ritmo disco. La voz anónima regresó.

—El detective Carter ha salido, pero voy a pasarle con su compañero, el detective Michael Kellogg.

Unos segundos después una voz áspera habló:

—Kellogg.

—¿Detective Kellogg? —Emma respiraba agitadamente por la boca, pero mantuvo un tono de voz sereno—: Mi nombre es Emma Reilly. Sé… He hablado con su compañero, el detective Carter.

—¿La profesora?

Emma dejó escapar una risa incómoda.

—Sí. Sí, soy yo. Necesito… —Se detuvo sin saber muy bien qué decir—. Necesito que Ian o usted vengan a mi casa. He recibido… Quiero decir… Alguien… Alguien ha dejado… Fotografías. —Al decir la última palabra, Emma perdió el control y susurró al teléfono—: Él ha estado aquí.

—Señorita Reilly, ¿fotografías? ¿Fotografías de qué?

—Ha… Ha matado a otra chica. Ha dejado un sobre con

fotografías… —Emma sintió que el miedo le oprimía el pecho—. Oh, Dios mío, ¿y si todavía está aquí?

—Señorita Reilly, Emma, voy de camino, pero necesito su dirección.

—Ian…

—Lo llamaré. ¿Puede darme su dirección?

Emma logró darle la dirección. Sus palabras entrecortadas fueron el contrapunto del rápido *staccato* de su corazón.

—De acuerdo. No cuelgue, Emma. La veré enseguida y tendremos a un agente ahí incluso antes. Me quedaré al teléfono hasta que llegue el agente que hemos enviado. Asegúrese de que la puerta está cerrada con llave e intente no tocar más las fotografías ni el sobre.

—De acuerdo —susurró más para sí misma que para él—. De acuerdo, puedo hacerlo.

Emma se dirigió sin hacer ruido hacia la puerta y echó el cerrojo de seguridad.

—Debería oír las sirenas en cualquier momento.

Emma aguzó el oído y distinguió un débil sonido a lo lejos.

—Las oigo.

—No cuelgue. El agente Davis estará ahí en unos minutos. Yo voy justo detrás.

Se quedó mirando la puerta y agarrando con fuerza el teléfono hasta que oyó llegar el coche de la policía y unos pasos pesados por la acera. La puerta vibró cuando alguien llamó al otro lado.

—Soy el agente Davis. Voy a enseñarle mi placa por la ventana y luego necesito que abra la puerta.

Emma comprobó la placa y luego manipuló los cerrojos con dedos temblorosos para abrir la puerta a un agente con la cara ancha.

—Se ha informado de un intruso. ¿Ha sufrido algún daño, señora?

—No. Él… Él solo ha deslizado un sobre por debajo de mi puerta.

El agente levantó una ceja.

—¿Un sobre?

—¿Es Davis? —La voz de Mike los sorprendió a ambos desde el olvidado teléfono—. Déjeme hablar con él.

Emma le tendió el teléfono y retrocedió para que el agente pudiera entrar.

—¿Hola? Así es, señor. —Sus ojos examinaron la habitación y acabaron deteniéndose en las fotografías—. Sí, señor, las estoy viendo. No hay nadie a la vista.

Mientras el agente continuaba la conversación con Kellogg, Emma se desplazó hasta el otro lado de la habitación. Apoyó la espalda contra la pared y se deslizó hasta acabar sentada con la barbilla apoyada en las rodillas. Seguía allí sentada, con la vista levantada como una niña, cuando un hombre de gran tamaño apareció ante ella. Lo reconoció de la breve visita a la comisaría, estaba sentado frente a Ian.

Mike Kellogg se agachó para que sus ojos quedaran al nivel de los de Emma.

—¿Emma? Soy el detective Kellogg. Antes de nada, ¿se encuentra bien? ¿Ha sufrido algún daño?

—Sí, estoy bien. Yo no… No lo he visto. Pero ha estado aquí. En mi casa.

—Pudo ser él. O pudo enviar a alguien a dejarlo.

—Pero ¿por qué?

Mike la miró pensativo antes de negar con la cabeza.

—Aún no lo sabemos, pero nos ocuparemos de ello.

Le tocó el hombro fugazmente y luego se dirigió hacia la mesa junto a la que estaba el agente Davis. Emma dejó caer la cabeza sobre las rodillas y escondió el rostro en el suave tejido rizado de su albornoz.

19

Ya era tarde cuando la multitud que había asistido al funeral se dispersó por completo; Ian no sabría decir si los estudiantes se habían quedado allí en busca de consuelo o de cotilleo. Pero si el asesino había ido disfrazado de doliente, había representado bien su papel. Había algunos reporteros y el esperable grupo de curiosos, pero la mayoría de los asistentes parecían genuinamente afectados. Sus ojos buscaron a Emma entre la multitud, pero ella no estaba allí. Él sabía que no estaba, la había visto marcharse antes con el rostro aún cubierto por una máscara de sereno dolor. Ian se preguntó qué estaría haciendo, preocupado por lo que sabía. No encontraba qué hacer mientras permanecía bajo las hojas temblorosas del otoño a la salida del auditorio. Mike se había quedado revisando archivos en la comisaría, cotejando notas y coartadas a la luz de la información sobre los ataques previos que Hastings les había enviado. Pero Ian no podía soportar la creciente desesperación de aquel lugar. El teniente había asignado otro equipo de apoyo a la investigación y, aunque Ian sabía que era debido a la presión pública y a la cobertura de los medios, lo sentía como un fracaso. Lo único que podía hacer, se recordó a sí mismo, era trabajar.

El lugar donde habían dejado el cuerpo de Phillipa Minor se hallaba a solo unas manzanas del cementerio en el que Sarah Weston descansaba ahora. Ian perdió el equilibrio y estuvo a punto de caer al agua al asomarse al borde del estanque. Se agarró a una rama baja justo antes de que su pie tocara el agua estancada, logrando evitar la caída. Pero el impulso jugó en su contra y lo lanzó hacia atrás haciéndolo aterrizar con una rodilla en el barro. Se arañó la palma de la mano con la áspera corteza de un árbol al levantarse maldiciendo, y se dirigió al lugar donde habían amarrado el bote.

Ian sabía lo improbable que era encontrar una nueva pista que, por arte de magia, lo esclareciera todo. Sin embargo, se agachó en el barro para trazar probables caminos hasta el lugar. Examinó el terreno en busca de huellas perceptibles con la esperanza de establecer alguna conexión clara con los casos de Northpol, pero la tierra húmeda solo estaba llena de manchas abstractas. Cuando hubo agotado hasta la última posibilidad, regresó a su coche y condujo hasta el granero donde habían encontrado el cuerpo de Sarah Weston hacía menos de una semana. Aparcó bastante lejos y fue andando hasta el lugar, que seguía acordonado con cinta policial amarilla en un intento infructuoso de impedir que los turistas de lo macabro hicieran fotografías del mural que adornaba la pared del fondo. Que la cinta no tuviera efecto debió ser la razón de que —como Ian descubrió para mayor exasperación— hubieran colocado un candado de la policía en la puerta del granero. Ian se maldijo por no haberlo comprobado antes. Mike tenía razón. Su cabeza no estaba donde debía.

Ian tiró del candado, pero este se mantuvo firme. Sabiendo que era inútil, decidió, pese a todo, examinar los alrededores. Al final de la pared izquierda descubrió un tablón que había sido apartado y luego torpemente devuelto a su lugar. Sabía que no estaba así durante su primera visita. Habría reparado en él y lo habría incluido en el informe oficial; entonces se acordó de Emma describiendo su visita a la escena del crimen. Se introdujo por la pequeña abertura. Si encontraba algo, tendría que explicar el quebrantamiento del protocolo y convencer a su teniente —y más tarde al fiscal y, posiblemente, al jurado— de que no lo había hecho para sembrar pruebas. Sabía que era una pésima idea y que podía poner el caso en peligro. Pero no consiguió que le importara. Él quería, necesitaba, hacer algo, lo que fuera, para encontrar a aquel asesino. Ya se enfrentaría a las consecuencias más adelante.

Su teléfono sonó. Ian salió de nuevo a la luz de la tarde y buscó en su bolsillo. En el identificador de llamada se leía «Emma». Pensó en su voz la última vez que hablaron, en su rostro demacrado en el funeral. Quizá llamara para disculparse, o para perdonarlo. O para volver a decirle que era culpa suya y que lo odiaba por ello, que estaría mejor con el profesor de arte que la llevaba a Europa y no la implicaba en asesinatos macabros. Porque deseaba desesperadamente oír su voz aunque llamara para mandarlo al infierno, pulsó Finalizar y el teléfono dejó de sonar abruptamente. Vio aparecer el icono de un mensaje en la pantalla. Lo que ella hubiera querido decirle podría escucharlo por la noche con una botella de *whisky* al alcance de la mano.

Volvió a meterse el teléfono en el bolsillo y entró en el granero arrancando otro tablón de sus clavos con la prisa. El amplio espacio estaba en penumbra y vacío y encendió la linterna de su teléfono para examinar el terreno mientras se dirigía al mural. El barro en los alrededores del lugar de descanso de Phillipa había borrado cualquier esperanza de encontrar huellas, y allí el suelo duro y seco había resistido el impacto. O el asesino había aprendido de sus intentos previos o estaba teniendo suerte. Podían oficialmente añadir las huellas de zapatos y las dactilares parciales que habían obtenido del abrevadero a la lista de indicios que no llevaban a ninguna parte.

El mural parecía más pequeño ahora que las luces de la policía no lo rodeaban. Sin el abrevadero y sin el cuerpo, no era más que la pintura de un árbol con un río pintoresco que se arremolinaba en sus raíces. Aquellas flores que tantas cosas habían desencadenado parecían apagarse contra los tablones erosionados. Solo la soga pintada daba una pista del significado de la imagen. Ian la había memorizado después de haber pasado horas mirando las fotografías. Sabía qué mensajes contenía —la puerta cerrada, la higuera como caída en desgracia—, pero no le hablaba a él. Aquel no era su lenguaje. Su teléfono volvió a sonar, pero lo ignoró. Extendió la mano y tocó las flores con el dedo. También ellas hablaban otro lenguaje.

Una tercera llamada lo convenció al fin de acercarse a un pequeño círculo de luz y mirar la identidad de la llamada. Había varios mensajes del número de la comisaría; Ian soltó un taco al saber que estaba a punto de mentirle a un compañero sobre su paradero. Llamó al buzón de voz y oyó la voz de Aaron Parker, uno de los detectives que habían asignado al caso para unirse a Mike y a él.

—Hey, eh…, Ian. Soy Aaron. Mike acaba de marcharse a toda prisa y me ha pedido que te diga que te reúnas con él en casa de la profesora. Te ha llamado. Y te ha enviado mensajes. Ha dicho algo así como que le han llegado más fotografías y…

Ian pulsó el botón de Finalizar interrumpiendo la voz de Aaron a mitad de la frase. Ignoró los mensajes de Mike y tocó en la llamada perdida de Emma.

—Ian, por favor, cógelo. Yo… Necesito que vengas… Él… —Su voz se cortó abruptamente.

Ian sintió una oleada de adrenalina al salir en desbandada del granero y correr hacia su coche. Dio un portazo y se hundió en el asiento del conductor mientras metía la marcha y pisaba el acelerador al mismo tiempo. Condujo de memoria hasta la casa de Emma a una velocidad que bordeó los límites de la seguridad. Al entrar en su calle, distinguió el coche camuflado de Mike delante de la puerta junto a un coche patrulla. Apagó el motor y se guardó las llaves con los dedos torpes. Caminó hasta la entrada de la casa con forzada compostura, intentando bloquear el terror que había ido creciendo desde que había oído terminar con un silencio la llamada de Emma.

Le abrió la puerta un agente uniformado al que reconoció vagamente. El agente, al parecer, tenía mejor memoria; se hizo a un lado musitando un «señor» y lo guio hacia la derecha. Ian vio a Mike arrodillado junto a un sofá acogedor de color verde, de espaldas a la puerta. Dos agentes merodeaban cerca mientras un tercero hacía fotografías de la mesa de centro. Ian lo procesó todo rápidamente y su mente entrenada tomó el control sobre sus sentimientos abrumados. Entonces vio a Emma envuelta en un mullido albornoz. Sus ojos, muy abiertos y brillantes, destacaban intensos sobre su pálido rostro, y de algún modo eran más oscuros de lo que recordaba.

Emma levantó la vista y se encontró con la mirada de Ian. Él pudo ver su garganta esforzándose por tragar saliva. Sus labios entreabiertos. Ella no dijo nada. Él dio un paso vacilante hacia ella al tiempo que Mike se giraba para ver lo que Emma se había quedado mirando. Ian se quedó inmóvil.

—Carter. Ya era hora, maldita sea. —La expresión de Mike era de pura furia al alejarse de Emma.

Cogió bruscamente a Ian del brazo y se lo llevó a la cocina.

—¿Qué demonios estás haciendo al desaparecer así y no responder a mis llamadas? Hay una investigación de homicidios en marcha aquí, por si no te has dado cuenta.

—¿Qué ha pasado? —Ian sintió alivio al oír que su voz sonaba fría e impasible al hablar.

—Encontró un sobre junto a la puerta; más fotos de nuestro amigo. Tenemos una nueva víctima.

Ian lanzó una mirada a Emma.

—¿Emma está bien?

—Aterrada, pero sí. Metieron el sobre por la ranura de correo de la puerta; no hay señales de que hubieran intentado entrar ni nada parecido.

—¿Cuál de las víctimas aparecía en las fotos?

—Una nueva. —Mike dejó que sus palabras hicieran efecto antes de continuar—. Tengo que hablar con los técnicos forenses. A ella le hemos tomado la declaración inicial, pero a ver si tú puedes averiguar algo más. E Ian: tu mejor versión, recuerda. Oficialmente, tenemos a un asesino en serie. —Mike lo dejó a solas.

Ian caminó rígido hacia Emma, sumamente consciente de los agentes que abarrotaban la pequeña habitación. Se sentó con delicadeza en el sofá, escrutándola con los ojos y tratando de encontrar

209

algún terreno sólido y centrarse en la preocupación profesional. Ian sabía que debía hablar, preguntarle qué había ocurrido, si se encontraba bien. Pero Emma se volvió hacia él con una mirada extraña y oscura y habló primero.

—No respondiste al teléfono.

—No. —Ian sintió que se ruborizaba mientras Emma observaba su rostro. Sus ojos encontraron los de ella y ella asintió.

—Mike sí —dijo Emma al fin.

—Lo sé, Emma. Lo siento…

—No lo sientas. —Sus ojos se desviaron de Ian a la escena de la mesa de centro.

—Mike me ha dicho que la persona de la foto es… nueva. Hoy se ha denunciado la desaparición de otra chica, Dana Ackerman… ¿Tú…?

—No —dijo Emma con firmeza. Ian se tensó—. No. No es ella. Es… Sé quién es. —Emma bajó los ojos a sus manos, que retorcían la tela del albornoz entre los dedos con movimientos concentrados y repetitivos—. Es una alumna de la universidad. —Emma respiró hondo antes de seguir hablando—. Olivia Ballard.

—¿La conoces?

—Sí. Está en mi clase de Literatura Gótica. —La voz de Emma fue apenas audible—. Estaba.

—¡Mike! —Ian llamó a su compañero, que estaba hablando con el agente Davis. Mike le dirigió una mirada interrogante e Ian le hizo un gesto para que se acercara y luego volvió a mirar a Emma—. ¿Le has dicho a Mike que la has reconocido?

Emma negó con la cabeza.

—¿La ha reconocido? —preguntó Mike acercándose rápidamente.

Ian respondió:

—Una alumna de Emma. Olivia…

—Ballard —completó Emma.

—Maldita sea —exclamó Mike en voz baja—. Maldita sea.

Emma miró a Ian directamente.

—Era tan tan inteligente… Entusiasta. Divertida. —El dolor empezó a invadir su pecho y se filtró en su voz—. La vi justo…

—¿Cuándo exactamente? —Ian se irguió.

—Eh…, ayer.

—De acuerdo —respondió Mike—. ¿Dónde?

—En el centro, en un pequeño café. Ella trabaja… Trabajaba allí.

—¿Cómo se llama?

—Eh… —Emma se rastrilló el pelo con las manos—. Cielo santo, es un nombre ridículo. Un tonto juego de palabras. Bean algo.

—El Bean Bag —dijo en voz baja el agente Davis, que se hallaba a pocos metros.

—Sí, el Bean Bag. —Emma le dirigió una mirada agradecida.

Ian se movió incómodo junto a ella.

—¿Te dijo ella algo? ¿Parecía que algo iba mal?

—Le preocupaba un trabajo; me pidió retrasar la fecha de entrega.

—¿Había alguien alrededor? ¿Quizá molestándola de algún modo?

—No estoy segura. Yo no… No creo —concluyó Emma abriendo y cerrando las manos sobre su regazo—. No vi a nadie ni tampoco nada que pareciera inusual.

—¿Había alguien allí a quien usted conociera? ¿Alguien más que pudiera haberla visto? —presionó Mike.

—Yo estaba allí con unos amigos. Carolyn Matthews…

—Hemos hablado con ella —la alentó Mike.

—Niall Chadha, que también es profesor de la universidad. En Psicología. —Emma se detuvo, desviando la vista hacia Ian—. Rory Tamblyn. Y la compañera de piso de Carolyn, Charlie.

—De acuerdo. Hablaremos con ellos. ¿Hay algo más que pueda decirnos?

De nuevo, una pausa.

—No, nada que pueda ser de utilidad.

—Aunque no le parezca…

Emma negó con la cabeza levemente.

—Nada.

—Emma… Yo… —Ian se interrumpió, sin estar seguro de lo que podía ofrecer.

—Emma —le dijo Mike suavemente—, nos gustaría dejar un coche patrulla en la puerta, al menos por ahora. Si necesita salir o ir a trabajar…

—No. Puedo dar mis clases en línea. Rory, el decano Tamblyn, no pondrá objeciones… Lo entenderá.

—Yo puedo quedarme —la interrumpió Ian—. No deberías estar sola.

—No —respondió Emma con firmeza.

Ian negó con la cabeza.

—Pero…

—El coche es suficiente. Pero, en cuanto hayan terminado su trabajo, me gustaría que todos se marcharan. —Su voz sonó amable pero firme.

Mike miró rápidamente a su compañero. Se aclaró la garganta y dio un paso atrás.

—Por supuesto. Casi hemos acabado ya. Le dejaré el número de mi casa y el de mi móvil. Llámeme a cualquier hora del día o de la noche.

—Gracias, detective Kellogg.

—Mike.

—Mike. —Emma logró esbozar una pequeña sonrisa de genuina calidez—. ¿Me necesitan para algo más? Me gustaría vestirme. —Se envolvió con más fuerza en el albornoz—. Iba a darme un baño cuando… —Miró hacia la mesa donde estaban esparcidas las fotografías.

—Solo una pregunta más, si es posible —insistió Mike amablemente.

Emma asintió.

—Había dos notas esta vez. Una dirigida a usted y otra con las fotos. ¿Las ha leído?

Emma levantó la vista rápidamente.

—Solo la que está al dorso de la foto. Una cita sobre la curiosidad.

—¿Significa algo para usted?

—¿Aparte de la clara advertencia de que deje de entrometerme porque sabe quién soy y dónde vivo? —Emma dejó escapar una risa patosa—. Creo que es de Byron. No recuerdo de qué poema; no conozco su obra tan bien. Lo siento.

—De acuerdo. ¿Vio la otra nota? ¿La que venía con las fotos?

Emma se estremeció visiblemente.

—No, no seguí mirándolas después de…, después de darme cuenta de lo que eran.

—De acuerdo. —Mike mantuvo un tono neutro de voz—. Es otra cita, me parece. Quizá nos diga por qué se llevó… a Olivia. Podría ayudarnos a averiguar dónde está.

Emma asintió para que continuara.

—De acuerdo, dice esto: «En la cama has de estrangularla, la misma cama que ella ha mancillado» —leyó Mike—. Más directa que las anteriores —dijo dirigiéndose a Ian. Y luego a Emma—. ¿Le dice eso algo a usted?

Emma cerró los ojos.

—*Otelo*.

—¿Cómo dice?

—El *Otelo* de Shakespeare. Yago dice antes de… —Emma se quedó en silencio y bajó los ojos para mirar sus manos retorcidas sobre su regazo—. *Creo* que es de *Otelo*.

—De acuerdo, *Otelo*. Podemos comprobarlo. —Mike suspiró y se pasó una mano por los ojos—. Necesitaremos que venga a la comisaría mañana para hacer una declaración formal. Le agradecemos su ayuda.

Emma se levantó sin decir nada y salió de la habitación. Ian dio un paso para seguirla, pero Mike lo retuvo.

—Vamos, te invito a una copa. A los dos nos vendrá bien.

Ian sabía que debía aceptar, pero negó con la cabeza.

—No. Si ella no me quiere aquí, está bien, vigilaré desde el coche.

—Estás a punto de cruzar una línea peligrosa, Carter. —Mike puso la mano en el pecho de Ian—. Tenemos a tres mujeres muertas ya. Está escalando. Entre las otras dos víctimas transcurrieron seis días, pero, si Emma está en lo cierto, ha tardado menos de veinticuatro horas en llevarse a la última. Menos tiempo, menos planificación. Puede que haya cometido un error esta vez; nosotros no podemos permitirnos hacer lo mismo.

—Lo entiendo. Sí. Yo solo… Solo necesito asegurarme de que Emma está a salvo. No puedo… —Ian se quedó en silencio, incapaz de poner palabras a un sentimiento que no conseguía identificar del todo.

—Dios bendito. —Mike se pasó la mano por el pelo, un hábito que ya había hecho que lo tuviera de punta—. Escucha, Ian, no sé lo que está pasando entre esa mujer y tú, pero esta noche necesitas dejarla en paz. Ella no es Zoey Turner. No es tu segunda oportunidad.

—No se trata de eso. Ella es… —Ian se detuvo—. Esto no tiene que ver con Zoey.

—No. Y tampoco tiene que ver contigo. Ni siquiera con ella. —Negó con la cabeza hacia Emma—. Tiene que ver con las tres chicas que han asesinado. Y quienquiera que sea va a ir a por la siguiente si no lo detenemos. —Mike echó a andar hacia la puerta dejando que Ian lo siguiera.

Los dos compañeros no se dijeron nada más mientras salían de la casa y subían a sus coches. Mike arrancó su motor de inmediato y se marchó con la declinante luz de la tarde. Ian se tomó un momento antes de girar la llave y soltar lentamente el embrague. Hizo un giro en la calle vacía para aparcar al otro lado, desde donde podía ver con facilidad tanto la puerta de entrada como el callejón que había al otro extremo de la casa. Miró hacia la ventana que pensaba que pertenecía al dormitorio de Emma y percibió un pequeño movimiento en las cortinas. Esperó a ver si su rostro aparecía, pero las cortinas se quedaron inmóviles.

—Hijo de puta —susurró. Se subió el cuello y echó la cabeza hacia atrás en el asiento.

20

Emma vio a Ian aparcar al otro lado de la calle, pero no consiguió enfadarse. En algún lugar de aquel desastre, pervivía el eco de una brillante noche de flirteo, champán y tarta de manzana. Ian formaba parte de eso, se recordó. Tal vez para él aquel brillo siguiera allí. Emma sintió una repentina necesidad de echar a correr hacia su coche y pedirle que empezaran de nuevo, que volvieran a aquella noche de la pasta primavera que no llegó a probar para beber vino y hojear libros de Raymond Chandler en lugar de fotografías de la escena de un crimen y acabar la noche con un beso. Pero entonces el rostro frío y quieto de Olivia se coló en su visión e imaginó a Ian arrodillado junto al cadáver de la chica asesinada examinando los pliegues de terciopelo verde intenso con soltura clínica para desentrañar su muerte. Emma notó arreciar la histeria que había reprimido durante la última hora y echó las cortinas para bloquear la débil luz, necesitada de oscuridad. Se colocó una almohada sobre el rostro y liberó unos gritos estridentes e irregulares hasta que se sintió vacía y exhausta. La ropa que había sacado antes aún seguía sobre la cama y se obligó a ponérsela. Se acostó y cogió un ejemplar manoseado de *Persuasión* con la esperanza de perderse en un final feliz. Los días menguantes del otoño habían traído consigo su ávida oscuridad y Emma no quería estar sola.

Una hora después, se daba por vencida. Su mente no era capaz de calmarse con Olivia tan presente en sus pensamientos. No podía

215

concentrarse en aquellas palabras que ya conocía y los personajes no bastaban esta vez para mantener a raya el mundo. Hizo a un lado el libro y buscó el teléfono, advirtiendo que no se hallaba en el lugar acostumbrado, sobre la mesita de noche. Buscó por todo el dormitorio, aunque tampoco pudo encontrarlo en los bolsillos de la ropa ni en los del albornoz. Fue hasta el pasillo y encendió la luz al tropezar con los zapatos de tacón que había dejado allí olvidados. El teléfono no estaba en la cocina, ni en las mesas de café junto al sofá. Volvió la vista rápidamente hacia la mesa de centro y el recuerdo de las fotografías se cruzó como una aparición. Sin embargo, la mesa estaba tan vacía como ella sabía que tenía que estar. Emma respiró hondo y se obligó a recordar los acontecimientos de la noche. Había cogido las fotografías, se había ido al sofá y entonces… Inspiró de nuevo… Entonces, fue a la cocina a buscar su teléfono. Llamó a Ian. Emma detuvo la concatenación de pensamientos. Llamó a Mike. Llegó la policía. Ella… Maldita sea, le había dado el teléfono. Emma esperaba que la policía no se lo hubiera llevado. No. Había hablado con Mike y luego…

Emma cruzó la habitación hasta la enorme silla que había junto a la ventana. El teléfono estaba perfectamente colocado en el centro del cojín. Lo cogió y vio más llamadas perdidas de Niall. Se preguntó sin demasiada curiosidad si la policía ya lo habría llamado para confirmar su historia. Sabía que tenía que devolverle la llamada —también a Carolyn, recordó vagamente—, pero, tras un momento de vacilación, pulsó el nombre de Rory.

Respondió al tercer tono con voz ronca y aturdido.

—Eh… ¿Qué hora es?

—Rory…

—¿Emma? —El miedo se hizo perceptible en su voz entonces y borró todo rastro de somnolencia—. ¿Qué ocurre? ¿Qué te pasa?

—Ha habido otro asesinato. El asesino… Ha estado aquí, Rory. Ha estado en mi casa.

Hubo un momento de escueto silencio y luego Emma escuchó una ráfaga de aliento al otro lado de la línea.

—¿Qué? ¿Cómo…?

—No sé cómo. La policía ha estado aquí… Rory, ha sido una de mis alumnas. Él… Me ha dejado fotos de ella.

—Él… ¿Fotos? ¿Qué ha pasado?

—Alguien, probablemente el asesino, ha venido a mi casa tras el funeral. Ha… Ha deslizado un sobre bajo mi puerta con fotos… de otra víctima. —Más silencio y luego un extraño sonido amortiguado en la línea del lado de Rory—. También había una nota. Dirigida a mí.

—Ha ido a tu casa —repitió Rory con una voz casi irreconocible.

—Es aún peor. La chica de las fotos era una de mis alumnas. Y si la ha elegido a ella porque… —Emma se detuvo y cerró los ojos ante la idea—. Tenemos que averiguar quién es, Rory. Tengo que hacerlo.

Hubo un largo silencio antes de que Rory respondiera.

—Voy para allá. Lo repasaremos todo de nuevo, todo lo que sabemos.

Emma no vaciló:

—Vale.

Colgaron y Emma se dirigió descalza a la cocina. Empezó a sacar unas tazas y unas bolsitas de infusión, pero dudó hasta darse cuenta de que su taza favorita seguía sobre la alfombra, ahora manchada de camomila. No se había molestado en recogerla después de que la policía se marchara. Emma decidió entonces preparar café. Con el sonido relajante del agua recorriendo la máquina de café que llenó la habitación, Emma se agachó a recoger la taza del suelo. Frotó la mancha hasta que solo quedó una zona húmeda sobre la alfombra y luego se pasó unos minutos colocando bien los muebles y ordenando. A Rory no le importaría, probablemente ni repararía en ello, aunque Emma sintió la necesidad de hacer que su casa tuviera una apariencia limpia, ordenada, organizada. Normal.

Unas luces destellaron a través de la ventana del salón cuando un coche aparcó fuera. Oyó una puerta de coche al cerrarse, pero antes de la esperada llamada en la puerta, escuchó cómo las puertas de otros dos coches se cerraban en rápida sucesión. Se oyeron voces fuera y Emma corrió a la ventana. Rory e Ian estaban frente a frente, ambos con gesto agresivo. Un agente uniformado un tanto atónito se mantenía a un lado.

—Maldita sea.

Aún descalza, Emma corrió hacia la puerta.

—Espera, Ian. Para.

Los tres hombres se volvieron hacia ella y Rory fue a su encuentro. Ian extendió una mano para detenerlo, pero él la apartó impaciente.

—Emma. —Rory sonó aliviado—. ¿Estás bien?

—Sí, lo siento. Olvidé que estaban aquí. Agente —dijo Emma avanzando cuidadosamente por la calle—, lo siento. Tendría que haber avisado. Es el profesor Tamblyn, un amigo. Le he pedido que viniera.

El agente empezó a hablar, pero Ian lo interrumpió:

—He dado órdenes de no dejar pasar a nadie.

—No estoy bajo arresto domiciliario, detective.

Vio un destello de doloroso rechazo en su rostro, que enseguida se volvió frío y sereno otra vez.

—Él no debería estar aquí.

—¿Por qué exactamente? —lo desafió Emma.

Ian no respondió.

—Ya, Ian. Ya… Basta. —Emma se dirigió al agente—: Es un amigo —repitió—. Le he pedido que venga a hacerme compañía. Tengo muchas cosas en la cabeza, como podrá imaginar.

—Por supuesto, señora —respondió el agente, que a todas luces estaba deseando volver a su coche y alejarse de lo que quiera que estuviera pasando allí.

—Solo háganoslo saber si va a recibir otras visitas.

—Por supuesto. Lamento las molestias. —Extendió la mano y cogió a Rory del brazo, guiándolo hasta la puerta—. Vamos, estoy haciendo café.

Oyó los pasos firmes de Ian regresando a su coche. El motor se puso en marcha y el coche arrancó a toda velocidad. Emma no lo vio marcharse.

Una vez dentro, Rory se dirigió a la ventana y se asomó a la calle.

—¿Qué demonios ha sido eso?

—Lo siento. No tiene nada que ver contigo.

—¿Y contigo?

Emma no respondió.

—Emma... ¿Tú y él...?

—No, yo... no. No es eso.

Él la escrutó y ella desvió la mirada.

—Lo siento. No me debes... Es solo que no sé lo que está pasando. —Rory se pasó una mano por el pelo revuelto por estar recién levantado—. Emma... No sé cómo preguntarte esto, pero el detective...

—¿Qué pasa con él?

—¿Estás segura de que es... seguro... que ande rondándote?

—¡Por supuesto que sí!

—Lo siento, lo siento. Solo parecía... enfadado ahí fuera. Y cuando le has dicho que se marchara...

—No. Ian solo está... Han matado ya a tres chicas. Y él es el responsable de detenerlo. Es mucho con lo que lidiar.

—Muy bien, pero es su trabajo. Debería ser capaz de lidiar con él. —La voz de Rory sonó dura.

—Déjalo estar, Rory. Por favor. —Emma se apartó de él.

—De acuerdo. Seguro que el inspector Bucket es un tipo decente, incluso un policía decente en circunstancias normales. Pero esto... —Rory hizo un gesto amplio con la mano—. Esto no es normal, Emma. Solo quiero asegurarme de que de verdad puedes confiar en él.

—Él no va a hacerme daño, Rory.

—Pero ¿puede ayudarte? —Emma bajó los ojos—. Esas fotografías eran un mensaje. Lo entiendes, ¿verdad?

Emma se rio.

—Sí, Rory, un mensaje muy claro: «Deja de tocarme los cojones».

—¿Vas a hacerlo? —preguntó Rory bruscamente.

—¿Y si soy la siguiente? ¿Y si...? —La voz de Emma se volvió un susurro al pronunciar en voz alta su mayor temor—. ¿Y si ha sido por mi culpa?

—No. Para ahora mismo. No es culpa tuya.

—¿No lo es? ¿Cómo sé que no la eligió a ella porque... porque yo decidí ponerme a jugar a los detectives?

—¿Y si fue así? ¿Significa eso que debes abandonar? ¿Huir? ¿Hacer las maletas y salir corriendo con la esperanza de que el asesino se aburra? Si lo haces, estarás dándole exactamente lo que quiere. Porque la verdad es que tienes la posibilidad de descubrir lo que está haciendo y por qué.

—Descubrí a Ofelia, luego a Elaine... Pero Olivia sigue estando muerta. Que yo haya leído el puto *Otelo* no va a pararlo. No va impedir que muera otra chica.

—Pero ¿y si lo impide? —dijo Rory; formulaba en voz alta la pregunta que seguía merodeando en la cabeza de Emma—. Las citas, las fotografías, el simbolismo: todo es un juego para él. Si abandonamos, él gana. Si resolvemos el puzle, lo hacemos nosotros.

—Ya han muerto tres chicas. ¿Cómo se gana después de eso?

—Atrapándolo. Esas chicas obtienen justicia. No muere nadie más. Eso es ganar. O, al menos, supone no perder.

Emma cerró los ojos recordando a Olivia en clase, su rostro entusiasta al exponer su última idea o al desmontar sin piedad una interpretación que le parecía insuficiente. Inteligente y apasionada. Y ahora... Emma sintió algo escondido, atrapado, abriéndose paso, luchando por salir.

Inspiró hondo para serenarse. Ian, Ethan y la vocecita de dentro de su cabeza le decían que debía encajar, integrarse, no excederse; la habían convencido de que se equivocaba al jugar a aquel juego, el juego del asesino. Sin embargo, aquel era su juego también, y ella sabía que podía ganar.

—¿Por dónde empezamos?

Rory la cogió del hombro.

—Por la historia. No te centres en las chicas: solo lee la historia como un texto que debes analizar. Escena primera: aparece una chica vestida de Ofelia.

Emma negó con la cabeza, frustrada.

—No podemos seguir por el mismo camino. La cita que me ha dejado esta noche era de Byron…

—Emma —Rory le apretó con los dedos casi hasta el límite de lo doloroso—, ¿qué le dirías a un alumno que se enfrenta a un texto difícil? ¿Que abandone? ¿Que pase a otra cosa?

—Que vuelva a leerlo críticamente. Que tome notas. Que haga preguntas. —Emma se soltó de las manos de su amigo—. Entiendo. Pero yo sería menos condescendiente.

La sonrisa de Rory fue leve, pero ella vio un destello de triunfo en sus ojos.

—Gajes del oficio. Escena primera entonces. Ofelia.

—Es la novia de Hamlet: él la rechaza, ella muere de pena… —comenzó Emma.

—No. Él escogió a Ofelia por una razón… ¿Por qué? Debemos preguntarnos por la historia que *él* está contando, no por la que ya conocemos.

—De acuerdo, de acuerdo. Ella es taimada, infiel. Representa la inocencia perdida y el rechazo —corrigió Emma adoptando la perspectiva sobre el personaje que necesitaba—. Ella es Eva, Pandora, la encarnación del pecado original. Traicionó a un hombre y pagó por ello.

Emma podía sentir la ira retorciéndosele en el estómago, pero buscó más allá para encontrar la verdad.

—Está diciendo que esa encarnación de la inocencia, la chica y el personaje, era en realidad una encarnación de la iniquidad. Se trata de un castigo y de una advertencia.

—Bien. —La voz de Rory fue suave y persuasiva—. Escena segunda: otra chica, rubia, guapa. Como…

—Elaine de Astolat. Persiguió a Lancelot, intentó hacerle traicionar su código, lo tentó a pecar y murió por despecho. —Emma sintió que se le ponía la piel de gallina al dejarse llevar por aquella mentalidad oscura—. Al mezclar la versión de Malory con la de Tennyson, la expone y la somete a la vez. Es una ofrenda para quienes ven el mundo como él… y una advertencia para los que no.

—Sigue —la animó Rory—. ¿Cómo encaja la tercera escena?

—La tercera… Olivia. —El nombre fue como un golpe en el esternón. Emma vaciló.

El rostro de Rory se endureció por un momento.

—No, Olivia no. ¿De quién trata la siguiente escena?

—Yo… No lo sé. No encaja. —Emma dio un paso para alejarse de él—. Olivia no es su tipo; la ha matado demasiado rápido…

—¿Quién era ella en las fotografías?

Emma sintió que la respiración se le aceleraba.

—No las miré detenidamente. Debería haberlo hecho, pero no… No pude. Me descompuse.

—¿Recuerdas algo? —insistió Rory ignorando las señales de emoción.

—Sí. —Emma tomó aire intentando concentrarse—. Tenía el pelo suelto. Llevaba un vestido verde de brocado, tal vez de terciopelo. Grueso, con relieve. No era suficiente para identificar ninguna referencia.

—¿Qué más? Has mencionado *Otelo*.

—Otra cita… Sobre Desdémona…

—¿Quién era Desdémona? —presionó Rory en voz baja.

—Una víctima inocente —sostuvo Emma con firmeza a sabiendas de que no era lo que él quería, pero segura de que era la verdad.

—Em…

—No. —Emma retrocedió cruzando los brazos sobre su vientre—. No —repitió—. No hay otra manera de leer a Desdémona; simplemente, no la hay. La historia ni siquiera trata sobre ella. —Cerró los ojos mientras algo susurraba dentro de su cerebro—. La cita es algo que Yago le dice a Otelo. Él está convencido de que Otelo lo ha traicionado y decide destruir su vida. Lo convence de estrangular a Desdémona en su cama de matrimonio.

—¿Porque ella engañó a Otelo? —le dio el pie Rory.

—Pero ella no le engañó. No es como las otras dos historias. Aquí no hay ambigüedad en absoluto. Yago sabe que ella es inocente porque él mismo es quien la ha inculpado.

—Emma...

—Solo escucha. La historia no trata de Desdémona. Ella no le importa a Yago. Apenas la conoce y le es del todo indiferente. Ella es solo un peón. Esta historia no trata de Olivia. Quizá ella es el mensaje.

—Entonces, necesitamos descifrarlo.

—¿Y si...? —El pulso de Emma se aceleró al sentir el clic de algo que encajaba en su lugar—. Rory, la primera cita, la de Sarah, era algo que decía Hamlet. La segunda estaba en boca de Lancelot. El asesino se ve a sí mismo en esos personajes, como si fuera un héroe trágico. Pero esta vez se ha reflejado en Yago, el villano... ¿Por qué?

—Es su historia, recuerda. Otelo es un cornudo, un imbécil. ¿Y si él ve a Yago como el héroe?

—Cielo santo. Tienes razón. —Emma sintió una vaga sensación de náusea. Yago era un personaje fascinante porque era poco de fiar, implacable, incapaz de remordimiento: porque no tenía posibilidad de redención. Por eso era terrorífico—. Una de las razones por las que Yago decide destruir a Otelo es el rumor de que este se ha acostado con su esposa. Es un hombre traicionado por una amada infiel, igual que los otros. —Emma veía cómo las distintas piezas empezaban a formar una imagen—. ¿Se trata de eso? ¿Un hombre mediocre que se venga de mujeres que piensa que lo han traicionado? Pero ¿por qué no vestir a Olivia como a la esposa de Yago, entonces?

Rory negó con la cabeza.

—Como has dicho, la historia no trata sobre ella esta vez. ¿Qué más es diferente esta vez?

—Yo —susurró Emma con aplomo—. El asesino podría haber enviado ese mensaje a cualquiera: al periódico, a la policía... En cambio, me lo envió a mí. —Atravesó la habitación y se dejó caer en el sofá.

Rory se sentó junto a ella.

—Quizá no tenga que ver contigo específicamente. Puede que sea por algo que sabes, o por alguien a quien conoces. ¿Quizá por tu relación con el detective? Podría estar intentando distraer a Carter al convertirte en el objetivo. O podrían ser celos. Los asesinos no son los únicos con admiradores obsesivos.

—Pero Ian y yo no… —Emma no pudo acabar la frase. Cerró los ojos.

—Emma, no voy a fingir que entiendo la situación, pero parecía dispuesto a matarme solo porque pisé tu jardín. Ese no es el comportamiento de alguien que simplemente está haciendo su trabajo.

—En ese caso, ¿por qué no matarme a mí? ¿Por qué no convertirme en Desdémona? Si el asesino es Yago, Ian es Otelo y yo… La historia tendría más sentido así.

—Entonces es que hemos entendido mal la historia. —Rory tomó aire despacio—. Debemos examinar las tres escenas a la vez… De acuerdo, probemos con esto. El detective es el antagonista; el asesino es el héroe. Pero es más que eso, ¿verdad? Porque él no es solo un personaje, es el autor.

—Puto posmodernismo —musitó Emma.

—De acuerdo, sí, encaja con mi teoría. Pero escucha: todas esas historias tratan de transformación de un modo u otro. Hamlet está a punto de caer en la locura y en la ruina. Lancelot pasa de ser un paladín a un traidor. Yago transforma al héroe Otelo en un villano.

—Así que el asesino se está transformando en el Artista…

—Y, al mismo tiempo, está convirtiendo a las chicas en algo, en alguien nuevo. ¿Y si ese fuera tu papel aquí también?

—¿Víctima de asesinato?

—No. Metamorfosis.

—Yo no… ¿Qué quieres decir?

—Esta última semana —vaciló Rory— has dejado de ser Emily Dickinson, Em. Te has desafiado a ti misma, te has obligado a hacerlo. Y ahora te está obligando él. Quizá… Quizá está intentando transformarte, crearte de un modo diferente.

—¿Así que no soy más que una marioneta? Bien, gracias por eso.

—No estoy diciendo que lo seas, Emma. Estoy sugiriendo que así es como te ve.

Emma sintió una oleada de indignación.

—Pero ¿por qué yo? ¿Por qué no alguien famoso, influyente? No tiene sentido. Si él quería… crear a alguien, ¿por qué me eligió a mí? Solo soy una simple profesora de literatura.

—Y Miss Marple solo una solterona. —Rory esbozó una sonrisa y Emma se dio cuenta de que estaba refiriéndose a una conversación pasada—. Pero ¿recuerdas que más la llamaban?

Emma negó con la cabeza.

—«Uno de mis nombres es Némesis», decía. Tal vez te eligió porque sabía que eras más que una simple algo.

—Historia equivocada —susurró temblorosa.

—¿Lo es? Shakespeare, Christie… Los asesinatos más antinaturales, cadáveres en la biblioteca… Todo son historias de detectives en realidad. ¿Y si estuviéramos siendo demasiado pedantes al centrarnos solo en los textos? Quizá necesitamos una perspectiva diferente.

—Entonces…, ¿qué? ¿Tenemos una parte de romance medieval y otra de tragedia isabelina con una pizca de época victoriana y un toque de ficción detectivesca de la edad dorada? —interrumpió Emma negando con la cabeza—. Los cuadros, las citas, las pistas… Nada es casualidad, Rory. Tiene que haber un hilo que lo conecte todo.

—Escucha: son casi las dos de la mañana. —Rory se frotó la cara—. Estás agotada. Y yo ya ni siquiera sé lo que digo. Tal vez deberíamos…

—Tienes razón. Es muy tarde para esto —convino Emma.

Sin embargo, en su mente seguía hilando las enmarañadas madejas de su teoría. La historia del asesino… ¿cuándo había empezado?

¿Con el primer asesinato? ¿En la inauguración? ¿La había estado observando mientras titubeaba torpemente en su primera conversación con Ian y se había decidido? Pero Sarah ya estaba muerta entonces. ¿Fue ella, Emma, una posterior revisión, una antagonista añadida para mantener el interés del público? ¿La había elegido a ella...?

—Muy tarde... —repitió Emma rompiendo la espiral de pensamientos antes de que pudiera apresarla con más fuerza.

Se levantó y se dirigió hasta la barra de la cocina donde el café intacto se había enfriado de un modo poco apetecible. Consideró recalentarlo, pero en lugar de eso lo volcó en el desagüe.

—Si estás en lo cierto, significa que lo conozco, ¿no es así?

—Tal vez. Pero también podría ser alguien que se ha inventado una relación contigo, algo ilusorio: el empleado de una tienda, el cartero, alguien que se ha cruzado contigo por la calle... —Rory se levantó y fue hacia ella—. Lo siento mucho. Odio que tengas que pasar por esto. —La acercó suavemente hacia él.

Solo por un momento, Emma se dejó llevar; apoyó la cara contra su pecho y pasó los brazos alrededor de su cintura. Él apoyó la barbilla sobre su cabeza y los dos permanecieron en silencio.

Tras un instante, Rory se apartó. Emma no lo soltó.

—¿Quieres que me vaya? —preguntó.

—No.

—¿Quieres que duerma en el sofá?

Emma pensó por un instante y se relajó en su calidez.

—No.

—¿Quieres que me desnude? Nunca nos hemos desnudado.

Emma se rio contra su camisa.

—No. Solo quiero oírte respirar. ¿Puedes quedarte conmigo un rato y simplemente...?

—¿Respirar? Sí, puedo hacerlo. —La besó en la coronilla—. Vamos. Metámonos en el catre.

Se dirigieron al dormitorio aún abrazados. Emma estiró las mantas en desorden y se metió debajo. Rory se sentó a los pies de la cama para quitarse los zapatos y el reloj de pulsera. Colocó el reloj en la mesita de noche y se deslizó vestido dentro de la cama, al lado de Emma. Extendió la mano y cogió la suya. Emma extendió la otra para apagar la luz, pero entonces vaciló.

—¿Te importa que deje la luz encendida?

—No, por supuesto que no.

Emma se ovilló en su calor, aferrándose a aquel momento de normalidad, y al fin dejó que el peso del día la sumiera en un sueño sin sueños.

21

Ian estaba esperando cuando la doctora Ivy Wollard salió de la sala de autopsias número 2 quitándose un par de guantes de látex por el camino. Ian tenía los ojos irritados y el cuello rígido después de haberse pasado la mitad de la noche en el coche y la otra mitad conduciendo en círculo. Finalmente, había vuelto a casa de Emma cerca del amanecer. El coche de Tamblyn seguía aparcado fuera. Una parte de él creía sinceramente que no se podía confiar en aquel individuo, pero ya no podía decir cuál. No se había comportado como un policía, mostrándose dispuesto a pelear en la calle delante de la puerta de Emma. Ian no sabía qué le había ocurrido. Había ido temprano a la comisaría y se había marchado en cuanto Mike había llegado, prefería las luces fluorescentes de la morgue a discutir su comportamiento en casa de Emma el día anterior. Si Mike aún no tenía noticias de su altercado con Tamblyn, pronto las tendría.

—Detective —lo saludó Ivy bruscamente.

El cuerpo de Phillipa Minor, todavía sobre la mesa de acero inoxidable, se vislumbró a través de la puerta antes de cerrarse. Ian sintió la agobiante presión del fracaso al saber que no sería la última chica que yacería allí.

—Doctora.

—No creo que le haya valido la pena el viaje. No hay nada trascendental. La causa de la muerte fue una masiva pérdida de sangre debida al corte de las dos arterias radiales. No hay indicios de agresión sexual. Bien hidratada. Comió unas horas antes de la muerte y no hay señales defensivas ni marcas de inyecciones en el brazo que sugieran sedación… Aún estamos esperando el análisis toxicológico. Mi equipo está examinando las pruebas, pero, por lo que han visto hasta ahora, no hay nada que conduzca hasta ese individuo. Quizá le ayuden a construir un caso circunstancial, pero…

—Pero primero tenemos que encontrar a ese tipo.

—Lo siento, Ian. Todo lo que puedo hacer es confirmar un patrón. Buena suerte.

La mujer menuda se alejó de Ian, dejándolo solo en el gélido pasillo. Suspiró y volvió andando a la comisaría.

Mike estaba en su mesa. Sentada junto a él en una silla robada de la sala de reuniones estaba Emma. Los dos levantaron la vista cuando Ian se acercó. El rostro de Emma era inexpresivo.

—Buenos días —dijo Ian hacia ella al sentarse en su escritorio.

Sintió que se ruborizaba de vergüenza y se afanó en ordenar papeles para no encontrarse con su mirada.

—Buenos días. —Su voz sonó suave y neutra.

—La profesora Reilly solo estaba haciendo su declaración sobre los hechos ocurridos ayer.

—Me temo que no tengo mucho que añadir. —Emma no lo miró.

Mike ignoró la incomodidad y siguió haciendo preguntas:

—¿Se le ocurre algo que distinga esta cita de las anteriores? ¿O que la conecte con ellas?

—Creo que a Desdémona la pintó al menos alguno de los prerrafaelitas, pero… —Emma negó con la cabeza.

Sus ojos se dirigieron fugazmente hacia Ian y enseguida se apartaron. A él le sorprendió la necesidad de acercarse a ella. Cogió un bolígrafo y se apretó el capuchón contra la palma de la mano lo bastante fuerte como para distraerse.

—¿Y Byron? —preguntó Mike.

—No lo sé. No me consta que tenga relación, pero... Como he dicho, no es un autor al que haya leído tanto. No lo enseño. Creo que solo está diciendo que... no me entrometa.

—De acuerdo —dijo Mike—. Muy bien. Voy a transcribir la declaración. Quédese aquí unos minutos. —Se levantó con la libreta en la que había estado escribiendo y cruzó la habitación.

Emma asintió, mordiéndose el labio inferior. Retorció un trozo de tela de su blusa entre los dedos.

—Ian, sobre lo de anoche...

Su voz se desvaneció e Ian sintió una oleada de esperanza sin fundamento.

Luego continuó:

—Solo quería darte las gracias por quedarte a vigilar. Fue... amable por tu parte.

Estudió a Emma, su respiración era rápida y nerviosa. Había algo que se suponía que debía decir, que debía hacer.

—De nada —dijo en lugar de eso.

Podía sentir la rigidez en sus músculos y pensó en la impresión que debía de estar ofreciéndole a ella: brazos cruzados, frente baja, cambios de postura. Había interrogado a suficientes sospechosos que se mostraban igual que él como para saber lo que todo junto decía: culpa. Trató de relajar su cuerpo en una postura neutra.

Emma sonrió vagamente.

—Y disculpa por... ¿todo? —Emma se encogió de hombros—. Normalmente, suelo guardar mejor la... compostura de lo que lo he hecho desde..., sinceramente, desde que nos conocimos.

Cejas levantadas, frente tensa, brazos encogidos en postura defensiva: ansiedad, leyó Ian. Emma se sentía inquieta, sin saber qué decir. Y allí estaba, a pesar de todo, proponiéndole pasar página tras todo lo ocurrido.

Antes de que pudiera armar una respuesta, Mike dejó la declaración impresa delante de Emma, sobresaltándolos a los dos. Emma le dirigió a Ian una sonrisa tensa y luego apartó la mirada.

—Muy bien, profesora. Léala. Si falta algo, hágamelo saber. Si todo está bien, firme debajo.

Ella cogió las páginas y las leyó despacio antes de coger el bolígrafo que le habían ofrecido y firmarlas.

Emma soltó aire despacio.

—¿Puedo ser de ayuda en algo más?

—No, eso es todo por ahora. Gracias. —Mike se levantó y señaló a la puerta—. Deje que la acompañe.

Ian los vio salir de la oficina bulliciosa. Mike hizo un gesto inclinando la cabeza hacia Emma. Ian cogió la declaración firmada de su mesa y la leyó rápidamente. Había sido clara y concisa al detallar cómo se había despertado de una siesta tras el funeral, se había preparado una infusión, había encontrado el sobre, se había ido al sofá, lo había abierto, había encontrado las fotografías —bocabajo— y las había examinado lentamente.

«Intenté llamar al detective Carter, pero no cogió el teléfono. Luego traté de localizarlo a través de la línea central de la comisaría, pero me dijeron que no estaba disponible. Entonces pregunté por el detective Kellogg...».

Sus palabras sonaban seguras y serenas, como si simplemente hubiera llamado para pedir cita en la peluquería y su estilista estuviera ocupada.

Ian se saltó el resto de la declaración, que incluía la llegada del agente Davis seguida de la de Mike y los demás agentes uniformados. Cuando estaba acabando de leer, Mike volvió y se dejó caer en la silla, que crujió bajo su peso repentino.

—¿Qué te parece? —le preguntó a Ian; señalaba hacia la declaración.

—Clara, concisa. Nada que no supiéramos.

—¿No ha hecho lo suficiente para resolver el caso?

La pulla resultó incómodamente certera, pero Ian se limitó a encogerse de hombros.

—¿Alguna otra información?

—Tengo más sobre Ackerman, la otra chica desaparecida. Encaja con su patrón. Buena estudiante, querida por todo el mundo, vista por última vez cuando volvía a casa en bicicleta. —Mike examinó un impreso sobre su mesa.

—¿Quién presentó la denuncia?

—Una compañera de piso no conseguía localizarla y llamó a la policía del campus. Ellos contactaron con nosotros.

—¿Padres?

—Viven en Pensilvania. No han sabido de ella tampoco y su teléfono desvía las llamadas al buzón de voz.

—Podría haberse quedado sin batería.

—Podría. —Los dos hombres permanecieron en silencio por un momento hasta que Mike añadió—: Los patrulleros la están buscando. ¿Algo de la encantadora doctora Wollard?

Ian resumió rápidamente las averiguaciones de Ivy tras la autopsia.

—Lo que nos deja donde estábamos —suspiró—. Déjame ver las fotos de Olivia Ballard. No tuve ocasión de detenerme en ellas ayer.

Mike cogió varias bolsas de pruebas de un montón que había sobre su mesa y se las ofreció a Ian.

—Las han limpiado, no hay huellas.

Ian las extendió, poniendo una junto a otra. Parecían menos profesionales que las de las otras dos series. Aquellas habían sido planificadas y realizadas a conciencia; eran más artísticas. El fotógrafo se había tomado su tiempo. En cambio estas parecían casi fortuitas, como si alguien hubiera estado sin más en un lugar conveniente, hubiera apuntado con la cámara y hubiera disparado. La iluminación era irregular, como si se hubieran hecho con un *flash* que no se ajustaba bien a la localización. Eran cuatro imágenes en total y todas, al parecer, hechas desde el mismo ángulo. Una mostraba el cuerpo de Olivia Ballard desde el codo al tobillo, centrándose en el vestido color esmeralda. Ian se acercó más en busca de detalles identificables. El tejido parecía relativamente barato y estaba ribeteado de encaje dorado. Tenía los tobillos desnudos y manchados de tierra. La siguiente imagen estaba tomada desde algo más lejos para que los pies fueran visibles. Uno estaba cubierto por una bailarina negra decididamente moderna; el otro estaba descalzo y presentaba manchas de hierba y moratones incipientes.

Las otros dos mostraban la parte superior del cuerpo de Olivia, un plano más corto de su pecho y otro de la cabeza. La imagen del pecho se centraba en el corpiño del vestido, con escote pronunciado y adornado con el mismo encaje dorado que el dobladillo. Tenía el pecho cubierto de arañazos de un rosa pálido y hematomas alrededor de la garganta. En la última fotografía se veía el rostro de la mujer con bastante claridad. Yacía sobre la tierra con el pelo alrededor de los hombros y apelmazado en un lado. Una hoja seca había quedado atrapada en la masa de color castaño. Su rostro tenía la palidez antinatural e inconfundible de la muerte y su piel un brillo ceroso. Tenía los ojos marrones abiertos.

Ian le dio la vuelta a la fotografía y leyó las palabras impresas al dorso. Era la que contenía el mensaje para Emma. Examinó las imágenes en busca de algún indicio del lugar desde el que pudieran haberse tomado. Sin embargo, a pesar de su torpeza artística, el fotógrafo había sido lo bastante cuidadoso como para mostrar solo el cuerpo y algo de la tierra sobre la que yacía. Ian se centró en la causa de la muerte. Había hematomas claros, pero no los suficientes como para indicar traumatismo. No había sangre ni heridas obvias, aunque, por supuesto, si la habían vestido *post mortem*, estas podrían estar ocultas. Las marcas en el cuello eran la única pista.

Ian repasó las fotografías una vez más antes de volver a sentarse y mirar a su compañero:

—Esto no encaja. Está sucia y amoratada. La ha vestido, pero la escenografía no es como la de las otras. Esas recreaban elementos específicos de las historias. Esta parece que fue abandonada en el suelo sin más.

—Hemos estado rastreando sus movimientos —dijo Mike— y hay testigos que la vieron después de acabar su turno en el Bean Bag. No estuvo secuestrada.

—Entonces, ¿la muerte de Olivia significa que Dana Ackerman no está relacionada? ¿O solo estamos esperando otra colección de fotos? —Ian se levantó para ir en busca de una taza de café rancio—. El mismo aspecto, la misma edad… Desaparecida durante días.

—Ballard rompe el patrón. La capturaron y la mataron el mismo día. El escenario es, como poco, descuidado. Nada que ver con la escenografía minuciosa de las anteriores. Tal vez ella no formara parte del plan. Se la llevó por una razón distinta. Podría estar reteniendo aún a Ackerman.

—¿Por eso enviaron las fotografías a Emma en lugar de al periódico? ¿Porque no forma parte de su verdadera…? —Ian hizo una pausa, pero no consiguió dar con una palabra mejor—. ¿Obra?

—Quizá es porque el periódico no publicó su último envío. O para eludir a la policía. O tal vez se trataba de una advertencia para ti… O para ella… ¿Quién sabe? ¿Qué sabes de la historia personal de la profesora?

—No mucho, pero… Creo que hay algo entre Tamblyn y ella. —Ian trató de sonar indiferente.

Mike cogió un bolígrafo y anotó algo en su libreta. Se lo mostró a Ian: «COARTADA».

Ian levantó la barbilla.

—No para Olivia Ballard.

—¿No puedes relacionarlo con los primeros asesinatos y entonces es un imitador? —Mike sonó exasperado.

—Solo intento tener la mente abierta —le espetó Ian.

—Bien —respondió Mike en tono sarcástico—. Solo supongamos que es una teoría ridícula. A los asesinos como este les gusta involucrarse, ¿no? —argumentó con sarcasmo—. Disfrutan con la atención, así que les gusta estar al tanto del caso. El individuo envía fotografías a los periódicos para asegurarse de que todo el mundo se entera de lo que está haciendo y luego vigila a la policía para ver cómo nos las arreglamos. Probablemente, disfruta estando cerca. ¿Cuánta gente sabe lo tuyo con la profesora?

—No hay nada que saber.

—Escucha, Carter. A mí me importa una mierda tu vida amorosa, pero quizá ahí fuera hay alguien a quien sí. Es imposible que el asesino no haya seguido el caso; debe de vivir para llamar la atención. Y claramente quiere tener una relación con nosotros; de lo contrario, no estaría dejándonos notas de amor en cada escena del crimen. Te ha visto en las noticias; sabe quién eres. Podría estar metiéndose con ella para llegar hasta ti.

Ian apretó los labios, refrenando su respuesta instintiva.

—Nos conocimos en una exposición de arte la noche en que descubrieron el cuerpo de Sarah Weston. Mucha gente pudo habernos visto. Fuimos a un café después de que atracaran a Emma. Allí había varios clientes, personal… Dos agentes le tomaron declaración. Fui a la universidad aquel lunes; sus alumnos me vieron. Quizá más gente. Después fue la cena en mi casa y luego ella vino aquí; la viste tú, la vio el sargento de guardia y, probablemente, la mayor parte de la comisaría. Pasé por su casa para disculparme aquella noche: fue una visita corta. Y eso es todo.

—¿En serio? ¿Te has estado comportando como si fueras el protagonista de una balada *country* por una chica con la que has cenado una vez?

—Se fue antes de cenar.

—Dios bendito, Ian. Es patético.

—Gracias. Soy consciente. Escucha: ahí no hay nada. Alguien pudo habernos visto a Emma y a mí hablando, pero no creo que nadie piense que ella es una manera de llegar a mí.

—A menos que te haya visto durante esta última semana.

Ian ignoró el comentario.

—Una posibilidad más sólida es que alguien se haya dado cuenta de que ella estaba investigando el crimen. Me dijo que estuvo en la primera escena del crimen. Ella… —suspiró—. Creo que Tamblyn y ella han estado trabajando juntos para resolver los crímenes.

—No me jodas.

—No estoy acusándolos de nada —protestó Ian—. Solo digo que quizá no han sido precisamente discretos.

Mike lo consideró de mala gana.

—Dijo que Tamblyn formaba parte del grupo que vio a Ballard en el café. Deberíamos preguntar si estaban allí compartiendo sus teorías sobre el asesinato.

—¿Podría Olivia haber oído algo y habérselo dicho a la persona equivocada? —especuló Ian.

—Malditos aficionados. ¿Y qué descubrieron para que mereciera la pena matar?

Ian negó con la cabeza, cogió la fotografía del rostro de Olivia y le dio la vuelta.

—«Detesto ese vulgar vicio, la curiosidad». La cita no encaja con el resto del puzle. Quizá no es por lo que saben. Quizá es por algo que el asesino teme que Emma descubra.

22

Emma salió a la luz del sol y se detuvo un momento sin saber a dónde ir. Sus clases se habían cancelado y su casa ya no le parecía suya. El río de gente que iba de camino a sus trabajos y recados fluía a su alrededor mientras ella vacilaba. Al fin, sacó su teléfono con la intención de llamar a Rory o a Carolyn. La repentina vibración en su mano al entrar una llamada la sobresaltó hasta el punto de dejarlo caer. Emma lo cogió justo en el borde de la acera.

—Maldita sea, maldita sea, maldita sea.

Una mujer que pasaba le dirigió a Emma una mirada compasiva mientras ella se levantaba y limpiaba la suciedad de la pantalla del móvil. Un sonido alegre de campanilla anunció que la llamada se había desviado al buzón de voz. Pero antes de que Emma hubiera tenido tiempo de escuchar el mensaje, un texto apareció en la pantalla. Era de Niall y simplemente decía: «Llámame».

Mierda. No le había devuelto la llamada. Al comprobar la lista, vio media docena de llamadas suyas y varias de Carolyn. Rápidamente, Emma pulsó para llamar y Niall lo cogió al primer tono.

—¿Emma? Llevo tratando de hablar contigo desde ayer. ¿Qué está pasando?

—Lo siento, con todo lo ocurrido, yo no… Pero estoy bien. Afectada, pero bien.

—Espera. ¿Qué ha ocurrido?

—¿Qué? Las fotografías. ¿Por qué me…?

Niall la interrumpió.

—Alguien ha atacado a Charlie. Por eso te he estado llamando. Y luego Rory le ha dejado un mensaje a Carolyn esta mañana diciendo que algo te había ocurrido a ti y no podíamos localizarte. He pensado…

—¿Se encuentra bien? —preguntó Emma hablando por encima de Niall—. ¿Qué ha pasado?

—Volvía andando a casa del periódico y alguien la atracó. La tiró al suelo y se llevó su bolso.

—¿Está herida?

—No —dijo Niall mientras el hilo de pánico iba abandonando su voz—. Está algo magullada, pero nada grave. —Hizo una breve pausa—. ¿A qué se refería Rory?

—Secuestraron a otra chica el jueves por la noche, o tal vez ayer a primera hora.

—Cielo santo.

Emma oía voces de fondo.

—¿Dónde estás?

—Estoy en casa de Carolyn y Charlie. ¿Vienes?

—Voy para allá. —Emma colgó antes de que Niall pudiera responder.

Guardó el teléfono en el bolso, dobló la esquina y rápidamente subió a su coche. En cuestión de minutos, estaba ante la puerta de su amiga. Niall salió a abrir.

Le hizo un gesto para que pasara y Emma vio a Charlie tumbada en un sofá en el pequeño aunque alegre salón con Carolyn sentada a sus pies. Las paredes estaban empapeladas con un estampado de flores retro amarillo y rosa que salpicaban la habitación. El sofá era un tono de rosa ligeramente más claro y sobre él una docena de cojines multicolor competían por llamar la atención. La superficie de todas las estanterías y mesas estaba atestada de adornos, libros y flores. Emma olía el suave aroma de las velas de té de vainilla esparcidas por la habitación. Cada silla tenía su propia manta y su cojín, todos desparejados. El resultado tendría que haber sido abrumador, pero cada pieza encajaba con el conjunto para crear una atmósfera de alegría.

Emma atravesó la habitación y advirtió el reciente hematoma en la mejilla de Charlie.

—¿Cómo te encuentras? —preguntó soltando su bolso en una mesa auxiliar con cuidado de no desplazar los gigantescos libros ilustrados que había apilados sobre ella.

—Dolorida, pero bien.

—¿Llamaste a la policía?

Charlie asintió.

—Puse una denuncia, pero el individuo llevaba una especie de máscara, como las que se hacen en la escuela infantil. Escalofriante de cojones. No he podido decirles gran cosa. Solo que se acercó corriendo por detrás, me golpeó en la cara con algo y cogió mi bolso. Yo le di una patada en la rodilla, lo derribé y aulló como un perro. Pero entonces salió un vecino, y él se levantó y huyó. —Charlie suspiró—. Llevaba el teléfono y la cartera en la chaqueta, por suerte, así que solo se llevó algunas notas de la investigación del caso. Espero que le interesen las noticias locales. —Se encogió de hombros.

Emma pensó en la noche de la inauguración, en el suelo frío, en su piel desollada por el pavimento…

—¿Cuándo pasó?

—Cuando salí de trabajar, a eso de las seis.

—Entonces… —Emma tomó aire—. ¿Te ha dicho Niall que han matado a otra chica?

Carolyn lo miró sorprendida. Charlie le dirigió una mirada acusatoria.

—Pensé que se lo dirías tú. Yo no conozco la historia —se disculpó Niall.

—Ayer por la mañana, o quizá la noche antes, encontraron a una chica, Olivia Ballard, una alumna mía. Fui al funeral de Sarah, luego volví a casa y dormí un poco. Cuando me desperté, a eso de las seis, encontré un sobre que habían deslizado por debajo de mi puerta. —La mirada de Emma se cruzó con la de Charlie.

—¿Tres fotografías y dos notas? —preguntó Charlie.

—Sí. Igual que las dos anteriores.

Emma les refirió toda la historia.

—No miré las fotos con mucho detenimiento, solo lo suficiente para reconocerla. Pero las notas eran diferentes. No decían su nombre. Solo eran dos citas. Una de *Otelo* y la otra creo que de Byron, algo sobre detestar la curiosidad. Era… amenazadora. E iba dirigida a mí. Con mi nombre.

—¿Tres chicas en cuánto tiempo? ¿Una semana? —La voz de Carolyn contenía la incredulidad que todos mostraban en sus rostros.

—Hace diez días que encontraron a Sarah Weston —confirmó Charlie—. Así que, oficialmente, es un asesino en serie. Los asesinos en serie normalmente matan a personas al azar. Antes los llamaban asesinos de desconocidos, pero esto no parece fortuito.

—No —dijo Emma—. Enviarme las fotos a mí no pudo ser fortuito.

—Así que sabe dónde estás y…

—Y dónde vivo. Sí. —Emma completó el pensamiento de Carolyn en voz baja.

Hubo una breve pausa mientras la idea se asimilaba en la habitación.

—«Detesto ese vulgar vicio, la curiosidad» —murmuró Niall—. Es del *Don Juan*.

—Eso es —lo alentó Emma.

Charlie pareció impresionada.

—Oxford, recuerda. Ese canalla incestuoso es de lectura obligatoria allí. Si recuerdo bien mi examen de ingreso, la cita es de cuando don Juan se queja de las mujeres inteligentes que se casan con hombres incultos.

—Vaya —dijo Carolyn—. Más que un «mantente alejada de ese cadáver», parece un «mantente alejada de ese hombre».

—¿El detective Ian quizá? —sugirió Charlie con cuidado—. ¿Hay alguien que quisiera advertirte de que no te acercaras a él?

—No, quiero decir… Rory sugirió un acosador, tal vez un colega o un alumno. Pero yo…

—Decididamente, hay un elemento de dominio en estos asesinatos que encajaría con un acosador —intervino Niall—. Ve a una mujer, la desea, ella lo rechaza, al menos en su mente, y entonces la rapta y la asesina…

—De acuerdo —lo interrumpió Charlie—. Digamos que es así. Emma, ¿se te ocurre alguien que encaje en el perfil? Conocimientos de arte y literatura, relacionado con la universidad, que haya mostrado interés por ti o por tu vida…

—Malcolm —dijo Carolyn con aplomo.

—¿El alumno de posgrado de Rory? —La sorpresa de Emma fue clara—. Se ha matriculado en varias asignaturas conmigo, pero apenas hemos hablado fuera de clase. ¿Por qué iba a importarle mi vida amorosa?

—¿Encaprichado de la profesora? —sugirió Charlie—. ¿Como en *To professor, with love*?

—Le he oído hablar de ti con Rory —explicó Carolyn—. No paraba de repetir una y otra vez lo extraordinaria que eres. Causas más impresión de lo que crees.

—No se le daba especialmente bien el análisis literario —protestó Emma—. No estoy segura de que…

—¿Y tiene que dársele bien el análisis en realidad? —interrumpió Charlie—. Básicamente, ha malinterpretado un puñado de libros y ha plagiado algunas obras de arte.

—O podría ser más inteligente de lo que deja ver —añadió Carolyn—. Y aún no hemos considerado la hipótesis de que tenga un compañero. ¡Oh! ¿Cómo era aquella asignatura de cine que estaba haciendo? Lo vi cuando Rory le dio el visto bueno a su programa académico del curso. «La culpa en los medios» o algo así… Quizá allí encontró a un asesino gemelo. Algo tipo *Asesinato… 1-2-3*.

Niall y Emma intercambiaron una mirada; Niall negó con la cabeza.

—Es como *La soga*, pero con Sandra Bullock —dijo Charlie.

—Claro, vosotros, los *nerds*, solo veis películas de Hitchcock —se burló Carolyn—. Pero podría tener un compañero. Él sabe de arte; su otra mitad domina la literatura.

—De acuerdo. Pero ¿por qué los dos tienen el mismo extraño *modus operandi*? —preguntó Charlie.

—*Folie à deux* —sugirió Niall—. Un delirio compartido.

—Gracias, pero la teoría no va a ser más creíble porque hables francés —observó Carolyn secamente.

—*Touché*. —Niall sonrió al tiempo que Carolyn ponía los ojos en blanco—. Pero un encaprichamiento de Emma no es un gran motivo si hay dos personas implicadas. Me sigue pareciendo un solitario que, metafóricamente, ha matado a su padre al rehacer su obra a su imagen y semejanza.

—Igualmente —cerró el círculo Carolyn—, podría ser Malcolm. Solitario donde los haya… Y su manera de reclamar la atención de Rory habla a gritos de problemas con papá.

Emma negó con la cabeza.

—No lo sé.

—¿Qué hay de la otra cita? —preguntó Niall—. Tal vez haya algo ahí.

—Es algo que Yago le dice a Otelo. Creo que presentaba a Olivia como Desdémona. No vi mucho en las fotos, pero ella llevaba un vestido verde y blanco, creo.

Niall se enderezó y buscó su teléfono. Tecleó un momento y luego le mostró a Emma el retrato de una joven con el pelo oscuro que descansaba la barbilla sobre una mano. Llevaba un vestido de seda blanca con brocado verde.

—¿Algo así? Ha bebido de lord Leighton esta vez.

—¿De nuevo el examen de ingreso? —preguntó Charlie.

—La ventaja de jugar en casa. Está expuesto en Londres.

—Es ella —interrumpió Emma suavemente—. Desdémona. Pero él… solo ha copiado, creo. No hubo organización hasta donde pude ver; no hubo escena. Solo… Olivia… en el suelo. Sobre la tierra. —Sintió un nudo en la garganta.

Carolyn miró discretamente a Emma y carraspeó:

—Quizá tengamos suficiente asesinato por hoy.

Al ver la preocupación en el rostro de su compañera de piso, Charlie enseguida se puso de su parte.

—Sí. Estoy de acuerdo. Pidamos comida tailandesa y veamos algo intrascendente en la televisión.

Los cuatro se pasaron el resto de la tarde ignorando a conciencia el mundo que había más allá de sus paredes y discutiendo los méritos de la repostería británica mientras veían el auge y caída de tartas con nombres desafortunados. Pero, pese a la distendida charla, Emma sabía que la estrategia de distracción había fracasado. Los pulgares de Charlie tecleaban rápidamente en la pantalla de su teléfono cada pocos minutos para anotar ideas conforme se le ocurrían. Niall, disimuladamente, pasaba imágenes de pálidas heroínas prerrafaelitas que delataban dónde estaba en realidad su mente. Carolyn seguía mostrando sonrisas alegres pero demasiado tensas mientras ofrecía a Emma comida, bebida, mantas y todo lo que pudiera suponer consuelo. Y el propio cerebro de Emma insistía en recitar soliloquios de Yago una y otra vez añadiendo un siniestro trasfondo a la proclamación del mejor repostero de la semana.

Cuando el crepúsculo comenzaba a pintarse en el cielo, Emma se marchó con una bolsa de sobras de comida y el mandato de mantener informados a los demás, aunque nada ocurriera. Prometió hacerlo y les aseguró que estaría a salvo con la protección del agente de patrulla que le habían asignado. No mencionó que planeaba invitar a Rory, ni que Ian probablemente también estaría merodeando en la oscuridad bajo el disfraz de la vigilancia.

Escribió a Rory desde el coche. Cuando llegó a casa, él la estaba esperando con hamburguesas de su establecimiento favorito de placeres culpables. Él se quedó mirando la bolsa de comida tailandesa.

—¿La cena? —preguntó.

—Sobras. Pero una hamburguesa suena genial.

Se pasó las hamburguesas a una mano y sujetó con la otra la bolsa de comida tailandesa mientras Emma abría la puerta. Rory entró tras ella sin decir nada al verla titubear en el vestíbulo. Se adelantó para dejar la comida en la cocina y luego recorrió rápidamente la casa mientras Emma esperaba.

—Todo en orden —dijo Rory extendiendo una mano.

Emma dejó salir el aire dándose cuenta en ese instante de que lo había estado conteniendo.

—Soy idiota.

—No —se limitó a responder Rory—. Vamos a cenar antes de que se enfríe.

Comieron en la cocina hablando de cosas sin importancia y luego se trasladaron al salón. Rory se dirigió a una de las muchas estanterías de Emma y sacó un libro sobre los Tudor.

—¿Un rato de tranquilidad? —preguntó sosteniéndolo—. Creo que me vendría bien una noche lejos de… todo.

—Perfecto —respondió Emma con una mirada agradecida.

Rory se sentó en el sofá mientras Emma sacaba *Jane Eyre* de su bolso y volvía a su escena favorita, permitiéndose acomodarse en el mundo.

Llevaban una hora leyendo en aquel silencio acompañado cuando Emma pasó una página y vio una desvaída escritura azul que se extendía sobre la letra impresa. La caligrafía no era suya.

—«De lo falso a lo falso, entre las falsas doncellas enamoradas» —leyó en voz alta.

—¿Cómo? —Rory levantó la vista de su libro.

—Rory, ¿has leído esto?

—¿*Jane Eyre*? Estoy seguro de que fui a alguna clase de primero en la facultad. ¿Por qué?

—Pero ¿alguna vez has cogido prestado mi ejemplar?

—No. En realidad nunca he sido de los románticos. Demasiado simbolismo torturado. ¿Por qué lo dices?

—¿Reconoces esta letra? —Emma le pasó el libro.

Rory miró la página y sus ojos escrutaron la anotación garabateada.

—Es tuya, ¿no?

—La de arriba…, en azul.

—¿De un alumno quizá? Eres de esas profesoras que dejas en mal lugar a todos los demás con las horas de consulta.

—Lo llevo en el bolso la mayor parte del tiempo. Rory, ¿y si es…?

—¿Es reciente?

—No lo sé. No lo he leído en… meses. Quizá más.

—Estoy seguro de que no es nada. Alguien ha vandalizado un libro —la tranquilizó—. No todas las referencias shakespeareanas tienen que ver con asesinatos.

—Tienes razón. Solo estoy… cansada. Veo fantasmas. —Emma se levantó y colocó el libro en una de las amplias estanterías atestadas—. Creo que es suficiente por hoy.

—¿Quieres me quede otra vez?

—No, no. Estaré bien sola.

—Te escribiré cuando llegue a casa —dijo Rory dócilmente.

—Gracias, Rory —dijo Emma mirándolo a los ojos al fin—. De verdad. Por todo. Enviare un SOS al chat del grupo si sucede cualquier cosa, y te llamo mañana.

—Intenta dormir un poco. —Rory extendió la mano y la deslizó por el brazo de Emma. Inclinándose, depositó un beso en su mejilla—. Solo recuerda que me volveré un caballero de brillante armadura si no sé de ti.

Emma se echó a reír, pero permaneció donde estaba mientras él recogía sus cosas y se dirigía al vestíbulo. Sintió el ruido sordo de la puerta al cerrarse y enseguida fue a echar el cerrojo.

23

—Un par de críos acaban de encontrar un cuerpo en el bosque. Encaja con nuestra víctima.

Ian levantó la vista cuando Mike entró en la sala de reuniones que él había solicitado para poner en común la investigación.

—¿Está posando?

—Cielo santo, tienes un aspecto lamentable —dijo Mike.

Ian levantó una ceja.

—¿Quieres que me arregle para ir a ver el cadáver?

—Veo que hoy te has levantado de buen humor —suspiró Mike—. No hay escena, pero se trata de una mujer que, cito, «va vestida como si fuera una tía del Renacimiento». Fin de la cita.

—Olivia Ballard.

—Probablemente. Vamos.

Ian cogió su chaqueta de donde se había caído en el suelo y se la echó al hombro.

—Ahora sí que das pena.

—He dormido en el sofá de la sala de descanso. No he tenido tiempo de ir a casa a cambiarme de ropa.

—¿Serviría de algo que te dijera que estás haciendo el idiota?

—No. —Ian señaló a la puerta—. ¿Nos vamos?

—Tú primero, *boy scout*.

Ian salió de la habitación seguido de Mike. El trayecto en coche hasta la escena del crimen transcurrió en silencio salvo por los silbidos desafinados de Mike. Ian percibió por el rabillo del ojo sus miradas ocasionales, aunque permaneció mirando decididamente hacia delante.

Una pequeña extensión de bosque a unos treinta metros de la carretera había sido acordonada con cinta policial amarilla como escena del crimen. Cuando se estaban acercando, entre la maleza, Ian distinguió un parche de tela de un color verde intenso que destacaba sobre el detrito marrón del suelo forestal. Tuvo una extraña sensación de vértigo al pasar bajo la cinta y aproximarse al cadáver, que tenía la cara contra el suelo. La última vez que había visto a aquella chica discutía sobre literatura en la clase de Emma.

Se agachó para mirar el rostro inexpresivo y cubierto de rocío de Olivia Ballard. Tenía el pelo oscuro apelmazado y hecho una maraña; la piel, manchada de barro. Había restos pegados a la barata tela del vestido y su color esmeralda estaba cubierto de tierra.

Ivy Wollard se acercó a Ian y a Mike.

—Esta, definitivamente, no es como las otras.

—No hay escena sofisticada —dijo Mike, que miraba alrededor del claro—. Parece más bien un lugar idóneo para tirar el cadáver.

—Es más que eso. La causa de la muerte es un traumatismo por objeto contundente en la cabeza. Mi equipo está buscando el arma. La lividez sugiere que la mataron entre la noche del jueves y la mañana del viernes como suponíais. El cuerpo fue probablemente transportado en coche, luego arrojado a un metro y medio y arrastrado el resto del camino hasta aquí. —Ivy señaló hacia el lugar donde se había congregado un grupo de técnicos forenses.

—Parece alguien que trabaja solo —sugirió Ian.

—Y con prisa. O tenemos a un imitador —Mike miró a Ian—, o, lo que parece más probable, a nuestro hombre lo han descolocado. Las fotografías eran notablemente distintas de las de los primeros crímenes: encuadres básicos, sin ángulos, iluminación pobre. Podrían haberse hecho con un teléfono.

—Es posible que se trate de un imitador; este es claramente el tipo de asesino que tiene club de fans —convino Ian.

—Gracias a la integridad periodística de Mackey, se publicaron un montón de detalles con las fotos.

—Pero no mi relación con Emma. Esa sería una coincidencia desafortunada si se tratara de nuestro hombre. —Ian se dirigió a Ivy—: ¿Qué piensas?

—La navaja de Ockham.

—¿Cómo dices?

—La navaja de Ockham: la respuesta más simple es probablemente la correcta.

—¿Entonces crees que se trata de un solo asesino? —preguntó Mike.

—No lo creo. Evalúo la información que se me ha presentado.

Ivy le tendió un sobre de plástico cerrado con un trozo de papel en el interior.

—Le habían metido un papel dentro de la boca. Eso no salió en las noticias.

Mike lo cogió y lo examinó rápido. «Parece que Otelo está a punto de matar a su esposa».

—El mismo *modus operandi* —observó Ian innecesariamente.

—Así que volvemos al asesino desconocido que escoge como víctimas a estudiantes de la universidad, ya sea fortuitamente o no. Buen trabajo, equipo. —Mike se volvió hacia el cadáver con un suspiro—. El vestido parece un disfraz barato de Halloween de una tienda de todo a un dólar. No tiene la calidad de los otros.

—El calzado parece moderno, probablemente era el que llevaba puesto. —Ian se colocó a sus pies y examinó el terreno a su alrededor—. ¿Algún rastro del otro zapato?

—Los técnicos lo han encontrado a unos metros de distancia. Probablemente, lo perdió mientras era arrastrada.

Los dos detectives se dirigieron al segundo escenario, donde había una bailarina negra hundida en el suelo con un marcador amarillo junto a ella.

—Descuidado, apresurado —observó Ian.

—Quienquiera que sea, algo ha tenido que asustarlo —dijo Mike mirando hacia la carretera.

—Bien.

Condujeron de vuelta a la comisaría en tensión; la conversación fue lacónica. El sargento de guardia los informó de que el novio de Phillipa Minor, Ethan, estaba en la sala de interrogatorios, y Mike soltó un taco. Los dos se habían olvidado de la cita. Ethan levantó la vista cuando entraron e Ian lo reconoció de la inauguración: era el chico que había refugiado bajo su brazo a Phillipa mientras ella miraba altivamente a su supuesto agresor. Cualquier rastro de su bravuconería había desaparecido.

Mike le hizo al muchacho algunas preguntas genéricas. Los dos habían sido amigos durante la mayor parte de su primer año en la universidad hasta que Ethan había reunido el valor para invitarla a salir, solo unas semanas antes. La describió como una chicha alegre, inteligente y algo atrevida, llena de vida y de futuro, una estudiante de segundo año entusiasmada con sus estudios y con su nuevo amor. Ethan les dio una lista de los amigos y conocidos de Phillipa: compañeras de piso, compañeros de clase y compañeros de porros. Ian anotó los nombres de dos chicos con los que Phillipa había salido anteriormente; Ethan dijo que había habido otro, alguien mayor, que había estado brevemente en escena a finales de verano, aunque no tenía más detalles. Según él, Phillipa no había ido en serio con ninguno. Estaba demasiado emocionada con la aventura de la universidad como para centrarse en una relación. Ian cotejó minuciosamente esa lista con la que tenía de Sarah Weston. Aparte de la vaga referencia a un «novio mayor», no había vínculos.

Mike salió de la sala para buscarle un refresco a Ethan e Ian sacó cinco fotografías y las colocó sobre la mesa delante de este. Las dos primeras eran de dos agentes incluidos como controles de la rueda de identificación. A continuación puso la de Alex Carmichael, el camello de Sarah Weston. Y junto a esta la de Malcolm Haynes. Ian vaciló un momento antes de soltar la última, Rory Tamblyn. Sintió una vaga sensación de culpa por el subterfugio; sin embargo, Mike nunca habría accedido a incluirla. Aquello no solo iba a cabrear a su compañero, sino que mostrarle a Ethan a los otros sospechosos pondría en riesgo cualquier futura rueda de reconocimiento que pudiera hacerse. Ian admitió su desesperación, pero saber que ya se habían encontrado tres víctimas y que Dana Ackerman seguía desaparecida era un acicate demasiado poderoso.

Ethan se acercó más la foto de Alex y después negó con la cabeza.

—Lo siento, no lo conozco.

—No pasa nada —dijo Ian—. ¿Qué hay de los otros?

El chico fue mirando las fotos una a una. Se detuvo ante la de Malcolm lo suficiente para hacer surgir la esperanza, pero negó con la cabeza de nuevo.

—Me resulta familiar. Podría haberlo visto en algún sitio.

—¿Alguna idea sobre en dónde?

—En la universidad, probablemente, pero… —Volvió a mover la cabeza—. Tiene un aspecto muy normal. No lo sé.

Ian contuvo un suspiro de decepción.

—No pasa nada, Ethan. ¿Qué hay de los otros?

Ethan volvió a extender la mano.

—Reconozco a este. Es un profesor. —Ethan dio un golpecito en la foto de Rory.

Ian tragó saliva intentado reprimir una oleada de entusiasmo.

—¿Lo conocía Phillipa?

—¿Él la mató?

El estoicismo desapareció abruptamente e Ian vio la rabia y el dolor bullir en los ojos de Ethan al levantarlos de la imagen.

—Nosotros no… tenemos evidencias de ello. Solo estamos buscando conexiones. ¿Mencionó Phillipa alguna vez al profesor Tamblyn?

Ethan negó despacio con la cabeza una vez y luego de nuevo con más seguridad.

—No. A mí no me lo mencionó.

—De acuerdo. ¿Sabes si Phillipa era amiga de la otra víctima, Sarah Weston?

—Lo siento, yo… Si la conocía, nunca lo dijo.

—¿Y qué hay de Olivia Ballard? ¿O Dana Ackerman?

—No. ¿Están ellas…? ¿Ha habido más asesinatos?

Ian vaciló un instante.

—Solo estamos buscando posibles conexiones. ¿Así que nunca mencionó ninguno de esos nombres?

—No. Creo que no, quiero decir.

—¿Tú tampoco conoces a ninguna de ellas? —Ian lanzó la pregunta sin ningún propósito particular y se sobresaltó al ver que Ethan se tensaba visiblemente en la silla.

—¿Perdón?

Ian levantó una mano tranquilizadora.

—Nada, como he dicho…

—Está buscando conexiones, sí. Ya lo he oído. Pero quiero saber por qué piensa que yo soy esa conexión. —La voz de Ethan sonó temblorosa por alguna emoción, pero Ian no habría sabido decir si se trataba de pena o de ira. Ambas, pensó.

Siguiendo un impulso, Ian cambió de estrategia:

—Estabas en la inauguración de la semana pasada, ¿verdad?

Ethan pareció confuso.

—Sí. ¿Por qué?

—Hubo un incidente allí. Phillipa tuvo un altercado con un hombre… —Ian se interrumpió al tiempo que Ethan se inclinaba hacia delante relajando los hombros a medida que parte de su furia se desvanecía.

—Sí, un pobre diablo coqueteó con ella. Dijo que no había sido nada importante. Se rio.

—¿Reconociste al individuo?

Ethan bajó la vista hacia las fotografías, percibiendo claramente la impaciencia que Ian estaba intentando ocultar en su voz. Examinó las fotos y a Ian le pareció que sus ojos se detenían por un momento en la imagen de Malcolm. Sin embargo, negó con la cabeza y su expresión volvió a ser de frustración y desconcierto.

—No le presté demasiada atención. Solo era un tío corriente. Pelo castaño, creo. Pensé que solo era un pobre diablo. —Ethan levantó la vista con los ojos húmedos.

Mike entró justo en el momento en que Ian guardaba las fotos. Le tendió el refresco con una mirada perpleja al percibir la tensión en Ethan. El chico dejó la bebida, sin abrir, sobre la mesa.

—¿Algo más? Me… me gustaría irme, si puedo. —Ethan parecía haberse venido abajo.

—Por supuesto —dijo Mike—. Te llamaremos si tenemos más preguntas.

Un agente de mayor edad lo acompañó a la salida e Ian los vio cruzar la comisaría en silencio.

—¿Y ahora qué? ¿Esperamos al siguiente cadáver? —preguntó Mike, que se hundió en la silla de su escritorio y se pasó una mano por la cara.

—A menos que cometa un error —convino Ian.

—Lo ha cometido. —Los dos hombres se volvieron para ver a Ivy Wollard caminando hacia ellos—. Hemos encontrado piel bajo las uñas de la víctima. Se defendió.

—Bien hecho, Olivia —dijo Mike en voz baja.

—Se la llevó con prisas —continuó Ivy—. No hubo sedación. Definitivamente, podemos relacionar a quienquiera que sea con esta víctima al menos.

—Podría besarte —dijo Mike.

—Sería la última cosa que harías.

—Era broma.

Ian interrumpió:

—¿Alguna coincidencia de ADN, Ivy?

—Aún estamos buscando, pero nada hasta ahora.

—Tennos informados —le pidió Ian—. Ivy… —No acabó la frase, pero vio el gesto decidido de afirmación de ella.

El tiempo se estaba acabando.

24

Después de dar un largo rodeo, Emma llegó a la universidad sintiéndose estúpida. Nadie la había seguido. Abrió la puerta del coche y un fuerte viento de cara la empujó hacia atrás al salir. La mañana tenía una tranquilidad lúgubre, no se oían las habituales risas y parloteos de los alumnos. Los informativos nacionales habían recogido la noticia de los asesinatos al hacerse virales los vídeos del funeral de Sarah, y los responsables de la universidad habían emitido una ráfaga de declaraciones que intentaban equilibrar las afirmaciones tranquilizadoras con las precauciones legales necesarias que los inmunizaran de futura culpabilidad. Emma dio por hecho que ya sabían también lo de Olivia.

Con los carteles del primer homenaje aún ondeando en las farolas y el segundo ya programado, habían renunciado a cualquier intento de normalidad y habían dado a los profesores la opción de impartir sus clases *online.* La mayoría se había acogido a estas, y aquellos que no, se habían encontrado las aulas vacías de alumnos que se alimentaban entre sí tanto la paranoia como la determinación de aprovechar la vida. Se había activado un compañerismo informal entre los pocos incondicionales que aún seguían en el campus, y el afilado brillo de las llaves se clavaba en el puño de todas las chicas que caminaban solas. Alguien había escrito con tiza «Coged las rosas» en la acera junto al improvisado monumento de homenaje en el centro del patio, y Emma sintió una punzada de dolor al recordar la apasionada discusión de Olivia sobre aquel poema el curso anterior. Lo detestaba profunda y completamente. El mundo era menos apasionado sin Olivia.

Emma había decidido que no iba a limitarse a sentarse y esperar a que algo sucediera, así que fue en busca del reino cerrado y seguro de su despacho. Amontonó los textos de referencia que se había traído de casa, colocó el bolso torpemente en lo alto de la pila y atravesó rápido el aparcamiento hasta el edificio de la Facultad de Humanidades donde tanto ella como Rory tenían sus despachos. La puerta estaba cerrada cuando tiró de ella. Se inclinó, sujetando los libros entre su cuerpo y el cristal de la puerta para buscar en su bolso con una sola mano. Sintió el borde dentado de una llave y la atrapó entre los dedos para tirar de ella hacia arriba. Emma resopló de frustración cuando se dio cuenta de que tenía en la mano las llaves del coche y las de su casa; las del trabajo se habían quedado dentro de la bandolera que no había cogido.

—Maldita sea —murmuró.

Sacó el móvil, dudando entre llamar a Carolyn o a Rory para que alguno fuera a rescatarla. Desbloqueó la pantalla, pero, antes de que pudiera marcar, entró un mensaje:

CHARLIE: He hecho un esquema de los asesinatos.

Un enlace llevaba a una exposición completa de sus teorías con fotos y líneas conectoras. Niall respondió con el esperado meme de líneas rojas mientras Carolyn añadía:

Trabajando desde casa… Eso es TODO lo que ha estado haciendo. Mandad ayuda.

Emma sonrió y empezó a buscar un *gif* apropiado cuando una voz la sacó de su ensimismamiento.

—¿Se encuentra bien?

Emma gritó, girándose hacia la voz. El teléfono, los libros y el bolso se le cayeron y se desperdigaron por el suelo. Se encontró a Malcolm ligeramente boquiabierto con la mano en una postura defensiva.

—¡Lo siento! No pretendía asustarla. Espere. La ayudo. —Se agachó y empezó a recoger las cosas de Emma metiéndolas sin el menor cuidado en el bolso.

—No ha sido culpa tuya. Parece que últimamente hago esto mucho.

Mientras el chico se revolvía por la acera, Emma miraba su pelo despeinado y se esforzaba por compararlo con la imagen de los sospechosos de la noche anterior. Se agachó a su lado y empezó a apilar los libros.

—¿Qué estás haciendo en el campus hoy?

Él se encogió de hombros.

—No me gusta quedarme en casa, y se está bien aquí sin nadie. Está todo tranquilo. Pero me alegro de haberla visto. —Malcolm le entregó el bolso antes de que pudiera responder y luego extendió la otra mano—. Sus llaves.

—Gracias —dijo Emma guardándolas en el bolso. Se levantó y echó a andar hacia el coche.

Malcolm la acompañó.

—¿No iba a entrar?

—He traído las llaves equivocadas. —Emma se apretó el bolso contra sí—. Me he dejado las otras en casa.

—Oh, espere. Yo tengo una. —Malcolm se puso una deshilachada mochila azul marino por delante del cuerpo y rebuscó en su interior. Sacó un llavero fluorescente—. El doctor Tamblyn me dio una copia para que pudiera venir los fines de semana a corregir exámenes de su clase. —Volvió hasta la puerta, deslizó la llave en la cerradura, la giró y abrió la puerta. Se la sostuvo a Emma expectante—. No pasa nada. Tengo permiso.

Emma pasó de lado para que hubiera espacio entre ellos al franquear la puerta.

—Gracias. —Hizo una pausa antes de añadir—: Me alegro de que estuvieras aquí.

El chico pareció complacido con el agradecimiento.

—¿Necesita que le eche una mano?

—No. No te preocupes.

—¿Está segura? No me importa.

—Sí, Malcolm. —Emma percibió la aspereza en su propia voz y ofreció una sonrisa—. Agradezco el ofrecimiento. Pero estoy bien.

Emma cerró la puerta entre ambos al tiempo que él se encogía de hombros con aspecto decepcionado. Lo vio echar a andar por la acera y luego agacharse para recoger algo. Tras guardárselo en el bolsillo, dobló la esquina y ella lo perdió de vista. Emma abandonó el pasillo que llevaba a su despacho y se dirigió al de Rory tratando de deshacerse de la sensación de desasosiego que Malcolm había dejado tras él. Se había pasado la mañana organizando su casa, fingiendo control al colocar las cosas en el lugar que les correspondía. Alimentar su cerebro con tareas de organización a veces la distraía lo bastante como para concentrarse, y el libro que tenía pendiente devolver a Rory era un agobiante cabo suelto. Lo dejaría junto a la puerta si la encontraba cerrada.

Para su sorpresa, la halló abierta de par en par. Rory levantó la vista cuando llamó suavemente en el marco.

—Emma —dijo mostrando un desconcierto evidente en su rostro.

—Hey. ¿Qué estás...? ¿Estás buscando algo? —Emma intentó que su rostro no delatara su preocupación, pero supo que había fracasado cuando Rory esquivó su mirada.

La acostumbrada pulcritud de su despacho había sido sustituida por el caos. Había cajones abiertos, papeles esparcidos y por el suelo, y la pantalla del ordenador mostraba una docena de ventanas abiertas. Rory estaba sentado en su mesa atestada de libros. Se pasó una mano por aquel pelo que ya había perdido su perfecto orden habitual. Tenía ojeras y mostraba líneas de tensión en una poco convincente sonrisa.

—Sí, solo estaba… —titubeó—. Nada. No es nada, solo una mala idea.

—¿Va todo bien?

Rory vaciló y luego pareció decidir algo.

—Carolyn me ha dicho que estuvisteis todos en su casa discutiendo teorías. —Su voz sonó ligeramente acusatoria—. Ella insinuó que pensasteis que Malcolm podría ser… No es él, Em. No puede ser él. Es un buen chico en el fondo. Lo sé. Estaba intentando encontrar el registro de alguna cita o notas en alguna parte que pudieran proporcionarle una coartada o demostrar… —Negó con la cabeza.

—Quería devolverte el libro. —Emma cambió de tema sintiéndose algo culpable por el hecho de que Rory no hubiera estado en casa de Carolyn para hacer una defensa inicial de Malcolm, pero sabiendo, al mismo tiempo, que aquella conversación no habría terminado bien.

—No es él, Emma.

Ella vaciló un momento. Rory parecía seguro. Ella confiaba en su criterio, de verdad confiaba, y no quería herirlo. Sin embargo, algo había anidado en el fondo de su mente y no podía resistirse a tocar el fuego. Si Carolyn tenía razón, si había alguna posibilidad de detener aquello antes de que otra chica muriera, las quemaduras habrían merecido la pena.

—Rory, ¿tú sabías que tenía llaves para entrar en el edificio?

—¿Cómo? Tal vez. Muchos profesores adjuntos la tienen. —El rostro se le tensó—. Tú no estás de acuerdo con ella, ¿verdad? Simplemente, está solo, Em. —Cogió un montón de papeles de su mesa y los metió a empujones en uno de los cajones abiertos—. Me dijo lo amable que habías sido con él.

Se quedó mirándola con atención, claramente esperando una respuesta afilada. Ella cogió una foto de la silla que tenía más cerca, una de ellos dos durante su viaje de estudios a Inglaterra, y la dejó sobre la mesa para poder sentarse. Era el único objeto personal que había allí y Emma sintió una punzada de compasión. Quizá pudiera demostrar que se equivocaban y que Malcolm era inocente. Y si no era así, en todo caso, Rory necesitaría una amiga, no una adversaria.

—¿Has encontrado algo? —preguntó manteniendo un tono suave y distendido.

Rory suspiró.

—La verdad es que no. He buscado el artículo del periódico para comprobar las fechas, pensando que podría probar que Malcolm… Y he empezado a pensar en las fotos otra vez. Y luego me he puesto a pensar en esto. —Rory cogió un libro—. ¿Sabías que esta fotografía desempeñó un papel importante en el arte victoriano? Algunos prerrafaelitas incluso emplearon daguerrotipos para pintar a partir de ellos. Mira. —Le mostró una fotografía en sepia de una mujer en un bote con un árbol frondoso en el centro tras ella.

Emma sintió un gélido escalofrío en la piel.

—¿Está…?

—¿Muerta? No. Es un cuadro. Al mismo tiempo que nuestro Millais pintaba, fotógrafos como Cameron y Robinson —dio un golpecito sobre la página— estaban recreando las mismas historias utilizando modelos.

—Así que…

—Así que tal vez el asesino no solo esté imitando cuadros famosos como Charlie sugirió. —Rory estaba entusiasmado por la idea y se inclinó hacia Emma mientras se la explicaba—: Las fotos, Em. Tal vez por eso esté haciendo fotografías. Es alguien que conoce la época, la historia. Es un erudito.

Emma levantó el libro abierto para ver la imagen mejor.

—¿Tiene acceso Malcolm a todo esto? —Trató de que la pregunta pareciera casual.

—Emma, ya te he dicho que no puede ser él. Piensa en lo que te estuve diciendo la otra noche sobre tu papel en esta historia. Si es un erudito, podría tratarse de alguien a quien conoces de un congreso o de un curso de posgrado. Tal vez alguien que ha leído tu trabajo o te ha escuchado exponerlo o…

—O tal vez es alguien que me conoce de Carlisle. Carolyn piensa que quizá tenga un compañero que le esté ayudando, alguien a quien haya conocido en una clase…

—¿Qué hay de tus alumnos entonces? —Rory cruzó los brazos sobre el pecho y su voz sonó dura.

—¿Cómo? —Emma se echó hacia atrás sorprendida por el desafío.

Rory cogió otro periódico de su mesa y lo acercó hacia ella.

—¿Lo reconoces?

Emma cogió el periódico. Estaba abierto por la página de los obituarios y Emma vio el rostro sonriente de Phillipa Minor. Llevaba una sudadera de Carlisle y era evidente que posaba en alguna fiesta antes de un partido. Junto a ella, con una sonrisa igual de amplia, estaba Ethan.

—Está en mi clase de Literatura Gótica —le dijo Emma—. ¿No estarás sugiriendo que…?

—¿Por qué no? Tiene un motivo mejor que el de Malcolm. ¿La del novio no fue la primera teoría de Carolyn?

Emma recordó a Ethan sollozando al salir del funeral de Sarah.

—No. Es imposible. Lo vi el otro día, estaba devastado.

—Como todo marido compungido que empuja a su esposa por las escaleras o la ahoga en la bañera y luego llora en las redes diciendo que nunca la olvidará. Te estaba manipulando.

—Tú no estabas allí, Rory. —Emma soltó el periódico sobre la mesa y dio la vuelta a la fotografía—. Tú no lo conoces.

—Pero coincidí con él, ¿recuerdas? Prácticamente me desafió a una pelea como si estuviéramos en el instituto. Supongo que es uno de esos alumnos a los que les gusta ser el centro de atención, hacer comentarios extravagantes y refutar tus ideas solo para desafiar tu autoridad…

—Es solo… —Emma intentó defender a Ethan, pero Rory la interrumpió:

—Un narcisista clásico, ¿no fue eso lo que dijo Niall? Seduce a las chicas, es dominante con el resto de los chicos…

Emma pensó de repente en la sombra de Ethan, Blake, siempre unos pasos por detrás. Algo debió de traslucir su rostro porque Rory extendió la mano y la cogió del brazo con una expresión de triunfo.

—No me equivoco, ¿verdad?

—Tiene ese amigo… —Emma movió la cabeza.

—¿Aquel chico que estaba escondido en el pasillo? Déjame adivinar: siempre está detrás, venerando, obedeciendo. Pendiente de cada palabra de Ethan. Es una manipulación narcisista clásica.

—Eso no es… —Pero sí lo era; Emma lo reconoció.

Niall habría estado de acuerdo con lo que decía Rory. Pero Emma no era capaz de aceptar la idea de que aquellos dos chicos que discutían las historias en el pequeño desván de su clase fueran dos monstruos de sangre fría. Apartó el brazo.

—No puedo creer que Ethan haya asesinado a su novia.

—¿Pero Malcolm sí pudo matar a una chica con la que se encontró una vez? —Levantó las manos—. No lo entiendes. Malcolm es… No es que carezca de talento, pero él juega con manchas de pintura y pantallas de televisión. Este no es su trabajo… Él no está a ese nivel. —La voz de Rory mostraba emoción—. Leopold y Loeb se sientan al fondo de tu clase y tú estás señalando con el dedo a un chico que tan solo intenta entenderse a sí mismo.

—Me preguntó por Ofelia justo después de que Sarah Weston muriera. Malcolm.

—Mucha gente estudia *Hamlet* —respondió Rory rodeando la mesa que los separaba. Le dio la vuelta al periódico para que el rostro de Ethan los mirase de nuevo—. Tus alumnos, por ejemplo.

—Sí, pero… —Emma movió la cabeza con frustración.

No podía argumentar más que con sus sensaciones, sus intuiciones, y podía ver en el rostro de Rory lo poco convincentes que estas resultaban.

—Sabes que no siempre se te da bien leer a la gente, Emma… —Rory apartó la mirada y guardó silencio un momento—. Él no es

261

un asesino. Solo es un chico raro al que la gente no se le da demasiado bien.

«Como tú». Emma oyó la acusación no formulada.

—De acuerdo. Tomo nota. Es solo que… Odio esto. No saber. Sospechar de todo el mundo. —Emma se arrellanó en la silla e inclinó los hombros hacia delante—. Tal vez no sea él.

—No es él. Pero ni siquiera tú puedes entender… —Cerró el libro y empezó a amontonar papeles—. Esto es inútil. Creo que me voy a casa.

—Vale. —Emma intentó que su voz sonara tranquilizadora, sin entender del todo los torbellinos emocionales que giraban a su alrededor—. Rory, ¿te apetece venir a casa a cenar hoy también? ¿Seguir hablando?

—Mañana quizá.

—Sí, por supuesto. De acuerdo. Solo… avísame.

Abrazando con fuerza su bolso, Emma se levantó y se dirigió rápidamente a la puerta mientras un vacío se le iba abriendo en el estómago. Se sentía mareada. Rory no tenía dudas sobre Malcolm, aunque ella no podía creer que Ethan fuera un asesino. Tal vez Rory tuviera razón. A ella no se le daba bien leer a la gente ni entender las reglas sociales. Quizá hubiera pasado algo por alto. O lo hubiera malinterpretado. Bajó las escaleras y tuvo que agarrarse para no caer al tambalearse en los últimos escalones. Imágenes de momentos incómodos y señales inadvertidas bombardeaban su cerebro. Rory tenía razón. Ella no conocía en realidad a Ethan. Ni a Malcolm. ¿Cómo había podido…?

Al enfilar el pasillo hacia la entrada principal, oyó un tono de llamada que le resultó familiar. Rebuscó en su bolso. Ni rastro del teléfono.

—Mierda.

Comprendiendo que debía de haberlo perdido cuando todas las cosas se le cayeron fuera, empujó la puerta de cristal. El teléfono se oyó aún más fuerte. Emma salió y se agachó para buscar entre las hojas y la basura arrastrada por el viento hasta los pies del edificio. Encontró el teléfono y lo cogió justo cuando dejaba de sonar.

Se subió la correa del bolso hasta el hombro y tocó la pantalla para ver las llamadas perdidas. Había tres, y todas eran de Ian. No había dejado mensaje, aunque en ese momento una notificación apareció en la pantalla.

> IAN: No estás segura. Vete a casa ahora mismo.

Emma sintió que la piel se le erizaba. Miró rápidamente a su alrededor, pero no pudo ver nada fuera de lo normal. Las sombras crecientes del campus amenazaban cuando pulsó «Devolver llamada» y esperó a oír la voz de Ian. Se oyó un rápido y agudo clic, siguió un momento de silencio y entonces la línea se cortó. Volvió a llamar. En esa ocasión la línea se cortó casi inmediatamente. Aún en el hueco protegido del dintel de la puerta, escribió un mensaje de texto:

> EMMA: ¿Qué ocurre?

La respuesta llegó enseguida:

> IAN: Estoy esperando en tu casa. Ven. Ahora te explico.

Emma consideró subir de nuevo a buscar a Rory para pedirle que la llevara a casa, entonces recordó la puerta cerrándose mientras buscaba su teléfono. Maldijo de nuevo las llaves olvidadas. Respiró hondo, sacó las que llevaba en el bolso y las apretó con fuerza entre los dedos. Corrió más que caminó hasta el coche, desbloqueó la puerta cuando aún le faltaban metros para llegar y volvió a bloquearla en cuanto se deslizó tras el volante. Las manos le temblaban al intentar arrancar el coche y las llaves se le cayeron al suelo. Se obligó a respirar más despacio al recogerlas. Se hallaba a salvo. Las puertas estaban bloqueadas.

Ian la esperaba en su casa. Logró arrancar y meter la marcha atrás en la palanca de cambio. Lentamente, salió del aparcamiento y condujo mientras el sonido del intermitente llenaba aquel espacio demasiado silencioso.

Emma aparcó delante de su casa, sorprendida al ver la luz del porche encendida. No recordaba haberla dejado así al marcharse, aunque se alegró. Ian no estaba allí. El contraste de la luz hacía aún más oscuras las sombras circundantes y no podía distinguir nada.

Insegura, bajó lentamente del coche y se detuvo para escrutar las sombras de nuevo.

—¿Ian? —Solo hubo silencio—. ¿Ian?

Obligándose a alejarse de la seguridad del coche, corrió por la acera hasta la puerta. Tenía las llaves preparadas. Al abrirla, la empujó con la suficiente fuerza como para que golpeara la pared de detrás. Atravesó el umbral y se volvió hacia el porche vacío para volver a llamar.

—¿Ian? ¿Estás ahí?

No hubo respuesta.

La inquietud empezó a extendérsele por los hombros al cerrar la puerta tras ella y echar el cerrojo. Avanzó en silencio por el vestíbulo hasta llegar a la entrada del salón. La oscuridad de la noche crecía, solo la luz crepuscular se derramaba a través de la ventana para que ella pudiera ver. Sacó el teléfono, dejando caer las llaves y el bolso en el suelo al marcar el número de Ian. Al mismo tiempo que oía el tono a través del auricular, un sonido atronador brotó justo detrás de ella. Estridente y electrónico, el sonido de un teléfono que reproducía el *Réquiem* de Mozart inundó el pequeño espacio de la entrada. El insoportable estruendo se interrumpió abruptamente y una respiración entrecortada ocupó su lugar.

—¿Ian? —susurró Emma.

—No.

Emma se lanzó hacia el interruptor de la luz y el pie se le quedó atrapado en la correa del bolso abandonado en el suelo. Cayó hacia delante de rodillas y el móvil se le escapó de la mano. Sintió unos dedos deslizándose por su pelo antes de que le tiraran dolorosamente de la cabeza hacia atrás. Sus manos buscaron a tientas en la oscuridad algo que utilizar como arma. Algo le cayó con fuerza sobre los dedos y ella gritó de dolor.

—Ni se te ocurra. —La voz sonaba jadeante, pero teñida de una excitación evidente.

Emma sintió un peso y luego el dolor violento de una rodilla que le presionaba la columna vertebral. La mano le tiró del pelo obligándola a arquear la espalda hacia atrás. Entonces, bruscamente, la presión se retiró. El rostro de Emma golpeó el suelo y un dolor agudo encendió su cráneo justo antes de que el mundo se sumiera en la oscuridad.

25

Ian se despertó bruscamente; se esforzó por respirar mientras un olor a sudor y a colonia le quemaba las fosas nasales bajo la gruesa tela que le cubría la boca y la nariz.

—Hey, *boy scout*. La hora de la siesta ha acabado. —La voz de Mike sonó amortiguada por la vieja sudadera que había arrojado sobre el rostro de Ian.

Ian se dio la vuelta y cayó a cuatro patas junto al desgastado sofá de cuero arrinconado al fondo de la sala de descanso.

Ian apartó la fétida tela y se la lanzó de vuelta a Mike.

—Ya voy. Cielo santo, Mike. Esa peste no es normal. Tendrías que hacértelo mirar.

—Es de Benji.

—Dios, tendría que haberlo adivinado. ¿Qué hora es? —Ian se pasó la mano por la cara.

—Las nueve y cuarto.

—¿De la mañana?

—Sí. Tío, ¿cuándo has ido a casa por última vez? —El ceño de Mike se arrugó en un gesto de genuina preocupación.

—Tengo ropa limpia aquí. Puedo ducharme en el gimnasio.

—Mierda. Bueno, aséate. Tienes visita.

—¿Emma?

Mike negó con la cabeza.

—Un agente de patrulla. Dice que tiene información sobre el caso y que quiere hablar contigo en concreto.

Ian se levantó despacio, con los músculos rígidos. Se pasó la mano por la ropa intentando alisar las arrugas, pero se dio por vencido al oír a Mike resoplar.

—Creo que a estas alturas no sirve ese truco —dijo Mike secamente.

—Lo que tú digas. —Ian estaba demasiado cansado como para que le importara en realidad—. ¿Dónde está?

—En tu mesa. —Mike se dio la vuelta y echó a andar dejando que Ian lo siguiera igual que un niño rebelde.

Le llevó un par de segundos ubicar al hombre que estaba sentado junto a su mesa, pero al fin se acordó.

—Agente… Gonzales.

—Sí, señor.

Ian hizo un gesto vago hacia Mike.

—Mi compañero. Gonzales tomó declaración a Emma después de que la atracaran.

—De eso, eh… De eso es de lo que quería hablarle. —Gonzales se pasó una mano nerviosa por el cabello oscuro—. Hay algo que creo que debe saber… Algo que debería haberle dicho. Aquella noche, después de tomar declaración a la señorita Reilly, recibimos el aviso de una venta de drogas en la vecindad.

—Lo recuerdo. Su compañera lo llamó… —Ian se detuvo un momento para situar el recuerdo en su lugar. Miró a Mike—. Lo llamó muñeco Ken pijo.

—Mierda —respondió Mike—. ¿El nombre del camello era Alex, por casualidad?

—Sí, señor, Alex Carmichael. —Gonzales cambió de postura—. Acabo de descubrir que está relacionado con el caso, por eso he…

—Buen trabajo —dijo Mike—. Ha hecho bien en venir a decírnoslo.

—Eso no es todo lo que tengo que decirles. —Gonzales dirigió su atención a Ian—. El día después del atraco, le traje el bolso de la señorita Reilly.

—Así es —lo alentó Ian.

—Le dije que lo había encontrado yo. No fue así. Lo había encontrado Alex.

—¿Ese tipo y tú os llamáis por el nombre de pila? —El tono de Mike contenía una clara advertencia.

—Lo conozco desde el colegio —le dijo Gonzales a modo de disculpa—. Yo... Mi compañera se estaba ocupando de los compradores, y cuando me quedé a solas con Alex, me dijo que tenía información sobre un crimen. Me ofreció contarme el atraco del que había sido testigo si lo dejaba ir. Y eso hice. Me dijo dónde estaba el bolso y me dio una descripción del individuo y yo... le creí.

Ian se inclinó hacia el rostro de Gonzales y Mike le puso una mano de advertencia sobre el hombro.

—¿Tiene una descripción del individuo?

—Nada útil —dijo Gonzales sin retroceder—. Complexión media, pelo castaño, caucásico. Estaba oscuro. No pensé que Alex pudiera identificarlo. Y habría sido un pésimo testigo, aun así.

—Cielo santo, Gonzales. La señorita Reilly está implicada en un caso de asesinato. Lo sabe, ¿verdad? ¿Se da cuenta de que esto podría estar relacionado? —preguntó Mike.

—No lo sabía. Acabo de descubrirlo. Lo siento.

Ian se dejó caer en su silla, la frustración le hizo fruncir el ceño.

—¿Así que solo le estaba haciendo un favor a un viejo amigo?

Gonzales vaciló:

—No, señor. Pensé que si le decía que había encontrado yo el bolso, le causaría buena impresión. Quiero ser detective algún día.

Ian se limitó a negar con la cabeza.

—Vaya a decírselo a su sargento, Gonzales —le ordenó Mike—. Tendremos que informar de esto. Y será mejor que lo haga usted mismo.

El joven agente asintió y se marchó en silencio.

—Al menos ha tenido las pelotas de reconocerlo. Ha actuado mejor que la mayoría. —Mike se sentó frente a su compañero.

—Vaya una manera de ascender en la policía. —Ian dejó caer la cabeza hacia atrás contra la silla—. ¿Entonces, piensas que el camello puede estar implicado?

—Si hubiera sido solo Weston, tal vez. Pero no tiene sentido en el caso de las otras víctimas. —Mike movió la cabeza, estudiando una serie de notas sobre su escritorio. Señaló una con el dedo—. Por cierto, ¿has sabido algo de tu chica esta mañana?

—No es mi… —Ian se enderezó—. ¿Por qué lo preguntas?

—He estado intentando concertar otra entrevista para confirmar algunos detalles sobre las fotografías. Pero no me ha contestado. ¿Sabes si planeaba irse a alguna parte?

—No. Y ella no se iría sin más. —Alejándose de la mesa, Ian abrió el cajón superior del escritorio y buscó sus llaves.

—De acuerdo, *cowboy*. Tranquilo. Probablemente solo habrá apagado el teléfono. Un agente ha estado pasando por la casa cada dos horas. Les diré que comprueben si está bien.

—Y una mierda. —Ian se levantó y se dirigió hacia la puerta sin esperar respuesta.

—Está bien, está bien. Deja que coja mi chaqueta. —Mike tuvo que correr para alcanzarlo, metiendo las manos en las mangas de la chaqueta por el camino.

Ian abrió la puerta del garaje, subió a un coche sin distintivo y apenas dio tiempo a Mike a cerrar la puerta antes de arrancar. Se saltaron cada semáforo del primer kilómetro e Ian encendió la luz azul para adelantar a todos los coches que se encontraron delante. Mike permanecía en silencio.

—¿Qué pasa? —preguntó Ian irritado.

—Nada.

—Es culpa mía, ya lo sabes, que ella esté implicada en esto. Tanto si el cabrón la está utilizando para llegar hasta mí como si no, ella no se habría visto en esta situación de no ser por mí. Es una maldita profesora de literatura. Ella no debería... —Ian no terminó la frase—. Es por mi culpa. Si ha pasado algo, es por mi culpa.

Mike no respondió.

Ian miró a su compañero y luego de nuevo a la carretera.

—Gracias.

—¿Por?

—Por ahorrarte la condescendencia.

—De nada.

Ian frenó derrapando ante la casa de Emma, aparcó rápidamente y recorrió la distancia hasta la puerta dando grandes zancadas. Mike iba unos pasos tras él cuando Ian se llevó la mano a la cartuchera y sacó el arma reglamentaria. Mike hizo lo mismo de inmediato. Ian se volvió hacia él para advertirle en voz baja:

—La puerta está abierta.

Mike asintió con la cabeza y siguió a Ian, pistola en mano, cuando este empujó lentamente la puerta con el pie y entró en casa de Emma. Mantuvo el arma en alto mientras los dos iban recorriendo metódicamente el pequeño espacio en busca de indicios de un intruso. Ian comprobó el armario de la entrada antes de dirigirse al comedor y Mike se ocupó de la cocina.

—Despejado —dijo.

—Despejado —respondió Mike.

Mike le señaló a el dormitorio mientras él entraba en el baño. Ian franqueó cautelosamente el umbral con el arma en alto y comprobó la estancia. No había rastro de Emma ni de nadie. Mike entró tras él.

—El baño está despejado.

Ian asintió y se dirigió al armario. Con Mike cubriéndolo, extendió una mano y lo abrió. Hizo las prendas a un lado para comprobar que no había nadie oculto en la oscuridad. Ian se volvió hacia Mike y negó con la cabeza.

—Nada.

Mike señaló la cama, luego cambió de posición mientras Ian se arrodillaba y levantaba el volante.

—Despejado.

Ian se incorporó.

—Ella no está aquí.

—¿Cuáles son las posibilidades de que simplemente haya salido y se haya olvidado de cerrar la puerta?

Ian volvió a la entrada. El bolso de Emma estaba en el suelo, caído en la entrada del salón. Había un reguero de monedas, trozos de papel y cosméticos esparcidos por el suelo.

—Esto no pinta bien.

—Las llaves están en la encimera —dijo Mike desde la cocina.

—La cartera y el bolso están aquí. También hay otro juego de llaves. Parece que se le cayeron. —Ian volcó el bolso y rápidamente examinó el contenido—. ¿Algún rastro de su teléfono?

—Aquí no —respondió Mike.

Ian se incorporó, sacó su móvil y llamó a Emma. Se oyó en respuesta el sonido de una melodía de dibujos animados. Ian se guardó el teléfono en el bolsillo sin colgar y siguió el sonido hasta el salón. Al pie de una estantería de libros, vio el teléfono encendido y cantarín de Emma. Lo cogió por la esquina.

—Maldita sea.

—O se le cayó, o alguien ha sido lo bastante listo como para dejarlo aquí. —Mike se acercó a Ian—. Hay que hacer fotografías y tomar huellas de todo, por si acaso. Voy a llamar a los técnicos forenses.

Ian asintió y se dirigió hacia la cocina mientras Mike hacía la llamada. Abrió los cajones con cuidado, encontró una bolsa de plástico para sándwiches y metió el teléfono dentro. Al cerrarla, tocó la pantalla y se sorprendió al ver que se encendía.

Mike se acercó por detrás.

—¿Quién deja su teléfono desbloqueado?

Ian negó con la cabeza.

—Emma no. Es demasiado celosa de su privacidad. Pero si ella lo tenía en la mano y estaba desbloqueado cuando el tipo lo cogió…

—Ian entró en la configuración—. Ha deshabilitado la seguridad para tener acceso completo.

—Entonces, ¿se lo quitó, jugueteó con él un rato y luego lo tiró al suelo?

Ian negó con la cabeza. Abrió la lista de llamadas recientes y las revisó. Vio varias del número de la comisaría hechas aquella misma mañana. Había sido Mike llamando para concertar otra entrevista. Debajo, vio su nombre repetido tres veces la noche anterior. Pulsó para ver las llamadas salientes. De nuevo su nombre aparecía en la lista. Sacó su teléfono entonces para confirmar lo que ya sabía: él no tenía ninguna llamada perdida suya. Finalmente, tocó la pantalla para leer los mensajes de texto. La última conversación que mostraba era entre Emma y él:

> IAN: No estás segura. Vete a casa ahora mismo.

> EMMA: ¿Qué ocurre?

> IAN: Estoy esperando en tu casa. Ven. Ahora te explico.

Ian se quedó mirando su nombre, pequeño y nítido en la pantalla del teléfono. Ella había ido a su casa pensando que él estaría allí. Sintió dolor retorciéndose en el centro de su cuerpo.

—¿Cuándo le enviaste eso?

—Yo no se lo envié. Mira la hora. Estaba contigo en la comisaría.

Mike cogió el teléfono y tocó la pantalla.

—No es tu número. Es el número de otra persona guardado con tu nombre. —Mike miró a Ian al encajar las piezas.

—No cambió la configuración de seguridad después de atacar a Emma. Ya lo había hecho antes. Ya había manipulado su teléfono. Entonces se hizo pasar por mí, la atrajo hasta aquí y se la llevó. —La voz de Ian sonó clara y firme.

Mike pasó el peso del cuerpo de un pie al otro mientras observaba a su compañero.

—Los técnicos forenses ya están de camino. Conseguiré pronto una orden de búsqueda.

—El coche de Emma está ahí fuera —dijo Ian—. Él debió de traer su propio vehículo.

—Preguntaremos a los vecinos por si alguien ha visto algo. —Mike vaciló—: Ian…

—No. —Ian le cogió el teléfono a su compañero y volvió a leer la conversación.

Mike se dirigió al salón sin decir nada más.

Ian respiró hondo y empezó a revisar la casa de forma más metódica. Nada parecía fuera de su sitio en la cocina. Había un solo vaso limpio y puesto a secar bocabajo sobre un paño junto al fregadero. Una caja de galletas saladas sobre la encimera. Ian abrió el lavavajillas con cuidado de no alterar ninguna huella y miró dentro. Estaba medio lleno. O bien Emma había tenido una razón para fregar aquel único vaso, o alguien la había tenido. ¿Estaba él allí, tomando un aperitivo, cuando Emma corrió a su casa? Distinguió algo blanco medio oculto bajo el horno y se agachó. Era el recibo de un pedido a una hamburguesería local. Leyó el nombre garabateado en la parte superior y se lo guardó en el bolsillo. Ian regresó rápido la puerta principal. No había daños ni en la cerradura ni en el marco de la puerta. Volvió a mirar el bolso en el suelo. El contenido desperdigado se extendía de la puerta al salón. El teléfono también se encontraba en aquella dirección; quizá se le había salido del bolso o se le había caído al entrar. Ian caminó desde la puerta hasta el bolso acortando su zancada para que se aproximara a la de Emma. Todo sugería que ella estaba entrando en casa. Había dado tres o cuatro pasos y se había detenido. Ian permaneció en aquella posición y luego se giró para mirar detrás de él. El armario era un lugar perfecto para esconderse antes de lanzarse sobre ella por detrás.

Había estado allí esperando. Emma, obviamente, llevaba sus llaves consigo; se le habían caído cerca del bolso.

—Mike —dijo Ian—. ¿Dijiste que habías encontrado un juego de llaves?

—Sobre la encimera.

Mike siguió a Ian de vuelta a la cocina. En la encimera había un puñado de llaves reunidas en un llavero con una pequeña calavera. Ian extendió la mano y tocó un pequeño botón negro sobre la cabeza de plástico. Unas lucecitas rojas se encendieron en los ojos y empezó a sonar «I ain't got nobody...».

—Siniestro —dijo Mike—. ¿Crees que pertenece a nuestro hombre?

—No —respondió Ian con seguridad.

La mente se le llenó de lluvia y tarta de manzana, Emma magullada y empapada mientras un joven policía le tomaba declaración en una cafetería de mala muerte.

—Eran de Emma. Se las robaron la noche de la inauguración. La noche en que me conoció.

Sin dejar de apretar el recibo en la mano, Ian observaba cómo los técnicos forenses examinaban metódicamente la casa de Emma mientras Mike ponía a cuatro agentes a preguntar a los vecinos. Vio, casi pasivamente, cómo cogían el móvil de Emma, lo rastreaban y llegaba el inevitable informe según el cual el número pertenecía a un número desechable ya desconectado. Casi no habló cuando conducían de regreso a la comisaría y ponían al corriente a los detectives del Departamento de Personas Desaparecidas. Permaneció en silencio mientras imprimía la copia de una fotografía de Emma de su perfil *online* de la facultad y la pegaba con cinta adhesiva en el tablero de la investigación junto a las de Sarah Weston, Phillipa Minor, Dana Ackerman y Olivia Ballard. No dijo nada cuando, al fin, todos comprendieron que tenían muy pocas pistas que continuar, que no había petición de rescate y que Emma muy probablemente iba a ser transferida de Personas Desaparecidas a Homicidios en cuestión de días. Y luego, con la misma calma, entró en la base de datos del Departamento de Vehículos Motorizados, buscó la dirección de Rory Tamblyn, condujo hasta su casa y abrió la puerta de una patada.

Rory estaba en su cocina de diseño con unos bóxer y una camiseta ajustada azul. El olor a cebolla impregnaba el aire y una sartén siseaba y chisporroteaba en el fuego. La elegante distribución de concepto abierto de la casa proporcionó a Ian una línea clara de visión desde la puerta de entrada. Mientras cruzaba el salón, reduciendo rápidamente el espacio entre ellos, Rory se apartó de la encimera donde estaba preparando la cena. Cogió el cuchillo que tenía sobre una tabla de cortar cercana y lo levantó con la mano derecha mientras colocaba la izquierda en una vaga posición defensiva.

—Suelta el cuchillo, Tamblyn.

—Y una mierda. ¿Qué está haciendo en mi casa?

En lugar de responder, Ian levantó la tabla de cortar, esparciendo una pila de verduras perfectamente cortadas, y la cogió con las dos manos para golpear con ella el brazo de Rory. Este gritó y se retorció a causa del impacto. Ian lo agarró, lo obligó a soltar fácilmente el cuchillo tirándole hacia atrás del brazo con contundencia y lo empujó desde la cocina hacia el espacio más abierto del comedor contiguo. Rory se tambaleó, Ian lo cogió de la tela de la camiseta, le dio la vuelta y lo empujó contra la pared con un antebrazo en la garganta.

—¿Dónde está ella?

—¿Qué cojones es esto?

Ian lo zarandeó, golpeándole la cabeza contra la pared.

—¿Dónde está Emma?

—¿Emma? No tengo ni idea. ¿De qué está hablando?

Ian volvió a golpearlo.

—Sé que estás detrás de esto, cabrón. Encontré el recibo que te dejaste. Ahora dime a dónde la has llevado antes de que te saque los huevos por el esófago.

Rory levantó la rodilla, logró golpear a Ian en el muslo y creó el suficiente espacio entre ambos para levantar una mano y empujar a Ian por debajo del mentón. El detective retrocedió tambaleándose y Rory se zafó de él. Corrió al salón e Ian lo siguió hasta atraparlo por detrás y derribarlo en el suelo. Rory jadeó en busca de aire cuando Ian

275

descargó un puñetazo primero en sus costillas y luego, ya encima de él, en su mandíbula. Ian se sentó a horcajadas sobre las piernas de Rory y lo cogió de la pechera.

—Dime dónde está.

—¡No sé de qué cojones me estás hablando!

Ian oyó a Mike entrar en la casa y distinguió vagamente su voz mientras lanzaba otro puñetazo que le partía el labio a Rory. Se preguntó remotamente si alguna pista habría conducido a su compañero hasta allí o si solo había seguido una corazonada. Mike era un tipo intuitivo. Pero aún tenía que atravesar el comedor antes de llegar hasta ellos. Ian no había acabado.

Rory escupió sangre a la cara del detective y lo apartó. Hizo ademán de impulsarse hacia la encimera e Ian volvió a levantar el brazo. Antes de que hubiera podido soltar el puño, Mike lo cogió por detrás para hacerlo retroceder. Ian perdió el equilibrio y se tambaleó, resbaló en el suelo de baldosas hasta golpearse con la pared. Mike se le echó encima con el pecho jadeante del esfuerzo.

—Cielo santo, Carter. ¿Qué crees que estás haciendo, por el amor de Dios?

—Él sabe dónde está, Mike. Mató a Olivia Ballard y luego se llevó a Emma. Lo sé. Solo dame…

—Una mierda. Eso es lo que te voy a dar. ¿Tienes idea del daño que has hecho con esto?

Rory se había puesto de pie y se apretaba las manos sobre la boca ensangrentada.

—No tengo ni idea de qué está delirando. Entró por la fuerza y me atacó.

—Cabrón. —Ian se encendió e inició un movimiento hacia Rory, pero Mike lo obligó a retroceder y lo empujó hacia la puerta.

—Lárgate, Ian. —Mike se volvió hacia Rory—: En nombre del departamento, le pido disculpas. Si quiere presentar una queja, lo acompañaré a la comisaría. —Se dirigió de nuevo a Ian—: Largo de aquí —repitió—. Ahora mismo.

Ian se tambaleó hacia la puerta doblándose en busca de aire. Tenía levantada la piel de los nudillos y un relámpago de dolor le atravesó la mano al apoyar los dedos contra el muslo tratando de mantenerse erguido. El ácido le quemaba al fondo de la garganta mientras la náusea se apoderaba de él. Sintió arcadas.

Podía oír las voces de Mike y Rory como un rumor lejano tras él. Las luces empezaban a encenderse en el agradable barrio suburbano a medida que los ciudadanos, preocupados, iban saliendo a sus porches oscuros. Ian levantó la cabeza, sobresaltado al comprender lo que estaban viendo: un vándalo ensangrentado que había entrado por la fuerza en una casa como las suyas, un policía corrupto tratando con brutalidad a un destacado profesor universitario. Mike tenía razón; había hecho un daño irreparable a su caso. Tragó saliva con dificultad haciendo que la bilis retrocediera y consiguió caminar hasta su coche. Vio a un hombre de mediana edad tensarse y luego a la mujer que lo acompañaba acercarse en un gesto protector.

Ian se subió al coche y condujo sin rumbo hasta que su respiración se calmó y la adrenalina se redujo a un breve temblor en las manos. Detuvo el coche en el arcén, encendió las luces de emergencia y echó la cabeza hacia atrás en el asiento. Era más que probable que hubiera puesto fin a su carrera. No había obtenido nada de Tamblyn y había arruinado cualquier caso que se pudiera construir en el futuro. Y Emma seguía desaparecida.

No sabía cuánto tiempo llevaba allí sentado, mientras el frío iba siendo cada vez mayor, cuando sonó el teléfono y los puños se le cerraron con rigidez. Era el número de la comisaría. Lo ignoró. Volvió a sonar. Entonces un pitido avisó de un mensaje de texto.

MIKE: Llámame. Ahora mismo.

Ian dudó si ignorarlo, permitiéndose fantasear brevemente con irse a casa y emborracharse hasta perder la consciencia. Sin embargo, eso no iba a ayudar. Llamó a Mike.

No dijo nada cuando este respondió al primer tono.

—¿Qué demonios ha sido eso?

—Sabe algo. —Ian respiró hondo tratando de mantener un tono neutro. Necesitaba a Mike de su parte.

—Tiene coartada para anoche. Estuvo con una alumna. La hemos llamado y ella lo confirma.

—Ella miente —dijo Ian de un modo excesivamente brusco. Lo intentó de nuevo—: Los compañeros de romance son coartadas terribles.

—Fue un rollo de una noche; no un hasta que la muerte nos separe. —El tono de Mike era serio—: ¿Por qué iba a mentir por un tipo al que apenas conoce?

—No lo sé. Pero he encontrado un recibo en casa de Emma. Con el nombre de Tamblyn. Él estuvo allí, Mike. En su casa.

Ian golpeó la ventana con la mano olvidándose de sus dedos doloridos, luego se apartó el teléfono de la cara al sisear de dolor. No necesitaba recordar a Mike lo que había hecho.

—¿Tiene fecha? —preguntó Mike después de una pausa.

Ian se quedó petrificado. No lo había comprobado. Había visto el papel, había visto el nombre y… Sacó el papel del bolsillo y lo examinó rápidamente.

—Mierda. —Se había equivocado.

—Cielo santo, Ian. Son amigos. Sabes que ha estado antes en su casa. ¿No se te ocurrió pensar que podía habérsele caído en otra ocasión?

Ian no dijo nada. No podía decir nada.

—Y ahora ni siquiera podemos preguntarle. —La voz de Mike se iba elevando con cada palabra—. No hay forma de que Asuntos Internos nos deje acercarnos a él, por no hablar de sus abogados. Le has dado un puñetazo en la cara a un puto sospechoso.

—Lo sé. —Ian sentía cómo el frío le calaba hasta los huesos y lo entumecía.

—Va a alegar brutalidad policial y, dado el estado de su cara, tiene un caso de cojones. Están metiendo la camiseta manchada de sangre en una bolsa de pruebas mientras hablamos.

—Ganará su caso —se limitó a decir Ian.

—Esto podría ser el fin de tu carrera, Ian —dijo Mike con un suspiro mientras la furia se desprendía de su voz.

Ian dejó que ese pensamiento recorriera su mente, demorándose de forma deliberada e implacable en lo que significaba. En el mejor de los casos, perdería su trabajo, su pensión y su reputación. En el peor, podría ir a la cárcel y probablemente acabaría en aislamiento. A los policías no les va bien entre la población general de reclusos.

—No importa —dijo al fin.

En la voz de Mike se percibía agotamiento.

—Vete a casa. Duerme. Bebe. Haz lo que sea. Pero céntrate.

Ian colgó sin discutir. Sabía que su compañero tenía razón. Sin querer buscar la calidez y la comodidad de su casa mientras Emma estaba en alguna parte aterrada y sola, condujo hasta un parque cercano, sacó una manta de emergencias del maletero y acurrucó su largo cuerpo en el asiento trasero del coche. Permaneció bajo el frío otoñal luchando contra el sueño hasta que su cuerpo no pudo resistir. Soñó con la oscuridad.

26

Ian franqueó las puertas de la comisaría poco después de las cuatro de la mañana con las solapas del abrigo levantadas y la cabeza baja. No quería atraer la atención de nadie. El agente del turno de noche lo saludó con un gesto al pasar.

—Empieza pronto hoy, detective.

—Tengo una idea que no me deja dormir —dijo Ian sin pararse.

Eludió el ascensor y subió por las escaleras traseras a la oficina de la comisaría. La sala estaba a oscuras salvo por una solitaria lámpara de mesa que alguien se había olvidado de apagar. Ian no encendió las luces.

Se había despertado con los miembros rígidos, los ojos irritados y un teléfono a rebosar de llamadas perdidas. Había tres de Mike, una del abogado del sindicato para decirle que lo llamara antes de hablar con nadie y dos del superior al mando. La teniente Fletcher informaba a Ian en un lenguaje escueto y malsonante de que sus labores quedaban restringidas al trabajo de oficina con una probable suspensión posterior. Asuntos Internos contactaría con él al día siguiente —Ian corrigió mentalmente que se refería a aquel mismo día— para concertar una entrevista.

Todo eso hacía su presencia en aquella oficina a oscuras un tanto cuestionable. La teniente solía llegar a las seis para trabajar en el acostumbrado montón de papeleo antes de la reunión matinal. Una reunión que Ian planeaba saltarse. Moviéndose con rapidez, se dirigió a la sala de reuniones que habían estado usando para la investigación de los asesinatos. La puerta estaba cerrada, e Ian sacó sus llaves con un gesto de dolor al tiempo que el tintineo pareció llenar el espacio vacío. Miró por encima de su hombro antes de entrar en la pequeña habitación. Una vez dentro, sacó el móvil e hizo fotografías del tablero y de cada ítem por separado. Luego repasó metódicamente los archivos fotografiando notas, informes de laboratorio y declaraciones de testigos. Se detuvo un instante al llegar a la declaración que había hecho Emma después de que le dejaran las fotografías en su casa y luego se obligó a continuar. Ya se detendría más tarde en recriminaciones.

Una vez que lo hubo documentado todo, salió de la habitación, cerró la puerta y se dirigió a oscuras hasta su escritorio. Abrió el cajón superior y sacó tres cuadernos de rayas que contenían sus notas personales. Rodeó la mesa de Mike y abrió el cajón donde sabía que su compañero guardaba los suyos. No se abrió. Habría sido fácil forzar la cerradura; sin embargo, Ian ya estaba caminando por una línea muy fina. Consideró entrar en su ordenador y enviarse archivos por *e-mail* a su correo personal, pero dudó. Esperaba permanecer un tiempo bajo el radar, aunque, si montaban un caso de Asuntos Internos contra él por el asalto a Rory Tamblyn —cosa que no dudaba que sucedería—, era bastante probable que se investigara su correo electrónico en busca de algo incriminatorio. Tendría que confiar en las copias físicas y en su memoria.

Se guardó los cuadernos debajo de la chaqueta, salió al pasillo y rápidamente bajó al vestíbulo. Se detuvo un instante en el hueco de la escalera de la planta baja al oír la voz familiar de un compañero detective cuando pasaba por la puerta. Había un nuevo agente en el mostrador principal, e Ian se miró el reloj. Eran las cinco y diez. Fotografiarlo todo le había llevado más tiempo del que esperaba. Saludó con un gesto al agente, resistiendo el impulso de avivar el paso al acercarse a la puerta. El aire frío lo sorprendió al salir. Manteniendo la cabeza baja, enfiló la calle y recorrió con forzada naturalidad dos manzanas hacia el norte, hasta el lugar donde había dejado el coche. Condujo hasta su casa respetando escrupulosamente cada señal de *stop* y de dirección.

Cuando llegó, Ian despejó una pared en el despacho de su casa, para lo que movió los muebles de cualquier manera y quitó obras de arte y recuerdos. Luego descargó las imágenes del teléfono en el portátil e imprimió copias de todas las pruebas para ordenarlas en cuidadosos montones y carpetas que había recabado en la comisaría. Encontró un paquete de chinchetas y recreó el tablero de la investigación en la pared ya vacía. Fotografías y notas no tardaron en llenar el espacio mientras Ian empleaba un rotulador para garabatear en la superficie de un pálido color crema. Anotó en cada foto fechas y detalles. Primero, las víctimas: Sarah, Phillipa, Olivia. Después, las desapariciones: Dana, Emma. Trazó un signo de interrogación bajo la foto de Dana. De momento, no habían vuelto a tener más noticias de personas desaparecidas ni de su familia.

A continuación etiquetó a los potenciales sospechosos. Empezó con todos los novios pasados y presentes de las chicas y por los compañeros de clase a quienes había interrogado, descartando a aquellos que tenían coartadas o que solo estaban relacionados con una de las víctimas. El novio de Phillipa, Ethan, permaneció en el montón junto al signo de interrogación para reemplazar al «novio mayor» que se había mencionado en el caso de ambas chicas. Dudó ante la imagen del camello amigo de Gonzales, aunque lo mantuvo también. No se había encontrado ninguna conexión con Phillipa, pero conocía a Sarah y había estado en la zona durante el atraco de Emma. A continuación, Ian cogió una foto de Malcolm Haynes, el chico al que Mike había llamado «pequeño cabrón siniestro». Estaba relacionado con las dos primeras víctimas, aunque bastante tangencialmente, en calidad de profesor adjunto, y ser siniestro no era exactamente una maldita prueba de nada. Ian clavó a Malcolm en un lado. Colgó a Rory Tamblyn, en cambio, delante y en el centro. Tamblyn tenía una coartada para los secuestros de Sarah Weston y Phillipa Minor, y, según Mike, también para el de Emma. Pero no para el de Olivia. Y quizá el secuestro de Emma fue algo diferente.

El teléfono de Ian vibró sobre su escritorio. Lo cogió y la pantalla le mostró la extensión de su teniente en la comisaría. Resistiendo el impulso de ignorar la llamada, respondió con brusquedad:

—Sí.

—Maldita sea, Carter.

—Escuche, teniente…

—Ahórreselo, detective. Asuntos Internos está investigando oficialmente su pataleta de ayer —le dijo la teniente Fletcher—. Está suspendido de empleo y sueldo desde esta mañana. Llame a su abogado sindical. No hable con nadie de Asuntos Internos sin nadie presente. E Ian…

—¿Qué?

—Manténgase al margen de este puto desastre. Sé que tiene una relación personal con la víctima, razón de más para que no se acerque al caso. Mike está en ello, y Jason y Aaron se ocuparán.

Ian no dijo nada.

—¿Me ha oído, Carter?

—La he oído.

—Bien. Venga a la comisaría, firme el papeleo y entregue su placa y su arma. Si se aburre, puede pasarse por sus clases de gestión de la ira. No tengo duda de que las recibirá en el futuro.

—Sí, señora. —Ian colgó antes de que la teniente Fletcher pudiera comentar nada a propósito de su sarcasmo.

Se volvió de nuevo hacia la pared que mostraba las pruebas relacionadas con el asesino en serie. En algún lugar de aquella pared estaba el detalle que podría hacer que todas las piezas encajaran. Revisó cada imagen y cada nota. Emma no encajaba en el patrón. No tenía ni la edad ni el aspecto adecuados. Su secuestro no casaba con el estilo de los otros. Incluso Olivia Ballard había desaparecido sin más. No había rastro físico, no había testigos. Ni siquiera se sabía de dónde se la habían llevado.

Pero a Emma era evidente que la habían raptado en su casa. Su captor había dejado el contenido de su bolso esparcido por el suelo. No había cogido el otro juego de llaves. No pretendía fingir que ella simplemente se había ido de la ciudad. Ni siquiera se había molestado en cerrar la puerta.

Sin embargo, las llaves y los mensajes de texto mostraban premeditación, de modo que no había sido un acto impulsivo sin más. ¿Estaba planeado desde la misma noche de la inauguración? Ian cogió los montones de papeles de la mesa y los repasó rápidamente. Se maldijo a sí mismo. No había hecho copia del informe del incidente de aquella noche. No lo habían considerado parte del caso. Él sabía que era un error que venía del hecho de que él había visto a Emma no como a un testigo ni como a una víctima, sino como a… Ian luchó por completar el pensamiento y lo apartó con firmeza. No tenía tiempo de analizar sus sentimientos por ella. Emma había desaparecido; él tenía que hacer su trabajo. Ian cerró los ojos, apretándose el ceño con los dedos, y trató de concentrarse en los detalles de aquella noche del atraco. Emma le había dicho al agente que un zapato se le había quedado atrapado y que había tropezado. Luego, cuando ya estaba en el suelo, alguien la había empujado y se había llevado el bolso. Le había parecido un delito de oportunidad. Había pasado por alto su importancia.

El secuestrador podría haber averiguado su dirección gracias a su carnet de conducir, pero el número de Ian no estaba en el teléfono que había robado, por lo que quienquiera que se la hubiera llevado había tenido acceso al nuevo teléfono de Emma. Ian cogió su móvil y miró el historial de llamadas. Su verdadero número estaba allí la noche en que Emma recibió las fotos de Olivia. Al día siguiente, ella no lo había llamado, ni tampoco él a ella. Lo que implicaba que el secuestrador se había hecho con el teléfono de Emma, había cambiado el número y lo había devuelto en algún momento entre el viernes y el lunes. Ian hizo una pausa para añadir aquella nota a la pared de Emma.

Tamblyn, desde luego, había tenido la oportunidad. Había ido a casa de Emma después de que dejaran las fotos y, presumiblemente, había pasado la noche con ella. Ian movió los hombros con incomodidad. Emma había ido a la comisaría al día siguiente a declarar, lo más probable es que llevara el teléfono consigo. Ian no sabía a dónde había ido tras salir de la comisaría ni tampoco al día siguiente, ella no había querido hablar con él. Necesitaba su registro de llamadas; solo esperaba no haber quemado todos los puentes. Marcó rápidamente el número que tan familiar era para él.

—Hola, Mike.

Su compañero no se molestó en saludar.

—¿Te han suspendido oficialmente o solo te estás escondiendo?

—Día de asuntos propios. Me ha parecido una buena idea.

—No me digas.

—Mike, necesito que compruebes algo para mí.

—No.

—Mike…

—Ya no puedes seguir trabajando en este caso, lo sabes.

—De acuerdo. Entonces, solo compruébalo tú. Emma me llamó la noche en que raptaron a Olivia, cuando le dejaron las fotos.

—Sí —respondió Mike con cautela.

—Tres días después, alguien había cambiado mi número en su teléfono. Quienquiera que se la haya llevado ha debido tener acceso a su teléfono después de que me dejara aquel mensaje.

—El individuo tenía sus llaves. Podría haber entrado en la casa en cualquier momento.

—Pero no es probable que ella se dejara el móvil en casa, así que tuvo que estar en contacto con ella. Necesito que averigües dónde estuvo Emma en esa ventana. ¿Hizo o recibió alguna llamada? ¿Le llegó algún mensaje? —Hubo un silencio al otro lado de la línea—. Mike, ¿habéis comprobado su registro de llamadas?

—Por supuesto que lo he comprobado. No soy el que la ha cagado aquí.

Ian dejó pasar el insulto. Se lo merecía.

—¿Y?

Ian oyó mover papeles.

—Recibió una llamada de Niall Chadha… Debió de ser justo después de venir a la comisaría. Luego hay un mensaje de texto de Chadha y después una llamada saliente al mismo número. Un mensaje de texto a Tamblyn esa noche y otro a la mañana siguiente. Y nada al día siguiente salvo los tres mensajes a tu falso número.

—¿Has contactado con Chadha para averiguar por qué llamó y escribió?

—Le dejamos un mensaje.

—¿Eso es todo?

—Probablemente supo de la chica Ballard.

—Ella le escribió a Tamblyn también. ¿Has hablado con él? —La voz de Ian fue neutra.

—Sí, así es.

—Mike, no puedes dejar de investigarlo sin más…

—No está en casa.

—¿Crees que ha huido?

—O se ha ido a un hotel después de que un neandertal entrara por la fuerza en su casa.

—Escucha, Mike, puedes machacarme todo lo que quieras. Me lo tengo merecido. Pero primero localiza a Tamblyn.

—Aunque lo hiciera, no es probable que coopere. El último policía que lo interrogó le dio un puñetazo en la cara. Déjalo, Ian. Este ya no es tu caso. —Mike colgó, y dejó a Ian escuchando en silencio.

—Mierda.

Su asalto a Tamblyn lo dejaba sin poder seguir su mejor pista.

Carolyn Matthews retrocedió al abrirle la puerta a Ian cuando este llamó. Él dio un paso atrás y se pasó los dedos por el pelo, muy consciente de pronto de sus muchas noches recientes sin dormir.

—Eh…, señorita Matthews —dijo titubeando—, no sé si me recuerda…

—Es usted el detective que está investigando los asesinatos —respondió ella en tono cauteloso.

Antes de que Ian pudiera responder, un hombre alto y elegante apareció en la puerta tras Carolyn.

—¿Ha venido para interrogarnos, detective? Estaré encantando de ofrecerles mi perspectiva.

—¿Y usted es…?

—Niall Chadha.

—Ah, sí, el amigo de Emma. ¿La ha visto recientemente?

La sonrisa de suficiencia del individuo desapareció de inmediato.

—No desde el sábado. ¿Algo va mal?

—¿Tamblyn no les ha dicho nada? —respondió Ian de forma indirecta—. ¿A ninguno de los dos?

—No. Me dijo que iba a teletrabajar hasta que las cosas… volvieran a la normalidad —respondió Carolyn—. ¿Qué ha pasado?

—No estamos seguros. Yo estaba… investigando el caso y… —Ian se interrumpió. Estaba luchando por llevar la conversación hacia donde quería—. Hubo un altercado.

—¿Qué hizo usted? ¿Le dio un puñetazo? —preguntó una voz por detrás.

En el camino del jardín, había una mujer menuda con un color de pelo inolvidable.

—Charlie —la advirtió Carolyn.

—Nos conocemos —dijo Ian tratando de ubicarla en un nuevo contexto—. ¿Es usted la becaria…?

—Charlie Mason, del *Daily Independent*. —Le hizo un gesto para que se apartara del camino y entró en la casa—. Oye, lo entiendo. Rory tiene *backpfeifengesicht*. —Al ver su expresión de desconcierto, explicó—: Una cara muy abofeteable.

—¿Podemos volver a Emma? —preguntó Carolyn—. ¿Qué está pasando?

—¿Ninguno de vosotros la ha visto? —Ian eludió la pregunta.

—No desde el sábado. —Niall miró a las otras mientras ellas

negaban con la cabeza; lo que aquel vacío implicaba iba asomando a cada uno de los rostros. Se aclaró la garganta bruscamente—. No es raro en ella, ¿no? —dijo Niall al fin.

—No respondió al mensaje que le envié el lunes. Pensé que, simplemente, no quería… —Charlie desvió la mirada hacia Ian—. Pensé que necesitaba algo de espacio después de lo que le había pasado a Olivia.

—Algo le ha pasado a ella —dijo Carolyn con rotundidad.

—Aún no sabemos nada…

—Basándonos en el hecho de que está usted aquí haciendo preguntas vagas y dando respuestas aún más vagas, podemos presumir que algo va mal. Y, si es así, si algo le ha pasado a Emma, necesitamos saberlo… Podemos ayudar. —Charlie se dirigió a una habitación contigua dando por sentado que la seguirían.

Cuando Ian entró, ya tenía el portátil en la mesa de centro y se afanaba en abrir archivos.

—Bien, ¿quiénes son sus sospechosos?

—No puedo… —empezó a decir Ian por costumbre, y entonces se detuvo.

Se había quedado sin ideas y sin pistas. Emma había confiado en aquellas personas lo bastante como para compartir con ellas lo que sabía, y había confiado en que entenderían las escenas del crimen igual que ella. Había resuelto cada enigma que había planteado el asesino hasta el momento… Quizá ella misma hubiera dejado alguna pista… Estudió uno a uno los rostros: expectante, temeroso, decidido. Si había dejado esa pista, allí era donde él la encontraría.

—A la mierda. ¿Cuál es tu número?

Charlie se lo dio e Ian le envió la foto que había sacado del tablero de la investigación original. Charlie miró su teléfono con evidente sorpresa, tocó la pantalla y acto seguido volvió al ordenador. Tras pulsar varias teclas, la imagen apareció en su monitor.

—En honor a la verdad, no tenemos gran cosa —empezó a decir Ian—. La primera víctima estaba implicada en asuntos de drogas…

Ese era su camello. —Señaló la foto de Alex Carmichael—. Pero no está relacionado con ninguna de las otras. Hemos encontrado a unas cuantas personas que conocían a las dos primeras chicas. —Indicó entonces a los novios—. Pero no hemos sacado nada en claro.

—¿Ese de ahí es Rory? —preguntó Charlie.

—Está relacionado tangencialmente con las dos primeras víctimas, pero tiene coartada.

Carolyn se sentó junto a Charlie y se acercó a la pantalla.

—Mierda, lo sabía. —Giró la pantalla para que Niall pudiera ver lo que estaba señalando—. Bueno, tú no lo conoces. —Se volvió hacia Ian—: Malcolm. El ayudante de Rory. Os dije que estaba acechando a Emma.

Ian se sentó al lado de Charlie.

—¿Haynes? Estuvo en nuestra lista, aunque no pudimos encontrar un motivo.

—Conoció a las dos primeras chicas a través de Rory y asistió como oyente a algunas clases de Emma. Hablaba de lo mucho que ella le gustaba. A menudo —añadió Carolyn.

—Sigue sin haber un gran motivo —argumentó Niall en voz baja.

—¿No eres tú quien dice que esto tiene que ver con el control, con reescribir su propia narrativa? —respondió Carolyn.

Ian levantó la vista hacia Niall para evaluarlo.

—¿Tienes una teoría?

Charlie resopló.

—Todo el mundo tiene una teoría. —Clicó en la pantalla y abrió un documento—. Y tú no eres él único que tiene un tablero de investigación.

Ian estudió la pantalla. El documento estaba dividido en tres secciones, cada una encabezada por el nombre de una víctima. La primera mostraba la imagen de la *Ofelia* de Millais junto con la cita enviada al periódico y las fotografías en blanco y negro de la primera página del *Independent*. Debajo, Ian leyó un impresionante perfil del asesino con notas sobre el cuadro y el análisis —claramente hecho por Emma, pensó— de la historia. La segunda columna era similar a la primera, aunque incluía tres cuadros y todas las fotografías de Phillipa Minor que se habían enviado al periódico. Levantó una ceja mirando a Charlie, pero ella se limitó a encogerse de hombros. La última columna tenía las dos citas enviadas a Emma, la pintura de una mujer vestida de verde y dos estrofas de un poema.

—No habéis perdido el tiempo.

—¿Quieres oír lo que pensamos o…? —Charlie, definitivamente, había tomado el mando en la conversación.

—Adelante.

—De acuerdo. Niall es psicólogo. Según él, el asesino es probablemente un narcisista, tiene un pobre historial con las mujeres y está empleando los asesinatos para tomar el control de su propia narrativa. Básicamente, su vida no es como él quiere y utiliza la fantasía de las historias para sentirse menos fracasado. —Levantó la vista hacia Niall—. ¿Es así?

—Fundamentalmente. Siente que no tiene control sobre su vida real, así que emplea su arte, los asesinatos, para mostrar dominio sobre quienes cree que lo han menospreciado a él o a su arte. Los convierte en lo que él quiere que sean.

—¿Encaja eso con Haynes? —preguntó Ian.

—No lo conozco, pero, por lo que dice Carolyn, es muy posible. Es socialmente torpe, sobre todo con las mujeres. Ha fracasado en sus intentos artísticos y tiene escasa capacidad social. El proverbial hombre blanco mediocre que siente que se le debe su parte de supremacía, pero que, en lugar de eso, está fracasando. ¿Sabe si tiene un historial de violencia, detective?

—No hay antecedentes policiales, pero más de una estudiante ha presentado quejas por acoso.

—Ese podía ser un primer paso hacia algo como esto. Muchos asesinos en masa o en serie empiezan ejerciendo violencia de género porque sienten que los cuerpos de las mujeres les pertenecen.

—También encaja en el perfil de la narrativa. —Charlie agrandó la segunda columna—. Pensamos que la escena del primer asesinato estaba inspirada en Ofelia. ¿Emma te habló de eso? —Ian asintió—. La segunda escena está basada en distinta fuentes: un poema, una historia medieval y tres cuadros. Rory dice que eso es posmodernismo. A mí me parece plagio. En cualquier caso, significa que quien lo hizo sabe de arte. Sin embargo —Charlie bajó por la pantalla—, Emma dijo que el asesino estaba malinterpretando los textos. Aplica su propia lente misógina a las historias. Por lo que probablemente es alguien que conoce los textos, aunque no sabe analizarlos. Alguien lo bastante inteligente como para leer a Shakespeare, pero no alguien que de verdad lo haya estudiado. Malcolm es un estudiante de posgrado, así que tendría el cerebro…

—Sin embargo, Rory siempre se está quejando de que no hace las lecturas. Dice que se limita a buscar las cosas en internet, pero que nunca se molesta en investigar para fundamentar sus ideas —intervino Carolyn.

Ian asintió con la cabeza.

—¿Qué hay de la tercera columna?

—Estas son las fotos que le enviaron a Emma —dijo Charlie desplazándose por la pantalla—. No tenemos copias. Probablemente, tú sí las tendrás. —Volvió al tablero de la investigación de Ian y lo amplió con satisfacción—. Niall, tenías razón. Coincide con el cuadro que sugeriste. —Clicó de nuevo en su archivo.

—Desdémona —confirmó Niall.

—Este rompe el patrón de los otros dos —prosiguió Charlie su resumen—. Emma y Rory elaboraron la teoría de que el asesino estaba enviando un mensaje no sobre Olivia, sino a través de ella. Un mensaje para Emma. La teoría de Rory eran más chorradas posmodernas, pero básicamente él pensaba que el asesino estaba haciendo saber a Emma que ella era parte de su historia. Que ella tenía un papel que jugar.

—Si Haynes estaba obsesionado con ella —sugirió Niall—, tendría sentido que quisiera arrastrarla a su nueva narrativa. Pudo ver el asesinato de su alumna como una especie de regalo, una ofrenda.

—Se está acercando más a ella con cada una —especuló Ian—. La primera chica era una estudiante de la universidad, alguien a quien Emma podría haber visto, pero a la que, en realidad, no conocía. La segunda asistió a la gala de inauguración la noche en que atracaron a Emma...

—¿Están relacionadas las dos cosas? —Niall volvió la cabeza hacia él sorprendido.

—Eso parece.

—Malcolm estaba allí aquella noche también —dijo Carolyn—. Sé que era el profesor adjunto de aquella clase.

—La tercera chica era una alumna de Emma...

—Y ahora tiene a Emma —terminó Carolyn la frase por él.

—No lo sabemos con seguridad —intentó decir Ian.

Carolyn se limitó a mover la cabeza y la conclusión los golpeó a todos de inmediato. Toda la energía de Charlie se disipó al instante y permanecieron un momento en silencio. Cerró el portátil y Niall extendió una mano hacia Carolyn.

Ian se levantó.

—Sea como sea, voy a encontrarla. Lo prometo.

—Las promesas son peligrosas, detective —dijo Niall en voz baja.

Ian se limitó a asentir, consciente de hasta qué punto aquello era cierto.

27

Emma despertó con una gruesa capa de lodo en la boca, un sabor asqueroso que no enmascaraba el sabor aún más fuerte de la sangre. Yacía sobre su estómago con la mejilla sobre la tierra y tenía las manos atadas con fuerza a la espalda. Le dolían los hombros por la presión. El aire a su alrededor estaba impregnado de olor a tierra y podredumbre. Un débil rayo de luz gris asomaba tras ella, lo suficiente para revelar las toscas siluetas de su entorno. Un largo tramo de tierra compacta se extendía delante de ella y acababa elevándose en una pared. No podía distinguir los detalles, pero con una enfermiza sensación de certeza supo que también era tierra. Estaba bajo tierra. Respiró hondo por la nariz, retuvo el aire y lo soltó intentando permanecer serena para dar con… algo. Tenía que haber algo. Sin embargo, lo único que podía ver era tierra. La densa tierra amortiguaba el sonido de su respiración irregular e impedía que le llegara cualquier sonido. Eso significaba —Emma se dio cuenta con horror— que probablemente nadie pudiera oírla a ella desde fuera tampoco.

Sintió la punzada de un dolor que irradiaba desde el centro de su frente cuando intentó mover la cabeza cuidadosamente para mirar al otro lado. Tenía el pelo, suelto y largo, enmarañado alrededor de la cara. Instintivamente, trató de levantar la mano para apartárselo y notó la presión de las ataduras. Volvió a tirar, esta vez a propósito, y sintió cómo le cortaban la piel. Sus pies también estaban atados; flexionó los

293

dedos y otra punzada de dolor recorrió las piernas al tiempo que la sangre volvía a circularle por la carne entumecida. Dejó escapar un breve grito y el dolor de la cabeza la atravesó, arrastrando consigo una oleada de náuseas. Podía sentir la bilis acumulándose al fondo de la garganta y se obligó a concentrarse en respirar.

Cuando el dolor cedió hasta un nivel soportable, se forzó a centrarse en cada foco de incomodidad en su cuerpo, moviendo y flexionando los músculos desde los dedos de los pies hacia arriba. El dolor de sus pies había disminuido a medida que la sangre fluía, pero le habían quitado los zapatos y los calcetines y sentía el escozor de los arañazos en el lado de uno de sus pies y una presión dolorosa en la planta del otro. Sus piernas estaban relativamente sanas salvo por las rodillas, que debía de haberse lastimado al caer. El recuerdo de aquel momento —la voz tras ella, la mano en su pelo— la invadió y con él regresaron las náuseas, desatando una oleada de adrenalina que la hizo empezar a temblar.

El instinto se impuso sobre la razón y Emma abandonó su cauteloso examen e hizo girar su cuerpo bruscamente, empleando el impulso para colocarse bocarriba. La tela se enmarañó a su alrededor al moverse. Tenía las manos aplastadas bajo la espalda y se quedó jadeando. Con un codo como palanca, se incorporó hasta sentarse. Seguía sin ver mucho del espacio que había a su alrededor, pero esta nueva postura al menos le permitía verse el cuerpo. No solo le habían quitado los zapatos mientras estaba inconsciente, también la ropa. Ahora llevaba un pesado vestido de brocado y la rica tela de color púrpura le caía por las piernas como si fuera vino. Pequeños puntos de plata resplandecían bajo la tenue luz. La piel se le erizó al comprender que quienquiera que la hubiera llevado allí la había desnudado para deslizar aquel vestido sobre su piel, ajustándolo fuertemente. Y que aquellas mismas manos probablemente habían vestido a las otras chicas, colocando sus extremidades y sus cabellos como si fueran bonitas muñecas. Ojalá se hubiera atrevido a preguntarle a Ian si lo había hecho antes o después de matarlas.

Pensar en Ian supuso un breve destello de esperanza al recordar su promesa de encontrarse con ella en su casa, justo antes de la dura constatación de que había sido su captor, y no Ian, quien la había engañado para que fuera hasta allí. Así que nadie la buscaba; nadie sabía siquiera que había desaparecido.

Emma cerró brutalmente la puerta a su autocompasión y empezó a moverse clavando los pies atados en el suelo de tierra. Centímetro a centímetro, avanzó hasta que pudo distinguir la fuente de luz: una puerta de gran tamaño hecha de listones de madera que estaba entornada en una ancha abertura en la pared de tierra a unos treinta centímetros del suelo. Una viga gruesa y toscamente tallada sobresalía por encima, sosteniendo una pesada elevación de tierra y roca que llegaba hasta el techo. Ella reconoció la entrada a una despensa de las antiguas. La vieja madera de la puerta se había combado y deformado dejando huecos entre los tablones. La luz era débil pero clara y Emma se dio cuenta por primera vez de que había amanecido. Se preguntó entonces si habría pasado una sola noche o más.

Clavando los talones en la tierra compacta, intentó arrastrarse hacia la puerta. Sintió una capa resbaladiza y caliente en el talón derecho al dar con una piedra afilada. Volvió a clavar los pies en la tierra, esforzándose por avanzar poco a poco, hasta que el sudor que fue cubriendo su frente se mezcló con la sangre y la tierra que le embadurnaban el rostro. Se frotó la mejilla con el hombro en un vano intento de aclararse la visión mientras la mezcla se le metía en los ojos. Parpadeó rápido y las lágrimas se impusieron contra la suciedad invasora. Y entonces, cuando se preparaba para moverse unos dolorosos centímetros más, oyó un sordo sonido de arañazos. Rodeada como estaba de una gruesa capa de tierra, el sonido tenía que venir de cerca para que ella pudiera oírlo. Demasiado cerca. Resonó en sus oídos y se le erizó el vello de los brazos. Conteniendo la respiración, se acercó a la puerta tanto como pudo y aguzó el oído. Le llegó un sonido hueco y vacilante que se fue acercando cada vez más: pasos, arrastrados y torpes.

Emma trató de alejarse de la puerta, aunque, con la prisa, se cayó hacia un lado. Rodó con torpeza hacia la sombra, presionando la cara contra la tierra. Mirando hacia la puerta, pero con el rostro parapetado tras la maraña del pelo, intentó parecer tan inmóvil y pequeña como pudo. La puerta traqueteó y crujió para abrirse con un pesado golpe. Toda la fuerza del sol de la mañana entró en el sótano y Emma cerró los ojos involuntariamente. Temerosa de volver a abrirlos y alertar así al intruso de que estaba consciente, Emma aguzó el oído. Los pasos, que se habían detenido mientras la puerta se abría, se reanudaron con la misma torpeza de antes, aunque entonces Emma pudo percibir otro sonido a medida que él entraba en el espacio cerrado, un susurro constante, como si estuvieran tirando de algo en el suelo. No, comprendió Emma. Como si algo estuviera siendo arrastrado. Se oyó un golpe pesado a unos metros de ella, seguido de un segundo golpe más suave a continuación. La respiración agitada y trabajosa era interrumpida periódicamente por pequeños y bruscos gruñidos. Un ritmo irregular sonaba contra el suelo, y notó algo tibio rozándole el costado. Se estremeció, y cada uno de sus músculos se tensó de repugnancia. Oyó otro gruñido y sintió la presión de aquel objeto tibio contra ella. Algo suave y ligeramente húmedo le cayó contra la mejilla. Emma contuvo la respiración.

El individuo que respiraba con dificultad se dirigió hacia la puerta con pasos más ligeros y firmes. Escuchó un breve crujido, el sonido claro de la sólida puerta al cerrarse, y luego un golpe rotundo contra la superficie de madera. Emma supo en ese momento que estaba encerrada. Lentamente, abrió los ojos para ver lo que estaba presionando la fría piel de su mejilla. Se movió un poco y el objeto cayó justo delante de ella. Un grito quedó atrapado en su garganta al reconocer lo que era: una mano.

Emma rodó para alejarse, luego se quedó quieta esperando oír el sonido de una respiración.

—Por favor, por favor, por favor —susurró en la oscuridad.

Se oyó un débil gemido en respuesta.

—¿Estás consciente? —preguntó en voz baja—. ¿Estás bien?

—¿Quién…? —La voz sonó dispersa y ronca.

—Shhh. Podría volver. ¿Te han hecho daño?

—No, yo… ¿Quién eres?

—Me llamo Emma.

—¿Emma? —La figura hizo un movimiento repentino—. Oh, Dios mío. —Se oyó un gemido y luego silencio.

La respiración de Emma se agitó y la bilis le subió a la garganta en el instante del reconocimiento. Los pulmones le ardían y tuvo que intentarlo dos veces antes de conseguir hablar:

—¿Rory?

—Emma… Esto no era… Tú no eres… —Su voz sonó salpicada de dolor y de rabia.

—¿Sabes quién es? —preguntó Emma pasado un momento.

—No. Estaba en casa tomándome un *whisky*. Y entonces todo empezó a… dar vueltas. Perdí el conocimiento. —Rory gimió débilmente—. Creo que me drogaron, pero no sé cómo pudo él…

—Estaba esperándome en mi casa —dijo Emma—. Ni siquiera… Solo me agarró. No sé cómo entró.

Rory permaneció en silencio salvo por sus respiraciones rápidas y superficiales.

—¿Rory?

El aliento de él pareció volverse más profundo; Emma se preguntó si habría vuelto a perder el conocimiento. Se acercó retorciéndose. Apoyándose en el hombro de Rory, colocó su cuerpo sobre él para poder alcanzarle la garganta con los dedos y dejó escapar un suspiro de alivio al encontrar un pulso irregular.

Cambió de postura de nuevo para mirarlo de frente y, bajo la débil luz, pudo verle el rostro, considerablemente amoratado y con un labio partido. Tenía los ojos cerrados y la musculatura relajada. Emma sintió el familiar acecho del pánico e intentó contenerlo con los hilos de un plan. Volvió a examinar el entorno, esforzándose por encontrar significado a los objetos oscurecidos por las sombras: paredes de tierra demasiado gruesas para cavar, una cerradura que no podía abrir, una puerta que no podía romper… y, al otro lado, un enemigo al que no conocía.

—¿Rory? —Volvió a intentarlo mientras el pánico vencía y se clavaba en su voz empequeñeciéndola—. Por favor. No creo que pueda hacer esto sola.

Él no respondió.

Emma rodó hasta quedar de espaldas a la figura inmóvil de Rory y subió las rodillas a su estómago, escondiéndose tras ellas lo mejor posible mientras mantenía los ojos, ya acostumbrados a la oscuridad, fijos en la puerta. Lo único que podía hacer era esperar. Cuando Rory despertara, trazarían un plan. Encontrarían una salida. Se defenderían.

Si es que despertaba.

28

Ian trató de no reaccionar a las miradas cuando entró en la comisaría para entregar su placa y su arma. Evitó el contacto visual con sus compañeros detectives al atravesar la habitación, ignorando sus comentarios, no todos susurrados. Llamó a la puerta de la teniente y no esperó respuesta para entrar.

—Carter, supongo que entiende por qué se le ha suspendido. —La teniente Fletcher estaba sentada ante su mesa y no se molestó en levantar la vista.

—Sí.

—¿Quiere que le explique el procedimiento, la investigación, las apelaciones y todo eso?

—No es necesario. —Ian mantuvo una actitud pasiva.

El rostro de la teniente se endureció.

—¿De dónde es usted, detective?

—¿Disculpe?

—¿Dónde creció? ¿A qué se dedican sus padres?

—Crecí en un suburbio de Milwaukee. Mi padre trabajaba en una oficina. Mi madre era directora de un banco. —Ian negó levemente con la cabeza, confuso—. No sé lo que tiene que ver mi origen con nada de esto.

—Seguro que no. —La teniente Fletcher dejó escapar una pequeña risa sin atisbo de buen humor—. No. Los tipos como usted nunca lo saben. Placa y arma sobre la mesa. Firme aquí para decir que le han notificado que tiene derecho a un representante sindical y a un abogado en caso necesario. —Le dio la vuelta a un documento y se lo puso delante—. Firme arriba, fecha debajo.

Ian se levantó y sacó su arma de la cartuchera lateral para dejarla, junto con la placa, sobre el documento firmado.

—Bien, Carter, ya está oficialmente suspendido, lo que significa que en lo que concierne al caso, no le está permitido presentarse como agente de la ley ni realizar ninguna acción. ¿Queda claro? Desde este momento, deja usted de ser policía.

—Sí, lo entiendo.

—Entonces sepa que espero que no haga otra cosa que actuar en consecuencia. —Fletcher se levantó por primera vez y su estatura inferior no minó en absoluto su autoridad. Se agarró al borde de la mesa dando a Ian la impresión de que se estaba conteniendo—. Si descubro que sigue investigando el caso, lo pongo en la calle de una patada yo misma.

—Tomo nota. —Ian se cruzó de brazos, mirando justo por encima de su cabeza.

—Por Dios, Ian. —La teniente Fletcher se alejó de la mesa y de él. Se colocó las manos en la espalda y esperó un momento antes de enfrentarse a él de nuevo—. ¿Entiende siquiera hasta qué punto esto ha sido un desastre?

—Sí, teniente. Lo sé. —Ian se quedó cautelosamente inmóvil, una postura que contrastaba con los gestos de frustración de la teniente.

—Entonces, fuera de mi despacho. —Movió una mano hacia él—. Su representante sindical se pondrá en contacto con usted. Y sin duda lo hará también Asuntos Internos. —Fletcher se dejó caer en la silla.

Ian asintió. Se volvió y se detuvo en la puerta.

—Por si sirve de algo, teniente, siento que esto la perjudique.

—Por desgracia, Carter, eso no sirve de mucho. Limítese a no empeorarlo. Váyase a casa, emborráchese y déjelo estar.

—Ese es el plan.

Ian atravesó la sala preparando una explicación para Mike por el camino, pero su compañero se había ausentado de su mesa, probablemente, admitió Ian, con el fin de evitar una conversación. Tiró de un cajón de la suya y se sorprendió al encontrarlo cerrado con llave. Mirando avergonzado por encima de su hombro, se dirigió a la mesa de Mike y cogió un bolígrafo. Al menos, le debía una nota de disculpa. El cuaderno de notas de Mike estaba cubierto de apuntes, pero unas palabras destacaban en el centro: «de estatura mediana-castaño-caucásico». La descripción que había dado Gonzales del atracador.

—Mierda —exclamó Ian en voz alta.

Sacó su teléfono y repasó las fotos que había tomado del tablero de investigación, ajeno a la atención que estaba atrayendo hacia él. El hombre que le había hablado a su testigo de la fiesta en el granero… «Complexión mediana, pelo castaño, caucásico». El hombre que había acosado a Phillipa en la inauguración… «Complexión mediana, pelo castaño, caucásico».

Ian salió de la habitación pasando las imágenes mientras caminaba. En cuanto hubo salido del edificio, marcó el número que aparecía en su pantalla.

—¿Alex? —preguntó Ian sin preámbulo.

—¿Quién es? —se oyó una voz impregnada de fingida indolencia.

—Detective Carter.

—Entonces creo que esta llamada es para mi abogado.

—Solo… —Ian recorría la manzana y se alejaba de la comisaría— escucha. Tu amigo Gonzales nos ha contado que te libró de un cargo por drogas porque fuiste testigo de un atraco.

—¿Y? No tienen pruebas de eso.

—No me interesan tus trapicheos. Necesito que identifiques al atracador.

—No estoy seguro de que pueda hacerlo.

—Inténtalo.

—¿Qué gano yo con eso?

Ian maldijo para sí y se pasó la mano libre por el pelo.

—Si eres capaz de identificar a ese individuo para mí, te convertiré en informante confidencial.

—¿Y entonces qué? ¿Habré conseguido ser tu marioneta? —se burló Alex.

—Es una carta para librarte de la cárcel, imbécil. ¿Te pillan? Si eres un confidente registrado, yo hago que desaparezca. —Ian hizo la oferta que no había querido hacerle a Zoey.

—De acuerdo —dijo Alex después de un momento—. ¿Qué quieres que haga?

Ian exhaló y cerró los ojos por un instante.

—Voy a enviarte tres fotografías. Dime si una de ellas es del tipo al que viste.

Ian seleccionó las fotografías de Ethan, Malcolm y Rory, se las envió a Alex y se puso a pasear de un lado a otro durante los minutos que tardó en hablar de nuevo.

—El de la camisa azul —dijo Alex al fin.

Ian finalizó la llamada bruscamente.

—Hijo de puta —dijo a la imagen que salía en la pantalla.

Ian volvió a comprobar el número de la casa. La dirección que había sacado de los archivos copiados lo había conducido hasta un pequeño y destartalado dúplex con la pintura descascarillada, y manchas de tierra y grava donde debería haber estado el césped. Se bajó del coche y se estiró la chaqueta perfectamente planchada que se había puesto. Había perdido su placa y, con ella, la autoridad del departamento de policía, así que Ian no tenía más remedio que confiar en la presunción y en la intimidación para obtener lo que necesitaba. Caminó por la acera agrietada y llamó ruidosamente a la puerta. Nadie respondió. Ian volvió a llamar.

—Malcolm Haynes —dijo desde el otro lado de la puerta—, soy el detective Ian Carter. Abra la puerta. —Ian llamó con más fuerza y firmeza—. Haynes.

Como tampoco hubo respuesta, Ian dio la vuelta a la casa en silencio. Había una ventana pequeña y sucia a unos metros de la entrada. La ventana daba a una triste cocina. Las paredes no tenían decoración; cajas apiladas de comida preparada llenaban la encimera y había platos sucios abandonados en el fregadero. Había una pequeña mesa y una sola silla en la esquina más alejada. Ian no pudo distinguir ninguna señal de movimiento, así que siguió su recorrido hasta llegar a otra mugrienta ventana.

Ian vio una cama con una basta colcha azul echada de cualquier manera por encima y una almohada amarillenta y arrugada en el cabecero. Una cajonera con la madera arañada en la pared de enfrente constituía el otro único mueble. Las paredes estaban cubiertas casi por completo con baratas reproducciones de obras de arte. Ian reconoció a Van Gogh, la *Mona Lisa* y algo que le pareció de Jackson Pollock. Otras eran más desconocidas. Una *madonna* con niño, un barco arrojado contra la costa por una tormenta, una mujer de ojos negros en una escena de calle. Todos los pósteres estaban pegados con cinta adhesiva o sujetos con chinchetas a la pared y tenían los bordes raídos por el tiempo. Ian pudo ver el contorno de un único marco colgado justo encima de la cama.

La puerta del dormitorio estaba entreabierta y alcanzó a ver otra puerta y un pequeño pasillo. Siguió andando hasta la parte trasera de la casa por un callejón lleno de cubos de basura y desperdicios sueltos. No había ventanas, así que Ian se movió con cuidado entre la porquería hacia el otro lado. Allí, otra ventana revelaba un pequeño cuarto de baño con lavabo, inodoro, ducha y el espacio justo para darse la vuelta. Había un solo cepillo de dientes sobre el borde del lavabo y una sola toalla colgaba de una barra de metal torcida atornillada a la pared justo encima del inodoro. En ninguna de las habitaciones había el menor rastro de Haynes ni de nadie. La casa mostraba una negligencia que iba más allá de la del típico cubil para dormir de un universitario.

Ian regresó a la parte delantera de la casa y escaneó rápidamente el salón. Tampoco había nada allí. Volvió a la puerta y, tras echar un rápido vistazo a su alrededor para comprobar que no había vecinos espiando, la empujó con el hombro. La barata cerradura cedió de inmediato. Ian esperó un momento, pero si alguien lo había visto, a nadie le importaba lo suficiente como para interferir. Entró en un salón que se parecía mucho al resto de la casa. Un sofá desgastado estaba colocado contra la pared del fondo con una mesa auxiliar de cartón prensado a unos pocos metros. La alfombra que alguna vez había sido beis estaba gris por la suciedad incrustada. La pared que había frente a la cocina se hallaba cubierta por una tosca estantería hecha de bloques de cemento y tablones desparejados que parecían haber sido rescatados de un callejón o de un vertedero. Los tablones se torcían y combaban bajo el peso de docenas de libros apiñados de forma caótica sobre sus superficies. Ian cruzó la habitación para examinarlos más de cerca. Los libros no parecían seguir ningún orden particular. Los tomos de arte se mezclaban con libros de ficción en ediciones de bolsillo. Había manuales encima de ejemplares manoseados de *National Geographic*. No quedaba un solo centímetro de espacio libre.

Ian examinó rápidamente el resto de la estancia y luego se dirigió a la cocina. Tras unos minutos de búsqueda no encontró nada de interés. Los armarios estaban en gran parte vacíos, con unas pocas tazas, platos y cacerolas que Ian supuso que venían de la tienda de segunda mano local. Se internó hacia el fondo de la casa y entró primero en el minúsculo cuarto de baño. Aparte de papel higiénico barato, jabón de marca blanca y algunos medicamentos que se vendían sin receta, los armarios no contenían nada. Ian atravesó el estrecho pasillo y entró en la última habitación de la casa: el dormitorio de Malcolm.

Ian hizo un repaso rápido: la cama mal hecha, la cajonera destartalada y el batiburrillo de pósteres que había visto por la ventana. Encendió una luz y se sobresaltó por un momento cuando el cuadro enmarcado sobre la cama se hizo visible. En el centro de la imagen, había una mujer con el cabello castaño rojizo agitado por el viento que contrastaba con su piel pálida bajo la luz de la luna. La hierba y los árboles eran grises en la oscuridad creciente y el cielo de un profundo y lúgubre color carbón más allá del tenue círculo de la luna menguante. Era una imagen pintada al estilo de los prerrafaelitas que impresionaba; sin embargo, no fue eso lo que hizo que Ian contuviera la respiración. El rostro de la mujer, aunque ligeramente dado la vuelta desde la perspectiva del pintor, era sin duda el de Emma. Llevaba los pies desnudos bajo un vestido azul y había una tensión en su cuerpo que sugería sorpresa o miedo. Era como si la hubieran captado un momento antes de huir: una Dafne a punto de implorar clemencia al Apolo que la persigue. Ian sintió que la piel se le erizaba incómodamente ante la mezcla de fascinación y repulsión que lo invadió. El cuadro podría haber sido hermoso, pero algo en sus duras líneas y en sus colores lúgubres le confería una apariencia predatoria.

Ian se acercó más. Pudo ver las líneas ligeramente en relieve donde el pincel se había deslizado sobre el lienzo. No era una impresión, y resultaba dudoso que Malcolm hubiera podido permitirse un original de calidad. Ian se preguntó si lo habría pintado el propio Malcolm. Se inclinó en busca de una firma. Había un pequeño garabato ilegible que podían ser letras, pero Ian no consiguió descifrarlas. Sin embargo, al aproximarse Ian sí consiguió leer los detalles del rostro de Emma. Sus ojos miraban hacia atrás por encima del hombro y tenía el labio atrapado entre los dientes en un gesto que Ian reconoció. Tenía una mano levantada sobre el pecho y los dedos cerrados con fuerza. Un molesto calor se instaló en el pecho de Ian. Se había equivocado con Tamblyn.

Sin importarle ya ser cuidadoso, Ian se dirigió a la cajonera y volcó el contenido del cajón superior en el suelo. Con el pie cribó aquel desorden: ropa interior, calcetines, camisetas gastadas. Nada que pudiera serle de ayuda. El segundo cajón se unió al primero añadiendo pantalones, bermudas y pijamas de franela al montón. El último cajón no ofreció más que unas pocas sudaderas viejas. Ian golpeó el fondo del cajón y pasó la mano por el interior de la cajonera vacía. Se volvió hacia la cama, quitó frenéticamente las sábanas manchadas y las arrojó al suelo. Pasó la mano por la superficie del colchón y luego miró debajo. Abrió el canapé y arrancó la endeble tela del forro para mirar dentro. Nada.

Con una frustración cada vez mayor, Ian empezó a quitar pósteres de la pared. Carolyn tenía razón: Malcolm era la clave para encontrar a Emma. Malcolm, que había estado en la inauguración. Malcolm, al que se conocía por acosar a mujeres. Malcolm, que fácilmente podría haber estado acechando en el campus, esperando y vigilando. Ian se volvió hacia el cuadro con un repentino destello de certeza y lo desprendió de la pared. Le dio la vuelta y rasgó el papel marrón que había por detrás del marco. Dentro encontró un grueso sobre de manila lleno de papeles. Ian volcó el contenido sobre la cajonera. Fotografías, páginas de libros, notas manuscritas y bocetos a lápiz se esparcieron por el barato revestimiento. Ian reconoció de inmediato las imágenes de Sarah Weston y Phillipa Minor. Había fotos que coincidían con las enviadas al periódico y bocetos que parecían diseños preliminares de las escenas. Algunos tenían anotaciones —sugerencias de correcciones y añadidos— escritas en los márgenes. Las páginas del libro se habían arrancado del segundo acto de *Hamlet*. Ian no dudó de que coincidirían con el libro que habían dejado en la primera escena del crimen. Rápidamente clasificó el contenido en montones, agrupando aquellos que parecían estar relacionados con Weston y los que encajaban con Minor. Se quedó con un puñado de bocetos y notas que representaban otra escena, pero no eran los momentos finales de Olivia Ballard.

Colocó las piezas una junto a otra. Aquellos bocetos parecían menos definidos que los otros, menos seguros. El primer dibujo mostraba una estructura en ruinas en medio de un claro. A Ian le pareció una vieja hacienda. A un lado, había un ordenado grupo de árboles frondosos que acababa en un bosque de pinos. El siguiente representaba más de cerca la arboleda, revelando que se trataba de un huerto de árboles frutales. Aquel dibujo era menos detallado que el primero. Parecía más un esbozo que una pieza terminada. En el centro, Ian distinguió dos figuras, una mujer que parecía estar sentada o arrodillada sobre la hierba alta —o tal vez flores— y un hombre tendido ante ella, yaciendo de espaldas mientras contempla su rostro. Ian pasó a la tercera y última imagen. Era el primer plano de un rostro de mujer, inequívocamente el de Emma. Sin embargo, a diferencia de la escena pintada en el cuadro que escondía aquellas páginas, allí Emma parecía más poderosa que asustada. El rostro era, al mismo tiempo, pícaro, majestuoso y, en cierto modo, sobrenatural. El artista había captado un brillo malévolo en su expresión que la hacía parecer traviesa y seductora. Ian recordó fugazmente la noche de la inauguración. Había visto aquella misma expresión en el rostro de Emma al levantar la vista hacia él mientras hablaban. Pero allí la sutil sonrisa iba dirigida al hombre que yacía sobre la hierba a sus pies.

La última página del montón no era un dibujo, sino una serie de líneas y breves notas. A Ian le llevó un minuto darse cuenta de que era un mapa. Dos líneas serpenteantes representaban un río, mientras que dos rectas paralelas mostraban toscamente los límites de una carretera. Dos líneas más atravesaban estas con una flecha que Ian supuso que indicaban un giro. En las notas situadas en la parte superior de la página se leía: «90, I KM26. D Robin Hill. I Sharp». Debajo del dibujo, alguien había escrito una sola palabra: «Barrows». Ian volvió a coger la primera imagen y sintió una punzada de reconocimiento. Sabía dónde se había dibujado. Y al menos en el mundo que reflejaba el boceto, eso implicaba que sabía dónde estaba Emma.

Reunió las cuatro imágenes y las metió en el sobre. Dejó el resto de imágenes y páginas en la cajonera. Caminó rápidamente hacia la puerta, salió y cerró tras él. Al llegar a su coche, subió, sacó el móvil y llamó a Mike.

—Ian, ¿cómo…?

—Luego. Ahora mismo tienes que pedir una orden de registro para la casa de Malcolm Haynes. Encontrarás todo lo que necesitas para vincularlo a los asesinatos.

—¿Qué? ¿Cómo demonios lo sabes?

—Una corazonada. —Ian lanzó el sobre al asiento del pasajero y arrancó el coche.

—Ian, si has hecho algo…

—Mike, puedes sermonearme o puedes llamar a un juez, conseguir una orden y hacer tu maldito trabajo. Es tu hombre. Estoy seguro de ello.

Hubo una pausa antes de que Mike hablara:

—Ian, estás suspendido. No puedes acercarte a…

—Lo prometo, Mike. Cuando llegues, no estaré cerca de la casa. Solo dile al juez que recibiste una pista anónima.

Ian colgó, forzó la marcha en el coche y se dirigió hacia la carretera interestatal.

29

Emma había perdido la noción del tiempo. Rory se había despertado brevemente, pero apenas había dicho incoherencias. Seguía repitiendo que Emma no tenía que estar allí y musitaba acerca de las otras chicas. Ella había tratado de tranquilizarlo lo mejor que había podido, aunque ni siquiera creía que él la hubiera oído. Después de que Rory volviera a perder el conocimiento, se rindió al pánico y al dolor, y gritó hasta que el pecho le dolió al respirar. Nadie había acudido.

Cuando su respiración se calmó y unos lentos temblores empezaron a agitarle el cuerpo, se quedó allí, inmóvil y callada, con la mejilla apretada contra el duro suelo. Los pequeños rayos de luz que se filtraban a través de la puerta habían ido desplazándose y marcando el tiempo, y el suelo debajo de ella fue enfriándose. Al fin, los músculos doloridos le exigieron moverse y Emma volvió a sentarse. Todo su cuerpo se había convertido en una constante punzada de dolor.

Nunca había sido deportista, ni especialmente popular —sus compañeros de infancia habían sido en su mayoría imaginarios—, pero siempre había sido la inteligente. Ella era quien tenía las respuestas y la que resolvía los problemas. Y en aquel momento tenía un problema que resolver. Cerró los ojos ante la desesperada situación —la puerta cerrada con llave, las ataduras apretadas, Rory herido e indefenso a su lado— y buscó en su mente la respuesta que necesitaba, algún hilo pasado por alto que pudiera guiarla a través de aquel oscuro laberinto. Sin embargo, no encontró nada. Dejó caer la cabeza hacia delante mientras repasaba cada escenario una y otra vez. Una y otra vez.

Emma no se dio cuenta de que se había quedado dormida hasta que la despertó bruscamente el chirrido de la puerta. Rodó con cuidado para colocarse en una posición desde la que pudiera ver por encima del cuerpo tendido de Rory. Unas botas aparecieron bajo la luz polvorienta y la puerta se abrió y se cerró crujiendo sobre los goznes. Un hombre descendió hasta el suelo del sótano flexionando ligeramente las rodillas al aterrizar. Era delgado y, a juzgar por la facilidad de sus movimientos, bastante joven. Emma distinguió un cabello oscuro y una piel pálida, pero su rostro estaba vuelto hacia el otro lado al pasar de la luz a la oscuridad. Se dirigió primero al rincón más alejado, donde Emma había pasado la mañana antes de arrastrarse hacia la puerta. Ella lo vio tensarse y sobresaltarse al darse cuenta de que ella no estaba allí. Se internó aún más en las sombras recorriendo la pared con la mirada para buscarla antes de darse la vuelta bruscamente y casi echar a correr hacia donde había dejado a Rory, apenas visible en el rectángulo de luz que entraba en el pequeño espacio. Emma se encogió, apartándose del lado de Rory mientras el individuo se acercaba. Él se encorvó ligeramente para agachar la cabeza y evitar el bajo techo de tierra. Gracias a esa postura, Emma logró verlo antes que él a ella, pero destruyó cualquier ventaja que pudiera haber tenido al dejar escapar un grito en cuanto lo reconoció.

Malcolm estaba cubierto de tierra y sudor y respiraba agitadamente a unos metros de ella. Emma, instintivamente, bajó la cabeza esperando un golpe. En cambio, en lugar de eso, oyó resbalar unos pies y un grito agudo. Emma se giró para mirar y vio que Malcolm se había caído hacia atrás con el rostro pálido y desencajado.

—¡No! —gritó con una rabia quejumbrosa. Tenía los ojos muy abiertos y húmedos—. Tú no tenías que estar despierta.

—Malcolm, yo…

—¡Silencio! —Hizo un repentino movimiento hacia ella y tropezó con el cuerpo de Rory.

Aterrizó con fuerza a su lado y Emma le dio una patada. Llorando de sorpresa o de dolor, Malcolm se incorporó sobre las rodillas y le pegó violentamente. Su mano impactó en la sien de Emma y ella cayó hacia atrás, incapaz de sujetarse antes de golpear el suelo. Rodó sobre su estómago tratando de alejarse, pero Malcolm la agarró por el vestido y tiró de ella hacia sí. La cogió del pelo con una mano y le envolvió los hombros con la otra, apretándola con fuerza contra su cuerpo. Emma percibió un hedor a sudor y a desodorante rancio.

—¡Para! Para. —El aliento de Malcolm al hablar era caliente y húmedo en su mejilla. La zarandeó.

—Malcolm, voy a parar. Te lo prometo. Yo… —Emma fue silenciada cuando la mano de Malcolm se deslizó desde su pelo hasta su boca.

—Lo siento. Lo siento, profesora. —Se sentó en cuclillas con un pie a cada lado de sus caderas—. Pero voy a arreglarlo. Voy a arreglarlo todo. Lo prometo.

—Malcolm, no tienes que hacer… nada. Solo deja que nos vayamos. Por favor.

—No puedo. No puedo hacer eso. No era así como tenía que ser. —Tenía el rostro a unos centímetros del suyo, pero hablaba hacia algún sitio por encima de su hombro—. Encontré este lugar. Encontré este vestido. Esto iba a ser aún mejor. —Bajó los ojos hacia ella—. ¿Recuerdas a la reina de las hadas de aquel poema? El que leímos en clase.

—*La belle dame sans merci.*

—Eso es —dijo con un tono de voz inquietantemente normal—. La reina de las hadas seduce a un caballero e intenta conducirlo a la muerte.

El corazón de Emma se aceleró con la pequeña emoción de la esperanza. Allí no había damisela, no había más víctima que…

—Pero el caballero no muere, ¿recuerdas, Malcolm? Sobrevive. Igual que la reina. —Emma intentaba mantener la calma y una expresión dulce y alentadora.

Malcolm sonrió.

—Por eso es perfecto. No puedes sin más… No puedes seguir contando la misma historia. —Levantó las palmas de las manos con énfasis, los dedos extendidos y ligeramente temblorosos—. Hace falta una nueva perspectiva, una nueva… Yo he intentado… —Se apretó los dedos contra los labios como si quisiera atrapar las palabras titubeantes. Tras un momento de silencio, volvió a intentarlo—: Siempre ha sido la chica, ¿verdad? Siempre. Una y otra vez, en todas las historias, en todos los cuadros. Pero ahora, esta vez…, yo invierto la narrativa. *Él* se convierte en el arte; él es la historia. Cuando lo encuentren a él y las fotos, pero tú hayas desaparecido… Él quedará para contar la historia una y otra vez mientras la gente duda, sospecha… Él será Ofelia loca y Elaine abandonada… Él vivirá su historia. ¿Lo ves? La perfecta reinterpretación posmoderna de la narrativa. —Malcolm introdujo la yema del dedo entre sus labios y se mordió la uña.

—¿Y yo a dónde voy, Malcolm? —Los ojos de Emma recorrieron el espacio apenas iluminado. ¿La dejaría él morir allí sin más? ¿Sellaría la puerta y se iría?

—Eso no importa. Tú no eres la historia, no en esta versión. —Había frustración en la voz de Malcolm—. Lo entiendes, ¿verdad? Lo que estoy haciendo… diciendo. Yo no… No quiero hacerte daño. Me gustas… mucho. Siempre has sido amable conmigo. Pero el arte… —Malcolm golpeó el suelo de tierra con una mano—. El arte es lo que de verdad importa. Todo el mundo verá el arte, mi arte. Me verán a mí.

—Yo te veo, Malcolm. Lo entiendo… No encajar, querer ser aceptado. Lo sé. Te veo. Igual que Rory. No tienes que…

—No. No lo ves. Pero lo verás.

30

El coche de Ian avanzaba dando tumbos por la carretera de tierra siguiendo las indicaciones que Malcolm había anotado en clave en el boceto. «90, I KM26. D Robin Hill. I Sharp». Giró a la izquierda en el kilómetro 26 de la I-90 y luego a la derecha hasta el *camping* Robin Hill, un lugar al que había ido de mala gana a varias barbacoas durante las vacaciones con la familia de Mike. Escrutaba el lado izquierdo de la carretera en busca de cualquier cosa que diera sentido al nombre de Sharp, condujo despacio durante algo más de tres kilómetros antes de dar la vuelta. El crepúsculo empezaba a caer e Ian encendió los faros para despejar las sombras del camino. Tras kilómetro y medio, sus luces encontraron una señal marrón de metal medio oculta entre los arbustos. Aparcó en el arcén y abrió la puerta con tanta fuerza que rebotó y le golpeó. La empujó de una patada con la bota y bajó del coche dejando el motor en marcha. Anduvo por la carretera y apartó las hojas para revelar el antiguo panel que detallaba la historia de la hacienda de la familia Sharp.

Ian corrió de nuevo al coche y apagó el motor. Sacó una pequeña linterna Maglite de la guantera y, maldiciéndose por no llevar un arma mejor, se metió una pequeña navaja en el bolsillo trasero. Cerró la puerta y volvió a donde estaba el panel; apenas podía distinguir un camino desdibujado entre los arbustos. Encendió la linterna y enfocó con ella el sendero; apartaba suavemente las ramas y la hojarasca a su paso. A unos cien metros, llegó a la ladera de una colina y bajó la vista para encontrar un paisaje que reconoció. Dorados por la luz del crepúsculo, yacían los restos de una hacienda y un granero, y una arboleda de lo que Ian ahora identificó como manzanos justo detrás.

La misma arboleda, lo supo, que Malcolm había dibujado con Emma en el centro.

Tras apagar la linterna, Ian descendió a paso lento por la colina hacia las edificaciones. La casa era destartalada y gris, y se filtraba luz por entre las grietas y los huecos de los tablones que faltaban. La achaparrada construcción de dos plantas habría proyectado una imagen de sana familiaridad en su plenitud, pero ahora parecía un recuerdo atormentado de las cosas perdidas. Un gran árbol con hojas que se desprendían de las ramas se cernía sobre él como un espectro y obstaculizaba a Ian la visión de la puerta principal. El granero, al este, era escalofriantemente similar a aquel en el que habían encontrado el cuerpo de Sarah Weston. Preparándose, Ian se agachó y atravesó el espacio sin protección para llegar a la estructura castigada por el tiempo.

Se acercó con cautela a la parte de atrás del viejo granero y lo rodeó por un lado. Al llegar a la esquina se detuvo y miró a su alrededor para examinar la zona. Tenía una perspectiva mejor de la casa desde allí y podía ver el porche, inhóspito y pálido bajo la luz menguante. La puerta estaba abierta. Contuvo la respiración, esforzándose por detectar alguna señal de movimiento. Una leve brisa aleteaba por el valle agitando las hojas con un suave susurro. La hacienda al completo parecía inerte. Ian se deslizó por la esquina, manteniendo la espalda pegada a la pared, y avanzó hacia el otro extremo del granero, deteniéndose de nuevo al oír un vago sonido al otro lado del claro. Los árboles del huerto se habían reducido a siluetas oscuras recortadas contra el cielo, dedos sin vida que trataban de alcanzar la salvación. Nada se movía. Atribuyó el sonido a algún animal que merodeaba al atardecer, entonces se dirigió hacia la puerta descolorida y tiró con suavidad de la madera astillada. La puerta se abrió hacia fuera con un chirrido e

Ian se quedó quieto otra vez con el oído atento a cualquier señal que indicara la presencia de alguien en la ruinosa estructura. Contó precavidamente unos diez segundos de silencio que sus pulsaciones superaron en número antes de adentrarse en la oscuridad del granero.

El denso olor a moho y barro saturaba el aire. Se arriesgó a encender la linterna, pero la mantuvo baja mientras examinaba el amplio espacio y su luz revelaba fardos de heno podrido y herramientas de granja oxidadas. El granero se hallaba vacío, una larga extensión de sombras que se hacían más profundas allí donde los tablones del suelo se habían agrietado o faltaban. Avanzó despacio, buscando escondrijos ocultos, hasta que estuvo seguro de que no había ningún sitio en el que hubieran podido encerrar a Emma. Volvió a salir entonces a la oscuridad del exterior.

Fuera, examinó el espacio abierto antes de echar a andar rápidamente hacia la casa con las rodillas flexionadas para mantenerse agachado. La luz había disminuido lo suficiente como para que la linterna ya no fuera opcional, y el haz barría la alta hierba y rebotaba a lo lejos en los árboles muertos. Comprobó el área que rodeaba la casa y solo se paró a inspeccionar un viejo Volkswagen escarabajo aparcado en el lado de la casa más alejado del granero. Había una chaqueta marrón en el asiento del copiloto y envoltorios de comida rápida en el suelo del coche. Gran parte de la pintura amarilla estaba oxidada; la puerta, cerrada, y la matrícula, oculta por el barro. Ian dudó si intentar limpiarla para leer los números, pero no quería perder tiempo. Regresaría si… Regresaría cuando hubiera encontrado a Emma. Dirigió entonces su atención al porche medio derrumbado de la entrada de la casa.

Ian subió los escalones comprobando el efecto de su peso en cada tablón antes de avanzar. El porche estaba agrietado y roto, e Ian tuvo que deslizarse por sus bordes para llegar hasta la puerta, que colgaba torcida de sus goznes. El umbral había cedido, lo que había dejado un agujero dentado. Volvió sobre sus pasos hasta una ventana destrozada y se arrastró sobre el alféizar, tambaleándose cuando un trozo de marco se astilló en su mano.

Examinó el espacio; el haz de luz reveló tablones caídos y densas telas de araña. En un hueco de la pared del fondo se veía una hornacina, los restos de una estantería o una despensa en tiempos mejores. Ian avanzó unos centímetros sin separarse de los tablones más robustos cercanos a la pared. Empleando su Maglite para no perderse en la oscuridad, deslizó los pies por el suelo invisible en busca de obstáculos. El sonido de su respiración llenaba la atmósfera y su eco le llegaba amortiguado por las capas de suciedad. Su pie encontró entonces algo voluminoso y bajó la linterna. Bajo la escueta iluminación, pudo ver una cama de paja improvisada y unas toscas mantas. En un extremo, había un abrigo de invierno enrollado a modo de almohada. Alguien llevaba varios días instalado allí. Una mochila azul oscuro yacía en el suelo y restos de varias comidas para llevar se acumulaban en el rincón. Ian hizo un rápido registro de las pertenencias del intruso. La mochila estaba atestada de ropa. Ian sacó el contenido y se sorprendió al ver que eran prendas femeninas. Entonces reconoció una blusa que encajaba con la descripción de la que llevaba Phillipa Minor cuando desapareció. Las chicas probablemente habían sido retenidas allí. Y Haynes había conservado su ropa como trofeo. En el bolsillo delantero de la mochila, Ian encontró algunos billetes de dólar arrugados y el carnet universitario de Malcolm Haynes. Dejando a un lado el mugriento montón, Ian siguió bordeando la habitación hasta llegar a la hornacina. Estaba vacía.

El polvoriento suelo había sido visiblemente alterado, aunque no había nada que se pareciera a la masa que Ian había distinguido desde el otro lado de la habitación. Ian observó el suelo y tampoco halló huellas que se internaran en el espacio ni siguieran la pared. Se volvió y examinó el lugar desde esta nueva perspectiva, siguiendo sus propias huellas desde la ventana, pasando por las mantas hasta donde se encontraba en aquel momento. No había otras señales de vida, aunque un pequeño pestillo metálico al fondo de la hornacina le devolvió un reflejo. Había una puerta. Abrió el pestillo y, retrocediendo para quedar parcialmente a cubierto si había alguien esperando al otro lado, empujó con fuerza. La pared se abrió hacia el aire de la noche, cada vez más oscuro. Los escalones que una vez llevaran hasta aquella entrada habían desaparecido y en su lugar Ian se encontró con una caída de más de medio metro hasta el suelo. Despacio, se asomó, acechando en las sombras cualquier señal de Malcolm. El crujido de las ramas de los árboles mecidos por el viento le pareció a Ian atronador mientras intentaba encontrar el peligro que sabía que le esperaba. Agachándose, saltó al suelo de manera que aterrizó con los dos pies a la vez, manteniéndose en equilibrio y preparado para reaccionar. Tras un momento de silencio, salió de la casa en dirección al huerto de manzanos. Una creciente sensación de temor lo invadió por dentro como bilis al tiempo que caminaba hacia las siluetas cambiantes de los árboles.

Los dibujos de Malcolm mostraban a Emma allí; la vida convertida en arte.

Un crujido hueco bajo su pie lo hizo detenerse de manera abrupta. Había estado bajando por una suave pendiente y su linterna reveló que el suelo se desprendía para caer en un ángulo empinado. Se arrodilló para inspeccionar el objeto con el que acababa de tropezar y la luz dejó expuestas las líneas y nudos de una vieja viga de madera. Desplazó su peso y medio saltó, medio se deslizó por la entrada de un viejo sótano. Advirtiendo de inmediato su potencial como escondite, comprobó la zona minuciosamente antes de centrar su atención en la puerta. Estaba formada por unos toscos listones y llena de grietas que mostraban la oscuridad de tinta del interior entre la madera. Habían colocado encima una rama de árbol de gran tamaño a modo de improvisada tranca para impedir que se abriera. El corazón de Ian se aceleró. La rama no disuadiría a nadie de entrar; tenía el propósito de mantener algo o a alguien encerrado. Ian se acercó y apretó la mejilla contra los tablones. Pudo oír un sonido débil al otro lado.

—¿Emma? —se atrevió a decir.

El silencio se alargó durante unos largos instantes hasta que se oyó una voz, casi un sollozo, al responder:

—Estoy aquí.

Olvidada cualquier precaución, apartó la rama de la puerta y la abrió violentamente. Movió la luz al azar por el pequeño espacio, buscando hasta dar con el rostro pálido y sucio de Emma. El estómago se le hizo un nudo cuando la luz cayó sobre los pliegues de la rica tela y el horror de la visión artística de Malcolm cobró vida.

Ian se dejó caer en el espacio oscuro y acto seguido tropezó. Apartó la luz de Emma, sobresaltado al encontrarse junto a ella a otra figura bocabajo. Tenía el rostro vuelto e Ian extendió la mano para mover el cuerpo. Sintió una vaga oleada de horror al reconocer los rasgos inertes de Rory Tamblyn.

—Mierda —musitó.

No solo había estado siguiendo la pista equivocada, sino que su principal sospechoso había sido secuestrado sin que él se diera cuenta siquiera.

—¿Está vivo? —La voz queda de Emma atravesó la oscuridad.

Obligándose a dejar a un lado las recriminaciones contra sí mismo, Ian puso los dedos sobre la garganta de Tamblyn. Percibió un pulso débil bajo la piel sudorosa.

—Sí —respondió. Ian se volvió y se acercó a Emma, manteniendo la luz sobre su cuerpo, pero apartándola cuidadosamente de sus ojos—. ¿Estás herida?

—Magullada, dolorida; herida no.

—¿Puedes moverte?

—Estoy atada. Tobillos y manos. —Emma hablaba en breves ráfagas, como si el esfuerzo de las frases la superara.

Sus palabras desataron la inquietud, mezclada con ira, en Ian. Exhaló entrecortadamente tratando de mantener su fachada de calma y control.

—Deprisa. Él sigue ahí fuera. —La voz de Emma estaba entremezclada de distintas emociones que Ian no podía suavizar ni desentrañar.

Apretó suavemente el hombro de Emma hasta que su estómago

tocó el suelo. Metiéndose la linterna entre los dientes, Ian sacó la navaja de bolsillo y abrió la hoja. La pasó con movimientos rápidos y eficaces por las cuerdas que la maniataban y luego se ocupó de las ligaduras de los pies.

—¿Y Rory?

Ian asintió y, no con tanta suavidad, repitió el proceso para liberar a Tamblyn.

—Tenemos que sacarte a ti primero, luego volveré a por él. ¿Crees que puedes andar?

—Si no puedo, gatearé —respondió Emma, y se puso rígidamente de rodillas.

Ian le colocó una mano sobre el hombro cuando llegaron a la entrada para que no levantara la cabeza por encima del umbral. No podía ver su expresión en la oscuridad, pero ella se quedó inmóvil al sentir su roce y lo dejó ir delante. Ian atravesó despacio la puerta, agachándose todo lo posible, hizo un rápido examen del área con su luz y luego ayudó a subir a Emma. Ella subió despacio y se tambaleó al tratar de ponerse de pie. Aunque sujetó con fuerza la mano de Ian. Ian le apretó la mejilla por un breve instante y sintió que ella la apoyaba sobre su palma. Luego, pasándole un brazo por los hombros para ofrecerle protección y consuelo a partes iguales, se dirigieron hacia la casa. Una corazonada le dijo que Malcolm estaba en el huerto de manzanos, preparándose.

Ian quería llevarse a Emma al coche, arrancar y dejar que otro se ocupara de ser el caballero andante de Tamblyn. Sin embargo, al llegar a la granja, Emma se apartó.

—Rory —dijo tan solo.

—Cuando estés a salvo —respondió él—. Aquí.

Encontró una sombra profunda lejos del punto de entrada a la casa y al coche de Malcolm por si este huía hacia él. La única arma de Ian era la pequeña navaja; la sacó de su bolsillo trasero y la apretó contra la palma de Emma.

Sintió más que vio cómo ella asentía con firmeza.

—Necesitaré la luz. Lo siento.

—La luna ya es más luz de la que he visto últimamente —respondió Emma.

Ian contuvo otra oleada de rabia.

—No te muevas a no ser que no tengas más remedio. Es más fácil esconderse que huir. Pero si no vuelvo, si algo sucede… Mi coche está entre esos árboles, por ahí. —Señaló en la dirección del camino que había seguido—. Corre. Encuentra mi coche y pide ayuda. ¿Entendido? —Buscó sus llaves y el móvil y se los dio.

Emma asintió con la cabeza y se pegó a la pared de la casa en ruinas mientras Ian se daba la vuelta y avanzaba tan rápido como la prudencia le permitía hacia el sótano aún abierto. Se dejó caer dentro y se acercó a Tamblyn. Volvió a buscarle el pulso y sintió un débil gemido como respuesta. Ian lo puso bruscamente de lado, se metió la linterna en el bolsillo trasero y después se lo echó al hombro, como si fuera un bombero. Moviéndose con dificultad en el reducido espacio, avanzó poco a poco hacia la puerta. Sentía el susurro de la respiración superficial de Rory en el oído y había algo pegajoso en su piel que a Ian le pareció sangre. Se levantó despacio al llegar a la entrada del sótano y soltó el peso de Rory en el suelo delante de la puerta. Sacó la linterna y la dirigió hacia el lugar en que sabía que Emma esperaba en las sombras.

La oyó gritar unos momentos antes de que algo duro y pesado le golpeara la mejilla dejándolo ciego y sumiéndolo en la oscuridad.

31

Emma cerró el puño y apretó los dedos con fuerza alrededor de la navaja que Ian le había dejado mientras lo veía alejarse. Su linterna saltaba sobre la rígida hierba como una pálida imitación de la media luna que se había alzado sobre los harapientos espectros de los manzanos. Su débil luz poco podía hacer para disipar la negrura. Ian se desvaneció en las sombras del sótano. Ella se apretó contra los toscos tablones de madera de la granja mientras manipulaba con torpeza el teléfono intentando captar una señal y esperando a que Ian reapareciera. Finalmente, de los perfiles fantasmagóricos del huerto emergió la forma de un hombre que se movía despacio. Se inclinaba ligeramente al andar, encorvando la espalda y el cuello.

—Malcolm. —Emma movió los labios para decir el nombre sin emitir sonido alguno.

Su captor salía de los árboles, a unos cien metros de Ian y Rory. Emma no se atrevió a gritar. Moviéndose tan sigilosamente como pudo, empezó a bajar por la pendiente. Sus pies descalzos no hacían ruido sobre la hierba, aunque el pesado vestido se le enredaba en las piernas y la entorpecía como si estuviera caminando sobre lodo. El miedo y el esfuerzo le entrecortaban la respiración. A medio camino de la ladera, se detuvo y se sumió en las sombras. Vio cómo la figura de Ian salía lentamente del sótano. Su cuerpo tiraba de algo y Emma comprendió que estaba luchando con el peso de una carga. Ian se inclinó hacia delante y dejó a Rory en el suelo; el cuerpo rodó con suavidad al caer. La luz se balanceaba a su alrededor acompañando sus movimientos y el haz de la linterna le iluminaba la espalda dejando sus piernas en la oscuridad. Al salir del sótano, Ian cogió la luz y la dirigió hacia donde estaba Emma. Captó el reflejo de una carne pálida cuando Ian se dio la vuelta. Malcolm estaría a medio metro y Emma percibió el brillo de metal cuando la luz cayó sobre él.

Abandonando cualquier propósito de sigilo, Emma se estiró todo lo que pudo y gritó:

—¡Detrás de ti! —Y echó a correr con todas sus fuerzas.

Llegó al sótano y miró dentro. La puerta inclinada se abrió de par en par y la linterna caída de Ian mostró su figura tirada en el suelo de tierra. Malcolm permanecía jadeante en el umbral; miraba hacia el sótano con una pistola colgándole sin fuerza de los dedos. Sin pensar, Emma recorrió la corta distancia que lo separaba de él. Lo golpeó sin equilibrio ni precisión, pero el ataque inesperado cogió a Malcolm por sorpresa. Los dos cayeron a plomo al suelo y rodaron por la suave pendiente alejándose de la puerta del sótano y enredándose en la gruesa tela del vestido. Emma logró ponerse encima de él. La pequeña navaja seguía en su mano y la hoja le cortó la cara. Sin embargo, Malcolm forcejeaba bajo ella y Emma la perdió. Arañó entonces en la oscuridad con la esperanza de encontrarle el rostro, los ojos, cualquier cosa que le diera alguna ventaja. Sus uñas le dejaron un rastro de sangre por debajo del cuello antes de que él consiguiera apartarla a un lado.

A Emma le dolían los brazos y la cabeza le daba vueltas cuando logró ponerse de rodillas. Podía oír la respiración agitada de Malcolm detrás mientras ella buscaba frenéticamente entre la hierba con la esperanza de que la intervención divina colocara la navaja a su alcance. En su lugar, sus dedos encontraron una rama tan gruesa como su brazo y, al oír los pasos de Malcolm detrás, describió con ella un violento círculo que le impactó en las rodillas con un golpe que reverberó. Las rodillas cedieron y Malcolm cayó a su nivel. Mirándolo a los ojos, Emma lo golpeó de nuevo. La rama chocó contra su sien con un crujido húmedo y Malcolm abrió los ojos conmocionado antes de caer hacia atrás. Se tambaleó y se derrumbó en el suelo, inconsciente.

Emma lo colocó bocabajo. Arrancó un lazo de su manga y le ató como pudo los brazos por detrás, apretándole con fuerza las muñecas y anudando los extremos. Dejó a Malcolm tendido en el suelo, y corrió de nuevo hacia el sótano abierto. Bajó con cuidado de evitar a Ian y cogió la linterna que él había dejado caer. Emma le pasó las manos por la cara y por el cuello, encontró un pulso fuerte y le recorrió entonces las mejillas en busca de heridas; luego hizo lo mismo por la cabeza. Notó sangre espesa y tibia en su nuca y acercó la luz para examinar la herida. Ian gimió al sentir sus dedos y Emma los retiró.

—¿Ian? Ian, ¿puedes oírme?

Él gimió de nuevo y empezó a incorporarse. Despacio y —Emma lo advirtió— con cuidado de no mover la cabeza, consiguió apoyarse sobre manos y rodillas. Se detuvo allí, respirando agitadamente antes de apoyarse poco a poco sobre los talones.

—¿Dónde está…?

—¿Malcolm? Fuera. Le he golpeado con una rama.

Ian levantó la cabeza para buscar su mirada y luego siseó de dolor. Cerró los ojos y respiró hondo varias veces.

—¿Necesitas vomitar? —preguntó Emma con torpeza.

Bajo el pequeño chorro de luz, Emma vio una mueca en la boca de Ian.

—No.

—Probablemente tengas una conmoción.

—Sí.

—Lo siento —dijo Emma en voz baja.

—¿Por qué? Puede que esté algo confuso, pero estoy bastante seguro de que me has salvado la vida.

—Por lo de antes. Por todo.

Ian no respondió de inmediato.

—Tenemos que conseguir ayuda.

Emma se puso de pie y salió del sótano. Ian la siguió vacilante, ignorando la mano que ella le ofreció. Una vez fuera, Emma se fue hacia Malcolm. Aún seguía en la postura en que lo había atado. Con el pie descalzo, Emma le apretó el hombro. No respondió. Se dio la vuelta y vio a Ian extendiendo el brazo hacia Rory.

Ian le presionó el cuello con los dedos.

—Sigue vivo.

—¿Puedes cargar con él?

Ian vaciló por un momento.

—No. —Se tocó con cuidado los bordes del hematoma que le estaba saliendo en la frente—. No lo vi venir.

—Lo sé. Estabas buscándome a mí.

Ian la miró, aunque no respondió.

Le dio la vuelta a Rory.

—Pásame la linterna —le dijo Ian.

Examinó el rostro de Rory y a Emma le costó respirar al ver las manchas de sangre sobre su piel demasiado pálida.

—¿Puedes subir la pendiente o debería ir yo sola en busca de tu coche? —preguntó Emma manteniendo un tono de voz neutro.

Ian respondió al instante:

—No vas a quedarte sola.

Cogiendo una bocanada de aire, Ian se inclinó despacio para comprobar el pulso y la respiración de Malcolm. Tiró de los nudos de Emma y emitió un pequeño sonido de satisfacción.

—Están… apretados.

—Lo sé.

Ian encontró los ojos de Emma y entonces asintió, levantándose.

—No va a moverse por ahora. Vamos.

Ian tomó a Emma de la mano y juntos, con la luz cada vez más débil de la Maglite guiando su camino, subieron por la pendiente. Dejaron atrás la granja demasiado silenciosa y se deslizaron por la negrura del bosque, al otro extremo del claro. El sendero era apenas visible, pues la luz de la luna casi no podía atravesar el follaje que los cubría, por lo que el camino de regreso al coche fue tortuosamente lento. Cuando llegaron al final y el coche de Ian apareció ante su vista, Emma dejó escapar un suspiro entre sollozos. Ian extendió los brazos en un gesto aparentemente impulsivo y la atrajo hacia su pecho. Emma lo envolvió en sus brazos y clavó los dedos en la blanda tela de su camisa. Los brazos de Ian la estrecharon aún con más fuerza y los dos permanecieron en silencio.

Los interrumpió una sirena, un sonido tan fuera de lugar en la pesadilla de los últimos días de Emma que le llevó un minuto reconocerlo. Unos faros se encendieron e Ian protegió a Emma a un lado del coche. Un guardabosques en un *jeep* de color caqui frenó junto a ellos. El hombre aparcó y se bajó del vehículo. Ian cambió de posición para quedar entre Emma y el joven.

—Buenas noches, señores. No sé si lo saben, pero esta es una zona restringida. Vi su coche antes y pensé que tal vez… —El guardabosques no terminó la frase al enfocarles con la linterna y ver el vestido de Emma y la cara ensangrentada de Ian.

—Me cago en la leche —soltó el hombre—. ¿Qué está pasando aquí?

Ian movió las manos para que fueran claramente visibles.

—Me llamo Ian Carter y soy detective de la policía. Esta mujer ha sido sufrido un secuestro; hay dos hombres heridos junto a la vieja hacienda. —Ian señaló hacia el camino que acababan de recorrer—. ¿Tiene una radio?

—Sí. Yo…

—Bien. Necesito que la utilice para pedir ayuda. Necesitamos a la policía y una ambulancia. —La voz de Ian era serena y firme—. ¿Puede hacerlo?

El hombre no respondió, pero volvió al *jeep* y metió la mano por la ventana para coger una radio.

—Hey, soy Jerry. Tenemos un incidente aquí. Vamos a necesitar a la policía local y un equipo de atención médica. —Hizo una pausa mientras alguien respondía al otro lado—. Sí, no estoy seguro…

Lo interrumpió el sonido de la reverberación de un disparo.

El guardabosques, instintivamente, se agachó junto a su *jeep* e Ian cubrió a Emma con su cuerpo, apretándola contra la puerta del coche. Los tres esperaron, petrificados, mientras duró el eco del sonido en medio del silencio.

—Rory —susurró Emma.

—¡Consíganos refuerzos! —gritó Ian al aún paralizado guardabosques—. ¡Ya!

Salió corriendo hacia el sonido.

Emma fue tras él, pero Ian se volvió hacia ella:

—Quédate aquí.

—Y una mierda.

—No puedes correr con eso. —Ian señaló el vestido de brocado.

—Entonces, tú llegarás antes. Pero iré de todos modos.

La mandíbula de Ian se tensó.

—Quédate detrás de mí. Mantente agachada.

Emma asintió y los dos volvieron a internarse en el bosque. Tropezaban y resbalaban por el camino mientras las palabras por radio del guardabosques se iban desvaneciendo a medida que la arboleda los engullía. Cuando salieron al otro lado, Ian convirtió su paso en una carrera sostenida mientras miraba a un lado y a otro para examinar el espacio abierto con su linterna. Emma se levantaba la falda y se esforzaba por seguirlo, con los pies, que ya tenía destrozados, aún más en carne viva con cada paso que daba. Al llegar al final de la pendiente, donde se encontraba el sótano, Ian redujo el ritmo y detuvo a Emma tras él. Siguieron avanzando en tándem, despacio, centímetro a centímetro, con cautela, hasta la puerta.

La luz de Ian recorrió el terreno bajo ellos y encontró primero a Malcolm. Seguía bocabajo en el suelo, tal como Emma lo había dejado, pero se había desplazado alrededor de un metro y medio hacia la izquierda y tenía las manos liberadas extendidas sobre la cabeza. Una mancha oscura y húmeda se extendía por su hombro izquierdo. A medio metro de distancia, con la cabeza enterrada entre las rodillas, estaba sentado Rory. Una pistola yacía a sus pies.

La oscuridad iba abandonando el valle mientras Ian observaba la invasión de policías y personal de emergencia que llevó consigo una tormenta de luz: los haces de las linternas, los faros de los coches y los focos portátiles obligaron a las sombras a retirarse. Para cuando Emma y él consiguieron llevar a un conmocionado y herido Tamblyn hasta los coches que esperaban, el guardabosques, presa del pánico, había logrado reunir a un batallón de agentes de uniforme de distinto color. Los sanitarios llegaron poco después y examinaron y trataron a todos. La herida en la cabeza de Tamblyn se consideró la de mayor gravedad y una ambulancia se lo llevó minutos antes de que Mike y otros miembros del departamento de policía llegaran a la escena.

Ian sabía que su compañero —posiblemente, ya excompañero a esas alturas— no estaría nada contento con la situación. Mike se dirigió hacia donde él estaba, apoyado contra un lado de su coche y con una bolsa de hielo que le había proporcionado uno de los sanitarios apretada contra la cabeza. Una segunda ambulancia retumbó por la carretera de tierra e Ian vio como trasladaban a Emma desde el asiento del copiloto del *jeep* del guardabosques a la parte de atrás de la ambulancia. Una eficaz enfermera, Ian calculó que tendría unos cuarenta y tantos, se bajó y comenzó una rápida evaluación del estado de Emma. Ian la veía mover los labios al responder a las preguntas. Luego negó con la cabeza, extendió el brazo para que le midieran la presión arterial y señaló hacia abajo. La enfermera apartó la pesada falda de las piernas de Emma y cogió un botiquín. Por primera vez, Ian se dio cuenta de que Emma estaba descalza. Incluso desde lejos, pudo ver las manchas de sangre en las plantas de los pies. Su rostro mostró dolor solo durante un segundo mientras le limpiaban y vendaban las heridas, pero enseguida adoptó una expresión serena mientras el tratamiento continuaba.

Ian oyó los pasos de Mike al acercarse a él por detrás, pero no se giró. La enfermera le había vendado los pies a Emma y pasó a ocuparse de otros cortes y laceraciones en brazos y piernas. Emma volvió la cabeza e Ian vio un ancho arañazo en su mejilla, donde había empezado a formarse un hematoma sobre la piel.

—Bueno, ¿quieres hacer una declaración aquí o prefieres esperar a que volvamos a la comisaría? —Ian se encontró con una mirada sin expresión de su compañero—. ¿En qué demonios estabas pensando?

—En que un asesino la había secuestrado y no tenía tiempo para esperar al papeleo.

Mike gruñó.

—Un secuestrador desquiciado, probablemente un asesino en serie, ¿y a ti te pareció divertido salir sin refuerzos y sin un arma?

—Estoy suspendido. No podía pedir refuerzos.

—No digas gilipolleces. Yo habría venido.

Ian asintió, reconociéndolo.

—¿Es que querías hacerte el *cowboy*? ¿Rescatar a la damisela en peligro? ¿O qué? ¿Ella caería a tus pies y caminaríais juntos hacia el atardecer? Ha sido una estupidez, Carter.

—Sí. —Ian se detuvo, mirándose las manos y recordando los caminos de tierra por los que habían corrido—. Ella estaba descalza.

—¿Cómo dices? —preguntó Mike desconcertado por la incongruencia.

—Emma —dijo Ian en voz baja—. Estuvo descalza todo el tiempo.

Ian vio a Mike mirándolo fijamente y al fin apartó la mirada, preparándose para la furia de su compañero. Sin embargo, en lugar de eso, lo que leyó fue una profunda preocupación en aquel rostro familiar.

—Necesitaremos una declaración oficial más tarde, pero ahora tienes que ir al hospital y que te examinen esa cabeza.

—Estoy bien.

—O vas al hospital o te arresto por obstrucción a la justicia. Tú decides.

Ian asintió, abandonando el apoyo del coche y dirigiéndose lentamente hacia la ambulancia.

La enfermera lo miró.

—¿Ha decidido dejar que le echen un vistazo?

—Lo han decidido por mí.

—Bien. Entre.

Ian subió torpemente a la ambulancia y ocupó un pequeño asiento contra la pared. Emma estaba tumbada con los ojos cerrados en la camilla que ocupaba la mayor parte del espacio. Se dirigió a la enfermera cuando esta cerraba las puertas.

—¿Ella está bien?

—Ella está bien —respondió Emma—. La han secuestrado, le han dado una paliza y le duelen los pies. Y está cansada.

—Nada grave —confirmó la enfermera—. Pero, dado que tiene vacíos de memoria, tenemos que hacerle un examen físico completo.

Ian sabía que también recabarían pruebas, analizarían su cuerpo y su sangre en busca de cualquier vestigio del hombre que la había secuestrado. Extendió la mano y, con gran cuidado, le cogió la suya. Emma cerró los dedos ligeramente. Permanecieron en silencio mientras la ambulancia se dirigía hacia el amanecer.

—¿Cuáles son los daños, Frankenstein? —preguntó Mike descorriendo la cortina.

Ian seguía subido a la mesa de reconocimiento. Se volvió para mostrar la zona afeitada y la línea de puntos en la parte posterior de la cabeza. Habían ingresado a Emma en observación. Ian la vio en la camilla, demasiado callada, cuando se la llevaron.

—Aún están examinándola —dijo Mike siguiendo su cadena de pensamientos.

—¿Puedes decirme algo?

Mike se encogió de hombros.

—Nada que no sepas. Heridas leves causadas por el asalto inicial y las ligaduras. Tiene un vacío de memoria, por lo que… Han pedido un kit de violación. Por si acaso.

—Claro.

—Es una luchadora. —Mike cambió el peso del cuerpo de un pie a otro—. A Tamblyn lo han examinado e ingresado. Parece que no recuerda mucho.

—Muy conveniente.

—No empieces otra vez. —Mike bajó la voz a poco más que un susurro y se acercó a Ian—: Tamblyn ha accedido a retirar los cargos por asalto porque le has salvado la vida, pero no abuses de tu suerte.

Ian pensó en Tamblyn en aquel oscuro sótano con la piel pringosa de sudor.

—Tienes razón. —Ian respiró hondo—. ¿Te ha dicho algo más sobre el disparo?

—Ha dicho que se despertó, mareado y desorientado, y que empezó a subir la pendiente. Oyó un ruido por detrás. Haynes apareció con una pistola. Forcejearon. La pistola se disparó.

—Y entonces, ¿ahora qué?

—Ahora —respondió Mike muy serio—, yo hago mi trabajo. Tú descansas esa cabeza dura.

Ian comprobó su reloj. Era casi mediodía.

—No me permiten dormir.

—¿Tienes a alguien que pueda quedarse contigo? ¿Quieres ir a casa? Brian está allí. Y los chicos no tardarán en volver.

—No, gracias. Voy a comer algo aquí, en la cafetería. Estaré bien.

—Ella está en la tercera planta —dijo Mike mientras se daba la vuelta para irse.

Ian no respondió, pero se dirigió al ascensor.

Distinguió la forma erguida de un agente de uniforme en cuanto enfiló el pasillo. Aminoró el paso, sintiendo una vez más las limitaciones de no llevar la placa. Pero, antes de que Ian pudiera hablar, el agente se dirigió a él.

—La enfermera acaba de irse, detective Carter —dijo el agente Gonzales—. ¿Quiere pasar?

Ian apretó los labios.

—Vaya una coincidencia que lo hayan asignado aquí.

—Me he ofrecido voluntario. Por mi error... —El rostro de Gonzales revelaba sin lugar a dudas que no lo estaba haciendo por buscar el elogio.

Cuando Ian asintió, el joven oficial llamó dos veces y abrió la puerta. Emma llevaba puesta una bata celeste de hospital, tenía el pelo húmedo y el rostro limpio. Se incorporó al ver entrar a Ian.

Ian vaciló en el umbral, sintiéndose un adolescente que espera un castigo.

—¿Cómo te encuentras?

Ella se movió en la cama, irguiendo su postura y ciñéndose la bata.

—Mejor. Tienes sangre en la camisa.

Ian bajó la vista hacia sus ropas sucias y se sorprendió.

—No he tenido tiempo de cambiarme.

Emma negó con la cabeza e Ian comprendió que había dado la respuesta equivocada. Pero no sabía cuál era la correcta.

—¿Necesitas una declaración? —preguntó en tono inexpresivo.

Ian la observó. Los moratones y las líneas de cansancio parecían aún peores bajo la luz fluorescente. Recordó que ella le había dicho una vez que no se le daba tan bien ocultar las cosas cuando estaba cansada. Sintió una necesidad repentina y culpable de valerse de aquella ventaja.

Sin embargo, en lugar de eso, empleó un tono deliberadamente suave.

—Tengo algunas preguntas, si te encuentras bien para contestarlas. Pero, sobre todo, quería saber si estabas bien.

—La respuesta a tu pregunta es no —respondió Emma mirándolo a los ojos con súbita intensidad.

—¿A qué pregunta?

—Si me agredió sexualmente. No. Hasta donde saben, no lo hizo. Yo no lo recuerdo.

—Estoy seguro de que no. No forma parte de su *modus operandi* —le dijo Ian tratando de sonar tranquilizador.

—Eso es lo que dijo Mike. —Emma se miró las manos—. Pensaba que eras tú, que estabas esperándome. Cuando me secuestró.

—Lo sé —respondió Ian en voz baja. Se dirigió hasta una silla cercana a la cama y se sentó—. Vimos los mensajes de texto. Yo no los envié.

—Lo imaginaba —dijo Emma con amargura. Se apretó la mano sobre los ojos—. Lo siento. Estoy cansada.

—¿Quieres que me quede? ¿Que esté contigo un rato? —Ian contuvo la respiración y sus manos se agarraron a los brazos de la silla preparándose para levantarse.

Emma negó con la cabeza, se tumbó en la cama y le dio la espalda.

—De acuerdo. —Ian se levantó con frialdad y atravesó la habitación para detenerse con la mano en el pomo de la puerta—. Emma… Lo siento.

—Lo sé. —Su voz sonó amortiguada por la almohada—. Yo también.

Su llegada a la comisaría a la mañana siguiente fue recibida con aplausos, aunque Ian se dio cuenta de que había sarcasmo en algunos. Había capturado a un asesino en serie, pero había provocado un absoluto desastre al hacerlo.

—Hola, guapo —le dijo Mike al acercarse a su mesa.

Ian hizo una mueca. Sabía por el espejo del baño que tenía ojeras y los ojos inyectados en sangre, y que gran parte de su rostro estaba cubierto de hematomas azules.

—¿Has visto el periódico de esta mañana? Nuestro amigo Mackey va a convertirte en una estrella. —Mike lanzó un ejemplar del *Daily Independent* sobre la mesa de Ian—. Y la becaria, Charlotte, ya te ha dejado tres mensajes… Quiere asegurarse de obtener su exclusiva.

Ian cogió el periódico al sentarse. El titular rezaba en grandes letras: «Valeroso policía atrapa a asesino».

—Cielo santo, es terrible.

—¿La foto o la prosa?

—La prosa. ¿Qué pasa con la foto? —Ian desplegó el periódico para que la mitad inferior de la página fuera visible.

Había una enorme fotografía suya en la puerta del hospital cuando salía de la ambulancia junto a la camilla de Emma, cogiéndole la mano. Estaba cubierto de barro y ensangrentado y mostraba una expresión intensa en el rostro.

—Mierda. ¿Cómo la conseguirían?

—Debieron interceptar la comunicación de radio en la que se dijo a qué hospital te llevaban. Probablemente esperaron allí hasta que apareciste.

—Pudo ser peor —sugirió Ian.

—Lee el artículo.

Ian bajó de nuevo los ojos al periódico y leyó rápidamente la historia. De un modo nada sorprendente, estaba lleno de prosa sensacionalista y verdades exageradas. Malcolm era un villano clásico y Emma una damisela indefensa.

—Ella va a odiar esto —musitó al leer.

El propio Ian quedaba convertido en un justiciero que se rebelaba contra el papeleo y la burocracia del departamento de policía.

—Mierda —repitió Ian.

—Fletcher quiere verte —dijo Mike sin darle importancia.

—Apuesto a que sí. —Ian tiró el periódico a la papelera que había junto a su mesa.

Mike abrió el cajón superior de la suya, sacó un segundo ejemplar y se lo lanzó a Ian.

—No te preocupes. Tengo de sobra.

—Cabronazo.

Mike se echó a reír lo bastante fuerte como para que los otros detectives en la sala miraran hacia él, unos con curiosidad y otros con irritación.

En aquel momento, la teniente Fletcher vio a Ian a través de su ventana de cristal. Asomó la cabeza por la puerta.

—Carter. Ya.

Ian se levantó.

—Hora de encontrarme con el todopoderoso.

—Buena suerte, *cowboy*.

Ian atravesó la habitación hasta el despacho de su jefa, entró y cerró la puerta tras él.

—¿Sí, teniente? —Se quedó casi en el umbral.

—Es usted un hijo de puta con suerte. —El rostro de Fletcher se mostraba iracundo mientras lo miraba desde detrás de su mesa.

—¿Cómo dice? —Ian dio un paso adelante, sobresaltado por las palabras más que por la expresión, antes de obligarse a detenerse de nuevo.

—Ha roto todas las malditas reglas, ha asaltado a un testigo, ha allanado la casa de un sospechoso y quién sabe qué más. —Fletcher metió la mano en un cajón de su mesa, sacó la pistola y la placa de Ian y las deslizó por la pulida superficie de madera—. Pero supongo que todo eso le importa una mierda.

Ian permaneció junto a la puerta.

—No entiendo.

Fletcher se echó a reír con sarcasmo.

—Bueno, ha detenido al asesino en serie, ha salvado a la chica y la prensa lo ha pintado como a un puto John Wayne. El comisario ha decidido que esa historia es mejor que la de «Un capullo tiene un golpe de suerte». Así que me han dicho que le ría la gracia y le devuelva su trabajo. Tamblyn ha retirado los cargos, así que Asuntos Internos dejará estar las cosas también. Vuelve a estar en activo, aunque no levantará el culo del escritorio hasta que pase una evaluación psicológica. Ahora lárguese de aquí y quítese de mi vista. —Se levantó y cogió el arma y la placa de Ian. Rodeando la mesa, se dirigió hacia él y se las plantó bruscamente en el pecho.

Ian las sujetó antes de que se cayeran.

—Sí, señora. Gracias.

—No me las dé. —Se dio la vuelta—. Yo quería darle la patada en el culo.

—Lo entiendo.

—Eso lo dudo, Carter. —La teniente se dejó caer pesadamente en su silla.

Ian cerró la puerta con torpeza, acunando la pistola y la placa en los brazos. Al cruzar la sala, las miradas se apartaron para evitar la suya. El despacho de la teniente no estaba insonorizado.

—Bueno —dijo Mike mientras se sentaba—. Has sobrevivido.

—Por poco. —Ian puso su placa y su pistola sobre la mesa y se dejó caer a plomo en la silla imitando inconscientemente a su jefa—. Parece que soy el puto John Wayne.

—¿Qué significa eso?

Ian cogió el periódico.

—El comisario ha decidido que la del héroe justiciero podría no ser la peor imagen.

—Así que te conviertes en un chico de póster. —La voz de Mike se tiñó del mismo desdén que la de la teniente Fletcher.

—Eso parece. —Ian se frotó la cara, advirtiendo por primera vez su barba de varios días.

—Bueno, mejor un mono de feria que un exdetective.

Ian asintió, pero no estaba seguro. La idea de acabar con el papeleo y ponerse a trabajar sin más en otro caso le parecía imposible.

—¿Has encontrado algo nuevo mientras…?

—¿Mientras estabas fuera de control? —lo interrumpió Mike—. Hemos localizado a Dana Ackerman. Había salido de fiesta con «una gente que conocía» y decidió alargar el fin de semana. Al parecer no había cargadores de teléfono en la velada. Está avergonzada y parece que algo molesta por el lío que se ha montado, pero sana y salva. Nada indica que estuviera retenida.

—Así que tenemos a las tres estudiantes de la universidad, a Emma...

—Y al menos a una de las chicas del norte que Hastings identificó, probablemente a las tres —añadió Mike.

—¿Averiguaste el motivo?

—¿Celos? ¿Despecho? ¿Locura? Un don nadie raro es rechazado por las chicas guapas y rubias y no lo encaja bien. Algo que parece ser tendencia últimamente. Encaja, Ian.

—Eso parece. Solo que... No habría sospechado de él. El chico estaba jodido, pero... —Ian se encogió de hombros—. No lo vi.

—Tenía al menos a una chica más en la agenda —le dijo Mike ignorando el *mea culpa*.

—¿A qué te refieres?

Mike sacó una carpeta de su cajón.

—Están analizando el original, pero han mandado copias escaneadas. Es un diario que detalla cada una de las escenas.

Mike extendió una serie de dibujos sobre la mesa. Ian se inclinó sobre ellos para verlos más de cerca. Los dos primeros mostraban imágenes detalladas a color de las escenas de los primeros crímenes: Ofelia y Elaine de Astolat. Eran más estilizados que los bocetos que Ian había encontrado y contenían detalles específicos de cada escena y líneas caligráficas con las citas que habían sido colocadas en los cuerpos. Las dos mujeres eran claramente reconocibles. El siguiente era de una mujer que debía de ser Olivia Ballard, aunque sus rasgos no habían sido pintados. Aquel boceto parecía mucho más descuidado que los otros dos. Mike sacó un cuarto dibujo. Representaba a otra mujer sin rostro. Llevaba un largo vestido medieval de un color azul suave y el pelo recogido sobre lo que tendría que haber sido el rostro. Un largo velo le cubría el cabello confiriéndole la apariencia de una novia. Al final de la página, con una caligrafía llena de florituras, alguien había escrito unos versos con tinta de un azul desvaído:

... tan falsa como el aire, como el agua, como el viento o la tie-
rra arenosa;
    un zorro para el cordero; para el ternero, un lobo;
    un leopardo para el cervatillo y para el hijo, una madrastra...

—Nada de eso coincide con el atuendo de Emma —observó Mike—. ¿Reconoces ese último fragmento?

Ian negó con la cabeza.

—¿Has encontrado algo más?

—Hay dos cosas raras, pero no extraigas demasiadas conclusiones de ellas. Había un coche en la hacienda registrado a nombre de Tamblyn, no de Haynes.

—¿Tamblyn conduce un Volkswagen?

—No. Un BMW. Estaba aparcado entre los arbustos, no lejos de donde te encontró la caballería. El robo del Volkswagen que estaba cerca del granero se había denunciado hacía unos meses. Estamos comprobando… La doctora Wollard está comprobando si hay huellas o rastros de las chicas que confirmen que fueron transportadas en él.

—Si condujo el coche de Tamblyn hasta el granero, entonces ¿cómo hizo Haynes…? —Ian negó con la cabeza—. Podría haber ido andando a la ciudad, haber hecho autostop, haber utilizado un vehículo compartido… No importa. ¿Cuál es la segunda?

—El ADN encontrado bajo las uñas de Olivia Ballard no coincide. Sujeto desconocido. —Mike se encogió de hombros—. Podría tratarse de un error. Vamos a repetir el análisis.

—Bien —dijo Ian vagamente—. Buena idea.

Volvió a coger la imagen de la mujer de azul.

33

Emma miró alrededor al entrar en su casa y sintió que el miedo y la rabia se apoderaban de su cuerpo dejándole una sensación de náusea a su paso. Tenía las manos cubiertas del mismo polvo fino que había sobre cada superficie de la cocina y del comedor, un recordatorio de la búsqueda de huellas por parte de los técnicos forenses. Las señales de invasión eran tan sutiles como los rastros de polvo: cuadros torcidos y objetos ligeramente desalineados, huellas en el suelo, un vaso sobre la encimera que ella no había dejado allí. Sintiendo un temblor que le recorría la piel, se agachó con determinación para recoger los objetos abandonados de su bolso, que estaban desperdigados por el suelo. El bolso mismo había desaparecido para ser analizado en busca de pruebas, al igual que su teléfono. Charlie le había conseguido uno nuevo, le había descargado aplicaciones de seguridad adicionales y se había negado a marcharse hasta que Emma añadiera una clave de acceso más segura.

Justo cuando reunía los objetos sobre una mesa auxiliar, oyó que llamaban a la puerta. Sabía que estaba cerrada y atrancada, pero, aun así, Emma sintió un momento de pánico ante el ruido. Aquel era su espacio, su casa, y en aquel momento no quería a nadie allí. El sonido volvió a oírse, junto con una llamada amortiguada. Respirando hondo, atravesó la habitación y se acercó a su superficie recién barnizada.

—¿Quién es? —Durante un momento de locura, se acordó del primer verso de *Hamlet*, «¿Quién está ahí?», y se preguntó qué fantasma la estaría esperando al otro lado.

—Soy Ian.

Emma quitó el pestillo y abrió la puerta despacio. Le estudió el rostro bajo la escueta luz y se esforzó por traducir lo que vio. Estaba visiblemente exhausto y herido, aunque había algo más, una especie de daño más profundo que sus moratones. Emma reconoció su propio dolor. Detective o no, se había visto amenazado y asaltado y había estado a punto de que lo asesinaran. Había atravesado la oscuridad y había sentido la tibieza de su propia sangre. Emma se hizo a un lado.

—¿Puede ofrecerte algo? ¿Té? ¿Café?

—No, gracias. —Ian dio un pequeño paso hacia delante y luego se detuvo, indeciso.

—Disculpa, pasa. —Ella señaló vagamente hacia el salón y se dio la vuelta para guiarlo.

Se sentó en el extremo más alejado del sofá y encogió las piernas.

—¿Tenías más preguntas? —preguntó Emma después de que él ocupara una de sus sillas extragrandes. Parecía rígido e incómodo contra la recia tela. Estudió el rostro de Ian—. ¿O quieres contarme qué más habéis encontrado?

Ian pareció sobresaltado antes de mostrar un asomo de sonrisa.

—Habrías sido una buena detective. Encontramos un cuaderno de bocetos con una nueva escena. No encaja con ninguna de las víctimas... ni tampoco contigo. La mujer lleva un vestido azul.

—¿Puedo verla?

Ian vaciló y luego sacó su teléfono. Deslizó el dedo varias veces antes de girar la pantalla hacia ella. Había un dibujo a color de una mujer envuelta en tela azul.

—La infiel Crésida... De nuevo Shakespeare. O podría ser Chaucer, supongo. O Joseph de Exeter.

—¿Qué te lleva a pensar eso?

—He estado en la Tate Britain, para empezar.

Emma se levantó y cogió un ejemplar profusamente anotado de la estantería. Pasó las páginas hasta que encontró lo que estaba buscando y luego le tendió el libro a Ian.

—Malcolm plagió todas las escenas. La Ofelia de Millais, la Elaine de Waterhouse… Probablemente le pareció que era inteligente beber de las tres versiones. —Emma dio un golpecito sobre la fotografía con brillo que Ian estaba estudiando—. Y ahora, Opie. El color del vestido es distinto, pero… Ahí la tienes.

—¿Tan bien conoces el cuadro?

—Me encanta la Tate. Me he pasado horas delante de esas pinturas. Es como si las hubieran seleccionado específicamente para mí. —Emma se dejó caer en el sofá—. Pobre Crésida. —Le devolvió a Ian el teléfono.

—¿Por qué ha sido Shakespeare tu primera suposición?

—Es la versión más cruel. En todas las versiones de la historia, Troilo se enamora de Crésida, pero, tras una cita secreta, su padre se pasa al enemigo y se lleva a Crésida con él. Ella promete regresar con Troilo, pero no lo hace; lo traiciona y se hace amante de otro hombre. La Crésida de Chaucer tiene miedo y hace lo que puede. Su amor es genuino. Su retrato de ella es compasivo. El de Shakespeare… no. Los críticos han dedicado trabajos enteros a preguntarse por qué el suyo es tan amargo y resentido. La llaman «lasciva». He pensado que el asesino…, Malcolm…, probablemente habría escogido la versión misógina. —Se encogió de hombros—. ¿Había una cita?

Ian volvió a sacar su teléfono, buscó en él y le enseñó la pantalla.
… tan falsa como el aire, como el agua, como el viento o la tierra arenosa;
un zorro para el cordero; para el ternero, un lobo;
un leopardo para el cervatillo y para el hijo, una madrastra…

—Es parte de un parlamento más largo. Básicamente, los dos amantes se están declarando el uno al otro y Crésida está prometiendo… —Emma se levantó rápidamente y encontró su ejemplar de la obra de Shakespeare y la escena—. Lee esto.

Señaló el comienzo del parlamento de Crésida y regresó a la estantería mientras Ian encontraba el pasaje.

—Ah… «Si falsa fuera o un pelo me desviara de la verdad, cuando envejezca el tiempo, olvidado de sí mismo…».

—Unas líneas más abajo: «De lo falso…». —Emma examinó los lomos de los libros prestando solo la mitad de su atención a lo que estaba diciendo.

Ian leyó diligentemente:

—«De lo falso a lo falso, entre las falsas doncellas enamoradas…».

—¡Aquí! —Lo interrumpió ella. Había encontrado su ejemplar de *Jane Eyre*, colocado al azar en la estantería tras la noche que había pasado leyendo con Rory. Pasó las páginas mientras Ian la miraba visiblemente confuso. Ella le mostró la página con la apretada escritura azul—. La misma frase.

—¿Y?

—Yo no la escribí. Y no fui capaz de averiguar quién lo hizo. Pero ese libro iba en mi bolso cuando me atracaron. Él lo tuvo; fue él quien lo escribió.

Ian estudió la página.

—¿Cuándo descubriste que esto estaba aquí?

—Hace unos días. Me pareció extraño, pero… —Emma negó con la cabeza—. ¿Por qué abandonó su idea original? Es evidente que lo tenía planeado. Lo escribió aquella noche de la inauguración. Entonces sabía ya lo que quería hacer conmigo.

Ian negó con la cabeza.

—Parece que los dos primeros asesinatos fueron planeados minuciosamente, con detalle, pero el tercero…

—Olivia —dijo Emma.

—El ataque a Olivia y tu secuestro parecen improvisados. Él te lo dijo. Tenía un plan, pero salió mal. Quizá lo asustaste al empezar a investigar, de modo que pensó que tenía que asustarte a ti para detenerte. Así que improvisó.

—¿Y entonces me convertí en la bella dama sin piedad…, en una amenaza, más que en una traidora? Supongo que encaja. Pero *La belle*... no está en la Tate. Me pregunto cómo la escogió. —Emma volvió a coger el teléfono y buscó el dibujo que había dejado Malcolm—. Su Crésida se parece a mí. No solo es el vestido. Tiene mi pelo y mi postura. Tenía talento. —Tocó la pantalla e hizo desaparecer la imagen—. ¿Fui yo el origen de todo?

Ian le tendió una mano al tiempo que ella se arrellanaba en el sofá. Se detuvo muy cerca de su brazo, cerrando los dedos hacia la palma de la mano.

—A Sarah Weston la secuestraron antes de la inauguración. Probablemente, Haynes las había elegido, tanto a ella como a Phillipa Minor, mucho antes de aquella noche. Tú te convertiste...

—En parte de la colección. —Emma se rodeó con los brazos—. ¿Estaba destinado a otra mujer el vestido púrpura con el que me encontraste?

—Es posible.

—Entonces nos salvaste a las dos.

Ian pareció primero sorprendido y luego incómodo.

—Gracias, Ian. —Emma habló en voz baja pero firme.

—Para empezar, tú nunca tendrías que haberte visto implicada.

—Fue Malcolm quien me implicó. Él me eligió, me atracó y dejó un mensaje en mi libro. Y luego yo... yo quise implicarme, quise ayudar. —Emma levantó la mirada y se encontró con la suya—. Tú no tuviste la culpa de nada.

—Claro —dijo Ian en voz tan baja que Emma no pensó que se estuviera dirigiendo a ella.

Emma estudió su rostro por un momento.

—¿Lees novelas de misterio o algo por el estilo?

—A veces —respondió Ian lentamente—. Me gusta el *noir*.

—Chandler. Por supuesto. ¿Cómo...? —Emma se interrumpió, no sabía muy bien lo que necesitaba preguntar—. ¿Cómo consigues separarlo? Los libros y...

—¿La vida real? —terminó Ian la frase por ella.

Emma asintió.

—La verdad es que nunca me ha costado. Solo son historias.

—¿Solo? —preguntó Emma—. Yo no soy capaz de hacerlo. —Cogió aire—. Anoche intenté leer para dormirme, pero me di cuenta de que todos mis libros favoritos tratan sobre muerte, sobre gente que hace daño a otra. Ya no sé cómo leerlos. Y tampoco sé qué hacer sin ellos. No sé a qué recurrir para escapar… —Un caos de emociones amenazó con superarla y ella se interrumpió abruptamente.

—Encontrarás nuevas historias, nuevos lugares a los que escapar —sugirió él.

—Quizá —dijo Emma.

Luego se rio un poco, sin demasiado convencimiento, cuando los últimos días volvieron a pasar por su mente. Tenía heridas invisibles, moratones y cortes en su identidad cuidadosamente escogida. Y él no lo entendía. ¿Cómo iba a entenderlo? Solo se le ocurría una persona que sí podía.

Rory abrió la puerta a la tercera llamada. Tenía moratones y se movió con rigidez al hacerse a un lado para dejarla pasar.

—Tienes mucho mejor aspecto que yo —bromeó.

—Los milagros del maquillaje. Una ventaja femenina, supongo. —Emma flexionó las manos y los ojos de Rory repararon en ello.

—¿Puedo ofrecerte algo? ¿Alguna bebida o…?

—No, yo solo… Solo quería verte. Hablar.

—Vamos a mi biblioteca. Los libros pueden ser reconfortantes.

—Solían serlo.

Emma siguió a Rory a través de un salón decorado en tonos oscuros y marcadamente masculinos hasta entrar en una acogedora habitación llena de sillones de cuero con respaldo alto. Las paredes estaban forradas de estanterías que iban del suelo hasta el techo, todas repletas de libros y desprovistas de cualquier objeto ornamental. Había una falsa chimenea en una de las paredes y una gran mesa de escritorio de caoba bajo la ventana. Los papeles desperdigados por su oscura superficie se disputaban el espacio con pilas de libros y periódicos.

—Has estado trabajando —dijo Emma observando el desorden.

—Necesitaba una distracción.

—Lo entiendo. Yo he estado vagando por mi casa como miss Havisham.

—¿Te apetece una copa? —Rory cogió una botella de *whisky*.

Emma negó con la cabeza.

—Me sorprende que aún le tengas afición.

—¿Por qué?

Emma lo miró sorprendida.

—Después de que te drogaran. Me dijiste que pensabas que Malcolm te había puesto algo en la copa.

—Ya, sí. Bueno, no voy a dejar que ese insignificante cabrón me arruine uno de los grandes placeres de la vida. —Levantó el vaso a modo de brindis hacia ella.

—Ian vino a verme esta mañana.

—¿Trabajo o placer?

—Han encontrado otro dibujo, otro plan, entre las cosas de Malcolm. Se suponía que iba a haber otra chica. Crésida.

—Una de las obras menos populares de Shakespeare. Malcolm había leído más de lo que yo creía —dijo Rory antes de darle otro sorbo a su *whisky*.

Emma sintió que los ojos de Rory la seguían mientras ella recorría la habitación tocando los libros con cuidado y comprobando su reacción ante ellos. Emma había estado en aquella habitación muchas veces. Rory y ella habían planeado, conspirado e investigado durante horas enteras allí mientras preparaban su curso de estudios en el extranjero. Se dirigió a otra estantería con fotografías con marcos idénticos en busca de una que estaba segura de encontrar: los dos a las puertas de la casa de Agatha Christie, en Greenway. Cogió la foto y observó sus rostros felices. No habían querido hacer la visita guiada, recordaba, y habían ido a su aire. Rory había insistido. Se había convertido en un chiste recurrente que visitaran hasta la última tienda de regalos literarios de Inglaterra, pero ninguno de sus museos. A Emma le gustaban los recuerdos *kitsch*, pero nunca tenía la paciencia de leer los carteles de las exposiciones. Salvo…

Emma soltó la fotografía, pues la cadena de evocaciones acabó en un lugar en el que ya no se sentía segura. Intentó distraerse examinando otras fotos, todas familiares.

—¿No había otra? ¿Una de todos nosotros en esa fiesta de la facultad?

—¿Cómo? Ah, sí, me la llevé al despacho. —Rory inclinó la cabeza con perplejidad—. ¿Por qué lo dices?

—Por nada en particular. Solo me ha llamado la atención.

Emma se dio la vuelta mientras su cerebro de *terrier* trataba de encontrar la fotografía que faltaba en el recuerdo que tenía del despacho de Rory. Negó con la cabeza y se dirigió al escritorio, donde él se apoyó como por casualidad. Una serie de bocetos cubría la superficie de madera.

—¿Son nuevos?

Las imágenes estaban trazadas con líneas nítidas y oscuras y representaban a mujeres estilizadas en posturas retorcidas. Sus cuerpos estaban formados por ángulos agudos; sus rostros, en blanco. Una mostraba a una mujer joven envuelta en un tejido diáfano que transparentaba su cuerpo a través de unas vestiduras griegas.

Rory tocó una de ellas suavemente.

—He estado… procesándolo todo. Dibujar ayuda.

Emma levantó la vista y advirtió nuevas líneas en las comisuras, donde su boca se tensaba.

—¿Estás bien?

Negó con la cabeza.

—De verdad pensé que no era propio de él.

—Yo tampoco lo creía, pero… —Algo centelleó en el cerebro de Emma—. Me dijo que nunca había leído *Hamlet*, que solo había visto la película. Me ha sorprendido que conociera *Troilo y Crésida*. Y a Malory, ya que estamos.

—Nos asaltó y nos secuestró a los dos, Emma. No es difícil suponer que te mintió.

—No, supongo que no. —Otro destello, más cerca, más poderoso—. Pero tú lo sabías.

—¿El qué?

—Cuando he dicho que era Crésida. Tú sabías que era la versión de Shakespeare la que había dibujado.

Rory levantó una ceja.

—Tú me lo has dicho.

—No. Yo no te lo he dicho. —Emma tomó aire y una monstruosa teoría cobró vida—. Y cuando te leí aquella cita que habían dejado en mi ejemplar de *Jane Eyre*, la reconociste.

—No recuerdo eso. —Emma se dio cuenta de que la respiración de Rory se aceleraba.

—¿Te acuerdas de cuando me acompañaste a la Tate? Te metías conmigo porque me saltaba los museos de autores, pero me pasaba horas contemplando cuadros. —Emma levantó la imagen de la chica griega—. ¿Este es el cuadro de Opie, verdad? Crésida.

—Solo es una chica cualquiera. —Algo oscuro ardió en el rostro de Rory, pero él enseguida sofocó las llamas.

Emma le sostuvo la mirada durante un breve instante y luego esbozó una sonrisa tensa.

—Por supuesto. Disculpa. No puedo evitar seguir buscando conexiones aunque no haya ninguna. Quizá no esté lista aún para tener compañía después de todo. —Dejó caer la mano a un costado y se alejó del escritorio.

—Emma. —Rory se interpuso entre ella y la puerta—. Mi boceto.

—Perdón. —Se lo tendió intentando mostrar indiferencia.

Él no lo cogió.

—¿Fue de veras la cita lo que te hizo darte cuenta? —preguntó Rory tras una mirada escrutadora. Su voz fue relajada, casi indiferente—. No le pedí que te robara el bolso para conseguir el libro, pero… No pude resistirme a dejar una pequeña pista. Fue algo infantil, supongo.

Emma siguió su mirada hacia la estantería de las fotos.

—No está en tu despacho, ¿verdad?

—No. —La sonrisa de Rory fue casi triste.

Emma sintió que otra pieza del puzle encajaba en su lugar: Rory, Carolyn y Emma en una fiesta de la facultad con una chica rubia a la que él había llevado. La presentó como una estudiante colaboradora. Ella parecía embelesada con él. Era Sarah. Pidieron a un camarero del *catering* que hiciera la foto y este utilizó el teléfono de Emma.

Emma se echó a reír de una manera sarcástica y no del todo controlada.

—¿En serio? ¿Todo esto por esa maldita foto? Ni siquiera estaba ya en mi teléfono. Hace copias de seguridad en la nube. —Emma vio la confusión en su cara—. Enemigo de la tecnología... —le espetó mientras echaba a correr hacia la puerta con el boceto apretado en la mano.

El puño de Rory la agarró del pelo. Ella gritó y se apartó instintivamente, y él aumentó la presión y la apretó con firmeza contra su pecho.

—¿A dónde vas? Este es tu momento triunfal. Has resuelto el caso, Miss Marple. —Emma pudo oír una sonrisa en su voz—. ¿No quieres una confesión por todo lo alto?

—Hijo de puta.

Emma se liberó, pero él le agarró la cintura con un brazo y la atrajo con más fuerza hacia sí. Desplazó la mano desde su pelo hacia su garganta.

—¿No quieres saber cómo fue la primera vez que maté a una chica? ¿Lo bien que me hizo sentir? —Su voz era traviesa, juguetona, confiada—. ¿O cómo entrené a Malcolm? La primera vez que salió solo estuvieron a punto de cogerlo. Vomitó sobre sus ridículas zapatillas. La historia tiene gracia en realidad. —Se apartó un mechón de pelo de los ojos—. ¿No? Me sorprende. Con tu afición a la literatura gótica, pensaba que disfrutarías del cliché.

—Aléjate de mí, maldito enfermo. —Emma forcejeó cuando él aumentó la presión sobre su garganta, su respiración se entrecortaba bajo su mano.

—Estoy decepcionado, Emma. —Había burla en su voz—. Culpar a la enfermedad mental. No estoy enfermo; soy un puto artista. Cojo algo insignificante y lo convierto en algo extraordinario. Matar es excitante, no me malinterpretes; pero es básico, fácil. En cambio, esto… Ellas han sido la musa, el pincel y el lienzo de mis obras maestras.

—Eran chicas inocentes… —susurró Emma.

Le cogió las manos con las suyas y le clavó las uñas. Dejaría pruebas al menos.

La voz de Rory sonó entonces abrupta.

—No eran nada. Formas vacías, bonitas muñecas sin nada que ofrecer salvo un polvo de sexo duro. Les compré regalos caros, las llevé al teatro y al museo. Eran demasiado simples como para apreciar nada de lo que les ofrecía.

Rory le dio la vuelta bruscamente a Emma y la empujó contra la estantería, agarrándole los hombros con las manos. Emma jadeó con el repentino regreso del aire a sus pulmones.

—Mi arte ha dado al mundo más de lo que le dieron sus vidas —le dijo en un susurro húmedo junto a su mejilla.

Rory se apretó contra ella, inmovilizando su cuerpo mientras su calor la envolvía. Los hilos del miedo apretaban el pecho de Emma. Cerró los ojos tratando de ocultar su pánico y de contener la bilis que le subía por la garganta. Recorriendo la estantería con los dedos, clavó las uñas en el lomo de un libro, desesperada por encontrar algo que pudiera transformarse en un arma. Al primer tirón, Rory le agarró la muñeca con la mano apretándole y torciéndole el brazo hasta hacerla gritar.

—¿Cuál es el plan, Emma? ¿Esperas que tu caballero de brillante armadura venga a rescatarte? —Sonrió como si fuera una parodia del Rory que conocía—. ¿O vamos a hacer una reescritura feminista en la que la damisela se defiende? ¿Quieres enfrentarte a mí, Emma? —Con la mano libre, cogió un pesado sujetalibros de la estantería y lo sostuvo en alto—. ¿O deberíamos acabar con esto rápido? —Hizo un violento ademán hacia abajo.

Emma se tensó esperando el golpe.

Rory rio, repitiendo el gesto y esperando a que ella se encogiera de miedo. Entonces tiró el sujetalibros al suelo, la apartó de la estantería y la liberó de un empujón.

—¿De verdad crees que voy a hacer algo tan estúpido como matarte a golpes? ¿En mi propio estudio?

Ella dio un par de pasos tambaleantes antes de perder el equilibrio. Se golpeó con el borde del escritorio lo bastante fuerte como para hacerse daño y cayó al suelo de rodillas. Gateando, trató de buscar refugio tras la estructura de caoba, pero la detuvo la presión de una bota que la dejó tirada en el centro de la habitación.

—¿Dónde está la diversión en eso?

Emma se dio la vuelta para levantar la vista hacia él buscando algún vestigio de la compasión que tantas veces había mostrado con ella.

—¿Por qué yo? —La pregunta sonó patética, pero Emma no podía morir sin completar el puzle.

Rory pareció genuinamente confuso.

—¿No lo entiendes? ¿Lo parecidos que somos? Te veo lucir tu máscara, representar tu papel. Yo hago lo mismo todos los días, fingiendo una normalidad que no tenemos en absoluto.

—Yo no soy como tú. Tú eres un monstruo.

—Sí que lo eres… Por eso siempre sé cuándo estás actuando, fingiendo ser como las otras chicas. Puedes ocultar tu verdadero yo al resto del mundo, pero no a mí… A mí, nunca. Esto tenía que haber sido un juego para ti. Para nosotros. Yo iba a enseñarte las fotos del periódico y persuadirte de resolver el misterio conmigo, de ser mi cómplice. —Rory se arrodilló junto a ella, la parodia de un hombre pidiendo matrimonio a su amada, y le envolvió la nuca con la mano. Le levantó la cabeza para acercarla a la suya y Emma pudo sentir su sudor al contacto con su piel—. Pero, en lugar de eso, te vi con tu vestido azul en la inauguración, mirando a aquel detective como una coqueta victoriana: mi hermosa Crésida.

Emma sintió que la náusea la invadía al comprenderlo todo. Así era como la veía él ahora. Infiel, traidora. Suya.

—Tan inteligente y tan falsa…

La besó con fuerza, mordiéndole el labio cuando intentó escapar. Emma pudo sentir la sangre tibia en su piel al apartarse.

—Así que cambié las reglas del juego. —No había malicia en la voz de Rory. Mantenía a Emma apretada contra él y le acariciaba suavemente la espalda con una mano—. Cuando me pediste que me quedara aquella noche, me tumbé a tu lado y escuché tu respiración sabiendo lo fácil, lo satisfactorio que sería detenerla y luego sentir cómo te enfriabas.

Emma sintió que su miedo se desvanecía y una rabia pura ocupaba su lugar. Pensó en su familia, en sus alumnos, en todas las personas cuyas vidas sufrirían o quedarían rotas si la mataban. En Carolyn, en Niall, en Charlie… Emma tomó aire bruscamente. Charlie tenía razón.

—No eres más que un aspirante superficial y ególatra —le espetó—. Un hombre patético y vulgar. Un artista sin originalidad. Un administrador de bajo escalafón que morirá sin haber hecho nada. La gente te habrá olvidado al día siguiente.

Rory la apartó de un empujón y Emma sintió un momento de triunfo al golpear el suelo con un crujido. Su alma mezquina y narcisista había acusado el golpe.

La inmovilizó en el suelo con las manos alrededor de la garganta para intentar que ella dejara de hablar.

—¿Nada? ¿Que no he conseguido nada? Yo soy el Artista. Nadie olvidará lo que he hecho.

—Lo que ha hecho Malcolm —lo retó Emma con tensión en la voz.

Le golpeó el pecho con los puños y lo empujó. Las manos de Rory se aflojaron durante un momento, un solo instante de respiro.

—Fui *yo*. Yo maté a esas chicas. Las convertí en arte.

—¿No has leído los periódicos? Malcolm es el asesino, el Artista. —Emma leyó la furia en su rostro y siguió presionando—. Planeó mi secuestro sin ti, ¿verdad? Tu pequeña marioneta cortó los hilos.

Luego te capturó a ti también y te lanzó a un sucio agujero. ¿De verdad había drogas en tu *whisky*? ¿O simplemente fue más inteligente que tú?

—Él no habría sido nada sin mí. Era mi plan, mi visión. *La belle dame...* ni siquiera...

Emma interrumpió su diatriba:

—No eres más que otra víctima a la que dejaron inmovilizada, atada e impotente en la oscuridad.

—Yo soy quien lo mató a él.

A Emma empezaron a llorarle los ojos cuando él apretó con más fuerza.

—Tú no serás más que una nota a pie de página —susurró.

Rory se apartó bruscamente de ella y se dirigió hacia la mesa. Empezó a repasar los papeles esparcidos sin que pareciera importarle que su última víctima siguiera viva.

—No. Él no es nada.

Llenando sus pulmones de aire, Emma, poco a poco, logró impulsarse hasta quedar sentada. Estaba a menos de medio metro de la puerta del estudio, pero sabía que nunca lograría salir de la casa. Rory era más grande, más rápido y más fuerte que ella. Rápidamente, examinó lo que había a su alrededor en busca de cualquier cosa que le sirviera para defenderse y descubrió el sujetalibros abandonado junto a sus volúmenes forrados en piel. Usando sus talones, retrocedió despacio, con cuidado de que no llamar su atención.

Rory se volvió con el rostro radiante de satisfacción.

—Te has olvidado de algo. Aún te tengo a ti. Si te encuentran como Crésida sabrán que Malcolm no era el Artista. Sabrán que el verdadero genio sigue ahí fuera. —Se dirigió despacio hacia Emma y se dejó caer a su lado, apretándose junto a ella—. Shakespeare y Chaucer omiten lo mejor de la historia de Crésida, como sabes. En la historia original, Crésida intenta ocultarse del mundo después de su traición. Igual que tú, mi pequeña reclusa. Pero Dios la ciega y la desfigura por lo que ha hecho. —Le pasó un dedo por la mejilla.

—Rory…

—Es más difícil de lo que crees estrangular a alguien, pero esa sensación del momento en que el pulso se detiene bajo tus dedos… Su voz sonó relajada mientras colocaba una mano sobre la clavícula de Emma, sujetándola.

Acomodó los dedos de la otra mano en su garganta, buscando a tientas su pulso. La respiración de Emma se aceleró, pero ella permaneció inmóvil. Rory se acercó y volvió a besarla, lamiendo la sangre que antes había hecho brotar. Emma se obligó a no apartarse. Él necesitaba su miedo. Mientras él la recorría con sus labios, ella extendió una mano hacia las estanterías y a punto estuvo de gritar cuando sus dedos tocaron una superficie lisa y fría. El sujetalibros estaba fuera de su alcance. Rory se incorporó, dándole los escasos centímetros de espacio que necesitaba, y ella lo empujó con toda la fuerza de la que fue capaz. Sin esperar a ver su reacción, giró el torso y se lanzó hacia delante. Él dio la vuelta de nuevo y la aplastó contra su cuerpo. Pero llegó unos segundos tarde. Emma levantó el sujetalibros y lo golpeó en la parte posterior de la cabeza tan fuerte como pudo.

Rory gritó y se apartó mientras ella corría hacia la puerta. Pero el sujetalibros apenas lo había aturdirlo y consiguió agarrarla de la blusa. La tela se rasgó y el impulso la tiró al suelo. Cayó al otro lado de la habitación golpeándose contra algo afilado y duro. Desorientada, se puso de rodillas. Había caído cerca de la chimenea, y Rory había quedado entre ella y la puerta. No había posibilidad de huir. Lo vio dirigirse hacia ella e instintivamente retrocedió hasta la pared. Un suave sonido metálico invadió sus oídos. Por un instante, el mundo quedó inmóvil y en silencio mientras ella volvía la vista hacia las herramientas de la chimenea que colgaban en su soporte de latón: la pequeña pala, el cepillo de cerdas y el atizador de punta afilada. Sus dedos palidecieron contra el hierro cuando levantó el atizador, se giró hacia Rory y lanzó el brazo en el momento en que él la alcanzaba.

34

El aire gélido le mordió los pulmones a Ian cuando abrió la puerta del coche de Mike y echó a andar siguiendo la hilera de majestuosas casas victorianas. La calle estaba flanqueada de árboles otoñales y salpicada de las primeras decoraciones de Halloween. Las luces de la ambulancia que estaba esperando resultaban una deslumbrante intrusión. Ian apresuró el paso; tras él oía los pasos de Mike acompasados a los suyos. Los dos habían reconocido la casa.

Dos sanitarios bajaban una camilla por los escalones de la entrada y su aliento formaba nubes blancas. Había un coche patrulla con una de las puertas abierta aparcado en el césped, a unos metros de distancia.

—¿Qué ha pasado? —preguntó Ian con pánico mal disimulado en la voz.

—Varón con herida grave por apuñalamiento en el cuello —respondió una joven patrullera—. Por el momento, sigue vivo. —Señaló hacia los sanitarios.

Varón. Ian respiró hondo, esforzándose por calmar el ritmo de su corazón.

—¿Identificación?

La mujer comprobó sus notas.

—Doctor Rory Tamblyn.

—Mierda —dijo Mike al llegar a su altura—. ¿Qué ha pasado?

—Tamblyn ha atacado a alguien, posible caso de violencia doméstica. Parece defensa propia.

—¿Quién es la mujer? —preguntó Ian sabiendo la respuesta.

—Emma Reilly. ¿No es la…? —Ian la vio completar el razonamiento—. Es la mujer que sobrevivió. Y usted…

Ian la interrumpió:

—¿Se encuentra bien? ¿Dónde está?

La agente recuperó la compostura y habló en un tono profesional:

—Golpes y abrasiones menores, pero se niega a ir al hospital. La llevé al coche patrulla para mantenerla fuera de la vista. —Señaló hacia la gente que ya había empezado a congregarse en la calle—. Ha preguntado por usted.

—Ve —dijo Mike mientras Ian se giraba de inmediato—. Luego te pongo al tanto.

A Ian ya nada le importaba. Pudo ver entonces a Emma en el asiento delantero del coche patrulla con los pies fuera y una manta térmica plateada sobre los hombros. Distinguió las manchas de sangre en su blusa y las que salpicaban su piel. Emma levantó la vista mientras él se acercaba.

—¿Estás herida? —le preguntó sin preámbulo.

Emma negó con la cabeza.

—Tenías razón.

—¿Qué quieres decir? —preguntó Ian arrodillándose para ponerse al nivel de sus ojos.

Quiso tocarla, pero no lo hizo.

—Me dijiste que no confiara en él.

—Emma…

—Todo fue cosa suya. Me lo ha dicho. Malcolm capturaba a las chicas. Pero era Rory. Él las mataba, él… No eran más que objetos para él, objetos para su arte… —Emma rio con una risa dura y rota—. No me di cuenta. Aquella noche, después de dejarme las fotos de Olivia… Creo que disfrutó oyéndome describirlo, discutiendo teorías mientras él… —Al llegar a ese punto, al fin, la voz de Emma se quebró—. Ha intentado matarme.

354

—No podías saberlo.

—Tú lo supiste. Me dijiste que no confiara en él; no te creíste su historia, pero… —Emma iba alzando la voz.

—Yo no sabía nada. No me parecía de fiar; no me gustaba, pero… Dios mío, Emma. Nunca te habría dejado acercarte a él si hubiera sabido quién era en realidad. —Ian se balanceó hacia atrás sobre sus talones y apartó la mirada—. Ya no sé cómo confiar en mí mismo. Desde el momento en que yo… —La voz le tembló—. Él no me gustaba, pero era algo… No era algo racional. Eras tú. Dejé que mis sentimientos se interpusieran y casi te matan porque yo no fui capaz… —Ian se interrumpió al acercarse Mike.

—Doctora Reilly —dijo Mike al tiempo que Ian se levantaba y retrocedía.

—Detective Kellogg. —Emma le dirigió una pequeña sonrisa.

—¿Cómo se encuentra?

—Estoy viva. Rory… ¿Está… está… él…?

—Va de camino al hospital. Pero no tiene buena pinta.

Emma asintió sin hablar. Ian tensó la mandíbula.

Sintió que Mike lo miraba, pero no levantó la vista y mantuvo los ojos en el rostro de Emma. Mike esperó un momento y luego se giró expresándole sus deseos de pronta recuperación en un murmullo. El dolor invadía el semblante de Emma al asentir para darle las gracias.

—Emma, sé que he jodido esto —dijo Ian tartamudeando—. Todo esto. Desde el principio. Y lo siento mucho, muchísimo. Por no escucharte, por darte órdenes, por ignorarte…

Ian vaciló, esperando una respuesta, pero Emma permaneció en silencio.

Las luces de la policía giraban a su alrededor; en la casa que veía sobre su hombro, Emma acababa de vivir una pesadilla. El momento era completamente inapropiado y él lo sabía. Pero la emoción que se arremolinaba dentro de su pecho no iba a ceder. Extendió la mano y suavemente tomó la de Emma, dejando escapar un lento suspiro cuando ella cerró los dedos.

—La noche en que nos conocimos en la gala del museo, me dijiste que la dama de Shalott se arriesgó a la maldición, lo arriesgó todo porque pensó que merecería la pena; que levantar la vista y ver el mundo merecía la pena.

Hizo una pausa y Emma le sostuvo la mirada. Habló despacio y en un tono suave.

—Murió, Ian.

—Pero primero vivió. —Ian pasó su pulgar sobre el de ella. Tenía los dedos salpicados de sangre seca—. Yo no puedo prometerte un final feliz. No puedo prometerte que lo que ha pasado merezca la pena, pero quiero asumir el riesgo.

Emma miró hacia la calle, apartando la vista de la creciente multitud de curiosos.

—Quizá eres más valiente que yo.

—No. —La voz Ian fue suave, pero su mano se cerró con más fuerza.

—¡Detective!

Ian se volvió hacia la llamada de pánico y vio a la auxiliar administrativa de Tamblyn y a la becaria —Carolyn y Charlie, aportó tardíamente su memoria—. Estaban detrás de una barrera policial y Carolyn gesticulaba desesperadamente. Charlie había sacado su teléfono e Ian sospechó que estaba haciendo fotos.

—¿Puedo...? ¿Pueden pasar? —La voz de Emma fue tímida.

Ian vaciló solo un instante.

—Claro.

Se levantó y se dirigió rápidamente hacia la multitud.

—¿Qué estáis haciendo aquí? —preguntó de un modo más brusco de lo que pretendía—. Quiero decir que cómo...

—La radio de la policía. —Charlie se encogió de hombros—. Carolyn reconoció la dirección.

—¿Está Rory...? —La voz de Carolyn se apagó sin que ella apartara los ojos de la ambulancia.

Ian vaciló. No quería comentar nada al alcance del oído de los curiosos.

—Emma está allí. Vamos.

Hizo un gesto al agente mientras dejaba pasar a las dos mujeres. Charlie miraba a su alrededor, uniendo las piezas.

Carolyn parecía estupefacta.

—¿Está herida? ¿Qué le ha pasado a Rory?

Ian se las llevó a un lado y bajó la voz.

—Han atacado a Emma. Está bien, conmocionada, pero...

—Lo ha hecho él, ¿verdad? —preguntó Charlie.

Ian la miró bruscamente, pero asintió.

—Emma lo descubrió todo y él la atacó. Pero ella se ha defendido.

El rostro de Carolyn se encendió de horror y acto seguido adoptó una expresión de dureza.

—Bien. ¿Está muerto?

—No. Todavía no al menos.

Ian las condujo hasta el coche donde Emma estaba esperando. Su rostro se contrajo cuando Carolyn la envolvió en un abrazo.

—Hacemos lo que tenemos que hacer —dijo Charlie agachándose junto a ella—. ¿Recuerdas? Se lo advertiste. Y eso es lo que has hecho. Lo único que has hecho.

—Vas a quedarte con nosotras esta noche. —Carolyn le cogió la mano a Emma y se la apretó—. Compraremos comida para llevar y veremos películas y... Oh, Dios mío. Alguien debería decírselo a Niall.

—Ve —dijo Charlie poniéndose de pie—. Me quedaré con ella mientras tú lo llamas.

Charlie se acercó a Emma, pero sus ojos siguieron pendientes de la escena y se detuvieron en la ventana en la que los técnicos forenses habían empezado a trabajar.

—¿Aún buscas tu exclusiva? —le espetó Ian.

Emma pareció sorprendida por su tono, pero Charlie se limitó a negar con la cabeza.

—No. No voy a contar su historia.

—¿Por qué no?

Charlie miró a los ojos a Ian.

—Porque es lo que él querría que hiciera.

—Entonces cuenta la mía —dijo Emma.

—¿Qué? —preguntó Ian.

—¿Estás segura? —Charlie se agachó para que sus ojos estuvieran al nivel de los de Emma.

—Todo el mundo escribirá sobre él, sobre Malcolm y toda la violencia. Yo quiero que tú escribas sobre mí. Y sobre Sarah, y Phillipa, y Olivia. Cuenta esa historia.

—Palabra por palabra, te lo prometo. —Charlie apartó la mirada por un momento y se aclaró la garganta.

—¿Tienes que entrar? —preguntó Emma a Ian. En su voz había cansancio, pero teñido de algo que Ian deseó que fuera esperanza.

Se pasó una mano por la cara.

—Puedo esperar hasta que vuelva Carolyn, pero luego… —se interrumpió sin querer acabar la frase para decirle que tendría que dejarla.

Emma negó con la cabeza.

—Ve. Haz tu trabajo.

Él la miró durante un momento más largo y luego se dio la vuelta para atravesar el césped. Los agentes habían colocado barreras alrededor a medida que la gente había empezado a congregarse con las cámaras de los móviles en alto.

—¿Está bien? —preguntó Mike mientras Ian subía los escalones.

—Lo estará —dijo Ian—. Vamos.

Mike permaneció observándolo un momento y luego asintió.

De no ser por la presencia de la policía, las habitaciones habrían resultado lujosas y acogedoras. Mike lo guio hasta el despacho, donde un enjambre de agentes y técnicos forenses se afanaba en supervisar, medir y documentar la escena del asalto.

Ian se quedó mirando una mancha viscosa que empapaba la historiada alfombra.

—Ella lo golpeó con un atizador. Aún seguía en la garganta del asaltante.

Un agente cercano siguió su mirada.

—No hay muchas salpicaduras de sangre. Fue inteligente al no sacarlo.

Mike había hecho un lento recorrido por la habitación examinando los elementos de la escena antes de detenerse junto a la sangre.

—Cuando hayan procesado todo esto —se dirigió a uno de los investigadores—, asegúrense de cotejar su sangre con la que se encontró bajo las uñas de Olivia Ballard. Necesitaremos la verificación.

—Ya he llamado a Ivy —dijo una mujer alta con un traje blanco—. Tenemos una muestra del individuo en la base de datos.

—¿Una muestra médica?

—No, un caso de agresión. Reconocí su nombre de… —Se encogió de hombros incómodamente mirando hacia Ian—. Supongo que esto significa que usted está libre de culpa.

—Hijo de puta —dijo Mike volviéndose hacia Ian—. Él mismo nos dio la prueba que necesitábamos, la maldita camisa manchada de sangre.

—Pensó que era más listo que nadie —respondió Ian aturdido mientras rodeaba la mesa de escritorio de Tamblyn.

—Lo fue. Teníamos todo lo que necesitábamos para resolver esto y no lo vimos.

—Emma sí.

Ian se volvió para mirar a través de la amplia ventana. Emma estaba allí con los brazos cruzados con fuerza sobre el pecho y parecía pequeña mirando fijamente hacia la casa. Se preguntó qué esperaría ella ver.

Mientras el crepúsculo iba cayendo sobre el pulcro vecindario suburbano, Ian veía a Mike y a los demás reflejados en el cristal. La imagen de ellos mientras realizaban su trabajo —marcar, medir, examinar las pruebas desperdigadas por los estrechos confines del estudio— se superponía al mundo exterior. El trabajo al que se había consagrado durante tantos años, borroso en el cristal, le pareció irreal e insignificante mientras Emma se alejaba.

35

Emma estaba rodeada de libros.

Carolyn y Charlie la habían llevado a su casa, le habían preparado un baño, la habían envuelto en un albornoz suave y en una manta
aún más suave y la habían acomodado en el sofá. Poco después habían
llegado el té y las tostadas, y cuando quedaron intactos, fueron susti-
tuidos por bolsas de gominolas y cajas de galletas.

Luego llegó Niall, sereno y tranquilizador por fuera, pero Emma sabía que con un bullir de ansiedad interior que él pensaba que escondía. Su
voz adoptaba un tono reconfortante que Emma no le había oído nunca y
supuso que era el que empleaba con sus pacientes. Le había llevado libros.

—Solo traigo nuevos —dijo al soltar varias bolsas de plástico con
el logo de la librería independiente favorita de Emma—. No quería
coger accidentalmente ninguno que...

—¿En el que Rory hubiera dejado alguna nota especial? —Emma
cogió el té frío y volvió a dejarlo.

Lo odiaba por muchas razones, pero el hecho de que hubiera escogido *Jane Eyre*, de que hubiera corrompido su precioso recuerdo de
la infancia, le parecía insoportablemente cruel.

Niall le mostró su colección, docenas de libros que incluían desde una biografía de Isabel I hasta *El club de las niñeras*. Emma cogió
una edición ilustrada de *Mujercitas* y recorrió sus siluetas en la idílica
imagen de la cubierta.

—Tengo la impresión de que hay un tema en común.

—Mujeres fuertes —reconoció Niall algo avergonzado—. Pensé... —Se encogió de hombros.

—Gracias. —La voz de Emma fue suave pero firme.

Él le tocó el hombro suavemente y luego se apartó para reclamar una silla en la habitación.

Charlie se había sentado en el suelo y hojeaba *Las aventuras de Pippi Calzaslargas*.

—¿Cuál es el plan entonces? —preguntó en un tono de voz neutro—. ¿Olvido o intervención inmediata?

Emma bajó la vista hacia el libro, abierto ahora por una estampa que mostraba a Jo y a Laurie. Sintió los hilos de la tensión que aprisionaban a sus amigos mientras la miraban.

—Olvido. Al menos por esta noche. Mañana os contaré lo que pasó —añadió dirigiendo una mirada a Niall—. Pero esta noche...

—Esta noche comemos, leemos y vemos televisión mala hasta que se nos pudra el cerebro y finjamos que volvemos a ser críos —proclamó Charlie, que abrió una bolsa de gominolas.

—Me apunto —respondió Niall—. Nunca he vivido la experiencia americana de ir al instituto.

—Novelas para adolescentes gloriosamente malas, comida basura a saco, menús para llevar con cero propiedades nutritivas... —Charlie iba enumerando con los dedos—. Esto se parece bastante.

La vibración del teléfono de Emma interrumpió la conversación. Emma comprobó la pantalla.

—Ian —dijo.

—No tienes que contestar —sugirió Niall.

—Puedo hablar yo con él —dijo Carolyn—. O, simplemente, deja que salte el buzón de voz.

—No. —Emma se liberó de la manta cuando el teléfono volvió a sonar.—. Estoy bien.

Salió al porche trasero y pulsó el botón verde mientras respiraba hondo.

—Ian —dijo sin preámbulo.

—Emma. —Su voz sonó sorprendida—. No pensaba que fueras a contestar. Yo solo… Yo… —tartamudeó hasta quedarse callado. Emma esperó—. No debería haber hecho esto. Lo siento. De nuevo.

—No pasa nada. De nuevo.

—Yo solo debía…

—Ian —le interrumpió Emma—, ¿recuerdas aquella pequeña cafetería después de la inauguración? Citaste *El sueño eterno*.

—El momento en el que Marlow se da cuenta de que la chica que acaba de conocer tiene problemas.

—Y él no puede evitar tratar de salvarla. Aquella noche tú… —Emma tomó aire—. ¿Tú… estabas…?

—Emma —le cortó—. No te pedí una cita porque quisiera recrear ninguna fantasía *noir*, si es lo que estás preguntando. Tú no eres ninguna damisela. Te pedí una cita porque eres divertida e interesante y quería volver a verte.

Emma permaneció en silencio un instante, con la necesidad de hacerle la pregunta que no la dejaba en paz, pero sin querer hacerla por si la respuesta era un sí.

—Ian… Cuando Rory estaba… Dijo que él y yo éramos iguales. Que los dos escondíamos quiénes éramos en realidad. Y no sé… Quizá tuviera razón. Quizá yo…

—No. —La voz de Ian fue tajante y dura—. Los hombres como él no saben leer a las personas. Saben cómo convertir en un arma hasta nuestra última inseguridad. Te mintió cada minuto de cada día. No confíes en él ahora que… No le permitas decidir quién eres.

—¿Ahora que…?

La voz de Ian sonó amortiguada al soltar la expresión malsonante:

—Mierda.

—Está bien. Estoy bien. —Se sintió extrañamente paralizada al asumir la idea de que había matado a un hombre: Rory—. He sobrevivido.

—Has luchado a muerte —la corrigió Ian.

—He sobrevivido —repitió Emma intentando utilizar las palabras para salir de aquella parálisis y volver a la vida—. ¿Y ahora qué?

Ian vaciló:

—No lo sé. Pero me gustaría estar ahí… si es posible.

Emma negó con la cabeza, sabiendo que él no podía verlo.

—Ian, no lo sé… Después de todo lo que ha pasado… —Emma cerró los ojos mientras, por primera vez desde que todo había comenzado, sentía que las lágrimas empezaban a resbalar por sus mejillas. Las dejó caer.

—¿Emma? —La voz de Ian sonó vacilante—. ¿Podría…? ¿Quieres que… mañana…?

Las palabras de Ian apenas lograron encontrar un orden, pero Emma las procesó enseguida. Su mente serpenteó de forma traicionera.

—«Mañana y mañana y mañana…». —Oyó el susurro de su propia voz como a lo lejos.

—… será otro día. Un nuevo día. Un misterio. Empezaremos de nuevo —dijo Ian rápidamente, con una nota de preocupación bajo aquellas palabras apresuradas.

—¿Cómo? —La sorpresa apartó los pensamientos de Emma de su lúgubre camino.

—Estás citando a Shakespeare, ¿no? —respondió él—. Lo que significa que a dondequiera que vaya a parar ese pensamiento, probablemente hable de suicidio o de algo nihilista. Así que os estoy ofreciendo a ti y a tu asombroso cerebro algunas alternativas. «Mañana… está a un día de distancia… Quita las telarañas y la…» algo.

—¿Y la pena? —terminó Emma en tono interrogativo.

—Eso es. —La voz de Ian sonó suave y solemne—. No todo es oscuridad, Emma, aunque ahora mismo lo parezca. Están los Poe y los Chandler y todos los que indagan en lo peor del ser humano, pero también…

—¿*Annie*? —Emma sintió una tímida calidez que se desplegó tras su caja torácica—. ¿Sabías que Daddy Warbucks era un especulador de guerra?

Ian dejó escapar un incrédulo resoplido de risa.

—Vale, pero también… hay una niña que le canta a su perro. Y ambos pueden coexistir en la misma historia.

Emma respiró profundamente y el aire helado le llenó el pecho. No estaba preparada para el humor ingenioso, ni para la esperanza, ni para… lo que quiera que Ian le estuviera ofreciendo. Pero debajo de la pena, y del miedo y del terror que todavía se entrelazaban aprisionándola, había algo, agradable, luminoso. Un alegre toque de color bajo el gris.

—Ian —dijo al fin—. Mañana no. Pero… pronto. Tal vez. Una vez que vuelva a recomponer algunas piezas. No puedo prometer… nada. Pero…

La respuesta de Ian fue inmediata:

—Puedo esperar. Hasta que estés lista. Puedo esperar. Tú solo… no desaparezcas.

—No lo haré. —Emma colgó envolviéndose en el abrigo de esa promesa.

Un viento frío le hizo ondas en el pelo y agitó las hojas que moteaban el patio, un recordatorio de la oscuridad del invierno que habría de llegar. Pero en aquel momento se permitió creer en la esperanza de que la luz regresaría.

Agradecimientos

Gracias en especial a mis padres por permitirme tormentas de ideas sobre asesinatos en la mesa del comedor, a mi abuela Patricia por su vista de águila como correctora y a mi hermana Landy por leerme (con las puertas cerradas, por supuesto), a pesar de las partes del libro que dan miedo.

A Tegan y a Isaac, por ser como son.

A Monica, por los textos, los ánimos, los consejos y su conocimiento de primera mano del periodismo local de una pequeña ciudad.

A Susannah de Mystery Loves Georgia, a Kelly de SinC y a Abby, por sus valiosas aportaciones en los comienzos, cuando este libro era tan solo una esperanza.

Y, por supuesto, a mi editora, Meredith Clark, a su equipo de MIRA y a mi agente, Felice Lavern, de ArtHouse Literary Agency. Gracias por vuestra fe, por vuestro apoyo y por vuestra honestidad en cada paso del camino.

Sin cada uno de vosotros este libro no habría sido lo que es. Y yo tampoco.